KB201529

낙타샹즈

Published by arrangement with People's Literature Publishing House Co., Ltd. China.
This book has been supported by 中国国家新闻出版广电总局
through "China Classics International Project".

駱駝祥子

낙타상즈

라오서

장편소설

駱駝祥子

심규호, 유소영 옮김

황소자리

일러두기

1. 인명은 중국어 발음을 따랐다.
2. 지명은 한문의 독음을 따랐다.
3. 당시 북평의 특징적인 문화적 어휘는 중국어 발음을 달고 주를 달았다.
4. 한국어판 번역에 사용된 중국어 판본은 중국 인민문학출판사에서 발행한 《駱駝祥子》(2006년, 3쇄)이다.

1

내가 소개하고자 하는 이는 샹즈祥子이지 낙타駱駝가 아니다. 낙타는 단지 그의 별명일 뿐이다. 그러니 먼저 샹즈에 대해 이야기한 뒤 내친 김에 낙타와 샹즈의 관계를 이야기하고 지나가면 그만일 것이다.

북평北平의 인력거꾼洋車夫들은 여러 패거리가 있었다. 젊고 힘이 넘치며 발걸음이 날랜 이들은 멋진 인력거를 임대하여 '종일제'로 끌었는데, 차고에서 언제 끌고 나왔다 들어가든 자기 마음이었다. 그들은 인력거를 끌고 나와 정해진 '인력거 정류장'이나 집 앞에 세워두고 급행차를 타는 손님만을 기다렸다. 잘만 하면 한 번에 1~2원元을 벌 수 있었다. 재수가 없을 때는 하루 종일 허탕만 치다 '인력거 대여료(일종의 사납금)'마저 벌지 못하는 경우도 있었지만 대수롭게 여기지 않았다. 이런 부류에 속하는 이들의 희망은 대개 두 가지였는데, 하나는 전세 인력거를 끄는 것이고 다른 하나는 자기 인력거를 한 대 장만하는 것이었다. 자기 차車(인력거)가 있기만 하면 전세로 주어 다달이 돈을 받든 아니면 일반 손님들을 받든 큰 관계가 없었다. 어쨌든 인력거는 자기 것이니까…….

이들보다 조금 나이가 많고 신체적인 조건 때문에 뛰는 힘이 다소 부치거나 혹은 가정 때문에 하루를 맹탕으로 보낼 수 없는 인력거꾼들은 대개 약간 낡았지만 새 것이나 다름없는 인력거를 끌었는데, 사람이나 인력거 모두 상당히 멋있었다. 그래서 차비를 흥정할 때도 나름대로 품위를 유지할 수 있었다. 이런 부류의 인력거꾼들은 인력거를 '종일제'나 '반일제'로 끌었다. 이들은 여전히 상당한 기력을 갖추고 있기 때문에 반일제로 인력거를 끌 때면 겨울이나 여름을 막론하고 늘 '밤치기拉晩(오후 4시에 끌고 나가 새벽까지 밤새워 인력거를 끄는 것을 말한다)'를 했다. 물론 밤에는 낮보다 더욱 정신을 차려야 하고 수완도 필요했지만, 자연히 돈도 더 많이 벌 수 있었다.

마흔 살 이상 스무 살 이하의 인력거꾼들은 앞서 언급한 두 부류 안에 끼어들기가 쉽지 않았다. 그들의 인력거는 낡았기 때문에 감히 '밤치기'를 할 수 없었다. 그래서 그저 아침 일찍 인력거를 끌고 나와 새벽부터 오후 3~4시까지 사납금이나 하루 생활비를 벌기를 바랄 뿐이었다. 그들의 차는 낡고 속도가 느렸기 때문에 더 많은 길을 달리고도 받는 돈은 적었다. 과일이나 채소 시장에서 청과물을 운반하는 것도 모두 그들 몫이었다. 돈은 적지만 굳이 빨리 달릴 필요도 없었다.

이곳에는 열한두 살 때부터 이 일을 하기 시작한 이들도 있는데, 그들이 스물 이후에 멋진 인력거꾼으로 탈바꿈하는 경우는 거의 없었다. 어린 몸으로 무리를 하면 여간해서 건장하게 성장하기 힘들다. 설사 그들이 평생 인력거를 끈다고 해도 죽을 때까지 인력거꾼으로서 내세울 것이 없었다.

마흔이 넘은 이들 가운데 상당수는 이미 10년 넘게 인력거를 끌어 근육이 쇠잔할 대로 쇠잔해 있었다. 다른 인력거꾼보다 처져도 감내할 수밖에 없었고, 조만간 길가에 고꾸라져 죽을지도 모른다는 사실을 그들 스스로도 점차 깨닫고 있었다. 그럼에도 그들은 인력거를 끄는 품새, 삯을 흥정할 때의 임기응변이 훌륭했고, 지름길과 멀리 돌아가는 길을 환하게 꿰뚫고 있었다. 그런 것들을 통해 자신들의 옛 영광을 상기했고, 콧방울을 벌름거리며 풋내기 후배들을 깔봤다. 그러나 그러한 영광은 앞날의 암담함을 조금도 감소시키지 못했다. 땀을 닦을 때마다 절로 가벼운 한숨이 나왔다. 그러나 이들은 또 다른 마흔 안팎의 인력거꾼들과 비교하면 그래도 나은 편이었다. 그들은 이전까지만 해도 자신들이 인력거와 인연을 맺게 되리라고는 전혀 생각지 않다가 삶과 죽음을 분간할 수 없는 지경에 이르러 어쩔 수 없이 인력거 채를 손에 쥐게 된 사람들이었다. 파면된 순경이나 학교 사환, 본전을 말아먹은 행상인, 또는 실직당한 공원 같은 이들이 집 안에 더이상 팔 것도 저당 잡힐 것도 없는 지경에 이르렀을 때 이를 악물고 눈물을 흘리면서 이 죽음의 길로 들어섰다. 이런 사람들은 혈기가 왕성하던 시절을 모두 다 흘려보내고 지금은 강냉이떡窩窩頭(강냉이, 수수 따위의 잡곡 가루를 원추형으로 빚어서 찐 음식으로 당시 가난한 집의 주식이었다)으로 이루어진 피땀을 길가에 뚝뚝 떨구는 것이었다. 힘이 부치고 경험도 없는데다 친구마저 없으니 인력거꾼들 사이에서도 호감을 얻지 못했다. 가장 낡은 인력거를 끄는 그들은 하루에도 몇 번이고 타이어 바람이 빠져 연신 손님에게 죄송하다고 양해를 구했다. 큰 동전 열댓 냥만 벌어도 그저 감사할 따름이었다.

이외에도 환경이나 지식의 특이함으로 말미암아 일부 인력거꾼들이 또 다른 패거리를 이루고 있었다. 서원西苑이나 해전海甸에서 자라난 사람들은 자연히 서산西山, 연경燕京, 청화淸華 쪽으로 가는 것이 비교적 편했고, 마찬가지로 안정문安定門 밖 사람들은 청하淸河나 북원北苑으로, 영정문永定門 밖 사람들은 남원南苑으로 가는 것이 편리했다.

이들은 모두 장거리를 뛰는 사람들로 가까운 거리 손님들은 태우고 싶어하지 않았다. 장거리로 한 번 뛰면 뛰었지 자질구레하게 동전 너댓 푼 모으는 일은 하찮게 여겼기 때문이다. 그러나 동교민항東交民巷(당시 중국 주재 대사관이 밀집한 지역)의 인력거꾼들만큼 기력이 뛰어난 것은 아니었다. 전문적으로 서양 손님을 태우는 그들은 단숨에 교민항交民巷에서 옥천산玉泉山이나 이화원頤和園, 또는 서산西山까지 달음박질한다. 사실 그들의 기력이 대단하다는 것은 둘째 문제였다. 일반 인력거꾼들이 그들과 벌이를 다툴 수 없는 근본 원인은 그들 대부분이 서양 물을 먹어 일반 사람들과 다른 지식을 지니고 있기 때문이었는데, 그것은 바로 그들이 서양말을 할 줄 안다는 것이었다. 영국이나 프랑스 병사들이 만수산萬壽山, 옹화궁雍和宮, '팔대골목八大胡同(정양문正陽門 밖 서주시구西珠市口 서북 일대의 홍등가 골목을 말한다)' 등을 말하면 그들은 모두 알아듣는다. 그들은 이러한 외국어를 다른 사람들에게 절대로 알려주지 않았다. 그들은 뛰는 법도 유별났다. 빠르지도 그렇다고 느리지도 않게 박자에 맞추어 율동적인 걸음걸이로, 고개를 숙인 채 한눈 팔지 않고 길가에 바짝 붙어서 달리는데, 마치 자신들만의 특기가 있으니 애써 세상과 다툴 필요가 없다는 듯한 표정이었다. 외국인을 태우는 관계로 그들은 번호가 붙은 조끼를 입지 않아도 되었다. 대신 일률적으로 긴 소매에 흰색의 작은 마고자를 떨쳐입고, 흰 색 또는 검은 색 바지를 입었다. 바지통은 유난히 넓고 발목에 대님을 매었으며 발에는 바닥을 여러 겹으로 누빈 푸른 헝겊신을 신어 깨끗하고 산뜻한 것이 꽤나 폼이 났다. 다른 인력거꾼들은 그들을 마치 다른 직종에 속한 이들처럼 취급하며 손님을 놓고 다투거나 앞지르려 들지 않았다.

인력거꾼 사회에 대해 이렇게 간단히 분석한 다음 샹즈가 어떤 위치에 있는지 말한다면, 한 기계 위에 박힌 어떤 못 하나를 꼬집어서 이야기하는 것처럼 정확할 것이라는 생각이 든다. 샹즈, 그는 '낙타'라는 별명과 연관되기 이전까지만 해도 비교적 자유로운 인력거꾼이었다. 다시 말해 그는 젊고 힘이 센데다 자신의 인력거를 가지고 있는 부류에 속했다. 인력거와 생활이 모두 자신의 손에 달려 있는 고급 인력거꾼이었던 것이다.

이건 정말 쉬운 일이 아니다. 1년, 2년, 아니 적어도 3~4년 내내 한 방울, 두 방울, 아니 몇 방울인지 셀 수 없을 정도로 수많은 땀을 흘린 다음에 겨우 그 인력거를 마련한 것이다. 비바람 속에서 이를 악물고 먹을 것 마실 것을 애써 참은 뒤에야 비로소 자신의 인력거를 장만할 수 있었던 것이다. 따라서 그 인력거는 그가 발버둥치며 각고의 노력을 한 결과물이자 보수로, 백전노장의 가슴에 달린 훈장과 같았다. 그가 인력거를 임대해서 끌던 시절에는 아침부터 저녁까지, 자신의 의지와 상관없이 마치 누군가의 채찍에 맞아 끝없이 돌아가는 팽이처럼 동서남북을 가리지 않고 돌아다녀야 했다. 그러나 그처럼 빙빙 돌면서도 눈이 아찔하거나 마음이 어지러운 적은 없었다. 마음속에 언제나 자신을 자유롭게 하고 홀로 서게 해줄 수 있으며 마치 자신의 수족처럼 부릴 수 있는 머나먼 곳의 인력거를 떠올렸기 때문이다. 자기 인력거만 있다면 두 번 다시 인력거 주인에게 괄시받는 일도 없을 것이고 다른 사람에게 얼렁뚱땅 적당히 얼버무리는 짓도 할 필요가 없었다. 자신의 기력과 인력거만 있으면 언제 어디서든 밥벌이를 할 수 있었다.

그는 고생을 두려워하지 않았으며, 또한 보통 인력거꾼처럼 나쁜 습관에 물들지 않았다. 그는 총명하고 열심히 노력했기 때문에 자신의 소원을 현실로 만들 수 있었다. 만약 그의 환경이 좀더 좋았거나 혹은 좀더 교육을 받았더라면 분명 '인력거꾼 집단膠皮團(인력거 바퀴가 고무로 되어 있기 때문에 인력거를 '쟈오피膠皮' 라고 불렀고, 그 집단을 '쟈오피투안膠皮團' 이라고 했다)' 에 떨어지지 않았을 것이다. 또한 무엇을 하든 자신의 기회를 헛되이 저버리는 일도 없었을 것이다. 그러나 불행하게도 그는 인력거를 끌어야 했고, 그것으로 생계를 유지하면서도 자신의 능력과 총명을 보여주었다. 그는 지옥에 굴러 떨어져도 착한 귀신이 될 듯한 사람이었다. 농촌에서 자란 그는 부모님을 여의고 그나마 있던 몇 마지기 척박한 땅마저 잃자 열여덟 나던 해에 무조건 도회지로 뛰쳐 들어왔다. 농촌 총각의 튼튼한 몸과 성실성으로 무릇 힘을 팔아서 먹고사는 일이라면 안 해본 것이 없었다. 오래지 않아 그는 인력거를 끌면 더욱 쉽게 돈을 벌 수 있다는 것을 알게 되었다. 다른 노동을 하면 수입이 빤하지만 인력거를 끌면 변화와 기회가 많았다. 언제 어느 곳에서 기대보다 많은 보수와 마주칠지 모른다. 그는 사람과 인력거 모두 말쑥하고 활력이 넘쳐야 그러한 기회가 찾아온다는 사실을 자연스레 알게 되었다. 팔 물건이 있어야만 비로소 물건을 알아보고 사겠다는 사람도 나타나게 마련이다. 곰곰이 따져본 끝에 그는 자신도 그만한 물건이 될 수 있다고 생각했다. 힘도 팔팔하고 나이도 젊지 않은가. 다만 아직 달려본 경험이 없어 처음부터 선뜻 멋있는 인력거를 끌 자신이 없다는 것이 문제였다. 그러나 그것도 넘지 못한 곤란은 아니다. 젊은 몸과 체력이 있으니 한 열흘이나 보름 정도 연습해보면 달리는 모양이 제법 나올 것이다. 그런 다음 새 인력거를 빌려 끌면 곧 전세 인력거를 끌게 될지 모를 일이고, 다시 먹고 쓰는 것을 아낀다면 1~2년, 아니 3~4년이 걸릴지라도 분명 자기 소유의 인력거, 아주 멋진 인력거를 장만할 수 있을 것이다. 그는 자신의 젊고 굳센 근육을 보면서 이는 단지 시간 문제일 뿐이며, 틀림없이 달성할 수 있는 소망이자 목적으로 결코 꿈이 아니라고 생각했다.

그의 체격과 근육은 나이에 비해 훨씬 성숙한 편이었다. 그가 스무 살이 되던 무렵에는 키도 이미 엄청나게 자랐다. 나이가 나이인지라 몸집이 완전하게 자리잡은 것은 아니었지만 이미 성인과 다를 바가 없었다. 말하자면 얼굴이나 행동거지가 순진하고 장난기 어린 어른이라고 할 수 있었다. 고급 인력거꾼을 관찰하면서 그는 어떻게 허리를 동여매야 자신의 철판 부채 같은 가슴이며 꿋꿋한 등판이 더욱 도드라질까 궁리했다. 그리고 고개를 돌려 자신의 어깨를 살펴보았다. 이 얼마나 넓고 위엄 있는 어깨인가! 허리를 질끈 동여매고 통 넓은 흰 바지를 입은 후에 바짓단을 닭의 배알처럼 가는 대님으로 묶고 '특호出號'의 큰 발을 보란 듯이 내디디자! 그렇다. 자신은 의심할 바 없이 가장 뛰어난 인력거꾼이 될 수 있을 것이다. 그는 바보처럼 혼자 히죽거렸다.

그는 별로 잘생기지는 못했지만 얼굴에 생기가 돌아 귀여운 데가 있었다. 머리는 그다지 크지 않았고, 둥근 눈과 주먹코, 두 눈썹은 짧고 굵었으며, 머리는 언제나 반들반들하게 깎았다. 뺨에는 그다지 살이 없었지만 목은 거의 머리통만큼이나 굵었다. 언제나 홍조를 띠는 얼굴 중 특히 광대뼈와 오른쪽 귀 사이에 작지 않은 흉터가 유난히 번들거렸는데, 어린 시절 나무 아래서 자다가 당나귀한테 물린 자국이었다. 그는 자신의 생김새에 그다지 신경을 쓰지 않았지만 야무지고 튼튼한 몸을 사랑하는 것처럼 자신의 얼굴도 사랑했다. 그는 얼굴도 마치 사지四肢 가운데 하나인 양 그저 단단하기만 하면 된다고 여겼다. 그렇긴 하다. 도시로 온 후에도 그는 머리를 아랫쪽으로 향하고 한 나절이나 물구나무를 설 수 있었다. 이렇게 거꾸로 서서 그는 자신이 마치 아래 위 할 것 없이 꼿꼿한 한 그루 나무 같다는 느낌을 받곤 했다.

그는 확실히 나무와 닮은 구석이 있었다. 튼튼하고 아무 말도 없었으며 또한 생기발랄했다. 자신의 계획과 나름대로 몇 가지 속셈도 있었지만 그는 좀처럼 다른 사람에게 말하지 않았다. 인력거꾼들 사이에서는 개인의 불평불만이나 어려움 등이 모두의 화제가 되었다. '인력거 정류장' 이나 작은 찻집, 여러 가구가 모여 사는 셋집 마당에서는 너나할 것 없이 자신의 사정을 이야기하고 꾸미느라 시끄럽게 떠들어댔다. 그런 다음에 이러한 이야기들이 모든 이들의 재산이 되어 마치 민요처럼 이곳에서 저곳으로 전해지는 것이었다. 샹즈는 촌뜨기인지라 도시 사람만큼 말솜씨도 없었다. 말솜씨가 좋은 것이 만약 선천적인 것이라면 그는 천성적으로 수다스러운 것을 좋아하지 않았기 때문에 도시 사람들처럼 쓸데없는 잡담이나 욕설을 배울 마음이 없었다. 자신의 일을 다른 이들과 의논하는 것도 싫어했다. 입을 늘 상 닫고 있었기 때문에 그는 그만큼 생각할 시간이 많았다. 그의 눈은 언제나 자신의 마음을 들여다보고 있는 것 같았다. 일단 마음에 결정을 내리면 마음속에 열어놓은 길을 따라갔다. 만약 가다가 막히면 그는 하루나 이틀 아무 말도 하지 않고 이를 악물었다. 마치 자신의 마음을 깨물듯!

인력거를 끌기로 결정하자 그는 곧 인력거를 끌고 나갔다. 낡은 인력거를 세내어 연습삼아 뛰기 시작했다. 첫날은 돈을 벌지 못했다. 이튿날은 그런대로 벌이가 괜찮았다. 그러나 이후 이틀 동안 누워 있었다. 양쪽 발목이 박처럼 부어올라 아무리 해도 위로 올릴 수 없었다. 인력거꾼이 반드시 거쳐야만 할 관문이라는 것을 알기에 그는 아무리 아파도 참아야 했다. 이 관문을 통과하지 못한다면 마음 놓고 대담하게 달릴 수 없을 것이다.

발이 낫자마자 그는 마음껏 달렸다. 이제 아무것도 두려울 게 없었다. 몹시 통쾌한 느낌마저 들었다. 지명도 익숙했고 체력도 충분했기 때문에 조금 돌아가더라도 전혀 문제 없었다. 이미 밀기, 끌기, 들기, 메기 등 여러 가지 필요한 기술들을 경험해 보았으므로, 인력거를 끄는 일도 그다지 어렵지 않다는 생각이 들었다. 그는 되도록 조심하고 앞지르려 들지 않으면 사고가 나지 않을 것이라는 나름대로의 주관을 지니고 있었다. 그는 말은 느린데 성질이 급했으므로 가격을 흥정하고 손님을 끄는 일에 있어서 능구렁이들을 당해낼 재간이 없었다. 그래서 그는 인력거 정류장에 가지 않고 인력거가 없는 곳에서 손님을 기다렸다. 외진 곳에서 조용히 가격을 흥정하기도 했고 어떤 때는 아예 "올라타시고, 알아서 주십시오!"라고 할 때도 있었다. 성실해 보이는 생김새인데다 얼굴 표정도 단순하고 귀여운 데가 있어 손님들도 이 어리숙한 꺽다리가 남의 등을 칠 것이라고는 생각하지 않았다. 설사 의심이 들지라도 그가 이제 막 도시로 와 길도 제대로 모르는 촌뜨기라 값을 부르지 못하는 것이라고 생각할 따름이었다. 손님이 "길을 아시오?"라고 물으면, 그는 멍청한 것 같기도 하고 약을 올리는 것 같기도 한 웃음을 지어보이며 그들을 안절부절하게 만들었다.

2~3주 단련되자 다리놀림에도 꽤나 틀이 잡혔다. 그는 자신이 달리는 모습이 대단히 보기 좋다는 것을 알고 있었다. 달리는 방식은 인력거꾼의 능력과 자격을 말해주는 증거였다. 부들부채 한 쌍으로 땅에 부채질을 하는 듯 팔자걸음으로 뛰는 건 의심할 바 없이 시골에서 갓 올라온 신참내기다. 고개를 깊이 처박고 양발을 땅에 끌면서 뛰는 속도가 걷는 것과 다를 바 없으면서도 뛰는 듯 시늉을 내는 자라면 오십 줄에 들어선 늙은이다. 경험은 풍부하지만 기력이 부치는 이들에게는 또 다른 방법이 있다. 가슴을 안쪽으로 깊게 움츠리고 다리를 높이 들어올리며 걸음을 옮길 때마다 머리를 쭉 내민다. 그들은 힘차게 달리는 것처럼 보이지만 사실은 남들보다 조금도 빠르지 않다. 그들은 '허세'에 의지하여 자신의 존엄을 유지하고 있다.

물론 샹즈는 이런 자세들을 취하지 않았다. 그는 다리가 길기 때문에 보폭이 컸고, 허리가 대단히 안정적이어서 달릴 때 소리가 나지 않았다. 걸음마다 탄력이 있어 인력거채가 아래 위로 움직이지도 않았다. 때문에 손님들은 안전하고 편안하다는 느낌을 받았다. 손님이 세워달라고 하면 제 아무리 빨리 달리고 있을 때라도 큰 발로 가볍게 한두 차례 땅을 스치면 그대로 멈추어졌다. 그의 힘이 인력거 구석구석마다 골고루 미치는 것만 같았다. 등을 비스듬히 구부리고 두 손으로 가볍게 인력거채를 잡은 채로 활발하고 시원스러우며 정확하게 달렸다. 전혀 다급하지 않게 빨리 달렸으며, 빠르면서도 위험하지 않았다. 전세로 인력거를 끄는 이들 가운데서도 그는 보기 드문 솜씨였다.

그는 새 인력거를 빌렸다. 인력거를 바꾼 그날, 그는 자신이 빌린 인력거, 즉 용수철이 유연하고 구리로 덧댄 발판에 방수포로 만든 휘장, 한 쌍의 등, 가는 목에 큰 구리 나팔이 달려 있는 인력거가 100원 조금 넘는 가격이며, 만약 칠이나 구리 장식이 조금 헐한 것이라면 100원에도 살 수 있을 것이라는 사실을 알게 되었다. 100원만 있다면 인력거 한 대를 살 수 있다는 말이었다. 문뜩 생각해보니 하루에 10전을 남길 수 있다면 천 일이면 100원이 생기는 셈이다. 천 일! 얼마나 아득하게 먼지 계산조차 할 수 없을 것만 같았다. 그러나 그는 결심했다. 천 일, 아니 만 일이라도 좋다. 그는 인력거를 사야만 했기에! 생각해보니, 그 첫 걸음은 전세로 끄는 일인 것 같았다. 교제 범위가 넓고 외식이 많은 주인을 만나 한 달에 평균 10여 차례 외식을 간다 치면, 그때마다 2~3원의 밥값車飯錢이 공짜로 떨어지게 된다. 게다가 매주 1원 정도 절약을 하면 한 달에 4~5원은 될 것이고, 그것이 1년이면 50~60원 정도가 남게 될 것이다. 그렇다면 그의 희망도 더욱더 가까워진다. 그는 담배도 피우지 않고 술도 마시지 않으며 도박도 하지 않았다. 별다른 취미도, 딸린 식구도 없으니 그저 이를 악물기만 하면 안 되는 일이 없을 것이다. 그는 자신에게 맹세했다. 일 년 반 만에, 어떻게 해서든지 내 인력거를 장만하고야 말 것이다. 새 것처럼 꾸며놓은 낡은 인력거 말고 방금 만들어낸 인력거를!

그는 진짜로 전세 인력거를 끌게 되었다. 허나 현실이 자신의 희망대로 이루어진 것은 아니었다. 이를 악물이었지만 일년 반이 다 되도록 그는 소원을 이루지 못했다. 분명 전세 인력거를 몰았고 근신할 정도로 조심하며 자신의 직무를 살폈지만 불행하게도 세상의 일이란 것이 그리 일방적이지 않았다. 그 스스로 아무리 조심한다 해도 주인은 매번 그를 해고했다. 길어야 두세 달, 때로는 8~9일 만에 그냥 일자리가 날아가버리는 것이다! 그러면 다른 일을 찾는 수밖에 없었다. 한편으로 일자리를 찾고 다른 한편으로 손님들을 태웠다. 말에 올라앉아 말을 찾는 격이나 다름 없어 도무지 쉴 틈이 없었다. 게다가 자꾸만 사고를 저지르곤 했다. 하루 밥벌이를 해야 하는데다 계속해서 인력거 살 돈을 저축해야 했기 때문에 바짝 정신을 차렸지만, 계속 정신을 차린다는 것이 쉬운 일은 아니었다. 인력거를 끌면서도 전심전력으로 달릴 수 없었다. 늘상 무언가를 생각하게 되고, 생각하면 생각할수록 두려워지고 울화가 치밀었다. 만약 계속해서 이대로 나간다면 언제쯤에나 인력거를 살 수 있을까? 왜 이렇게 된 거지? 설마 더 억척스러워져야 한다는 말인가? 이렇게 생각이 어지러워지면 평소의 조심성도 사라진다. 그러다가 인력거 고무바퀴에 구리 조각이나 사금파리가 박혀 펑크가 나고, 어쩔 수 없이 인력거를 걷어치워야만 할 때도 있었다. 더욱 심각한 것은 행인을 칠 때도 있다는 것이었다. 심지어 복잡한 곳을 급히 빠져나가다가 차축 덮개가 부딪쳐 떨어진 적도 있었다. 인력거가 전세였다면 절대로 이런 실수는 하지 않았을 텐데. 일을 놓으니 마음이 불쾌하고 얼떨떨하여 멍하니 넋을 잃는 일이 많았다. 인력거를 망가뜨렸으니 당연히 배상을 해야만 했는데,

이것이 마치 불길에 기름을 부은 것처럼 더욱 그를 초조하게 만들었다. 어떤 때는 더욱 큰 화를 자초할까 두려워 하루 종일 괴로워하며 잠을 청할 때도 있었다. 그러다 눈을 뜨면 하루가 그냥 지나가버렸다는 사실에 또다시 후회하고 자신을 원망했다. 조급해질수록 더욱 자신을 못살게 굴었고, 먹고 마시는 일도 고르지 못했다. 그는 자신이 무쇠처럼 튼튼하다고 여겼지만 그 역시 병이 날 때가 있었다. 처음 병이 나면 약 사먹을 돈이 아쉬워 억지로 버텨보았지만, 결국 병이 깊어져 약을 살 수밖에 없었다. 뿐만 아니라 며칠 푹 쉬어야 했으니, 손해가 이만저만이 아니었다. 이런 곤경에 빠지면서도 그는 더욱 이를 악물고 노력했다. 하지만 아무리 인력거 살 돈을 세고 또 세어보아도 모으는 속도가 빨라지지는 않았다.

꼬박 3년이나 걸려서야 그는 겨우 100원을 모았다.

더이상 기다릴 수가 없었다. 원래 계획은 가장 완벽하고 최신식이며 가장 마음에 드는 인력거를 사는 것이었지만 지금은 그저 100원 한도 내에서 흥정할 수밖에. 더이상 기다리기란 불가능했다. 만일 무슨 일이 생겨 또다시 몇 원을 잃게 된다면!

때마침 만들어달라고 주문만 하고 돈이 없어 찾아가지 못한 인력거가 한 대 있었는데, 그가 바라던 것과 거의 비슷했다. 원래 가격은 100원이 넘었지만 주문한 사람이 포기했기 때문에 인력거 점포 주인이 약간 깎아줄 생각이 있다고 했다. 샹즈는 얼굴이 온통 붉어지고 손까지 덜덜 떨면서 96원을 내밀었다.

"이 인력거를 사겠수!"

점포 주인은 어떻게 해서든지 100원을 다 받아내려고 온갖 말을 늘어놓았다. 인력거를 끌어냈다가 다시 집어넣기도 하고, 차양을 폈다 다시 접기도 했으며, 나팔을 눌러대기도 했다. 매번 동작을 할 때마다 주인의 입에서는 가장 좋은 형용사가 줄줄이 쏟아져나왔다. 나중에는 쇠로 된 바퀴살을 두어 번 툭툭 치면서 이렇게 말하는 것이었다.

"소리 좀 들어보슈! 방울처럼 끝내주잖소! 끌고 가시오. 실컷 끌어 보시구려. 끌다가 행여 바퀴살이 한 대라도 늘어지거든 가지고 와서 내 상판대기에 내동댕이쳐도 좋소이다! 허나 100원에서 한 푼만 모자라도 땡이오!"

샹즈는 돈을 또다시 세었다.

"이 인력거, 96원에 주쇼."

점포 주인은 정말 고집불통인 사내를 만났다는 것을 깨달았다. 그는 돈과 샹즈를 번갈아 쳐다보다가 한숨을 내뱉었다.

"에라 모르겠다. 친구 하나 사귄 셈 치지! 자, 이제 인력거는 당신 거요. 여섯 달 보증이요. 차체를 완전히 망가뜨리지만 않는다면 내 공짜로 수리해드리리다. 자, 보증서, 가져가시오!"

샹즈의 손은 부들부들 떨렸다. 보증서를 받고 인력거를 끌고 오면서 눈물을 흘릴 뻔했다. 외진 곳으로 끌고 가 자신의 인력거를 자세히 살펴봤다. 옻칠한 판대기에 자신의 얼굴을 비춰보기도 했다. 보면 볼수록 마음에 들었다. 자신의 이상과 부합하지 않는 곳도 모두 너그럽게 봐줄 수 있을 것만 같았다. 이미 자신의 인력거가 되었기 때문이었다. 한참 동안 인력거를 바라보니 잠시 쉴 수도 있겠다는 생각이 들었다. 그는 손님이 발을 올려놓는 새 발판에 앉아 인력거채 위에서 반짝이는 구리 나팔을 바라보았다. 문득 자신이 올해 스물두 살이라는 생각이 났다. 부모님이 일찍 돌아가셨기 때문에 그는 자신이 언제 태어났는지도 알지 못했다. 도시로 온 이후로 생일을 쉰 적도 없었다. 그래 좋다! 오늘 새 인력거를 샀으니 생일로 삼지 뭐! 사람의 생일이자 인력거의 생일이니, 기억하기도 좋지. 게다가 이 인력거야말로 나 자신의 심혈을 퍼부은 것이니 사람과 인력거를 함께 묶는다고 무슨 대수랴!

그렇다면 이 '겹치기 생일'을 어떻게 지낸다? 샹즈에게는 나름대로 생각이 있었다. 마수걸이니 우선 차림새가 번듯한 손님을 태워야지 절대로 여자를 태울 수는 없었다. 가장 좋기로는 전문前門까지 달리는 것이고 그 다음은 동안시장東安市場까지 끌고 가는 것이다. 그곳까지 가면 당연히 가장 좋은 노점 식당에서 한 끼를 먹을 것이다. 뜨거운 사오삥燒餠(밀가루를 반죽하여 원형 또는 사각의 평평한 모양으로 만들고 표면에 참깨를 뿌려 구운 빵의 일종)에 볶은 양고기를 얹은 음식을 먹을 것이다. 다 먹고 난 다음에 좋은 벌이가 있으면 다시 한두 사람 정도 태우면 되지. 없다면 그냥 인력거를 거둬가지 뭐. 오늘은 생일이니까!

자신의 인력거가 생긴 이후로 그의 생활은 날이 갈수록 활기를 띠었다. 전세도 좋고 개별 손님을 모셔도 좋았다. 매일 '사납금' 때문에 조급할 필요도 없었으니, 얼마를 끌든 모두 자기 몫이었던 것이다. 마음이 편하니 손님 대하는 것도 한결 부드러웠고, 장사도 더욱 순조로웠다. 이렇게 반 년을 끌다보니 그의 희망도 더욱 커졌다. 이대로 간다면 한 2년, 길어야 2년 안에 인력거를 또 한 대 살 수 있게 될 것이다. 한 대, 두 대……, 그렇다면 그도 인력거 임대회사를 차릴 수 있을 것이다!

그러나 희망은 대부분 허사가 되는 법이니, 샹즈도 예외는 아니었다.

2

기분이 좋으니 배짱도 점점 커져만 갔다. 인력거를 산 이후 샹즈는 더욱 잽싸게 달렸다. 자기 인력거인 만큼 물론 각별하게 조심했지만 자신과 자신의 인력거를 보다보면 빨리 달리지 않고는 성이 차질 않았다.

그는 도시로 들어온 후 키가 한 치 이상이나 자랐지만 그럼에도 더 자라야 할 것 같은 느낌이 들었다. 그렇다. 그의 피부나 몸매는 훨씬 튼튼해진데다 제법 자리가 잡혔다. 윗입술 위로 가늘게 수염도 났다. 작은 방문이나 대문을 고개를 깊이 숙여야 겨우 들어갈 수 있을 때면 비록 말은 하지 않았지만 마음속으로 은근히 기뻤다. 이미 이렇게 키가 컸지만 여전히 자라고 있는 상태이기 때문이다. 그는 자신이 마치 다 자란 성인이면서도 계속 키가 크는 아이와 같다고 생각했다. 재미

있고 유쾌한 일이다.

이렇게 허우대가 큰 사람이 저렇게 멋진 인력거, 그것도 자신의 인력거를 끌게 되었다. 활 모양의 널판 스프링이 유연하게 휘청거려 인력거 채까지 미세한 흔들림이 감지되었다. 차체는 빛나고 자리 깔개는 희며 나팔은 저리 잘 울리니, 빨리 달리지 않고 어찌 자신에게 떳떳할 수 있을 것이며, 어찌 저 인력거에 체면이 서겠는가? 이는 허영심이 아니라 일종의 책임감이었다. 잽싸게 날 듯이 뛰지 않으면 자신의 역량과 인력거의 우수함을 충분히 발휘할 수 없을 것이다. 정말 저 인력거는 사랑스럽다. 마치 구석구석 지각과 감정이 담겨 있는 듯, 샹즈가 허리를 틀거나 다리를 구부릴 때, 또는 꼿꼿하게 등허리를 펼 때면 그 즉시 장단을 맞춰 마음먹은 대로 도와주니 그와 인력거 사이에 틈새나 부자연스러운 곳이 전혀 없었다. 땅이 평탄하고 사람이 적은 곳에서는 한 손으로 채를 쥐고 달릴 수도 있었는데, 가볍게 소리를 내며 돌아가는 고무바퀴가 마치 상큼한 산들바람처럼 샹즈에게 달리기를 재촉하는 듯했다. 목적지에 도착하면 샹즈의 위아래 옷은 쥐어짜야 할 정도로 땀이 뚝뚝 흘러 마치 방금 대야에서 끄집어올린 것 같았다. 그는 피곤했지만 오히려 자부심을 느낄 만큼 통쾌했다. 이런 피곤은 명마를 타고 수십 리 길을 달렸을 때의 그것과 같았다.

대담함이 꼭 부주의를 의미하는 것은 아니다. 샹즈는 마음 놓고 달릴 때도 결코 소홀하지 않았다. 빨리 달리지 않는 것이 남에게 미안한 일이라면 빨리 달리느라 인력거가 어딘가에 부딪혀 망가지는 것은 자신에게 미안한 일이다. 그에게 인력거는 생명줄이기 때문에 어떻게 조심해야 하는지 잘 알고 있었다. 이렇게 대담성과 조심성을 함께 지녔기에 그는 날이 갈수록 자신감이 붙었고 자신과 인력거 모두 무쇠로 만들어진 양 여겼다.

그렇기 때문에 그는 대담하게 뛰었을 뿐만 아니라 언제 인력거를 끌고 나갈 것인가에 대해서도 그다지 신경을 쓰지 않았다. 그에겐 인력거를 끌어 밥벌이를 하는 것이야말로 천하에서 가장 기개 있는 일이어서, 그가 인력거를 끌고 나가려 할 때는 그 누구도 막을 수 없었다. 바깥세상의 뜬소문도 그는 그다지 신경쓰지 않았다. 서원西苑에 군대가 들어왔다느니, 장신점長辛店에서 전투가 벌어졌다느니, 서직문西直門 밖에서 또다시 사람들을 마구잡이로 끌고 간다느니, 제화문齊化門(조양문朝陽門)이 닫힌 지 벌써 반나절이나 되었다느니 별의별 이야기가 많았지만 그는 전혀 대수롭게 여기지 않았다. 물론 점포들이 모두 문을 닫고 길가에 무장경찰과 보안대가 득실거리자 그 역시 일부러 불편한 일을 만들지 않고 다른 사람들처럼 서둘러 인력거를 거둬들였다. 그렇지만 뜬소문은 믿지 않았다. 제 인력거를 끄는 동안 어떻게 조심해야 할지는 잘 알았지만, 역시 시골뜨기였기에 도시 사람처럼 바람 부는 소리를 듣고 비가 올 것을 예측하지는 못했다. 게다가 그는 자기 몸집에 자신이 있었기 때문에 설사 운수 사나운 일을 만나더라도 필시 빠져나올 방법이 있어 큰 손해는 보지 않을 것이라고 믿었다. 그는 쉽게 얕잡아볼 수 있는 사람이 아니었다. 큰 키에 저렇듯 넓디넓은 어깨를 지녔는데 어찌 감히!

전쟁 소식과 풍문은 거의 해마다 봄보리가 자라는 것마냥 커져갔다. 보리 이삭과 총검은 북방 사람들에게 희망과 두려움의 상징이었다. 샹즈가 새 인력거를 건네받은 지 반 년 정도 되던 시절은 때마침 보리가 봄비를 기다리던 때였다. 봄비는 인민들의 바람대로 내리는 것이 아니었고, 전쟁 역시 사람들의 바람과 상관없이 닥쳐올 것이다.

뜬소문이든 아니든 샹즈는 자신이 농사꾼이었다는 사실을 잊어버린 듯했다. 그는 전쟁이 어떻게 논밭을 망가뜨리는지 그다지 관심이 없었고, 봄비가 오든 안 오든 별로 주의하지 않았다. 그는 오로지 자신의 인력거에만 관심이 있을 뿐이었다. 그의 인력거는 '라오삥烙餠(솥이나 지짐판에 기름칠을 하여 구운 식품으로 중국 북방 사람들의 주식 가운데 하나)' 을 포함해서 모든 먹을 것을 만들어내니, 그야말로 만능 전답이자 온순하게 그를 따르는 생명력 있는 토지, 보배로운 땅이었다.

비도 오지 않는데 전쟁 소식이 전해지자 양식 값이 죄다 올랐다. 이는 샹즈도 알고 있었다. 그러나 그는 다른 성 안 사람들과 마찬가지로 양식 값이 비싸졌다고 원망할 뿐 뾰족한 수가 없었다. 그는 '양식 값이 비싸질 테면 비싸지라지! 누군들 값을 싸게 만들 수 있겠어?' 라는 생각으로 그저 자신의 생활을 살필 뿐 우환이나 재앙에 대한 우려는 머리 뒤쪽으로 제쳐놓았다.

성 안에 사는 사람들은 뜬소문만은 정말 잘 만들어냈다. 때로 완전히 없는 것을 날조하기도 하고 어떤 때는 조그마한 사실을 가지고 열 배 정도 부풀리기도 한다. 그렇게 자신들이 어리석거나 아무 일도 하지 않는 것이 아니라는 사실을 표현하려는 것이다. 그들은 작은 물고기 같았다. 한가할 때면 주둥이를 수면 위로 내밀고 아무 짝에도 쓸모 없는 물거품을 토해냈다. 그러고는 큰 일이라도 하고 있는 양 우쭐거렸다. 뜬소문 가운데 가장 재미있는 게 전쟁에 관한 것이다. 다른 소문들은 귀신이나 여우 이야기처럼 그냥 풍문으로 그쳤다. 그러나 전쟁에 관한 것은 근본적으로 정확한 소식이 없기 때문에 대나무를 세우면 그 즉시 그림자가 지듯 효과가 나타났다. 구체적인 항목을 살펴보면 사실과 크게 차이가 나지만 전쟁 자체가 있느냐 없느냐에 관한 것이라면 십중팔구 정확했다. "전쟁이 곧 터진대!" 이런 말이 누군가의 입에서 나오기만 하면 정말로 전쟁이 일어났다. 다만 누가 누구와 싸우는지, 어떻게 싸우는지 하는 문제에 이르면 사람들 말이 각기 달랐다. 샹즈도 이를 모르는 것은 아니었다. 그러나 막노동을 하는 사람들은—인력거꾼을 포함해서—물론 전쟁을 환영하지는 않지만 전쟁에 부닥친다고 해서 반드시 재수 없는 일을 당하는 것은 아니었다.

전쟁이 터질 때마다 가장 당황하는 건 돈 깨나 있는 치들이다. 그들은 좋지 않은 풍문을 듣기가 무섭게 서둘러 도망칠 궁리를 했다. 돈이 있으니 재빨리 행동하고 날쌔게 도망친다. 그러나 그들 자신은 빨리 뛸 수가 없었다. 팔 다리에 혹처럼 돈이 너무 무겁게 휘감겨 있기 때문이었다. 그래서 그들은 사람을 여럿 고용하여 자신의 다리가 되게 한다. 짐을 실은 상자도 누군가 들어다주어야 하며 남녀노소 집안 식구들이 타고 갈 인력거도 있어야 했다. 이럴 때면 팔과 다리품을 팔아 먹고사는 우리 형님네들의 손과 발이 일률적으로 비싸졌다.

"전문前門 동부역東車站"

"어디요?"

"동부역."

"음, 그럼 깨끗하게 1원 40전만 내세요! 깎을 생각일랑 아예 하지 마쇼. 이런 전쟁통에!"

이런 상황에서 샹즈는 인력거를 끌고 성 안으로 들어갔다. 소문이 떠돈 지 이미 10여 일이나 되었고 물가도 뛰어올랐지만 전쟁은 한참 먼 곳에서 벌어져 당장 북경까지 치고 들어올 것 같지는 않았다. 샹즈는 평소처럼 인력거를 끌었으며 풍문 때문에 게으름을 피우지도 않았다. 그러던 어느날 서성西城까지 인력거를 끌고 갔다가 그곳에서 이상한 낌새를 챘다. 호국사護國寺 거리 서쪽 어귀나 신가구新街口에 "서원西苑까지 얼마요? 청화淸華는?"이라며 물어오는 손님이 한 명도 없었던 것이다. 그는 신가구 부근에서 잠시 서성거렸다. 듣자 하니 인력거들은 감히 성을 나가려고 하지 않는다고 했다. 서직문 밖에서는 지금 큰 차, 작은 차, 나귀 수레, 인력거 할 것 없이 모조리 붙잡아간다고도 했다. 그는 차를 한 잔 마시려고 남쪽에 인력거를 세워놓았다. 인력거 정거장이 썰렁한 게 진짜로 위급한 것 같았다. 그는 담력이 좋았지만 일부러 죽을 길을 찾아들 생각은 없었다. 바로 그때 남쪽에서 인력거 두 대가 다가왔는데, 인력거에 앉은 사람은 학생 같아 보였다. 인력거꾼은 달리면서 외쳤다.

"청화에 갈 사람 있어요? 청화요!"

정류장에 인력거가 몇 대 있었지만 대꾸하는 이가 없었다. 어떤 이는 그 인력거 두 대를 바라보며 그저 담담하게 웃을 뿐이었고, 또 어떤 이는 작은 담뱃대를 물고 앉아 고개도 들지 않았다. 인력거꾼 두 사람은 계속해서 외쳐댔다.

"모두 벙어리가 되었나? 청화요, 청화!"

"2원만 내쇼. 내가 가리다!"

까까머리에 몸집은 난쟁이 똥자루만한 젊은이가 다른 사람들이 찍소리도 하지 않는 것을 보고는 농담처럼 이렇게 내뱉었다.

"끌고 오쇼! 자, 또 한 대!"

인력거 두 대가 멈춰섰다.

까까머리 젊은이는 어찌해야 좋을지 모르겠다는 듯 잠시 멍해졌다. 다른 치들은 전혀 움직이지 않았다. 성 밖으로 나가면 틀림없이 위험한가 보구만. 그렇지 않다면 청화까지 2원을 준다고 하는데—평소에는 20~30전이면 그만이다—왜 아무도 달려들지 않는 거야? 그 역시 갈 생각이 없었다. 그러나 까까머리 젊은이는 누군가 함께 가주기만 한다면 훌쩍 다녀오기로 마음먹은 것 같았다. 그가 한눈에 샹즈를 점찍어 말했다.

"어이, 꺽다리! 어떠쇼?"

'꺽다리大个子'라는 말에 샹즈는 빙긋 웃음을 지었다. 그건 일종의 찬사였다. 그는 마음을 고쳐먹었다. 이런 찬사에 답하는 의미에서라도 왜소하지만 담대한 까까머리를 마땅히 추켜줘야 할 것 같았다. 게다가 2원 아닌가 2원! 날마다 생기는 일이 아니다.

위험하다고? 설마 그렇게 딱 마주치겠어? 엊그제만 해도 천단天壇에 병사들이 꽉 들어찼다고 말하더니, 내가 직접 가보았는데 병사 나

부랭이는커녕 터럭 하나도 없더라. 이렇게 생각하면서 그는 인력거를 끌고 나섰다.

서직문에 도달할 때까지 성문 안에 오가는 이들이 거의 없었다. 샹즈는 마음이 조금 오싹해졌다. 까까머리도 심상치 않다는 생각이 들었지만 그래도 웃는 얼굴로 말했다.

"어이, 친구! 복이 될지 화가 될지 일단 가봅시다. 오늘 운수에 달린 것이니!"

샹즈는 일이 잘못되고 있다는 것을 알았지만 길거리에서 몇 년을 굴러먹은 터에 한 번 말한 것을 뒤집을 수도 없고, 아낙네들처럼 짜증을 낼 수도 없었다. 서직문을 나서니 정말 인력거를 한 대도 볼 수 없었다. 샹즈는 고개를 푹 숙였다. 감히 큰 길가 좌우를 살피는 것조차 할 수 없었다. 심장이 두근거려 갈빗대를 치받는 듯했다. 고량교高亮橋에 이르러 사방을 둘러보니 군인이라고는 한 사람도 보이지 않아 다소 마음을 놓았다. 2원은 어찌되었든 2원이지. 그는 마음속으로 궁리를 했다. 담력이 없으면 어찌 이런 행운을 잡을 수 있겠어. 그는 평상시 말하기를 좋아하지 않았지만 그때만은 길거리가 무섭도록 고요하여 까까머리와 몇 마디라도 나누고 싶었다.

"흙길로 질러갈까? 큰 길은 아무래도……."

"그야 말할 필요도 없지."

키 작은 까까머리는 그의 뜻을 눈치채고 대답했다.

"지름길로 들어서기만 하면, 일단 조금 안심은 할 수 있는데."

그러나 지름길로 채 들어서기도 전에 샹즈와 키 작은 까까머리는 물론이고 인력거까지 10여 명의 병사들에게 잡혀가고 말았다.

비록 묘봉산妙峰山 사당에서 공양하고 재를 올리는 시절이 되었으나, 한밤중의 차가운 기운은 홑적삼만으로 견디기 힘들었다. 샹즈는 회색 군복 상의와 곤색 무명천으로 만든 군복 바지 외에 걸친 것이 없었다. 그나마 입은 옷조차 땀에 절어 괴상한 악취가 풍겼는데, 그가 몸에 걸치기 전부터 이미 그러했다. 낡은 군복을 입고 있자니 예전에 자신이 입었던 흰 광목 적삼에 인단트렌(무명에 물들이는 고급 염료)으로 물들인 푸른색 겹바지 저고리 한 벌이 생각났다. 그 얼마나 깨끗하고 멋들어졌던가! 그래, 세상에는 인단트렌으로 물들인 푸른색 옷보다 멋진 것이 많겠지만, 샹즈는 자신이 그처럼 깨끗하고 산뜻하게 차려입게 된 것만도 얼마나 어려운 일이었는가를 잘 알고 있었다. 지금 몸에서 풍기는 썩은 땀 냄새를 맡으면서 그는 이전에 악착같이 발버둥치며 애써 성공을 이룬 것이 얼마나 분에 넘치는 영광이었는지 생각했다. 그런 상황에 처하자 본래 느끼고 있던 영광보다 열 배는 크게 느껴졌다. 과거를 생각할수록 그놈의 병사들이 더욱 원망스러웠다. 그가 입고 있던 옷이며 신발, 모자, 인력거, 심지어 허리에 동여맨 무명 허리띠까지 모두 그들에게 빼앗기고, 남은 것이라곤 여기저기 시퍼렇게 멍든 상처와 온통 물집이 생긴 발뿐이었다. 허나 옷쯤이야 별 게 아니었고, 몸에 난 상처도 머지 않아 아물 것이니 문제가 아니었다. 다만 그의 인력거, 여러 해의 피땀으로 겨우 마련한 그 인력거가 없어지다니! 병영으로 끌려온 뒤부터 인력거는 전혀 보이지 않았다. 지난날의 모든 괴로움과 고난은 그저 눈 한 번만 질끈 감으면 잊을 수 있었다. 그러나 그 인력거를 잊기란 도저히 불가능했다.

고생쯤은 두렵지 않았다. 그러나 인력거를 다시 마련한다는 것은 그저 말로 해서 될 일이 아니었다. 또다시 여러 해에 걸친 각고의 노력이 필요할 것이다. 과거의 성공이 모두 도로아미타불이 되고 말았으니 처음부터 다시 시작해야 했다! 샹즈는 눈물을 뚝뚝 흘렸다. 그는 병사들을 원망했고 세상의 모든 것을 저주했다. 도대체 무엇 때문에 사람을 우롱하여 이런 지경으로 만든단 말인가?

"무엇 때문에?"

그는 절규했다.

이렇게 소리를 내지르니 통쾌하기는 했지만 곧 위험하다는 생각이 들었다. 다른 것은 일단 제쳐놓고 도망부터 쳐야 해!

도대체 내가 어디에 있는 거지? 그 자신도 정확히 답을 할 수 없었다. 요 며칠 간 그는 병사들을 따라 뛰어다니느라 머리에서 발끝까지 땀이 줄줄 흐를 정도였다. 걸을 때는 병사들의 짐을 메거나 끌었고, 머무를 때면 물을 긷거나 불을 지피고 말에게 먹이를 주었다. 그는 아침부터 밤까지 사력을 다해 손과 발을 움직이느라 마음은 텅 비어만 갔다. 밤이 되면 머리를 땅에 대기 무섭게 송장처럼 곤드라졌다. 이대로 영원히 눈을 뜨지 못한다고 해도 반드시 나쁜 일만은 아닐 것 같았다.

처음에 기억하기로는 병사들이 묘향산 일대로 퇴각한 것 같았다. 그러나 뒷산에 이르러서는 산을 기어오르는 데만 정신이 팔려 있었다. 한 발이라도 잘못 디디면 산골짜기로 굴러떨어져 산중 독수리에게 뼈다귀까지 모두 뜯겨 먹힐지도 모른다는 생각에 다른 것을 돌볼 겨를이 없었던 것이다. 산중에서 며칠을 빙빙 돌던 어느날 돌연 산길이 적어지더니 태양이 등 뒤로 질 무렵 먼 곳에서 평지가 눈에 들어왔다. 저녁식사를 알리는 호각 소리에 병영에 나가 있던 병사들이 돌아오는데, 총을 멘 몇 명의 병사들이 낙타 몇 마리를 끌고 왔다.

낙타! 샹즈의 마음이 움직이며 돌연 깊은 생각에 빠졌다. 마치 길 잃은 사람이 익숙한 표지를 찾아낸 것처럼 모든 것이 순식간에 생각났다. 낙타는 산을 넘지 못한다. 그렇다면 분명 평지를 질러왔을 것이다. 그가 아는 바에 따르면 북평 서쪽 일대, 즉 팔리장八里庄, 황촌黃村, 북신안北辛安, 마석구磨石口, 오리둔五里屯, 삼가점三家店 등에서 모두 낙타를 치고 있다. 설마 이리저리 돌고 돌아 겨우 마석구로 왔단 말인가? 이게 도대체 무슨 전략인지—노략질하고 도망치는 것밖에 모르는 병사들에게 혹시 전략이라는 게 있다면—샹즈는 알 수 없었다. 그러나 그가 확실하게 알 수 있는 것은 이곳이 정말로 마석구라면 병사들은 틀림없이 산을 에돌아 빠져나갈 수 없어 산 아랫쪽에서 활로를 찾으려 들 거라는 점이었다. 마석구는 좋은 곳이다. 동북쪽으로는 서산으로 돌아갈 수 있고, 남쪽으로는 장신점이나 풍대豐台로 도망칠 수도 있으며, 길 어귀까지 나가면 서쪽으로 난 출로도 있었다. 그는 병사들을 위해 이렇게 따져보는 한편 마음속으로 자신이 살길을 그려보았다. 도망갈 기회가 온 것이다. 만일 병사들이 후퇴하여 다시 어지러운 산 속으로 되돌아간다면, 설사 군인들의 손아귀에서 빠져나온다고 해도 굶어죽을 위험성이 있었다.

도망가려면 이번 기회를 놓치지 말아야 한다. 여기부터 도망친다면 단숨에 해전海甸까지 달려갈 수 있을 것이다! 비록 중간에 거쳐야 할 많은 곳이 있기는 해도 모두 아는 곳 아닌가! 눈을 감으면 지도가 펼쳐졌다. 여기가 마석구라면—아이고 하느님, 제발 이곳이 마석구이길!—동북쪽으로 돌아서 금정산金頂山, 예왕분禮王墳을 지나면 팔대처八大處일 것이고, 사평대四平台에서 동쪽으로 행자구杏子口로 달려가면 남신장南辛庄에 이르게 될 것이다. 몸을 은폐하려면 역시 산을 타고 가는 것이 좋을 것이다. 북신장北辛庄에서 북쪽으로 위가촌魏家村을 지나고 남가탄南河灘을 지나 다시 북쪽으로 가면 홍산두紅山頭와 걸왕부杰王府에 이른다. 아, 그렇다면 정의원靜宜園일 것이다. 정의원만 찾아가면 눈을 감고 더듬어 가더라도 해전에 도착할 수 있다.

심장이 뛰기 시작했다! 요 며칠 간 그의 피는 모두 사지로 흘러간 것 같았는데, 지금 이 순간만은 죄다 심장으로 되돌아온 듯했다. 마음이 뜨겁게 달아오르자 사지는 반대로 차가워졌다. 뜨겁게 솟구치는 희망으로 전신이 부르르 떨리는 것이었다!

한밤중이 되도록 그는 눈을 붙일 수 없었다. 희망은 그를 유쾌하게 만들었지만 공포가 그를 당혹스럽게 했다. 잠을 자야겠다고 마음먹었지만 잠이 오지 않았다. 팔다리가 따로따로 흩어진 듯 그는 건초더미에 육신을 내려놓고 있었다. 하늘의 별들만 그의 심장을 따라 뛰고 있을 뿐 어떤 소리나 움직임도 없었다. 그때 갑자기 멀지 않은 곳에서 낙타가 구슬프게 두어 번 울어댔다. 밤중에 닭 우는 소리를 듣는 것처럼 구슬픈 마음이 들기도 하고 위안이 되기도 하여 어쩐지 그 울음소리가 좋게 느껴졌다.

멀리서 포성이 들렸다. 희미하기는 했지만 포성임에 틀림없었다. 그는 감히 움직일 수 없었지만 병영은 금세 소란해졌다. 그는 숨을 죽였다. 기회가 왔다! 병사들은 또다시 퇴각하여 산중으로 들어갈 것이다. 요 며칠 간의 경험을 통해 그는 병사들이 집 안에 갇혀 있는 벌떼마냥 이리저리 부닥치고 다닐뿐이라는 사실을 알고 있었다. 포성이 울리면 분명 병사들이 도망칠 것이고, 그렇다면 그는 정신을 바짝 차려야 한다. 그는 숨을 죽인 채 가만히 땅바닥을 기었다. 낙타를 몇 마리 찾기 위해서였다. 낙타가 그에게 도움을 줄 수 있는 것은 아니었지만 낙타 역시 그와 마찬가지로 포로인 처지니 안쓰러운 마음이 들었다. 병영은 더욱 혼란해졌다. 그는 낙타를 찾아냈다. 마치 몇 무더기 흙더미 같은 것이 어둠 속에 엎드려 있었다. 거친 호흡 이외에 아무런 움직임도 없이 낙타는 태평하기만 했다. 이것이 그를 더욱 대담하게 만들었다. 마치 병사들이 모래 푸대 뒤편에 몸을 감추듯 낙타 옆에 엎드렸다. 문득 번개처럼 스치는 생각이 있었다. 포성은 남쪽에서 들려왔다. 설사 진짜 싸우는 것이 아닐지라도 적어도 '이 길로는 통행할 수 없다' 는 경고인 것만은 분명했다. 틀림없이 병사들은 산중으로 도망칠 생각을 할 것이다. 진짜로 산을 타겠다면 낙타를 끌고 가는 것은 불가능하다. 이제 낙타의 운명은 곧 그의 운명이었다. 그들이 만약 이 몇 마리 짐승을 포기하지 않는다면, 그 역시 끝장이다. 그들이 낙타를 잊어버려야만 그도 도망칠 수 있다. 귀를 땅에 대고 발자국 소리를 듣고 있자니 심장이 격하게 요동쳤다.

얼마나 기다렸을까? 끝내 낙타를 끌러 오는 이는 나타나지 않았다. 그는 용기를 내어 일어나 낙타의 쌍봉雙峰 사이로 동정을 살폈으나 아무것도 보이지 않고 칠흑처럼 어둡기만 했다. 튀자! 어떻게 되든 일단 도망치고 보자!

3

샹즈는 20~30보쯤 뛰어가다가 멈춰섰다. 낙타 몇 마리에 미련이 남았던 것이다. 이제 세상에 남은 재산이라곤 그의 목숨 하나밖에 없었다. 그러니 땅에 떨어진 삼노끈 한 오라기라도 달갑게 주워야 할 판이었다. 설사 그것이 아무 짝에도 소용 없다 할지라도 얼마간 위안을 받을 수는 있을 것이다. 적어도 자기 수중에 삼노끈이라도 있으니 완전히 빈털터리인 것은 아니기 때문이었다. 도망쳐 목숨을 건지는 것도 중요하지만 맨 몸뚱이만으로 무슨 소용이 있겠는가? 그는 그 몇 마리 짐승이라도 끌고 가야 했다. 비록 낙타를 어디에 쓸지 뾰족한 생각이 있는 것은 아니었지만 그것 역시 몇 개의 물건, 덩치가 작지 않은 물건임에 틀림없었다.

그는 낙타를 끌어당기기 시작했다. 낙타를 다루는 방법에 대해서는 잘 알지 못하지만 녀석들이 무섭지 않았다. 시골 출신이기 때문에 그는 짐승들과 가까웠다. 낙타들이 아주 천천히 일어나기 시작했다. 그는 녀석들이 모두 한데 묶여 있는지 아닌지 자세히 알아볼 겨를도 없이 끌고 갈 만하다는 느낌이 들자 무턱대고 발걸음을 내디뎠다. 한 마리가 끌려오든 아니면 '뭉텅이'로 끌려오든 간에.

발걸음을 내딛기가 무섭게 후회가 됐다. 낙타는—무거운 것을 드는 게 습관이 되었기 때문에—빨리 걷지 못한다. 걷는 것이 더딜 뿐더러 극히 조심스럽게 천천히 걸어야 했다. 낙타는 잘 미끄러지기 때문에 고인 물이나 진흙탕에서도 다리가 부러질 수 있고 무릎이 꺾이기도 한다. 낙타의 가치는 오로지 네 다리에 달려 있기 때문에 하나라도 잘못되면 모든 것이 끝장이다. 그런데 지금 샹즈는 목숨을 부지하기 위해 도망치는 길이 아닌가!

그렇지만 그는 낙타를 다시 놓아둘 생각이 없었다. 모든 것을 하늘에 맡길 뿐이었다. 공짜로 얻은 낙타를 이대로 포기할 수는 없다.

인력거를 끄는 데 이골이 난 샹즈는 방향을 판별하는 능력이 제법이었다. 비록 그렇기는 하지만 지금은 마음이 복잡했다. 낙타를 찾았을 때만 해도 그의 마음은 온통 낙타들에게 가 있었으나 녀석들을 끌기 시작하자 도대체 어디가 어디인지 분간하기 어려웠다. 날은 어둡고 마음은 조급하니 설사 그가 별을 보면서 방향을 잡을 줄 안다고 할지라도 마음 편히 하늘이나 쳐다보고 있을 수가 없었다. 오히려 별들이 자신보다 더 조급한 마음에 서로 부딪치며 검은 하늘 위에서 어지럽게 움직이고 있는 것만 같았다. 샹즈는 하늘을 쳐다볼 수 없었다. 그는 고개를 푹 숙였다. 마음만 조급할 뿐 발걸음은 영 속도가 나지 않았다. 그는 이런 생각이 들었다. 낙타를 끌고 간다면 응당 큰 길로 가야지 산비탈을 따라갈 수는 없다. 마석구—정말 이곳이 마석구라면—에서 황촌까지는 곧바로 난 길이다. 이 길이야말로 낙타가 다닐 수 있는 큰 길이자 멀리 돌아가지 않는 길이다. "멀리 돌지 않는다." 이는 인력거꾼에게 상당히 가치가 있는 말이었다. 그러나 큰 길에는 숨을 곳이 없다. 만에 하나 병사들이라도 만난다면? 설사 만나지 않는다 할지라도 낡은 군복에 진흙이 잔뜩 묻은 얼굴과 길고 덥수룩한 머리를 하고 있으니 어느 누가 그를 보고 낙타를 끄는 이라고 생각하겠는가? 그렇게 보지 않을 것이다. 오히려 탈영병처럼 보이겠지! 탈영병, 관가에 끌려가는 것은 그나마 낫다. 마을 사람들에게 잡히면 땅 속에 매장되는 것도 약과일 것이다. 생각이 여기까지 미치자 부들부들 몸이 떨리기 시작했다. 등 뒤에서 낙타가 터벅터벅 걷는 소리에도 깜짝 놀라 소스라칠 정도였다.

도망쳐 목숨을 부지하고자 한다면 아무래도 요 성가신 낙타들을 떼어버려야만 한다. 그러나 차마 낙타 코에 걸린 고삐를 손에서 놓을 수가 없었다. 가자, 가! 가는 데까지 일단 가보고, 무엇을 만나든지 그때 가서 보자. 산다면 짐승 몇 마리를 버는 것이고, 죽는대도 내 팔자지 뭐!

그는 군복을 벗어 단번에 옷깃을 뜯어냈다. 여전히 책임을 다하고자 달려 있는 구리 단추도 잡아당겨 어둠 속으로 내던졌으나 아무 소리도 들리지 않았다. 그런 다음 그는 옷깃도 없고 단추도 달려 있지 않은 홑옷을 비스듬히 걸쳐, 등짐을 짊어진 것처럼 양쪽 소매를 가슴

팍 앞으로 당겨 묶어버렸다. 이렇게 하면 패잔병 같다는 의심을 조금이라도 덜 수 있을 것이라는 생각에 바지도 한 단 높이 걷어올렸다. 그래도 낙타몰이꾼과 똑같지는 않겠지만 적어도 탈영병같지는 않을 것이라는 생각이 들었다. 얼굴에 묻은 진흙이며 몸의 땀으로 인해 아마도 충분히 '탄 검둥이(탄광의 광부)' 족보에 낄 수 있을 것이다. 그는 생각하는 것은 굼떴지만 나름대로 주도면밀했으며, 일단 생각이 나면 그 즉시 실행에 옮겼다. 캄캄한 밤이라 그를 보는 이가 없으니 당장 서두를 필요는 없었지만 그는 기다릴 수 없었다. 시간이 어떻게 되었는지 알 수 없으니, 갑자기 새벽이 밝아올지도 모를 일이었다. 산길을 따라가는 것이 아니니 한낮에는 몸을 숨길 수가 없다. 대낮에도 똑같이 길을 재촉할 생각이라면 반드시 사람들이 자신을 '탄 검둥이'이라고 믿어야 한다. 이런 생각이 들자마자 즉시 실행에 옮겼다. 마음이 한결 유쾌해졌다. 마치 위험한 상황은 이미 지나가고 눈앞이 바로 북평성인 것만 같았다. 어서 성에 도착해야 한다. 수중에 돈 한 푼, 마른 식량 한 줌조차 없는 샹즈로서는 더이상 시간을 지체할 수 없었다. 그는 낙타에 올라타야겠다는 생각을 했다. 조금이라도 기력을 아끼면 배고픔을 좀더 참을 수 있기 때문이었다. 그러나 차마 올라타지 못했다. 타당한 생각이기는 했지만 먼저 낙타를 꿇어앉혀야 올라탈 수 있다. 시간이 금쪽같은 지금 더이상 성가신 일을 할 수는 없는 일이었다. 게다가 그렇게 높은 곳에 올라타면 발 밑을 제대로 볼 수 없을 것이고, 만약 낙타가 삐끗하는 날이면 그 역시 함께 고꾸라질 것이다. 안 돼, 그냥 이대로 가자!

대충 큰 길을 따라 걷고 있다는 느낌이긴 했으나 방향이나 위치가 모두 막연하였다. 밤은 깊어가고, 며칠 간의 피로와 도주에 따른 두려움 때문에 심신이 모두 괴롭기만 했다. 길을 걷다보니 발걸음도 가지런해지고 늘어지면서 점차 피곤에 겨워 졸음이 몰려왔다. 밤은 컴컴하기만 하고 공중에는 습하고 차가운 안개가 끼어 막막한 느낌이 더했다. 애써 힘들여 땅을 내려다보면 마치 울퉁불퉁한 언덕이 있는 듯했으나 막상 발을 디디면 평평했다. 이처럼 끝없이 조심해야 하고 또 자꾸만 착각을 하다 보니 마음이 불안정해 초조하기까지 했다. 그래서 아예 땅에 신경을 쓰지 않고 눈앞만 똑바로 바라보면서 발을 땅에 질질 끌며 걸었다. 사방은 아무것도 보이지 않았다. 마치 온 세상의 암흑이 그를 기다리고 있는 것처럼 암흑 속에서 발을 디디고 다시 그 속으로 들어갔다. 그리고 그 뒤를 낙타가 소리 없이 따르고 있었다.

어둠에 점차 익숙해지자 마음도 활동을 정지한 듯 자신도 모르게 눈꺼풀이 감겼다. 앞으로 걷는 것인지 아니면 이미 멈춰선 것인지 도무지 알 수가 없었다. 마음은 마치 출렁이는 검은 바다처럼 물결이 한 줄 두 줄 넘실대는 것 같았다. 어둠과 마음이 한데 섞여 그저 망망했지만, 위 아래로 출렁이니 한편으로 황홀한 느낌이 들기도 했다. 그러다가 돌연 마음이 움찔하였는데 무슨 생각이 난 것인지 아니면 어떤 소리를 들은 것인지 분명치 않았지만 눈이 번쩍 뜨였다. 그는 분명 앞을 향해 걸어가고 있었다. 조금 전에 어떤 생각을 했는지 기억나지 않았다. 사방은 여전히 아무런 움직임이나 소리도 없었다. 마음이 한바탕 뛰더니 다시금 평정을 되찾았다. 그는 스스로 더이상 눈을 감거나 헛된 생각을 하지 말자고 다짐했다. 하루라도 빨리 성 안에 들어서는 것이 중요했다. 그러나 아무 생각도 하지 않으니 눈이 더욱 쉽게 감겼다. 무엇이라도 생각하며 깨어 있어야 했다. 한 번 쓰러지면 사흘 내내 잠을 잘 수도 있다는 것을 그는 잘 알고 있었다. 그렇다면 무엇을 생각한다? 머리가 어찔하고 몸이 눅눅한 것이 견디기 힘들었다. 머릿속은 가렵고 두 다리는 쑤셨으며 입 안은 메마르고 텁텁했다. 그저 자신이 불쌍하다는 생각만 들었다. 허나 그는 자신의 일조차 상세하게 생각할 수 없을 정도로 머리가 텅 비고 아프기까지 했다. 조금 전만 해도 자기를 생각했는데 금세 그 사실조차 잊어버렸다. 마치 다 타들어간 촛불처럼. 게다가 사방은 시커먼 암흑이어서 마치 거대한 검은 기운 속에서 떠도는 느낌이었다. 자신이 여전히 존재하고 있으며, 앞을 향해 나가고 있다는 것은 알겠으나, 무엇도 그가 정확히 어느 쪽으로 걸어가고 있는지 증명해줄 수 없었다. 마치 거센 바다에 홀로 떠도는 것 같아 자기 자신을 온전히 믿기 어려웠다.

그는 이처럼 한없는 놀라움과 의아함이 가져다주는 괴로움, 절대적인 적막을 겪어본 적이 없었다. 평소 친구 사귀기를 좋아하지 않는 그였다. 하지만 햇살 아래 혼자 있을 때는 태양이 그의 사지를 비추고 온갖 상황들이 눈앞에서 전개되었기 때문에 두려움을 느낀 적이 없었다. 지금도 두려운 것은 아니었다. 다만 모든 것을 확정할 수 없다는 사실이 참으로 견디기 힘들었다. 만약 노새나 말처럼 낙타들이 온순하지 않았다면 오히려 그것에 주의하느라 정신을 차릴 수 있었을 것이다. 그러나 공교롭게도 낙타란 녀석은 끔찍이도 온순해 도무지 견딜 수 없을 정도다. 정신을 차릴 수 없을 정도로 심신이 멍해졌을 때는 낙타가 여전히 그의 뒤에 있는지도 의심이 들었다. 마치 거대한 얼음 덩어리를 끌고 가는 느낌이었다. 그 커다란 짐승이 어두운 갈림길 저편으로 들어가 얼음처럼 녹아 사라진다 해도 그는 알아채지 못할 것만 같았다.

언제인지도 모르게 그는 주저앉고 말았다. 만약 그가 이렇게 죽어버린다면 설사 사후에 지각이 있다고 할지라도 자기가 어떻게 주저앉았고 왜 주저앉았는지 기억할 수 없을 것이다. 앉아 있었던 게 5분 정도인지 한 시간인지 전혀 알 수 없었다. 또한 자신이 먼저 주저앉은 후에 잠이 들었는지 아니면 먼저 잠이 든 상태에서 주저앉게 되었는지도 알지 못했다. 아마도 잠이 먼저 들었을 것이다. 서서 잠이 들 정도로 그는 피곤했다.

홀연 잠에서 깼다. 자연스럽게 잠에서 깬 것이 아니라 눈을 뜨는 순간 마치 한 세계에서 다른 세계로 뛰어넘은 듯 깜짝 놀랐다.

보이는 것은 여전히 어둠뿐이었다. 그 속에서 닭 우는 소리가 분명하게 들렸다. 너무 분명해서 마치 딱딱한 물건으로 그의 머리를 꽉 내리긋는 것처럼 느껴졌다. 그는 완전히 잠에서 깨어났다. 낙타는? 다른 것은 생각할 겨를이 없었다. 고삐는 여전히 그의 수중에 있었고 낙타 역시 그의 옆에 있었다. 그는 마음을 쓸어내렸다. 일어나기가 싫었다. 온몸이 뻐근하고 나른해 일어날 생각이 들지 않았던 것이다.

그러나 다시 잠들 수는 없었다. 생각해야 한다. 열심히 머리를 굴려야만 좋은 생각이 나올 것이다. 바로 그때 자신의 인력거가 생각나 그는 소리를 내질렀다.

"뭐 때문이야? 뭐 때문이냐구!"

그러나 허공에 대고 외쳐보았자 아무 소용이 없었다. 그는 일어나 낙타를 더듬어보았다. 그는 처음부터 자기가 낙타를 몇 마리나 끌고 왔는지 모르고 있었다. 잘 보니 모두 세 마리였다. 너무 많지도 않고 그렇다고 적은 것도 아니라는 생각이 들었다. 그는 그 세 마리에 자신의 생각을 집중시켰다. 아직 이렇다 할 방법을 찾아낸 것은 아니지만 어렴풋하게나마 자신의 장래가 이 세 마리 짐승에게 전적으로 달려 있다는 생각이 들었다.

"저것들을 팔아 다시 인력거 한 대를 사면 되잖아!"

그는 하마터면 그 자리에서 튀어오를 뻔했다. 그러나 그는 움직이지 않았다. 이렇게 간단하고 쉬운 방법을 이제껏 생각해내지 못한 것이 부끄러운 듯. 그러나 부끄러움보다 기쁨이 훨씬 컸다. 그는 결심했다. 조금 전에 닭 우는 소리가 들리지 않았던가? 물론 닭이 밤 1~2시에 우는 경우도 간혹 있지만 얼마 후에 날이 새리라는 건 분명했다. 닭이 운다면 필시 마을이 있을 것인데, 어쩌면 북신안北辛安일지도 모른다. 그곳에는 낙타를 치는 사람이 있을 것이니 서둘러 가야 한다. 날이 밝기 전까지 도착해 낙타를 팔면 성으로 들어가 인력거를 살 수 있을 것이다. 전쟁으로 뒤숭숭하니 분명 인력거도 조금 쌀 것이다. 그는 낙타를 파는 건 그다지 힘든 일이 아닌 양 오직 인력거 살 생각만 하고 있었다.

낙타와 인력거의 관계를 생각해내자 샹즈는 정신이 번쩍 들었다. 이제 몸도 전혀 아프지 않은 것만 같았다. 설사 세 마리 낙타를 가지고 100무畝(6,000평방 척尺, 6.667아르)의 땅을 살 수 있다거나 진주 몇 알과 바꿀 수도 있다는 생각을 했을지라도 이렇게 즐겁지는 않았으리라. 그는 재빨리 일어나 낙타를 끌고 걷기 시작했다. 그는 요즘 낙타 시세가 어떻게 되는지 몰랐다. 다만 예전에 기차가 없던 시절 노인네들이 낙타 한 마리가 대보大寶(당시 화폐로 무게가 50냥이며 말굽처럼 생긴 은 덩어리) 한 덩어리 값은 나갈 것이라고 하는 말을 들은 적이 있었다. 낙타는 힘이 센데다 노새나 말보다 덜 먹여도 되기 때문이다. 그는 대보 세 덩어리는 바라지도 않고 그저 인력거 한 대 값인 100원 정도만 받을 수 있기를 바랄 뿐이었다.

걸을수록 날이 밝아왔다. 틀림없다. 앞에서부터 훤하게 밝아오고 있으니 동쪽으로 향해 가는 것이 확실했다.

설사 길을 잘못 들었다 할지라도 방향만은 틀림없었다. 산은 서쪽에 있고 성은 동쪽에 있다는 것은 그도 잘 아는 사실이었다. 온통 칠흑처럼 어두웠던 주변은 점차 짙고 옅은 구분을 할 수 있을 정도가 되었고, 비록 그 색깔을 분별할 수는 없었지만 논밭이나 먼 곳에 있는 나무들도 어슴푸레 형상을 드러냈다. 별들은 점차 성겨가고 하늘은 구름 같기도 하고 안개 같기도 한 회색빛 기운에 휩싸여 있었다. 여전히 어둡기는 했지만 하늘은 이전보다 훨씬 높아졌다. 샹즈는 대담하게 고개를 쳐들었다. 비로소 그도 길가의 풀 냄새를 맡고 새들이

지저귀는 소리를 듣기 시작했다. 어렴풋이 사물의 윤곽이 눈에 들어오자 그의 감각기관도 자연스럽게 기능을 회복한 듯했다. 역시 자신의 몸도 모두 볼 수 있었다. 비록 누추하고 망측한 몰골이기는 했지만 자신이 살아 있다는 사실만은 믿을 수 있었다. 마치 악몽에서 막 깨어난 것처럼 생명이 얼마나 사랑스러운가를 새삼스럽게 느꼈다. 자신의 몰골을 다 살펴본 후 그는 고개를 돌려 낙타를 한 번 바라보았다. 그와 마찬가지로 차마 두 눈 뜨고 볼 수 없을 정도였지만 무척 사랑스러웠다. 때마침 짐승들이 털갈이를 하는 시기였기에 낙타의 몸에는 잿빛을 띤 붉은색 피부가 그대로 노출되어 있었다. 동쪽에 한 오라기, 서쪽에 한 뭉치 하는 식으로 지저분하게 흩어진, 아무 힘도 없어 언제라도 떨어질 긴 털만 남아 있을 뿐이었다. 그야말로 덩치만 큰 상거지라고 해도 과언이 아니었다. 가장 불쌍하게 보이는 것은 길고 털 하나 없는 목이었다. 그처럼 길고 털이 맨송맨송 다 빠진데다 구부정하고 미련해 보이는 목을 길게 빼고 있으니 마치 실의하여 말라비틀어진 용처럼 보였다. 그러나 샹즈는 그것들을 미워하지 않았다. 녀석들이 아무리 보기 흉하다 할지라도 여하튼 살아 있는 것들이다. 하늘이 인력거 한 대와 맞먹을 수 있는 세 마리 살아 있는 보물을 주셨으니 그는 자신이 세상에서 가장 운 좋은 사람이라는 사실을 인정하지 않을 수 없었다. 결코 매일매일 만날 수 있는 일이 아니다. 그는 참지 못하고 웃음을 터뜨렸다.

회색 하늘에 붉은 빛이 스며들고 땅과 먼 곳 나무들은 더욱 검게 보였다. 붉은 색이 점차 회색과 어울리면서 어떤 곳은 회색빛이 감도는 자줏빛으로 변하고 또 어떤 곳은 특별히 붉어졌지만 대부분의 하늘은 포도빛에 물든 회색이었다. 다시 조금 기다리자 붉은 빛 속에서 환한 황금빛이 내비치더니 온갖 색깔들이 한꺼번에 빛을 발하기 시작했다. 순간 모든 사물들이 아주 선명해졌다. 뒤이어 동쪽 아침 노을이 진홍색으로 변하고 하늘은 머리 위에서 푸르게 빛났다. 붉은 노을이 부서지듯 퍼지면서 황금빛이 한 줄기 두 줄기 뻗어나왔다. 노을은 가로로 걸리고 햇빛은 곧게 뻗어 하늘의 동남쪽에 아름답게 빛나는 거미줄을 쳐놓았다. 밭이며 나무, 들풀들도 모두 짙푸른 색에서 환한 비취색으로 변했다. 노송의 마른 가지도 금홍색으로 물들고 날아가는 새들의 날개에도 황금빛이 반짝였다. 모든 사물들이 웃음기를 띠고 있었다.

샹즈는 붉은 빛 가득한 하늘에 대고 몇 번이라도 소리를 지르고 싶었다. 병사들에게 끌려온 이후로 그는 한 번도 태양을 본 적이 없는 것 같았다. 마음속으로 항상 누군가를 저주하며 고개를 푹 숙인 채로 해와 달이 있는지, 하느님이 계신지조차 까맣게 잊고 지냈다. 그러나 지금 그는 아주 자유롭게 길을 걷고 있다. 걸을수록 밝아졌다. 태양은 풀잎 위 이슬 방울에게도 금빛을 나누어주고 샹즈의 눈썹과 머리카락도 밝게 비춰주며 그의 마음까지 따스하게 만들었다. 그는 모든 고난과 위험, 그리고 고통까지 잊었다. 몰골이 아무리 남루하고 더럽다고 할지라도 태양의 빛과 열에너지는 그를 빼놓지 않았다. 그는 빛과 열이 존재하는 우주 안에서 살고 있는 것이다. 기뻐서 환호성이라도 지르고 싶었다!

몸에 걸친 다 떨어진 옷이며 뒤따라오는 세마리 털 빠진 낙타를 보고 있자니 절로 웃음이 나왔다. 몰골 사나운 사람과 짐승, 이렇게 넷이서 그나마 위험 속을 빠져나와 태양을 바라보며 걸을 수 있게 된 것만 해도 정말 기이한 일이다! 누가 잘했고 잘못했는지는 새삼 생각해볼 필요도 없다. 모든 것이 하늘의 뜻이지 뭐! 그는 이렇게 생각했다. 그는 마음을 놓고 천천히 걸었다. 하늘이 자신을 보우하기만 하면 두려울 것이 전혀 없었다. 어디까지 걸어왔나? 밭에는 이미 남녀들이 나와 일을 하고 있었지만 물어볼 생각이 들지 않았다. 그냥 가자! 한 번에 낙타를 팔 수 없다고 해도 크게 문제될 것은 없을 듯했다. 우선 성 안으로 들어가고 보지 뭐. 그는 다시 도시를 볼 수 있기를 갈망했다. 그곳엔 부모나 친척도, 재산도 전혀 없었지만 어쨌든 그곳은 그의 집이었다. 온 도시가 나의 집이니 일단 그곳에 들어가기만 하면 무슨 수가 있겠지.

먼 곳에 마을이 보였다. 작은 마을은 아닌 듯했다. 마을 밖 버드나무는 높이 솟아 푸른 빛 제복을 입은 호위병처럼 한 줄로 늘어서서 작디작은 가옥들을 내려다보았고, 지붕 위로 밥짓는 연기가 피어올랐다. 먼 곳에서 동네 개들이 짖는 소리가 들렸는데 무척 듣기 좋았다. 그는 곧장 마을로 달려갔다. 요행을 바라서가 아니었다. 그저 자신은 좋은 사람이니 마을에 사는 양민들을 무서워할 필요가 없다는 것을 보여주기 위해 그리 하는 것만 같았다. 지금은 누구에게나 밝고 평화로운 햇살이 내리쬐고 있었다. 가능하면 물이라도 한 모금 마실 생각이었다. 물을 얻어먹지 못해도 관계없다. 산중에서도 죽지 않았는데, 목이 좀 마르다고 해서 뭐 그리 대수겠는가?

동네 개가 그를 향해 짖을 때는 개의치 않았으나 아낙네나 아이들이 주시할 때는 왠지 거북살스러웠다. 분명 기괴하게 생긴 낙타몰이꾼으로 보이겠지. 만약 그렇지 않다면 저 사람들이 왜 물끄러미 쳐다보고 있겠어? 그는 난감해졌다. 병사들은 그를 아예 사람 취급을 하지 않더니, 마을 사람들은 한술 더 떠 그를 괴물인 양 보고 있지 않은가! 그는 어찌해야 좋을지 알 수 없었다. 그는 자신의 몸집이나 기운을 믿었고, 항상 자부심으로 넘쳤다. 그러나 지난 며칠 동안 아무런 까닭이나 이유도 없이 모진 고난과 억울한 일을 당했다. 그는 어느 집 지붕 너머로 또다시 밝은 태양을 쳐다보았다. 그러나 태양은 방금 전처럼 사랑스럽지 않았다.

마을 안 유일한 큰 길에는 돼지며 말 오줌과 구정물이 한데 모여 악취를 풍기는 웅덩이가 여러 군데 있었다. 샹즈는 행여 낙타가 미끌어질까 걱정되어 잠시 쉬고 싶었다. 길 북쪽에 비교적 잘사는 것처럼 보이는 집이 한 채 있었다. 뒤편은 기와집인데, 대문은 나무 울타리만 걸쳐놓았을 뿐 나무 문도 없고 다락집도 없었다. 샹즈는 가슴이 뛰었다. 기와를 올렸으니 돈 깨나 있는 집일 터이고, 나무 울타리에 다락집이 없는 걸 보니 낙타를 기르고 있으렸다! 됐다. 여기서 좀 쉬자. 만일 좋은 기회만 있다면 낙타를 팔아치우지 뭐!

"써! 써! 써!"

샹즈는 낙타를 꿇어앉혔다. 그는 그저 '써!'가 꿇어앉으라는 표시라는 것밖에 몰랐다. 그래서 득의양양하게 이를 응용해 마을 사람들에게 자신이 결코 풋내기가 아니라는 것을 보여줄 요량이었다. 낙타는 정말로 꿇어앉았다. 그 자신도 작은 버드나무 아래에 의젓하게 자리잡고 앉았다. 마을 사람들이 그를 쳐다보자 그도 그들을 쳐다보았다. 이래야만 마을 사람들의 의심을 덜 수 있다고 생각했기 때문이다.

잠시 앉아 있자니 마당에서 한 노인네가 나왔다. 푸른색 적삼을 입었는데 앞가슴을 풀어헤치고 얼굴에 윤기가 도는 것이 한눈에도 시골 부자라는 것을 알 수 있었다. 샹즈는 내심 작정을 하고 입을 열었다.

"영감님, 물은 있겠지요? 한 사발만!"

"아!"

노인은 손으로 가슴의 때를 비벼 문지르며 샹즈를 한 번 훑어보고 세 마리 낙타를 자세하게 살펴보았다.

"물이야 있지! 그런데 어데서 왔소?"

"서쪽이요!"

정확히는 몰랐기 때문에 샹즈는 지명을 말하지 못했다.

"서쪽에 군대가 있습디까?"

노인네는 샹즈가 입은 군복 바지를 뚫어지게 바라보았다.

"큰 부대에 휘말려 들어갔다가 방금 도망쳐 나오는 길입니다."

"아! 낙타를 데리고 서구西口에서 나올 때 위험한 일은 없었소?"

"병사들이 모두 산으로 들어갔기 때문에 오는 길은 안전했습니다."

"음!"

노인은 천천히 고개를 끄덕이며 다시 입을 열었다.

"기다리시게. 내가 물을 가져다줌세."

샹즈는 뒤따라 들어갔다. 마당 안으로 들어서자 낙타 네 마리가 눈에 띄었다.

"영감님, 제 낙타 세 마리를 거둬서 한 다발을 채우시지요."

"뭐! 한 다발? 30년 전만 해도 세 다발이나 있었소이다! 세월이 변했는데, 누가 낙타를 먹일 수 있겠수!"

노인은 걸음을 멈추고 네 마리 낙타를 물끄러미 바라보았다. 한참 후 노인은 다시 입을 열었다.

"며칠 전에만 해도 이웃과 한 패가 돼서 저 녀석들을 장성 북쪽(원문은 '口外'인데, 주로 장가구張家口 이북의 하북성河北省 북부와 내몽고內蒙古 자치구의 중부를 가리킨다)으로 내보내 풀을 뜯어먹게 하려고 했는데, 글쎄 동쪽이든 서쪽이든 가는 곳마다 군대가 있으니 누가 감히 갈 수 있겠소. 집에서 여름을 나야 한다니, 저놈들만 쳐다보면 마음이 시커멓게 타들어간다니까. 저놈의 파리들 좀 보시오! 며칠 후에 날씨가 더 더워지면 모기들까지 극성일 테니, 이 착한 짐승들이 생고생할 것이 눈에 선하지. 그거 참 정말로!"

노인네가 연신 고개를 끄덕이는 것이, 끝없는 감개와 원망에 사로잡힌 듯했다.

"영감님, 제 낙타 세 마리를 거둬 한 다발을 채우시고 장성 북쪽으로 끌고 가 풀을 뜯어먹게 하세요. 그렇지 않아도 한창 이리저리 뛰놀기 좋아하는 짐승을 여름 내내 이곳에 놔두면 파리며 모기에게 뜯겨 반죽음 당할 겁니다."

"하지만 살 돈이 있어야지? 이놈의 세상이 어디 낙타를 기를 땐

가?"

"거둬두세요. 얼마든 돈은 되는 대로 주세요. 저것들을 처분해야 성 안에 들어가 생계를 꾸려가지요!"

노인네는 다시 한 번 샹즈를 자세히 훑어보았다. 그가 절대로 비적은 아니라는 생각이 들었다. 그래서 고개를 돌려 문 밖에 서 있는 짐승을 보았다. 노인네는 세 마리 낙타가 정말 마음에 드는 것 같았다. 그 낙타를 사서 수중에 넣어봐야 별 잇속이 없다는 것을 알면서도 책 좋아하는 이가 책만 보면 사고 싶은 생각이 나고, 말 기르는 이가 말을 보면 괜히 아쉬워하는 것처럼 이전에 세 다발이나 되는 낙타를 길러본 이의 심정도 마찬가지였다. 더군다나 샹즈가 헐값에 팔겠다고 하지 않는가. 시세가 어떻게 되는지 뻔히 아는 전문가가 싼 물건을 보게 되면 그 물건을 손에 넣는 것이 무슨 이익이 있는지를 잊어버리게 마련이다.

"이보게 젊은이. 내가 돈이라도 넉넉하다면야 정말 맡고 싶지!"

노인은 자신의 심정을 사실대로 털어놓았다.

"깨끗하게 맡아주시고, 값은 알아서 쳐주세요!"

샹즈가 어찌나 진지하게 간청을 하는지 노인네조차 미안한 마음이 들었다.

"정말일세, 젊은이. 한 30년 전만 해도 이게 50냥짜리 은덩이 세 개쯤은 되었지. 그런데 요즘 세상도 그렇고, 게다가 이렇게 난리통이니, 나는 아무래도……. 자네 다른 곳에 가서 알아보게나!"

"되는 만큼 주세요!"

샹즈는 다른 말이 생각나지 않았다. 그는 노인네 말대로 해야 한다는 것을 알고 있었지만, 낙타를 팔자고 온 세상을 돌아다닐 수는 없었다. 그러다 팔지 못하면 다른 나쁜 일이 생길지도 모를 일이었다.

“이보게나, 차마 20~30원이라는 말을 입에서 꺼내자니 참으로 힘들구만. 허나 그것도 내놓기가 쉽지 않네 그려. 요즘 세상에 정말 어찌할 수가 없어!”

20~30원? 샹즈는 마음속으로 찬바람이 몰아치듯 서늘한 느낌이 들었다. 인력거를 살 수 있는 액수와는 너무나 동떨어진 금액이었다. 그러나 빨리 처분하고 싶었고, 또 이처럼 공교롭게 살 사람을 다시 만날 것이라고 장담할 수 없었다.

“영감님, 그냥 되는 대로 주십시오.”

“뭘 하는가? 젊은이. 보아하니 이쪽 일을 하는 것 같지는 않구만!”

샹즈는 솔직하게 그대로 털어놓았다.

“허어, 자네는 이 녀석들을 목숨과 바꾼 게로구만!”

노인은 샹즈를 불쌍하게 여기는 한편 훔쳐온 것이 아니라는 사실을 알고 적이 마음을 놓았다. 비록 훔친 것이나 진배없지만 중간에 군인들이 한 겹 끼어 있었다. 전쟁 중에는 모든 일이 평상시와 달랐다.

“이렇게 하세, 젊은이. 내가 35원 내지. 내가 이 가격이 싼 것이 아니라고 말하면 개자식이네만, 여기서 1원이라도 더 낼 수 있다면 또한 개자식일세! 이미 예순을 넘겼는데, 더 말해 뭐하겠는가?”

샹즈는 아무 생각이 없었다. 돈에 관한한 그는 지금까지 한 푼도 허술하게 대한 적이 없었다. 그러나 군대에서 며칠을 지내다 갑자기 노인네의 진지하고 간곡한 말을 들으니 더이상 값을 흥정한다는 것이 겸연쩍었다. 한 목숨을 맞바꾸는 데 확실히 적은 액수였다. 하지만 수중에 쥔 35원이란 은전이 희망 속의 1만 원보다 훨씬 믿음직스러웠다. 살아 있는 낙타 세 마리를 겨우 35원에 넘긴다는 게 터무니없는 거래라는 사실도 잘 알았다. 그러나 달리 무슨 방법이 있겠는가!

"낙타는 이제 영감님 겁니다. 영감님! 한 가지만 더 부탁드립니다. 적삼 하나하고 먹을 것 좀 주십시오."

"그렇게 하세 그려!"

샹즈는 냉수 한 사발을 들이켰다. 그러고 나서 반짝이는 은전 35원과 강냉이빵 두 개를 들고 겨우 가슴까지만 가릴 수 있는 낡은 흰 저고리를 걸친 채, 한 걸음에 성 안으로 들어서려는 듯 서둘렀다.

4

샹즈는 해전의 작은 여인숙에서 사흘 동안 끙끙 앓았다. 온몸에 열이 오르락내리락 하고 정신이 혼미해진데다 잇몸에 붉은 물집이 가득 생겨 그저 물만 마시고 싶을 뿐 아무것도 입에 대기 싫었다. 사흘을 내리 굶고 나니 열은 내렸지만 몸은 엿처럼 축축 늘어졌다. 그 사흘 동안 그와 세 마리 낙타의 관계가 잠꼬대나 헛소리를 통해 사람들에게 알려진 게 틀림없었다. 잠에서 깨어나 보니 그는 이미 '낙타 샹즈'가 되어 있었다.

북평성으로 들어온 이래 그는 '샹즈'라고 불렸다. 애당초 그에겐 성이 없는 듯했다. 지금은 '낙타'라는 말이 '샹즈' 앞에 붙어 그의 성이 무엇인지 궁금하게 여기는 이들이 더더욱 줄어들었다. 성이 있든 없든 그 자신은 전혀 개의치 않았지만 세 마리 짐승을 그까짓 돈 몇 푼에 바꾸고 오히려 자신에게 그런 별명이 떨어지니 뭔가 타산이 맞지 않는 것만 같았다.

겨우 일어설 수 있게 되자, 그는 밖으로 나가보고 싶었다. 자신의 다리가 그처럼 매가리 없을 줄은 전혀 생각지도 못했다. 여인숙 문간에 이르자 온몸이 나른해져 땅에 주저앉고 말았다. 혼미한 상태에서 한참을 앉아 있자니 이마에서 식은땀이 흘러내렸다. 다시 한동안 참고 있다가 눈을 뜨자 뱃속에서 꾸르륵 하는 소리가 들리며 시장기가 들었다. 아주 천천히 몸을 세웠다. 마침 혼돈餛飩(만두국의 일종) 장수가 눈에 띄어 한 사발을 샀다. 그는 맨땅에 앉은 채로 한 모금을 마셨는데 구역질이 나서 한참을 입에 물고 있다가 억지로 삼켰다. 더이상 먹을 생각이 없었다. 그러나 잠시 후 뜨거운 국물이 한 가닥 실처럼 곧장 뱃속까지 전해지자 두어 번 트림이 났다.

그제야 그는 자신이 다시 살아났다는 사실이 느껴졌다.

뱃속에 음식이 좀 들어가니 자신을 돌아볼 여유가 생겼다. 몸은 무척이나 야위고 낡은 바지는 더이상 어쩔 수 없을 정도로 더러웠다. 그는 꼼짝도 하기 싫었지만 당장이라도 깨끗하고 단정한 모습을 회복하고 싶었다. 이런 귀신같은 몰골로 성 안에 들어갈 수는 없는 일이었다. 깨끗하고 단정해지려면 돈이 필요했다. 머리를 깎고 옷을 갈아입고, 신발이며 양말을 사려면 돈이 든다. 하지만 수중에 있는 35원은 당연히 한 푼도 건드리지 말아야 했다. 인력거 살 돈을 채우려면 한참 멀었다! 그는 자신이 가련하게만 느껴졌다. 병사들에게 끌려가 있던 시간이 그리 길었던 것은 아니지만 지금 와서 생각해보니 모든 것이 긴 악몽 같았다. 그는 갑자기 몇 년쯤 늙어버린 기분이었다. 커다란 팔과 다리는 분명 자기 것이었지만, 돌연 어딘가에서 찾아낸 것처럼 낯설기만 했다. 그는 정말 괴로웠다. 억울하고 위험하기만 했던 지난날은 아예 생각조차 하고 싶지 않았다. 그럼에도 불구하고 여전히 그때가 아물거렸다. 흐린 날 하늘을 쳐다보지 않아도 하늘이 컴컴하다는 사실을 아는 것처럼.

하지만 문득 무엇보다 소중한 자신의 몸을 더이상 괴롭히지 말아야 겠다는 생각이 들었다. 그는 몸을 일으켰다. 여전히 나른했지만 한시라도 지체하지 않고 몸치장을 하고 싶었다. 머리를 깎고 옷을 바꿔입으면 당장이라도 힘이 솟을 것만 같았다.

몸치장을 하는 데 전부 2원하고도 20전이나 들었다. 당포搪布(걸레 따위에 쓰이는 폭이 좁고 올이 굵은 면포)에 가까운 무염색의 거친 광목으로 만든 바지저고리 한 벌에 1원, 푸른 헝겊신 80전, 굵은 솜실로 짠 양말 15전, 그리고 25전짜리 밀짚모자를 썼다. 벗어버린 누더기는 성냥 두 갑과 바꿨다.

성냥 두 갑을 들고 큰 길을 따라 서직문 방향으로 걸어갔다. 얼마 걷지도 않았는데 몸이 나른해지고 피로가 몰려왔지만 이를 악물고 참았다. 인력거를 탈 수는 없었다. 아무리 생각해도 그건 절대로 안 될 일이었다. 어디 시골 사람들이 10리쯤을 길로 여기던가? 게다가 그 자신이 인력거꾼인데.

그거야 그렇다 치더라도 이 큰 몸집과 기운을 가지고 이까짓 하찮은 병에 걸려 고생하다니, 참으로 웃음거리다. 고꾸라져 다시는 일어나지 못할 지경이라면 모를까 온 천지를 데굴데굴 구른다 할지라도 성 안으로 들어가야 한다. 오늘 성 안으로 들어가지 못한다면 나도 끝이다. 그는 이렇게 생각했다. 오로지 자신의 몸만을 믿고 무슨 병이든 개의치 않았던 것이다!

그는 휘청거리면서 발걸음을 뗐다. 해전을 벗어난 지 얼마 되지 않아 눈앞이 어찔거리며 불꽃이 일었다. 그는 버드나무를 붙잡고 한참이나 정신을 가다듬었다. 잠시 동안 하늘과 땅이 뱅뱅 돌아 정신을 차릴 수 없었지만 주저앉지는 않았다. 천지가 돌던 것이 천천히 멈추자 그는 아득히 먼 곳에서 다시 자신의 마음속으로 돌아온 것만 같았다. 이마의 땀을 닦으며 그는 다시 걷기 시작했다.

머리도 깨끗하게 깎고 새 옷이며 새 신발로 바꿨으니 이만하면 자신에게 부끄러울 것이 없다는 생각이 들었다. 그렇다면 다리도 제 구실을 해야만 했다. 가자! 그는 단숨에 성문 밖 거리까지 걸어갔다. 사람이며 말이 복작대는 모습을 보고 잡다하게 귀를 찌르는 소음을 들으며, 꼬리꼬리한 냄새를 맡고 부드럽고 더러운 잿빛 흙을 밟고 있자니 샹즈는 땅바닥에 엎드려 그 냄새나는 잿빛 땅, 사랑스러운 땅, 은전이 자라는 땅에 입맞춤이라도 하고 싶었다. 부모 형제도 없고 집안

친척도 없는 그에게 단 하나밖에 없는 친구는 바로 북평성이었다. 오래된 성은 그에게 모든 것을 주었다. 굶주리는 한이 있더라도 이곳은 시골보다 사랑스럽다. 이곳에는 볼 것도 있고 들을 것도 있으며, 이르는 곳마다 색깔이 번쩍이고 가는 곳마다 온갖 소리가 들렸다. 이곳에는 셀 수도 없이 많은 돈이 있고, 다 먹을 수도 입을 수 없을 만큼 좋은 것들이 가득이니 그저 품만 팔 수 있으면 된다. 이곳에선 빌어먹을지라도 고기 국물에 기름기 있는 음식을 먹을 수 있지만 시골에는 그저 강냉이 가루밖에 더 있는가? 겨우 고량교高亮橋 서쪽까지 와서 시냇가에 앉으니 뜨거운 눈물이 주르륵 흘렀다.

해는 서쪽으로 기울고 시냇가에 오래 묵은 버드나무는 휘영청 늘어지고 나무 끝엔 황금빛 햇살이 걸렸다. 시냇가에는 물이 별로 없었다. 대신 적지 않은 녹조綠藻가 한 줄기 길다란 녹색 기름띠처럼 좁고 길게 짙푸른 색을 띠며 비릿한 물비린내를 풍기고 있었다. 시냇가 북쪽에 있는 보리는 이미 까끄라기가 났지만 제대로 자라지 못해 말라 비틀어졌고 잎에는 흙먼지가 한 겹이나 앉아 있었다. 시냇가 남쪽 연못에는 푸르고 가냘픈 입들이 힘없이 물 위에 떠 있고, 잎새 좌우에서 때로 작은 물방울이 피어올랐다. 동쪽 다리 위에는 사람들과 차량이 오갔다. 기울어가는 석양 속에서 그들은 유달리 분주해 보였는데, 마치 저녁 어둠이 다가서자 불안한 느낌에 휩싸인 듯했다. 이 모든 것들이 샹즈의 눈과 귀에는 더할 나위 없이 재미있고 사랑스럽게만 느껴졌다. 이런 시냇물이어야 진짜 시냇물이며, 이러한 나무와 보리, 연잎, 교량이어야만 비로소 진짜 나무이자 보리고 연잎이며 교량이라고 할 수 있다는 생각이 들었다. 그것들 모두 북평에 속한 것이기 때문이었다.

샹즈는 그곳에 앉아 있었다. 바쁠 이유가 없었다. 눈앞에 보이는 모든 것이 낯익고 사랑스러웠다. 이대로 앉은 채 죽는다 할지라도 좋을 것만 같았다. 한참을 쉰 다음 그는 다리 어귀로 가서 두부 한 사발을 먹었다. 초, 간장, 산초기름, 부추 다진 것에 백설처럼 흰 두부를 함께 넣고 데치자 고소하고 향긋한 냄새가 진동하는데, 하도 향긋하여 숨이 막힐 지경이었다. 사발을 받쳐들고 짙은 녹색의 다진 부추를 바라보고 있자니 그의 손이 사정 없이 떨렸다. 한 입 떠먹자 뜨끈뜨끈한 두부에 가슴이 데워지며 뻥 뚫리는 것 같았다. 그는 직접 작은 숟갈로 고추기름 두 술을 더 넣었다. 한 그릇을 다 먹어치우자 땀이 흘러내려 허리춤까지 흥건하게 젖었다. 그는 반쯤 눈을 감은 채로 빈 사발을 내밀며 말했다.

"한 사발 더 주쇼!"

일어서자 자신이 다시 사람이 된 느낌이었다. 해는 아직 서쪽 하늘 낮은 곳에 걸려 있고, 냇물은 저녁 노을에 붉게 물들었다. 기분이 좋아 고함이라도 지르고 싶을 정도였다. 얼굴에 난 반들반들한 흉터를 문질러보기도 하고 주머니 안에 있는 돈을 만지작거리기도 하면서 다시 성 모퉁이 성루 위로 비치는 햇살을 흘깃 바라보았다. 자신이 병들었다는 사실을 비롯해서 지난날은 잊기로 했다. 대신 미래에 대한 희망만을 간직하며 성 안으로 들어가기로 결정하였다.

성문 출입구는 온갖 차량과 사람들로 꽉 차서 모두가 빨리 지나가려고 서둘렀지만 아무도 빨리 갈 수가 없었다. 동굴처럼 생긴 성문 출입구는 마치 확성기같았다. 그 바람에 채찍 소리, 고함 소리, 욕지거리, 나팔 소리, 방울 소리, 웃음소리가 한데 섞여 왕왕거렸다. 샹즈는 큼직한 발을 동서로 가로지르고 두 손으로 좌우를 헤저으며 홀쭉하고 길쭉한 큰 물고기가 물결을 따라 즐겁게 놀듯 성으로 비집고 들어갔다. 첫눈에 신가구新街口가 눈에 들어왔다. 길이라면 저렇게 넓고 곧아야지. 그의 눈이 동쪽 옥상에 반사되는 석양 빛처럼 밝게 빛났다. 그는 마치 당연하다는 듯 고개를 끄덕였다.

그의 이부자리는 아직 서안문 대가西安門大街에 있는 인화人和 차창車廠(인력거나 삼륜차를 세놓는 가게)에 있었기 때문에 그곳으로 갈 생각이었다. 비록 평생 그곳 인력거를 끌 것은 아니었지만 딸린 식구가 없었기 때문에 줄곧 그곳에서 살고 있었다. 인화 인력거 임대 가게의 주인인 류쓰예劉四爺는 나이가 거의 일흔에 가까운 늙은이였다. 나이는 들었지만 마음은 정직하지 못했다. 젊었을 때 청조清朝 호부戸部의 창고를 지키는 병사 노릇도 해봤고, 도박장을 열기도 했으며, 인신매매며 고리대금업을 한 적도 있었다. 이런 일로 생계를 유지하기 위해 마땅히 갖춰야 할 자격과 수완, 그러니까 완력, 계략, 수단, 교제, 명성 등등을 류쓰예는 모두 갖추고 있었다. 청조 때는 패싸움도 하고 양가집 부녀자를 강탈하다 잡혀서 쇠밧줄에 꿇어앉은 적도 있었다. 그러나 쇠밧줄에 꿇어앉는 고문을 당해도 류쓰예는 눈 한 번 찡그린 적이 없고 살려달라는 말 한 마디 하지 않았다. 이처럼 모진 고문을 지독하게 버텨냈기에 '명성'을 얻은 것이다. 감옥에서 나올 무렵 때마침 민국民國이 들어서면서 경찰이 날이 갈수록 기세등등해졌다. 류쓰예는 지역의 영웅 노릇을 하던 것도 이제는 이미 옛말이 되었으며, 설사 황천패黃天覇(만청 공안소설이자 무협소설로 작자 미상의 《시공안施公案》에 나오는 협객 가운데 한 명)가 다시 세상에 나온다 할지라도 별 기회가 없을 것임을 간파했다.

그는 인력거 임대 가게를 열었다. 본바닥이 건달 출신인데다 가난뱅이를 어떻게 다뤄야 하는지, 언제 꽉 쥐어짜고 어느 때 느슨하게 풀어줘야 하는지 잘 알고 있었다. 그야말로 사람을 부리는 데는 천재였다. 인력거꾼들은 감히 그 앞에서 빈정대거나 까불지 못했다. 그가 눈을 한 번 치뜨거나 크게 웃기라도 하면 사람들은 마치 한 발은 천당에, 다른 발은 지옥에 디딘 것처럼 그저 멍하니 그가 하라는 대로 하는 수밖에 없었다. 지금 그는 60여 대의 인력거를 가지고 있는데, 가장 나쁜 것이라도 거의 새 것이나 다를 바 없었다. 후진 인력거는 아예 두지 않았다. 인력거 세, 즉 임대료는 다른 집에 비해 비쌌지만 설이나 단오, 추석 등 3대 명절에 다른 집보다 이틀치 임대료를 덜 받았다. 게다가 그곳에는 숙소가 있어서 그의 인력거를 끄는 홀아비들은 모두 공짜로 묵을 수 있었다. 그러나 인력거 세는 반드시 내야만 했다. 만약 내지 못하고 지근거리며 귀찮게 굴 경우 가차 없이 이부자리를 빼앗고 깨진 물동이처럼 문 밖으로 내쫓았다. 그래도 인력거꾼 가운데 누군가 급한 일이 있거나 갑자기 병이 났을 경우 그저 한마디 알리기만 하면, 그냥 대충대충 넘어가는 법 없이 물불을 가리지 않고 도와주었다. 이게 바로 그 '명성'의 실체였다.

류쓰예는 호랑이상이었다. 일흔이 다 되었지만 허리도 굽지 않았으며, 마음만 먹으면 10리든 20리든 너끈히 걸을 수 있었다. 둥글고 큰 두 눈에 커다란 주먹코, 네모진 입에 큼지막한 송곳니, 입만 벌리면 영락없는 호랑이였다. 키는 샹즈와 거의 비슷하고 머리는 반들반들하게 깎았으며 수염은 남겨두지 않았다. 그는 스스로 호랑이라고 자처했지만 애석하게도 아들은 없고 서른일곱이나 여덟 살 가량된 딸만 하나 있었다. 류쓰예를 알고 있는 사람들은 물론 그의 딸 후니우虎妞를 알고 있다. 그녀 역시 건장하고 다부진 것이 호랑이 못지 않았다. 사내들도 꿈쩍 못할 정도여서 아버지를 도와 일을 처리하는 데는 그만이었지만 그녀를 아내로 맞이하겠다는 사람이 아무도 없었다. 그녀는 사내처럼 행동했다. 심지어 욕을 할 때도 남자처럼 시원시원 거칠 것이 없었고, 때로 남자보다 한술 더 뜨기도 했다. 류쓰예는 바깥 일을 맡고 후니우는 안살림을 맡아 인화 인력거를 철통같이 관리하고 있었다. 그래서 인화 인력거는 인력거 업계의 권위를 얻었고, 류씨 부녀의 방법은 마치 학자들이 매번 경전을 인용하는 것처럼 항시 인력거꾼과 인력거 임대 가게 주인들의 입에 오르내렸다.

자기 인력거를 장만하기 전까지 샹즈는 인화의 인력거를 끌었다. 돈을 모으는 대로 류쓰예에게 맡겼다가 목돈이 되자 그 돈을 찾아다가 인력거를 산 것이다.

"류쓰예, 제 인력거 좀 보세요!"

샹즈는 새로 산 인력거를 끌고 인화에 갔었다.

노인네는 인력거를 흘깃 보더니 고개를 끄덕이며 말했다.

"괜찮군!"

"저는 그냥 이곳에서 머물러야 해요. 언젠가 전세로 끌게 돼서 그 댁으로 갈 때까지요."

샹즈는 꽤 으쓱거리며 말했다.

"그러게!"

류쓰예는 다시 고개를 끄덕였다.

그리하여 샹즈는 전세를 찾으면 그 집에 가서 묵었고, 전세 일이 떨어져 다시 개별 손님들을 끌게 되면 인화 인력거로 들어가 살았다.

류쓰예의 인력거를 끌지 않으면서 인화에 산다는 것은 다른 인력거꾼들이 보기에 희한한 일이었다. 그렇기 때문에 샹즈가 류 노인과 친척뻘이라고 추측하는 이도 있었고, 어떤 이는 류 노인이 샹즈가 마음에 들어 데릴사위로 삼으려고 한다고 말하기도 했다. 그런 추측 속에는 질투나 선망도 섞여 있었다. 만약 정말로 그런 일이 생긴다면 류쓰예가 죽고 나서 인화 인력거는 샹즈에게 돌아갈 것이 틀림없었다. 그렇기 때문에 그들은 이러쿵저러쿵 온갖 추측을 늘어놓으면서도 감히 샹즈 앞에서는 귀에 거슬리는 말을 하지 못했다.

그러나 사실 류쓰예가 샹즈를 우대한 것은 다른 이유 때문이었다. 샹즈는 새로운 환경에서도 능히 옛 습관을 지킬 수 있는 그런 사람이었다. 가령 그가 군대로 들어가 병사가 된다고 해도, 호랑이 가죽虎皮(군복)을 입는 즉시 시치미 뚝 떼고 사람들을 업신여기거나 괴롭히는 일은 하지 않을 것이다. 그는 인력거를 끌고 차고로 들어온 후에도 쉬지 않고 땀을 닦기 무섭게 할 일을 찾았다. 인력거를 깨끗하게 닦고 바퀴에 공기를 넣고, 방수포를 볕에 말리고, 기름을 치고……. 누가 시키지 않아도 그 자신이 원해서 즐겁게 일하는 모습이 마치 일을 재미있는 오락처럼 여기는 듯했다.

인화 인력거에는 항시 20여 명의 인력거꾼이 살고 있었다. 그들은 인력거를 거둬 들어오면 그저 앉아서 노닥거리거나 이불을 푹 뒤집어쓰고 잠을 잤다. 그러나 샹즈, 오직 샹즈의 두 손만은 한가롭지 않았다. 처음 왔을 때 사람들은 그가 류쓰예에게 잘 보이려고 알랑거린다고 여겼다. 그러나 며칠 지나고 보니 그는 남에게 잘 보이려는 뜻이 전혀 없는 것 같았다. 게다가 그가 그처럼 진지하고 자연스럽게 행동하는 것을 보자 더이상 할 말이 없었다. 류 노인도 그에게 칭찬을 건네거나 특별하게 그를 봐주는 것도 아니었다.

하지만 노인네에겐 다른 속셈이 있었다. 그는 샹즈가 제대로 된 일꾼이라는 것을 알고 있었기 때문에 설사 자신의 인력거를 끌지 않더라도 그가 자신의 가게에 있기를 바랐다. 샹즈가 있으면 언제나 마당과 대문 앞을 깨끗하게 쓸어놓을 것이 분명했다. 후니우는 제 아버지보다 이 어리숙한 키다리를 더욱 좋아했다. 그녀가 무슨 말을 하든 샹즈는 언제나 귀담아 들었고 그녀와 말다툼을 하지 않았다. 이에 비해 다른 인력거꾼들은 온갖 고초를 겪은 이들이기 때문에 언제나 말을 삐딱하게 했다. 물론 그들이 두려운 것은 아니었지만 괜히 그들과 말상대할 생각은 없었다. 그래서 하고 싶은 말이 있으면 남겨두었다가 샹즈가 오면 털어놓았다. 샹즈가 전세로 인력거를 끌게 되자 류씨 부녀는 마치 친구를 한 명 잃어버린 것 같았다. 그가 다시 돌아오면 노인네의 욕지거리조차 더욱 시원시원하고 인자하게 느껴졌다.

샹즈는 성냥 두 갑을 들고 인화 인력거로 들어섰다. 날은 아직 어두워지지 않았는데, 류씨 부녀는 때마침 저녁밥을 먹고 있었다. 그가 들어오는 것을 보자 후니우가 젓가락을 내려놓았다.

"샹즈! 늑대에게 물려갔었어? 아니면 아프리카에 금광이라도 캐러 갔었나?"

"흥!"

샹즈는 아무 대꾸도 하지 않았다.

류쓰예는 크고 둥근 눈으로 샹즈를 위아래로 훑어볼 뿐 아무 말도 하지 않았다.

샹즈는 새로 산 밀짚모자를 쓴 채로 그들 맞은 편에 앉았다.

"아직 밥을 먹지 않았으면 같이 먹어!"

후니우가 마치 친한 친구를 대하듯 말했다.

샹즈는 대꾸도 없이 그대로 있었으나 마음속으로 무어라 말할 수 없는 친밀함을 느꼈다. 줄곧 그는 인화 인력거를 자기 집으로 여겨왔다. 전세를 끌어도 주인이 항상 바뀌고, 거리로 인력거를 끌고 나가도 매번 다른 손님을 태웠다. 그러나 이곳만은 변함없이 자기를 재워주었고 언제나 이런저런 이야기를 주고받을 수 있는 공간이 되었다. 지금 막 도망쳐 목숨을 부지하고 다시 낯익은 이곳으로 돌아온 것도 감사한데, 밥까지 같이 먹자고 하니 한편으론 저들이 자기를 놀리는 것이 아닌가 하는 의심이 들기도 했지만 눈물이 쏟아질 만큼 기뻤다.

"조금 전에 두부를 두 사발이나 먹었어요!"

그는 다소나마 체면을 차렸다.

"자네 뭘 하러 갔었어?"

류쓰예는 크고 둥근 눈으로 샹즈를 뚫어져라 쳐다보며 다시 물었다.

"인력거는?"

"인력거요?"

샹즈는 침을 퉤 하고 뱉었다.

"이리 와서 먼저 밥이나 먹어! 누가 독이라도 쳤을까봐 그래? 죽지 않아! 두부 두 사발로 끼니를 대신할 수 있겠어?"

후니우는 마치 맏형수가 어린 시동생을 귀여워하는 것처럼 그를 잡아끌었다.

샹즈는 밥그릇을 받기 전에 먼저 돈을 끄집어냈다.

"쓰예, 우선 이것 좀 보관해주세요. 30원이에요."

잔돈 몇 푼은 다시 주머니에 집어넣었다.

류쓰예가 눈썹을 치켜올리며 물었다.

"어디서 난 거야?"

샹즈는 밥을 먹으면서 병사들에게 끌려갔던 전후 사정을 쭉 이야기했다.

"에이구, 이런 밥통 같으니라구!"

류쓰예는 이야기를 다 듣고 고개를 가로저었다.

"성내로 끌고 와서 도살장에 팔아도 마리 당 십몇원은 받을 것이고, 겨울에 낙타 털이 제대로 난 다음에 팔면 세 마리에 60원은 거뜬히 받을 수 있을 텐데!"

샹즈는 그렇지 않아도 후회가 되는 마당에 이런 이야기를 들으니 더욱 속이 상했다. 그러나 계속 생각해보니, 세 마리 살아 있는 짐승을 도살장에 팔아넘겨 칼질을 당하게 하는 것도 사람이 할 짓이 아니었다. 낙타도 자신과 함께 도망쳐 나왔으니 마땅히 모두 살아야만 했다. 아무 말도 하지 않았지만 그의 마음은 조금씩 평온해졌다.

후니우가 밥 먹은 그릇을 치우자 류쓰예는 무언가 생각이 난 듯 고개를 들었다. 돌연 웃는 그의 입가에 날이 갈수록 단단해지는 송곳니 두 개가 드러났다.

"이 바보 같은 친구야, 그래 해전海甸에서 앓아 누웠다며? 왜 황촌黃村 큰 길을 따라 곧장 돌아오지 않았어?"

"서산을 돌아오는 수밖에 없었어요. 큰 길로 오면 사람들이 쫓아올 염려가 있잖아요. 만에 하나 마을 사람들이 낌새를 채고 내가 탈영병이라는 것을 알면 어떻게 해요!"

류쓰예는 웃으며 무엇을 생각하는지 눈알을 이리저리 굴렸다. 그는 샹즈의 말에 혹시라도 말 못할 사연이 있는 것은 아닌지 의심이 갔다. 만약 그가 가져온 30원이 강탈한 것이라면 자신이 장물아비가 되는 셈인데, 그럴 수는 없었다.

젊었을 때야 별의별 나쁜 짓을 다 해보았지만, 지금은 올바르게 살기로 작정한 이상 조심하지 않을 수 없었다. 어떻게 조심해야 하는지도 잘 알았다. 샹즈가 한 말 가운데 틈새가 있다면 바로 이것인데, 샹즈가 전혀 당황하거나 우물거리지 않고 똑똑히 밝히자 노인도 마음을 놓았다.

"그래 어쩔 작정이야?"

노인네는 그 돈을 가리키며 말했다.

"말씀을 들어야지요!"

"다시 인력거를 사려나?"

노인네가 다시 송곳니를 드러내며 묻는 것이 마치 '인력거를 산 다음에도 계속해서 내 집에 머물거야?' 라고 말하는 것 같았다.

"모자라요! 사려면 새 걸 사야죠!"

샹즈는 류쓰예의 치아는 거들떠보지도 않고 그저 자기 생각에만 골몰했다.

"빌려줄까? 1할로. 다른 사람 같으면 2할 5부는 내야 빌려주지!"

샹즈는 고개를 저었다.

"인력거 상점에서 고리대로 사느니 나에게 1할 이자를 주는 것이 낫지!"

"외상은 안 해요."

샹즈는 정신이 나간 듯 멍청한 얼굴로 말을 이었다.

"돈을 조금씩 모아서 살 돈이 마련되면 그때 가서 현금 내고 살래요!"

노인네는 마치 괴상한 글자를 본 것처럼 샹즈를 쳐다보았다. 밉살스럽다는 생각이 들었지만 그렇다고 화를 낼 수는 없었다. 잠시 후 그는 돈을 집어들고 말했다.

"30원이라고 했지? 괜히 어물어물 속이면 안 돼!"

"틀림없어요!"

샹즈는 일어섰다.

"가서 자야겠어요. 성냥 한 갑 드리죠!"

그는 탁자 위에 성냥 한 갑을 올려놓고, 다시 멍하니 있다가 입을 열었다.

"다른 사람들에겐 말하지 마세요. 낙타 이야기 말이에요!"

5

류 노인네가 샹즈 이야기를 퍼뜨린 것은 확실히 아니었다. 그러나 낙타 이야기는 해전에서 성 안으로 빠르게 전해졌다. 이전까지 사람들은 샹즈가 꼭 집어 못된 것은 아니지만 퉁명하고 무뚝뚝한데다 성격이 괴팍해서 영 사람들과 어울리지 못한다고 여겼다. '낙타 샹즈' 이야기가 전해진 이후에도 샹즈는 여전히 잠자코 자기 일만 했고, 그다지 부드럽다거나 상냥하지 않았다. 하지만 왠지 사람들이 다른 눈으로 그를 대하는 것 같았다. 어떤 사람은 그가 금시계를 주웠다고 했고, 어떤 이는 그에게 은화 300원이 공짜로 생겼다고 말하기도 했다. 자신이 가장 정확한 소식통이라고 자처하는 이는 고개를 흔들며 샹즈가 서산에서 낙타를 끌고 왔는데, 자그마치 30마리라고 말하기도 했다. 이야기는 각기 달랐지만 결론은 똑같았다. 샹즈가 부정한 돈을 왕창 벌었다!

비록 떳떳치 못한 돈이지만 횡재를 한 사람에게는 설사 그가 아무리 '호감이 가지 않는 사람' 일지라도 으레 존경을 보내게 된다. 날품팔이로 그만한 돈을 벌기도 쉽지 않을 뿐더러 부정한 돈이라도 누구나 횡재를 바라고 있기 때문이다. 그 돈을 벌기란 천 년에 한 번 걸리는 것조차 힘든 일이니, 이런 운이 있는 이라면 분명 보통 사람들과 달라 복도 많고 명도 길 것이 틀림없었다. 그리하여 샹즈의 침묵이나 남들과 어울리지 않는 습관도 졸지에 말이 느린 귀인의 점잖은 태도로 여겨지기에 이르렀다. 샹즈는 응당 그래야 하고, 사람들은 마땅히 그를 쫓아다니며 어떻게 해서든지 관계를 맺어야만 하는 것이었다.

"됐네, 이 사람 샹즈! 한 번 말해보게나. 자네가 어떻게 횡재를 했는지 말이야."

샹즈는 이런 말을 거의 매일 듣다시피 했다. 그는 한 마디도 대꾸하지 않았다. 그러다 치근대는 게 도저히 못 참을 정도가 되면, 얼굴에 난 흉터 자국이 붉어지면서 이렇게 말하는 것이었다.

"돈을 벌었다고? 제기랄, 그렇다면 내 인력거는 어디로 갔어?"

그렇네, 정말 그렇네! 저 치의 인력거는 어디로 갔지? 사람들은 곰곰이 생각해보기 시작했다. 그러나 남 대신 걱정하는 것은 남 대신 기뻐해주는 것만 못한 법이다. 그래서 사람들은 샹즈의 인력거는 까맣게 잊고 그가 운이 좋다는 것만 생각했던 것이다. 며칠이 지나자 사람들은 샹즈가 여전히 인력거를 끌고, 다른 직업으로 바꾼 것도 아니며, 집을 사거나 땅을 장만한 것도 아니라는 사실을 알고는 점차 냉담해지기 시작했다. 낙타 샹즈가 화제에 오를 때에도 왜 그를 하필이면 '낙타'라고 부르는지 캐묻지 않게 되었다. 마치 처음부터 그렇게 부르기라도 했던 것처럼.

샹즈 자신은 그 일에 대해 그저 얼렁뚱땅 제멋대로 잊어버릴 수 없었다. 그는 지금 당장 새 인력거를 살 수 없다는 것이 너무도 한스러웠으며, 그럴수록 조급해져 더욱더 예전의 인력거 생각이 간절했다. 그는 하루 종일, 남들이 뭐라든 밤 늦게까지 열심히 인력거를 끌었다. 그러나 아무리 애써 일을 하고 또 해도 자꾸만 그 일이 떠올랐다. 일단 생각이 떠오르면 마음이 답답해지면서 자신도 모르게 이런 생각이 들었다. 열심히 일을 한들 무슨 소용이겠는가? 내가 악착같이 일해도 이놈의 세상이 조금이라도 공평해지지 않는데……. 도대체 왜, 무엇 때문에 내 인력거를 거저 빼앗아갔단 말인가? 설사 곧 다시 한 대를 산다고 할지라도 그런 일을 또 당하지 않는다고 누가 장담하겠는가?

그는 지난 일이 마치 악몽처럼 느껴져, 더이상 장래에 대한 희망을 가질 수 없을 것만 같았다. 때로 다른 인력거꾼들이 술을 마시고 담배를 피우며 후진 창녀촌을 드나드는 것을 보면서 조금 부럽다는 생각이 들기도 했다. 아무리 애를 써도 소용이 없는데 어찌 눈앞의 현실을 즐기지 않는다는 말인가? 그들이 옳았다. 당장 창녀촌으로 달려갈 수는 없다손 치더라도 일단 술 두어 잔이라도 마셔야 되지 않겠는가. 내 마음대로 자유롭게 말야.

담배와 술은 그에게 끈질기게 유혹의 손짓을 보냈다. 이 두 가지는 돈도 별로 들지 않으면서 그를 충분히 위로해줄 뿐 아니라 예전처럼 고군분투할 수 있도록, 동시에 과거의 고통도 잊을 수 있도록 도와줄 것만 같았다.

그러나 그는 감히 그것들에 손을 대지 않았다. 한 푼이라도 더 남겨야만 했다. 그렇게 하지 않으면 하루 빨리 자신의 인력거를 사는 것이 불가능하다. 설사 오늘 사서 내일 잃어버리는 한이 있더라도 반드시 사야 했다. 그것은 그의 소원이자 희망이며 심지어 종교와도 같았다.

자신의 인력거를 끌지 않으면 그는 헛되이 사는 것이나 마찬가지였다. 벼슬을 할 생각도 없었고, 돈을 벌거나 부동산을 사놓을 생각도 없었다. 그가 가진 능력은 오직 인력거를 끄는 것이었으니, 그가 믿을 수 있는 희망 역시 자신의 인력거를 사는 일뿐이었다. 인력거를 사지 못하면 스스로 면목이 없었다. 그는 하루 종일 이 문제와 씨름하거나 자신의 돈을 세어보는 데만 골몰했다. 만약 잠시라도 이 일을 잊는다면, 그것은 곧 자신을 잊는 것이었다. 그렇다면 자신은 그저 길거리를 달리는 짐승, 생각도 없고 인간미도 없는 짐승일 뿐이라는 생각이 들었다. 제아무리 좋은 인력거라도 임대한 것은 마치 등짝에 돌덩이를 올려놓은 것처럼 부자연스러워 아무리 끌어도 흥이 나질 않는다. 물론 임대한 인력거를 끌 때에도 그는 게으름을 피우는 법이 없었다. 매일매일 깨끗하게 닦았고 하루라도 마구 끌어 부딪치는 일이 없었다. 그러나 그것은 그저 조심하고 삼가는 것일 뿐 즐거움은 아니었다. 역시 자기 인력거를 깨끗하게 닦고 단장해야만 자기 돈을 세는 것처럼 진정한 즐거움을 느낄 수 있다. 그는 여전히 담배도 술도 하지 않았다. 그렇다면 아예 좋은 찻잎으로 만든 차를 마시는 일도 삼가는 게 좋겠다.

그처럼 말쑥한 인력거꾼이라면 단숨에 나는 듯이 달린 후 원기를 보하고 화기를 흩뜨리기 위해서 찻집에서 한 봉지에 10전이나 하는 고급 찻잎에 백설탕 두 봉지를 넣어 마시는 것을 특별한 습관처럼 여기고 있었다. 그 역시 땀이 '귓불'을 타고 흘러내릴 정도로 달린 후에 가슴이 뻐근해질 때면 정말로 그렇게 하고 싶었다. 그것은 절대로 습관이거나 잘난 척하기 위한 것이 아니었다. 진짜로 두어 잔의 찻물로 피로를 가라앉힐 필요가 있기 때문이었다. 그러나 그는 그저 생각만 그러했을 뿐, 여전히 한 봉지에 1전짜리 부스러기 찻잎을 사서 마셨다. 때로 왜 이리도 자신을 학대하는가 자책하기도 했다. 하지만 일개 인력거꾼 주제에 매달 겨우 몇 푼씩이라도 남기려면 달리 도리가 없잖은가? 그는 마음을 독하게 다져먹었다. 인력거를 산 다음에 보자. 일단 인력거를 산 다음에 다시 생각해보자! 인력거만 있으면 이 모든 고통을 보상받을 수 있어!

이처럼 돈을 악착같이 절약했을 뿐 아니라 돈을 버는 데 있어서도 그는 한 치도 늦추는 법이 없었다. 전세로 끌지 않을 때는 하루 종일 손님들을 태우느라 아침 일찍 나갔다가 늦게야 돌아왔다. 정한 액수를 채우지 못하면 시간과 두 다리의 상태가 어떻든 인력거를 거두지 않았다. 때로는 무리하여 밤을 새워가며 끌 때도 있었다. 이전만 해도 그는 다른 인력거꾼, 특히 늙거나 허약한 이들의 벌이를 빼앗지 않았다. 그 정도의 몸집에 괜찮은 인력거를 가지고 그들과 승객을 다

튼다면 그들에게 돌아갈 몫이 있겠는가? 그러나 지금은 그런 것에 전혀 아랑곳하지 않았다. 그의 눈에는 오로지 돈뿐이었다. 한 푼이라도 더 벌기 위해 그는 삯이 좋든 나쁘든 상관하지 않았으며, 손님도 제멋대로 가로채갔다. 그는 마치 배고파 날뛰는 들짐승처럼 오로지 손님을 끌어 돈을 버는 일에만 정신이 팔려 있었다. 다른 것은 전혀 상관하지 않았다. 손님이 타기가 무섭게 달려야만 마음이 조금 시원해졌다. 한시라도 쉬지 않고 다리품을 팔아야 인력거를 살 희망과 가까워질 수 있기 때문이었다. 이렇게 오가는 사이에 낙타 샹즈의 명성은 형편없이 떨어져 그냥 샹즈라고 불릴 때보다 훨씬 못하게 되었다. 그가 손님을 가로채서 달려갈 때 뒤편에서 욕지거리를 해대는 사람들이 종종 있었다. 그럴 때면 그는 아무런 대꾸도 없이 그저 고개를 푹 숙인 채 이렇게 중얼거리는 것이었다.

"인력거를 사는 것만 아니라면 나도 이렇게 염치없는 짓은 절대로 안 해!"

그는 마치 이 몇 마디로 여러 사람의 양해를 구하는 듯했지만 그렇다고 사람들에게 직접 말하지는 않았다. 인력거를 대기시켜놓는 정류장이나 찻집에서 그는 사람들이 자신을 째려보는 것을 느끼면서 그들에게 사정을 이야기하고 싶은 생각이 들기도 했다. 그러나 사람들이 그처럼 냉담한데다 평상시에 그가 그들과 같이 술을 먹거나 도박을 하는 일도, 장기를 두거나 잡담을 나눈 적도 없기 때문에 하고 싶은 말을 그냥 뱃속에 넣어둘 뿐이었다. 처음에는 거북살스럽던 것도 점차 부끄럽고 분한 마음으로 변하더니 급기야 화가 나기 시작하면서 그들이 그를 째려보면 그 역시 그들을 째려보게 되었다.

생각해보니, 산에서 도망쳐 왔을 때만 해도 저들이 얼마나 자신을 공경했던가? 그런데 지금은 이처럼 깔보고 있으니 정말 참기 힘든 일이 아닐 수 없었다. 그래도 그는 찻집에 들어가서 찻주전자를 끼고 앉아 있을 때나 인력거 정류장에서 방금 번 동전을 혼자 세고 있을 때 애써 노기를 가라앉히려고 애를 썼다. 그들과 싸우는 것은 두렵지 않았지만 부딪치고 싶지 않았다.

저들 또한 싸움질을 두려워하지 않겠지만, 샹즈와 붙는 건 아마도 생각을 한 번 해봐야 할 것이다. 그들 누구도 샹즈의 적수가 되지 못했다. 그렇다고 여러 사람이 한꺼번에 달려드는 건 그다지 떳떳한 일이 아니다.

샹즈는 억지로 노기를 억누르는 것 이외에 뾰족한 생각이 나질 않았다. 그저 조금 더 참고 있다가 인력거만 사면 모든 일이 잘 풀릴 것이다. 자기 인력거만 있다면 매일매일 임대료 때문에 조급할 필요가 없으니 자연스럽게 대범해질 것이고, 더이상 다른 사람의 손님을 가로채어 죄인이 될 일도 없을 것이다. 이런 생각을 하면서 그는 다른 이들을 흘깃 쳐다보았다. 마치 이렇게 말하는 듯이.

"우리 좀 기다려봅시다!"

사실 샹즈는 그렇게 악착같이 일을 할 상황이 아니었다. 병영에서 도망쳐 성 안으로 돌아온 후 그는 병이 깨끗이 낫기도 전에 인력거를 끌기 시작했다. 그렇다고 남들에게 약한 모습을 보인 것은 아니었지만 그는 항상 피곤함을 느꼈다. 그래도 그는 감히 쉬지 못했다. 오히려 그는 몇 번이고 뛰어서 한바탕 땀을 흘리고 나면 노작지근하고 시큰시큰한 것도 덜할 것이라고 생각했다. 먹는 것도 그랬다. 비록 끼니를 거르지는 않았지만 차마 맛난 것을 많이 먹을 수 없었다. 그는 자신이 보기에는 꽤나 수척해졌지만 몸집은 여전히 크고 근골筋骨도 여전히 단단한 것 같아 마음을 놓았다. 그는 언제나 자신의 키가 다른 사람보다 크기 때문에 다른 이들보다 힘든 일을 더 많이 할 수 있을 것이라고만 생각했다. 몸집이 크고 고된 일을 많이 하니 당연히 더 많은 영양을 섭취해야 한다는 것은 아예 상상조차 하지 않는 것 같았다. 후니우도 몇 번이나 그에게 당부한 적이 있었다.

"이봐, 당신 말이야 그렇게 일하다 피라도 토하면 누가 알아주기나 한대? 자기만 손해지!"

그녀가 좋은 뜻으로 한 말이라는 것을 그도 알고 있었다. 그러나 하는 일이 뜻대로 되지 않고 몸도 제대로 추스르지 못한 까닭인지 그는 울컥 짜증이 나서 도끼눈을 하고 대답했다.

"이렇게라도 하지 않으면 어느 세월에 차를 사누?"

만약 다른 사람이 이렇게 도끼눈을 했다가는 적어도 한나절쯤 후니우에게 욕바가지를 얻어먹었을 것이다. 그러나 후니우는 샹즈만큼은 더할 나위 없이 친절하게 아껴주었다. 그녀는 그저 입만 삐죽거렸다.

"인력거를 산대도 여유롭게 쉬면서 해야지. 당신이, 뭐, 무쇠로 만들어진 줄 알아! 사나흘 푹 쉬어야 한다고!"

샹즈가 자기 말을 들은 척도 하지 않자 그녀는 다시 입을 열었다.

"좋아. 당신 마음대로 해! 죽어도 행여 날 원망하지 마!"

류쓰예도 샹즈가 하는 짓이 마음에 들지 않았다. 샹즈가 이른 아침부터 밤늦게까지 죽어라 일을 하니 그의 인력거에 좋을 것이 없었다. 물론 인력거를 종일 빌리면 언제 나갔다가 들어오든지 자기 마음대로 할 수 있었다. 그렇지만 사람들마다 샹즈처럼 기를 쓴다면 인력거가 적어도 반년쯤은 일찍 망가질 것이다. 제아무리 튼튼한 물건이라도 저토록 쉬지 않고 계속 써대는데 어찌 견딜 수 있겠는가! 게다가 샹즈는 그저 기를 쓰고 달릴 뿐, 시간을 쪼개 인력거를 닦고 조이고 할 여유조차 없으니 이 또한 손실이 아닐 수 없다. 노인네는 내심 불쾌했다. 그러나 그는 굳이 뭐라고 하지 않았다. 종일 세를 냈으니 시간 제한이 없는 것이 당연했고, 인력거를 손보는 일 역시 인정으로 그리 하는 것이지 의무는 아니었다. 자신의 인물이나 명성으로 보아 샹즈에게 구차하게 의견을 표시하여 체면을 구길 수는 없었다. 그래서 그저 눈가에 불만스러운 기색을 보일 뿐 입은 꾹 다물었다. 때때로 샹즈를 쫓아버리고 싶은 생각이 굴뚝 같았지만 딸자식을 보아 차마 그러지도 못했다. 그는 샹즈를 사윗감으로 생각한 적이 한 번도 없었다. 그러나 딸이 그 멍청한 녀석을 좋아하고 있으니 괜히 과분하게 참견을 할 수도 없는 일이었다. 자식이라고 달랑 딸 하나고 그것마저 시집갈 가망이 없어 보이는데, 그나마 하나 있는 친구마저 쫓아낼 수는 없는 일이 아닌가.

사실 후니우는 제법 쓸모 있는 딸이었기 때문에 노인네 입장에서는 그녀가 시집을 가버리는 게 두렵기도 했다. 이처럼 이기적인 마음 때문에 자식이기는 해도 그녀에게 미안한 생각이 들었다. 노인은 평생 하늘도 땅도 두려워해본 일이 없었지만 늙어가면서 딸자식이 무서워지기 시작했다. 그 사실이 스스로 겸연쩍었지만 한편으로는 이런 생각도 들었다. 누군가를 두려워한다는 것은 그나마 법도 하늘도 없는 무뢰한이 아님을 증명하는 것이겠지. 이런 감정이 있는 한 죽을 때라도 천벌은 면할지 몰라. 좋아. 스스로 딸자식을 두려워해야 한다고 생각한 이상 샹즈를 쫓아낼 수는 없었다. 그렇다고 딸이 제멋대로 샹즈에게 시집을 가도 좋다는 뜻은 아니었다. 사실 그런 일은 없을 것이다. 그가 보기에 딸에게 그런 맘이 없는 것은 아니지만, 샹즈는 후니우에게 잘 보이겠다고 조금이라도 아첨을 떨거나 하지 않으니 말이다. 자신이 정신만 차리고 있으면 될 것이니 굳이 먼저 딸을 불쾌하게 만들 필요가 없었다.

샹즈는 노인네가 그런 생각을 하고 있다는 것을 전혀 눈치채지 못했다. 사실 그처럼 한가로운 일에 정신을 팔 여유도 없었다. 만약 그에게 인화를 떠날 의사가 있다면 그건 이런 하찮은 일에 감정이 뒤틀려서가 아니라 전세로 인력거를 끌고 싶기 때문이었다. 이젠 일반 손님을 태우는 일도 싫증나기 시작했다. 손님을 가로채다가 다른 인력거꾼들에게 멸시당하기 십상인데다, 수입도 일정치 않았다. 오늘 수입은 많았어도 다음날은 적어졌다. 이렇게 매일매일 달라지는 벌이로는 언제쯤 목돈을 마련할 수 있는지 도무지 감을 잡을 수 없었다. 그는 확실한 전망을 간절히 원했다. 설사 남기는 것이 적다고 할지라도 정확하게 매달 고정된 액수를 저축해야만 마음을 놓을 수 있을 것 같았다. 그는 그야말로 '무 하나에 구덩이 하나' 하는 식으로 고지식한 이였다.

마침내 그도 전세로 인력거를 끌게 되었다. 그렇지만, 이런 제길! 개별 손님을 태울 때나 마찬가지로 심기가 불편했다. 이번에는 양씨 댁이었다. 양 선생은 상해上海 사람이고 그의 큰부인은 천진天津 사람인데, 둘째 부인은 소주蘇州 사람이었다. 남편 하나에 각시가 두 명인데, 남북 여자 둘이서 내기를 하듯 새끼를 낳으니 꼬맹이들이 몇인지 셀 수도 없을 지경이었다. 첫날, 샹즈는 하마터면 현기증이 나서 쓰러질 뻔했다. 이른 새벽부터 큰부인이 인력거를 타고 찬거리를 사러 시장에 갔다. 돌아와서 도련님과 아가씨들을 나누어 학교에 실어다주는데, 중학교, 소학교, 유치원까지 층층으로 학교도 다르고 나이도 생김새도 각기 달랐지만 밉살스러운 것은 하나같았다. 특히 인력거를 타기만 하면 가장 얌전한 녀석도 원숭이보다 팔 두 개가 많다고 할 정도로 장난을 쳐댔다. 아이들을 모두 보내고 나면 양 선생을 관청으로 출근시켰다. 관청까지 모셔다드리고 쏜살같이 돌아오면 그 즉시 둘째 부인을 동안시장東安市場이나 또는 친구들을 만나러 가는 데 실어다주었다. 다시 돌아오고 나면 아이들을 데려와 점심을 먹이고, 아이들이 점심을 다 먹은 후엔 다시 데려다주어야만 했다. 아이들을 학교까지 태워다주고 돌아오면서 이제야 점심을 먹겠거니 생각했으나 다시 큰부인이 천진 사투리로 그를 불러 물을 길어오라고 시키는 것이었다. 양씨 댁에서는 단물(마실 물)은 물장수가 배달해주지만 빨래하는 데 쓰는 물은 인력거꾼이 길어오는 것으로 되어 있었다.

그런 일은 계약조건 이외의 것이었지만 그냥 좋게 대하느라 다투지 않고 군말 한 마디 없이 항아리 가득 길어다 주었다. 물통을 내려놓고 막 밥그릇을 집으려고 하는데, 둘째 부인이 그를 불러 물건을 좀 사오라고 시켰다. 큰부인과 둘째 부인은 언제나 아옹다옹하며 사이가 나빴지만 가사 관리에 있어서만은 두 사람의 견해가 일치했다. 그 가운데 한 가지는 하인들을 잠시도 쉬지 못하게 하는 것이고, 다른 것은 하인이 밥 먹는 꼴을 못 본다는 것이다. 샹즈는 그런 줄도 모르고 첫날은 공교롭게도 집안일이 바쁘기 때문에 그런 줄만 알았다. 그래서 아무 말도 하지 않고 자기 허리춤을 끌러 사오삥 몇 개를 사다가 끼니를 때웠다. 목숨처럼 귀한 돈이었지만 자기 일을 유지하기 위해 어쩔 수 없이 모질게 마음을 먹었던 것이다.

물건을 사가지고 돌아오니 큰부인이 마당을 쓸라고 했다. 바깥나들이를 할 때면 양씨 댁 바깥양반과 첫째, 둘째 부인은 아주 멋있게 몸치장을 했지만 집안이며 마당은 거대한 쓰레기장처럼 더럽기 그지없었다. 마당을 바라보니 구역질이 났다. 그래서 인력거꾼은 잡역까지 도맡아 하는 것이 아니라는 사실도 까맣게 잊고 그저 청소만 열심히 했다. 마당을 말끔히 쓸어놓자 이번에는 둘째 부인이 그를 불러 하는 김에 방 안까지 청소를 해달라고 했다. 샹즈는 거역하지 않았다. 놀라운 것은 그렇게 치장을 곱게 하던 두 마나님이 어쩌면 이렇게 발조차 디딜 수 없을 정도로 지저분하게 어질러놓았는가 하는 점이었다. 방 안을 깨끗이 치워놓자 둘째 부인이 이제 막 돌을 지낸 꼬질꼬질한 아이를 그에게 건네주었다. 난감했다. 힘을 쓰는 일이라면 어떤 것이든 문제없지만 아이는 안아본 적이 없었기 때문이다. 그는 두 손으로 그 작은 도련님을 받쳐들었다. 힘을 빼자니 미끄러져 떨어뜨릴 것만 같고, 힘을 주자니 행여 뼈라도 다칠까 걱정되어 그저 땀만 비질비질 흘릴 뿐이었다. 그는 요놈의 보배를 강북江北(양자강 북쪽) 출신의 발이 커다란(발이 크다는 것은 전족을 하지 않은 촌 여자를 비유한 것이다.—옮긴이) 장마張媽(장씨 아줌마)에게 건네줄 생각이었다. 그녀를 찾았지만 다짜고짜 욕만 한 사발 얻어먹고 말았다. 양씨 댁 고용인들은 지금까지 사나흘이 멀다 하고 바뀌곤 했다. 바깥양반이나 부인네들이 하인들을 종처럼 여기는데다 가난뱅이는 죽어라고 일을 시켜야지 그렇지 않으면 품삯이 아깝다고 생각하기 때문이었다. 그러나 유일하게 장마만은 5~6년이나 이 집에 붙어 있었다. 그 유일한 무기는 그녀의 욕지거리였다. 바깥양반이든 마나님이든 일단 그녀의 성질을 돋우면 한바탕 욕이 쏟아졌다. 그렇지 않아도 양 선생은 상해식 욕설이 신랄하기 그지없었고, 양 부인은 천진 사투리로 괄괄하게 욕지거리를 해댔으며, 둘째 부인은 소주식으로 막히는 것이 없이 욕설을 퍼부었다. 그들은 이렇듯 평소에도 가는 곳마다 당할 자가 없었다. 그런 그들에게 장마는 강적이었다. 본래 오는 것이 있으면 가는 것이 있어야 하듯, 그들은 맞수답게 장마를 인정하고 아군으로 받아들였다.

샹즈는 북방 시골 출신이라 함부로 욕지거리하는 것을 가장 꺼렸다. 그렇다고 장마에게 손을 댈 수는 없었다. 사내 대장부가 여자와 다툴 수는 없는 법이었기 때문이다. 그래서 말대꾸도 하지 않고 그저 째려보기만 했다. 장마도 무언가 두려움을 느꼈는지 더이상 찍소리 하지 않았다. 바로 그때 큰부인이 아이들을 데려오라고 샹즈에게 소리쳤다. 그는 꼬질꼬질한 갓난아기를 둘째 부인에게 돌려주었다. 둘째 부인은 샹즈 요것이 자신을 업신여긴다고 생각했는지 냅다 욕을 해댔다. 큰부인 역시 그렇지 않아도 샹즈가 둘째의 아이를 안아주는 것이 마음에 들지 않았던 차라, 자기도 매끈거리는 목청을 열어 욕설을 퍼붓기 시작했다. 대상은 샹즈, 그였다. 샹즈는 졸지에 욕먹는 등패藤牌(등나무를 엮어서 만든 둥근 방패)가 되고 말았다. 그는 지금까지 이런 꼴을 당해본 적이 없었다. 졸지에 머리 위로 욕지거리가 쏟아지자 머리가 멍한 것이 현기증이 났다. 화를 내는 것조차 잊어버린 채 그는 서둘러 인력거를 끌고 밖으로 나갔다.

한 떼의 아이들을 모두 집으로 데려다놓으니 마당이 시장보다 더 시끄러웠다. 세 여자의 욕지거리에 아이들의 울음소리가 뒤섞여 대책란大柵欄(북경 전문前門 밖 번화가로 시장과 극장 등이 많은 곳이다)에서 경극 공연이 끝난 후 인파가 복작거리는 것마냥 소란하고 어지러웠다. 다행히도 양 선생을 모시러 갈 시간이 되었기에 서둘러 집 밖으로 나왔다. 큰 길가에서 사람들이 외치는 소리나 말 우는 소리가 오히려 집 안의 소란보다 견딜 만했다.

이렇게 이리저리 돌고 돌다 밤 12시가 되어서야 샹즈는 겨우 숨돌릴 틈을 얻었다. 그는 온몸이 피로했고 머릿속에선 웅웅거리는 소리가 들렸다. 양씨 집안 사람들은 어른 아이 할 것 없이 모두 잠이 들었지만, 샹즈의 귓전에는 여전히 양 선생과 부인네들의 고함 소리며 욕지거리가 그대로 남아 있었다. 마치 각기 다른 판을 걸어둔 세 대의 유성기가 그의 가슴 속에서 어지럽게 돌고 있는 듯 정신이 어수선하고 불편했다. 다른 것은 아예 생각할 겨를조차 없었고, 그저 잠만 자고 싶은 생각이었다. 그런데 좁디좁은 방 안으로 들어서자 샹즈는 어찌나 놀랐는지 잠이 싹 달아나고 말았다.

한 칸짜리 문간방에 문을 두 개 단 뒤 중간을 판자로 가로막아 한쪽은 장마가 다른 한 쪽은 그가 살도록 한 것이었다. 방 안에는 등도 없었다. 길가에 면한 담장 쪽으로 두 자 너비의 작은 창문이 달려 있을 뿐이었다. 그나마 가로등 아래에 있는지라 어슴푸레한 빛이 들어왔다. 방 안은 습기가 차서 축축하고 악취가 진동했으며, 맨땅에 두꺼운 동판 정도의 흙이 쌓여 있고 벽 쪽으로 널판 침대가 달랑 놓여 있을 뿐 다른 물건은 아무것도 없었다. 더듬거리며 널판 침대를 만져보니 머리를 바로 두면 다리가 벽 위로 올라가야 하고, 다리를 쭉 펼 경우 비스듬히 앉은 자세처럼 될 것 같았다. 그는 여태껏 원보元寶(화폐의 일종으로 말굽처럼 생겼다고 해서 '말굽은' '마제은馬蹄銀'이라고 부른다)처럼 몸을 오그리고 새우잠을 잔 적이 없었다. 한참을 생각한 끝에 침대 널판을 사선으로 비스듬하게 끌어당겨 침대의 양끝이 방 모서리로 향하게 만들었다. 이렇게 하니 머리를 똑바로 놓고 다리를 아래로 약간 늘어뜨린 채 하룻밤을 보낼 수 있게 되었다.

문동門洞(兒)(중국식 저택의 대문에서 집 안으로 통하는 지붕이 있는 통로)에 놓아두었던 이불보따리를 옮겨다 대충 펴놓고 드러누웠다. 다리가 허공에 매달려 있는 것이 익숙하지 않아 잠을 잘 수 없었다. 억지로 눈을 감고 자신을 위로했다. 자자, 내일 또 일찍 일어나야지! 별별 고생을 다 겪었는데 이것쯤이야 못 견디겠어! 음식도 형편없고 일도 고되지만 어쩌면 매일 마작을 하느라 손님들을 청하고 회식을 할지도 모르잖아. 내가 이렇게 나온 게 무엇 때문이야. 샹즈! 다 돈 때문에 이러는 것 아냐? 돈만 많이 들어온다면 뭘 못 참겠어! 이렇게 생각하니 어느 결에 마음에 편안해지고, 방 안 냄새도 처음처럼 그렇게 지독하게 느껴지지 않았다. 샹즈는 천천히 꿈속으로 빠져들었다. 잠결에 빈대가 무는 듯한 느낌이 들었지만 잡을 겨를조차 없었다.

이틀이 지나자 샹즈의 마음은 차갑게 식어버렸다. 나흘째 되는 날 여자 손님들이 몰려왔다. 장마가 서둘러 마작판을 차렸다. 그의 마음은 꽁꽁 언 작은 호수에 홀연 봄바람이 부는 듯한 느낌이었다. 부인네들이 마작을 시작하자 아이들은 모두 하인들에게 떠맡겨졌다. 장마는 담배며 차, 물수건 등 시중을 들어야 했기에 그 조무래기 원숭이 떼는 자연히 샹즈의 몫이 되고 말았다. 그는 정말로 조무래기들이 싫었다. 그러나 몰래 방 안을 들여다보니 큰부인이 노름판에서 구전을 셈하는데, 자못 진지한 듯 보였다. 그는 마음속으로 중얼거렸다. 큰마누라가 이악스러운 거야 어쩌겠어. 하지만 멍청하지는 않을 거야. 이런 기회에 하인들에게 40~50전쯤 건네주는 것쯤은 알거든. 그는 원숭이 새끼들을 대하는 데 각별한 인내심을 발휘했다. 구전이라도 좀 얻자면 요놈의 원숭이 새끼들을 도련님이나 아가씨로 모셔야만 했다.

마작이 끝나자 큰부인이 그를 불러 손님들을 모셔다드리라고 했다. 여자 손님 두 사람이 급히 동시에 가려고 했기 때문에 인력거 한 대를 더 불러야만 했다. 샹즈가 인력거 한 대를 불러오자 큰부인이 손님 차비를 대신 내겠다며 옷의 여기저기를 뒤적거려 돈을 찾았다. 손님이 두어 마디 사양하는 말을 건네자 큰부인은 마치 목숨이라도 건 듯이 소리쳤다.

"뭔 말이야. 참, 아우님도! 우리 집에 왔는데 차비도 없을까봐! 아이고 아우님, 어서 타요!"

그녀는 그제야 겨우 10전을 꺼내들었다.

샹즈는 똑똑히 보았다. 10전을 건네줄 때 그녀의 손이 바르르 떨리고 있는 것을.

손님들을 모두 모셔다드리고 장마를 도와 마작판 등을 치운 후에 샹즈는 큰부인을 흘끔 쳐다보았다. 부인은 장마보고 뜨거운 물을 가져오라고 시킨 후, 장마가 문 밖으로 나가자 달랑 10전 한 장을 꺼내며 말했다.

"받게나. 그렇게 눈깔에 힘주며 쏘아보지 말고!"

순간 샹즈의 얼굴이 자줏빛으로 변하면서 마치 머리로 대들보를 떠받들기라도 하는 양 허리를 쭉 폈다. 그리고 10전짜리 지전 한 장을 낚아챈 후 부인의 살찐 얼굴에 내던졌다.

"나흘치 삯을 주쇼!"

"뭐라고?"

부인은 다시 샹즈를 쳐다보더니 아무 말도 하지 않고 사흘치 삯만 내놓았다. 이불보따리를 인력거에 싣고 막 대문을 나서는데 마당에서 심하게 퍼붓는 욕지거리가 들려왔다.

6

초가을 늦은 밤, 별빛 반짝이는 나뭇잎 사이로 산들바람이 불어오자 샹즈는 고개를 들어 아득히 먼 은하수를 바라보며 한숨을 내쉬었다. 이처럼 시원한 날에 그의 가슴 또한 그처럼 넓기만 한데 그는 마치 공기가 부족한 것처럼 가슴이 답답했다. 그 자리에 주저앉아 통곡이라도 하고 싶은 심정이었다. 이렇듯 우람한 체격에 누구보다 뛰어난 참을성과 노력에도 불구하고, 사람들에게 개돼지만도 못한 취급을 받고 한 가지 일도 제대로 지탱할 수 없다니. 그는 양씨네 가족들이 원망스러울 뿐만 아니라 아득한 절망감에 빠져 앞으로 평생 더 나아지지 않을 것만 같다는 느낌에 사로잡혔다. 이불보따리를 실은 인력거를 끌면서 그의 발걸음은 점점 느려지기만 했다. 이제 더이상 10리 길을 한 걸음에 달음박질치던 예전의 샹즈가 아닌 듯했다.

큰 길로 나가니 행인은 이미 드물었으나 가로등만은 환하게 밝았다. 그는 더욱 아득한 느낌이 들어 어디로 가야 좋을지 몰랐다. 어디로 갈 것인가? 어쩔 수 없이 인화로 가야겠지! 또다시 슬픈 마음이 들었다. 장사꾼이나 품팔이꾼들은 벌이가 없을까 걱정하는 것이 아니다. 음식점이나 이발관에 손님이 들어왔다가 그냥 한 번 훑어보고 나가버리는 것처럼 손님은 있는데 흥정이 되지 않아 공치는 게 오히려 걱정이다. 일자리가 생겨 출근할 때가 있으면 사직하고 그만둘 때도 있는 법이다. 이곳에서 받아주지 않으면 자신을 받아주는 다른 곳으로 가면 그뿐이라는 것을 샹즈도 잘 알고 있었다. 그러나 그는 일자리를 유지하기 위해 애써 목소리를 낮추고, 치미는 화를 참고, 체면마저 다 버렸다. 오로지 인력거를 한 대 사기 위해서였다. 그런데 사흘하고 반나절 만에 일자리를 박차고 나와, 결과적으로 이리저리 부잣집을 들락날락하는 닳고 닳은 자들하고 똑같게 되었다. 그는 그것이 마음 아팠다. 다시 얼굴을 들고 인화로 들어갈 엄두가 나지 않았다. 분명 많은 사람들에게 웃음거리가 될 것이다.

"봐라 봐! 낙타 샹즈도 어쩔 수 없나보지. 사흘 만에 잘리게, 흥!"

그렇다고 인화로 가지 않는다면 어디로 간단 말인가? 그는 더이상 이 일로 골치를 썩고 싶지 않아 무조건 서안문 큰 길 쪽으로 걸어갔다. 인화 인력거는 앞에 세 칸의 가겟방이 있는데, 그 가운데 한 칸을 회계실로 사용하고 있었다. 그 방은 인력거꾼들이 임대료를 지불하거나 무언가 교섭할 때 들어갈 수는 있었으나 아무 일 없이 제멋대로 들락날락하는 것은 허용되지 않았다. 동쪽과 서쪽 두 칸에 류씨 부녀의 침실이 있었기 때문이다. 서쪽 방 옆에 인력거가 드나드는 대문이 있는데 양쪽 문짝에 녹색 칠을 했고, 대문 위로 굵은 철 막대를 구부려 갓을 씌우지 않은 아주 밝은 전등을 달아놓았다. 전등 아래에 '인화차창人和車廠' 이라고 철판에 도금한 네 글자가 가로로 걸려 있었다. 인력거꾼들이 인력거를 끌고 나오거나 들어갈 때면 언제나 이 문을 통해야만 했다. 짙은 녹색 대문은 위쪽에 걸린 간판의 금박 글자와 어울려 밝은 전등빛 아래 밝게 빛났다. 들고나는 인력거들이 모두 멋있는 것들로, 검게 칠한 것이든 금빛으로 칠한 것이든 윤기가 자르르 흘렀다. 여기에 눈처럼 새하얀 덮개가 잘 어우러져 인력거꾼들조차 자부심을 느끼는 듯했다. 그들은 마치 인력거꾼들 가운데 귀족이라도 되는 양 행세했다. 대문으로 들어가 전면의 서쪽 방을 돌아가면 네모 반듯한 큰 마당이 나오는데, 그 가운데 늙은 홰나무가 한 그루 서 있었다. 동쪽과 서쪽 안채는 전부 넓게 툭 트인 곳으로 인력거를 놓아두고, 남쪽 방과 그 뒷면 작은 마당의 작은 집들은 모두 인력거꾼들의 숙소다.

대략 11시가 넘은 것 같았다. 샹즈는 인화차창의 밝지만 왠지 외로워 보이는 등잔을 바라보았다. 회계방과 동쪽 방에는 불빛이 없는데 서쪽 방만은 환하게 전등이 켜져 있었다. 후니우가 아직 잠들지 않은 것이다. 그는 후니우에게 들키지 않기 위해 발걸음을 죽이고 살며시 들어가려고 했다. 평소 자신에게 잘 대해주는 후니우가 자신의 실패를 제일 먼저 알게 되는 일만큼은 원치 않았다.

그가 그녀의 방 창문 아래로 인력거를 끌고 막 왔을 때 후니우가 인력거 출입문으로 들어왔다.

"어! 샹즈? 어찌……."

그녀는 계속 물어보려다가 고개를 푹 숙인 채 풀이 죽은 샹즈의 모습과 이불보따리를 보고는 하려던 말을 그대로 삼켜버렸다.

호랑이도 제 말하면 온다고 하더니! 샹즈는 부끄러움과 답답함이 한데 엉겨 그 자리에 발걸음을 멈추고 멍하니 서 있었다. 말도 제대로 하지 못한 채 그는 멍하니 후니우를 바라볼 뿐이었다. 그런데 그녀의 모습이 오늘따라 특이했다. 전등에 비쳐서인지 아니면 분을 발라서인지 알 수 없었으나 얼굴이 평소보다 훨씬 희어 보였다. 그 덕에 그녀의 흉악한 모습도 많이 가려졌다. 입술에는 분명 연지가 발라져 있었는데, 그것이 교태를 더해주었다. 샹즈는 그런 모습을 보자 정말 이상하다는 생각이 들며 마음이 뒤숭숭했다. 평소 그녀를 여자로 생각하지 않다가 갑자기 이처럼 붉은 입술을 보고 있자니 왠지 어색한 느낌이 들었다. 그녀는 위로 연두색 명주 겹저고리를, 아래에는 오글쪼글한 주름비단으로 만든 헐렁한 검은 홑바지를 입고 있었다. 연두색 저고리는 전등 불빛 아래에서 부드럽고도 약간 처량한 듯한 빛깔을 냈다. 저고리가 짧아서 밑으로 하얀 바지허리가 약간 드러나는 바람에 저고리의 연두색이 더욱 뚜렷하고 깨끗하게 보였다. 헐렁한 검은 홑바지는 바람에 하늘거렸다. 그건 마치 어떤 음산한 기운이 강렬한 전등 불빛을 벗어나 어두운 밤과 한데 어울리려는 것처럼 보였다. 샹즈는 더이상 마주보기가 민망하여 그냥 고개를 숙이고 말았지만 마음속에는 여전히 작고 반짝이는 연두색 저고리가 맴돌았다. 샹즈가 알고 있는 한, 후니우가 화장을 한 적은 없었다. 류씨네 재력으로 보면야 매일매일 비단 옷으로 치장하고도 남지만, 하루 종일 인력거꾼들하고 씨름하느라 그녀는 그저 무명 저고리에 무명 바지가 고작이었다. 어쩌다 무늬가 있는 옷을 입기는 해도 그다지 눈에 띄는 옷이 아니었다. 샹즈는 마치 무척 신기한 물건을 본 듯한 기분이었다. 익숙하면서도 신기하여 마음이 왠지 싱숭생숭했다.

본래 마음이 괴로운데다 강렬한 등잔 불빛 아래서 이처럼 살아 움직이는 신기한 물건을 보고 있자니 아무 생각도 들지 않았다. 그는 스스로 움직일 생각은 하지 않고 오히려 후니우가 빨리 방 안으로 들어가거나 아니면 그에게 무슨 명령이라도 해주기를 바랐다. 정말이지 이러한 괴로움은 견딜 수 없었다. 도대체 정체를 알 수 없는 괴로움이었다.

"호호!"

그녀가 한 걸음 앞으로 다가서며 나지막한 목소리로 말했다.

"멍하니 서 있지만 말고 가서 인력거 놔두고 빨리 돌아와! 할 말이 있으니까. 내 방으로."

평소 그녀를 도와주는 데 익숙했던 그는 그저 복종하는 수밖에 없었다. 그러나 아무래도 오늘의 그녀 모습은 예전과 달랐다. 뭔가 곰곰이 생각을 해보려고 그곳에 멍하니 서 있었지만 심히 괴이하고 어색하기만 했다. 허나 딱히 생각이 있는 것도 아니어서 인력거를 끌고 안으로 들어갔다. 남쪽 안채에 전등불이 없는 것으로 보아 모두 잠이 들었거나 아니면 아직 인력거를 거두지 않은 것 같았다. 샹즈는 인력거를 들여다놓고 다시 그녀의 방문 앞으로 되돌아왔다. 문득 그의 가슴이 두근거리기 시작했다.

"들어와, 당신이랑 할 말이 있다니까!"

그녀가 고개를 내밀고 웃는 건지 화난 건지 모를 얼굴로 말했다.

그는 천천히 안으로 들어갔다.

탁자에는 채 익지 않아 껍질이 푸르스름한 배 몇 개 그리고 술 주전자와 백자로 만든 작은 술잔 세 개가 놓여 있었다. 그리고 큰 접시에는 간장에 조린 닭 반 마리와 훈제 간, 조린 내장 등 먹을 것이 담겨 있었다.

"좀 봐!"

후니우는 그에게 의자를 가리켰고 그가 앉는 것을 보고는 말을 이었다.

"이봐! 내가 오늘 말이야. 모처럼 특식을 마련해서 그간의 마음풀이를 할 생각이거든. 당신도 좀 먹어봐!"

이렇게 말하면서 그녀가 그에게 술을 한 잔 따라주었다. 배갈의 맵싸한 냄새가 훈제 고기며 조린 고기 냄새와 한데 뒤섞여 유달리 짙고 무겁게 느껴졌다.

"마셔봐! 이 닭도 좀 먹고. 난 벌써 먹었으니까 사양하지 마! 내가 조금 전에 골패로 점을 쳤거든. 그래서 당신이 돌아올 줄 알았다니까. 어때? 내 점괘가 신통하지?"

"난 술 못해요!"

샹즈는 멍하니 술잔만 바라보고 있었다.

"못 먹겠거든 당장 꺼져! 호의를 무시해도 유분수지! 이 바보멍청이 낙타야! 아무리 독하다고 해도 죽지 않아! 나도 너댓 량은 너끈히 마시는데 말이야! 못 믿겠다면 한 번 봐!"

그녀는 술잔을 들고 반 잔 넘게 들이킨 후 눈을 질끈 감더니 '하' 하고 숨을 토해냈다.

"마셔봐! 마시지 않으면 내가 귀를 틀어쥐고 들이부을 거야!"

샹즈는 그렇지 않아도 뱃속 가득한 원한을 풀 곳 없던 차에 이런 희롱까지 당하고 보니 정말로 그녀에게 눈이라도 부라리고 싶은 심정이었다. 그러나 후니우가 언제나 자신에게 잘 대해주었고, 또한 그녀가 누구에게나 그처럼 시원시원 대하는 성격이라는 것을 잘 알고 있었기에 그녀를 탓할 수는 없었다. 그럴 바에야 그녀에게 자신의 억울함을 호소하는 것이 좋겠다는 생각이 들었다. 평소 말하는 것을 좋아하지 않았지만 오늘만큼은 왠지 숱한 말들이 가슴 답답할 정도로 가득 차 있어 도저히 말을 하지 않고서는 버틸 수 없을 지경이었다. 그러고 보니, 후니우도 그를 희롱하는 것이 아니라 솔직하게 아껴주는 것이라는 생각이 들었다. 그는 술잔을 받아 한 잔을 단숨에 마셨다. 싸한 기운이 천천히 그러나 정확하고 힘차게 아래로 쭉 내려갔다. 그는 목을 길게 빼고 가슴을 쭉 펴면서 그다지 시원치 않은 트림을 두 번이나 했다.

후니우가 웃음을 터뜨렸다. 마신 술을 겨우 목구멍 아래로 넘기려는 찰나에 웃음소리가 들리자 재빨리 동쪽 방이 있는 곳으로 얼굴을 돌려 바라보았다.

"아무도 없어!"

그녀는 웃음을 그쳤으나 얼굴에는 여전히 웃음기가 남아 있었다.

"노인네는 고모 생일잔치에 가셨어. 한 2~3일 있어야 오실 거야. 고모는 남원南苑에 사시거든."

그녀는 이렇게 말하면서 다시 그의 잔에 술을 가득 따랐다.

그 말을 듣자 그는 마음이 싹 달라지는 것이 마치 어딘가 옳지 못한 구석이 있는 듯한 느낌이 들었다. 그러나 동시에 그대로 나가기는 아쉽다는 생각도 들었다. 그녀의 얼굴이 그처럼 가깝게 있고, 그녀가 입은 옷은 깨끗하고 매끄러운데 입술은 마냥 붉기만 했다. 이 모든 것들이 그에게 신선한 자극으로 다가왔다. 물론 그녀는 여전히 늙고 추했지만 활기가 더해져 홀연 다른 사람으로 변한 듯했다. 여전히 그녀인 것만은 변함없으나 무언가 달라진 것은 분명했다. 그는 감히 그 새로운 무언가에 대해 자세히 생각해볼 수도, 그렇다고 마음대로 받아들일 수도 없었다. 그러나 차마 거절하기도 힘들었다. 그의 얼굴이 점점 붉어졌다. 자신이 담대하다는 것을 보여주기라도 하는 양 그는 다시 술 한 잔을 들이켰다. 조금 전까지만 해도 그녀에게 자신의 억울한 심정을 호소할 생각이었지만 어느새 까맣게 잊고 말았다. 얼굴이 불그레해진 그는 자신도 모르게 그녀를 몇 번이나 흘깃 쳐다보았다. 볼수록 그의 마음이 설레었다. 그녀는 갈수록 그가 알 수 없는 무언가를 드러내며, 뜨겁게 달아오르는 기운을 전해왔다. 점차 그녀가 무언가 추상적인 덩어리처럼 느껴졌다. 그는 마음으론 자신에게 조심해야 한다고 경고하면서도 더욱 대범해졌다. 연거푸 세 잔을 마시자 그는 조심성을 싹 잃어버렸다. 몽롱한 눈으로 그녀를 바라보았다. 왜 이처럼 통쾌하고 대담한 느낌이 드는지 알 수 없었지만 당장이라도 용감무쌍하게 지금까지 겪어보지 못한 새로운 경험과 쾌락을 꽉 붙들고 싶었다. 평소 그는 그녀를 조금 두려워했다. 그러나 지금은 전혀 두렵지가 않았다. 오히려 스스로 위엄과 역량 있는 사람이 되어 그녀를 한 마리 고양이인 양 손아귀에 꽉 틀어잡을 수 있을 것 같았다.

방 안에 불이 꺼졌다. 하늘은 컴컴했다. 때때로 별똥별 한두 개가 은하수로 미끄러지듯 들어가거나 어둠속으로 붉고 흰 빛 꼬리를 끌면서 경쾌하고 힘차게 하강하다가 가로로 휘몰아치듯 내달았다. 별똥별은 때로 흔들리고 떨면서 하늘에 환하고 뜨거운 출렁임을 남겼고 그럴 때마다 어둠 속에 작렬하는 빛을 선사했다. 때로 한두 개, 때로 여러 개의 별똥별이 동시에 떨어지면 정적이 흐르는 가을 하늘은 가볍게 떨었고 온갖 별들도 잠시 동안 어쩔 줄 몰랐다. 때로 길고 거대한 빛꼬리를 가진 별 하나가 홀로 사방에 별꽃을 흩뿌리며 하늘가를 가로질렀다. 그 붉은 빛이 점차 노랗게 변하면서 마지막 행진을 할 때, 하늘은 돌연 미친 듯 환희에 들떠 한 줄기 환한 빛을 비추었다. 마치 겹겹의 어둠을 헤치고 들어가 유백색乳白色 광선을 남겨둔 것처럼 남은 빛이 모두 사라지자 어둠이 몇 번 몸을 꿈틀거리더니 다시 모든 것을 에워쌌다. 고요하고 나른해진 뭇별들이 다시 원래 위치를 회복하고 가을 바람에 미소를 지었다. 땅에서는 짝을 찾는 가을 개똥벌레들이 별처럼 유희를 즐기고 있었다.

이튿날 샹즈는 아침 일찍 일어나 인력거를 끌고 나갔다. 머리며 목구멍이 좀 아팠지만 평생 처음 먹은 술 때문이라는 것을 알았기에 그다지 신경 쓰지 않았다. 작은 골목길에 앉아 이른 아침의 산들바람을 맞고 있자니 두통도 곧 사라질 것 같았다. 하지만 그의 마음은 다른 고민거리로 답답하고 울적했다. 그것을 벗어던질 방법이 도무지 생각나지 않았다. 어젯밤 일은 그에게 의혹과 수치심 그리고 고민을 한꺼번에 떠안겼다. 게다가 모종의 위험이 도사리고 있다는 느낌마저 들었다.

그는 후니우가 도대체 어떤 여자인지 짐작조차 할 수 없었다. 그녀가 이미 처녀가 아니라는 사실을 그는 몇 시간 전에야 알았다. 그는 지금까지 늘 그녀를 존중했고, 그녀에게 단정치 못한 구석이 있다는 이야기도 전혀 들은 적 없었다. 비록 그녀가 다른 사람들에게 제멋대로 대하기는 했지만 그렇다고 다른 이들이 그녀의 등 뒤에서 이러쿵저러쿵 말을 하는 것은 아니었다. 간혹 인력거꾼 중에 그녀를 욕하는 이가 있기는 했으나 그저 그녀가 지독하다는 것뿐 특별한 이유는 없었다. 대체 어쩌다가 간밤과 같은 일이 벌어진 것일까?

모든 게 영 아리송해서 샹즈는 간밤의 일을 의심하기 시작했다. 그녀는 분명 그가 가게에서 살지 않는다는 사실을 알고 있었을 텐데 어떻게 애오라지 그를 기다릴 수 있었을가? 어떤 놈이 걸려도 다 좋다고 생각한 거라면……. 샹즈는 고개를 떨어뜨렸다.

그는 시골에서 올라온 이후로 지금까지 한 번도 색시를 얻는 일에 대해 생각해보지 않았지만 그렇다고 전혀 속셈이 없었던 것은 아니었다. 만약 자기 인력거가 생기고 생활이 조금 더 넉넉해져서 색시를 얻을 생각이 들면, 그는 시골로 내려가 젊고 힘이 세며 고생을 마다하지 않고 빨래며 농사일도 잘하는 아가씨를 색시로 맞이할 것이다. 그 또래 나이의 젊은이들 치고 잔소리를 들어가며 몰래 '바이팡즈白房子(싸구려 매음굴)'를 드나들지 않는 이가 있던가? 그러나 샹즈는 끝내 그들과 어울리지 않았다. 무엇보다 그 자신이 악착같이 노력하는 사람이라고 자처한 이상 아까운 돈을 쓸데없이 계집의 몸에 뿌릴 수는 없었다. 둘째로 헛돈을 쓴 바보들이—어떤 녀석은 겨우 열여덟이나 아홉 정도밖에 되지 않았다—변소간에서 머리를 벽에 처박고 오줌이 나오지 않아 낑낑대는 꼴을 직접 두 눈으로 보았기 때문이다. 마지막으로 그 자신이 단정해야만 미래의 마누라에게 떳떳할 수 있을 것이었다. 일단 색시를 얻으려면 반드시 순결한 처녀를 얻어야만 하기 때문에 자신도 당연히 그래야만 한다. 그런데 지금, 지금은……. 후니우가 뇌리에 떠오르자 그는 이런 생각이 들었다. 그녀는 확실히 괜찮은 친구다. 그러나 색시감으로 본다면, 그녀는 너무 못생긴데다 늙어빠졌고 지독하며 뻔뻔 그 자체다! 그의 인력거를 빼앗고 게다가 목숨까지 앗아가려 했던 망할 놈의 병사들조차 그녀처럼 그렇게 밉살스럽거나 싫지는 않았다. 그녀는 그가 시골에서 가지고 온 맑고 깨끗한 기운을 훼손시켜 계집질이나 일삼는 인간으로 만든 것 아닌가!

게다가 이번 일이 떠들썩하게 소문나서 류쓰예가 알게 된다면? 도대체 류쓰예는 자신의 딸이 처녀가 아니라는 사실을 알고나 있는 건가? 모른다면 나 혼자 애꿎은 누명을 쓰는 것 아닌가? 만약 이미 알고 있었는데도 딸자식을 단속하지 않았다면 그들 부녀는 도대체 뭐하는 것들이야? 그런데 이런 작자들하고 한통속이 되어 놀아나는 나는 또 뭐야? 그들 부녀가 모두 원한다고 해도 샹즈는 그녀를 아내로 맞이할 생각이 전혀 없었다. 류 영감에게 인력거가 60대, 아니 600대, 6,000대가 있다고 할지라도 어림없는 소리! 지금 당장이라도 인화 가게를 떠나 그들과 한 칼에 관계를 끊어야 할 것이다.

나도 나름대로 능력이 있다구. 내 능력으로 인력거도 사고 색시도 얻을 거야. 그래야 공명정대하지! 이런 생각이 들어 그는 고개를 쳐들었다. 자신은 사내 대장부로서 두려울 것도 걱정할 것도 없으며 그저 열심히 일하기만 하면 반드시 성공할 것이다.

두 번씩이나 손님을 태우려다 놓치고 말았다. 그러자 또다시 불쾌한 기억이 되살아났다. 아무리 생각하지 않으려고 해도 가슴이 답답하게 막히기만 했다. 이번 일은 다른 일과 전혀 달라 설사 해결할 방법이 있다고 할지라도 좀처럼 잊을 수 없을 것만 같았다. 무언가 몸에 착 달라붙은 것 같기도 하고 가슴 속에 영원히 씻을 수 없는 검은 점이 하나 생긴 듯도 했다. 제아무리 그녀를 원망하고 싫어해도 그녀는 이미 그의 마음을 꽉 틀어잡고 있었다. 생각하지 않으려고 하면 할수록 그녀는 그의 마음속에서 불시에 튀어나와 적나라하게 발가벗은 그녀 자신의 모든 추함과 아름다움을 몽땅 그에게 내던지려 했다. 그것은 마치 구리조각이나 녹슨 쇳조각 속에 한두 개 반짝이는 작은 물건이 섞여 있어 차마 고물을 거절하지 못하는 일과 다를 바 없었다. 그는 어떤 사람이든 이처럼 친하게 지낸 적이 없었다. 비록 돌발적으로 유혹에 넘어간 일이기는 했지만 이러한 관계는 쉽게 잊을 수 있는 게 아니다. 아무리 한 구석에 밀어놓으려고 해도 그놈의 것은 천연덕스럽게 마음 한가운데에서 맴돌고 있었다. 마치 뿌리라도 내린 것처럼.

단지 한 번의 경험으로 치부해버릴 수 없는 일이었다. 그는 말로 형용하기 어려울 만큼 혼란스러웠고, 도대체 어떻게 해야 좋을지 알 수 없었다. 그는 그녀에 대해, 자신에 대해, 그리고 현재와 미래에 대해 아무런 대책도 없었다. 마치 거미줄에 걸린 작은 벌레처럼, 몸부림을 쳐보았자 이미 때는 늦은 것이다.

정신이 혼미한 상태에서 그는 몇몇 손님을 태웠다. 인력거를 끌고 달릴 때에도 그 일이 잊혀지지 않았다. 처음부터 끝까지 분명하게 생각나는 것이 아니라 단편적인 생각이나 재미, 또는 어떤 감정 등이 어슴푸레하면서도 절절하게 떠오르는 것이었다. 그는 홀로 술에라도 잔뜩 취하고 싶은 생각이 간절했다. 아예 인사불성이 될 때까지 취해 버리면 마음이 조금 후련해질지도 모르지. 정말 이런 시달림은 더이상 견딜 수 없어! 그러나 그는 감히 술을 마시러 갈 수 없었다. 이번 일로 자신을 망가뜨릴 수 없었다. 그는 다시금 인력거 사는 일에 대해 생각하려고 했으나 마음속에 뭔가 막고 있는 것이 있어 도무지 생각에 전념할 수 없었다. 채 인력거를 생각하기도 전에 그놈이 슬그머니 삐져나와 마음을 점령하니, 마치 검은 구름이 태양을 막아 광명을 차단하는 것 같았다. 밤이 되어 인력거를 거두어들이려니 더욱 난감하기만 했다. 인력거 가게로 돌아가야 했으나 정말로 두려웠다. 만약 그녀를 만나게 되면 어쩌지?

그는 빈 인력거를 끌고 거리를 뱅뱅 돌았다. 두세 번은 인력거 가게에서 멀지 않은 곳까지 갔으나 되돌아 다른 곳으로 가길 반복했다. 마치 처음으로 학교 수업을 빼먹고 도망친 아이가 겁이 나 차마 제 집 문을 들어서지 못하는 것처럼.

기이하게도 그녀를 피하려고 하면 할수록 그녀를 만났으면 하는 생각도 간절해졌다. 하늘이 어두워질수록 그런 생각은 더욱 강해졌다. 온당치 않은 일이라는 것을 뻔히 알면서도 마음속은 한 번 해보라는 유혹의 목소리로 가득했다. 어렸을 때 대나무 장대로 벌집을 쑤실 때의 심정이 바로 이러했을 것이다. 두렵지만 마치 어떤 사악한 기운이 자신을 부추기는 양 가슴이 두근거리며 한 번이라도 건드리고 싶어지는 것이다. 몽롱한 가운데 그는 자신보다 훨신 강력한 힘이 자신을 둥글게 만들어 뜨거운 불길 속으로 내던지는 것만 같은 느낌이 들었다. 그러나 앞을 향해 나아가는 자신을 가로막을 재간이 없었다.

그는 또다시 돌아 서안문으로 왔다. 이번에는 더이상 주저하지 않고 당당하게 곧장 그녀를 찾아가야겠다. 그녀가 뭐 대수인가? 그저 여인에 불과하지. 그는 온몸이 뜨겁게 달아올랐다. 막 문에 도달했을 때 등빛 아래에서 마흔이 넘어 보이는 남자가 걸어왔다. 모습이나 태도가 어딘가 낯익은 듯했지만 차마 이름을 부를 수는 없었다. 대신 본능적으로 한 마디를 던졌다.

"인력거 타시게요?"

그 사람은 잠시 멈칫거리다 입을 열었다.

"샹즈?"

"예, 맞습니다." 샹즈가 웃으며 대답했다.

"차오 선생님?"

차오 선생은 웃는 얼굴로 고개를 끄덕였다.

"샹즈, 자네 요즘 다른 집에서 인력거를 끌지 않는다면 우리 집으로 오는 것이 어떻겠나? 내가 요즘 쓰고 있는 사람은 너무 게을러. 발이 잰 편이라 빠르기는 하지만 게을러서 차도 잘 닦지 않거든. 자네가 올 텐가?"

"여부가 있겠습니까? 선생님!"

샹즈는 웃는 방법조차 잊은 것처럼 작은 수건으로 연신 얼굴을 닦았다.

"선생님, 언제부터 일할까요?"

"그건……." 차오 선생은 잠시 생각해보더니 이내 대답했다.

"모레부터 오게."

"예, 알겠습니다. 선생님!"

샹즈도 잠시 생각해보더니 다시 입을 열었다.

"선생님, 제가 댁까지 모셔다 드리죠!"

"그만두게. 내가 한동안 상해에 가 있지 않았나. 돌아온 후에는 예전 집에서 살고 있지 않아. 지금은 북장가北長街에서 사네. 그래서 저녁이 되면 이렇게 나와서 걷곤 하지. 그럼 모레 보세."

차오 선생은 샹즈에게 문패 번지수를 알려주고 한 마디 덧붙였다.

"인력거는 내 것을 쓰도록 하게."

샹즈는 날아갈 듯이 기뻤다. 마치 한바탕 큰 비가 세차게 내린 흰 돌길처럼 지난 며칠 간의 고민이 순식간에 깨끗이 사라져버렸다. 차오 선생은 그의 옛 주인이었다. 비록 함께 지낸 기간은 별로 되지 않지만 사이가 참 좋았다. 차오 선생은 아주 너그러운 사람인데다 집안 식구도 단출해서 부인 한 명과 어린 사내아이 한 명뿐이었다.

그는 인력거를 끌고 곧장 인화 가게로 달려갔다. 후니우가 거처하는 방에는 아직도 전등이 환하게 켜져 있었다. 불빛을 보자 샹즈는 갑자기 나무처럼 굳어져 그 자리에 서고 말았다.

한참을 서 있다가 그는 들어가서 그녀를 만나기로 결심했다. 다시 전세로 인력거를 끌 수 있는 곳을 찾았다고 말해야지. 이틀치 인력거 빌린 값을 주고 맡긴 돈을 찾아야지. 이제부터 한 칼에 두 동강이를 내듯 갈라지는 거야. 탁 털어놓고 이야기하긴 좀 그렇지만, 그녀도 결국 이해하게 될 거야.

그는 들어가서 우선 인력거를 들여놓은 후에 용기를 내어 후니우를 불렀다.

"들어와!"

문을 열고 들어가니 그녀는 때마침 평소에 입는 바지저고리에 맨발로 침상에 비스듬히 누워 있었다. 그녀는 여전히 비스듬히 누운 자세로 물었다.

"왜? 다시 단맛을 보러 온 거야, 뭐야?"

샹즈의 얼굴이 애를 낳았을 때 보내는 물들인 달걀처럼 벌겋게 달아올랐다. 잠시 멍하니 있던 그가 더듬거리며 입을 열었다.

"내가 다시 좋은 일자리를 찾았거든. 모레부터 나갈 거야. 그 댁엔 인력거도 있고……."

후니우가 그의 말을 가로챘다.

"이 자식은 좋고 나쁜 것도 구분 못해!" 그녀는 일어나 앉으며 웃는지 화내는지 모를 얼굴로 그에게 삿대질을 해댔다.

"여기에 먹을 것도 있고 입을 것도 있는데, 악착같이 나가서 땀을 흘리지 않으면 만족할 수 없다는 거야? 우리 집 노인네도 내게 간섭할 수 없어. 난 평생 생과부로 지낼 수는 없다고! 설사 노인네가 쇠고집을 부린다고 해도 그래. 내 수중에도 돈푼깨나 있으니 우리 둘이 인력거 두세 대 사서 굴리면 하루에 1원쯤은 벌 거야. 당신이 하루 온종일 냄새나는 발로 길거리를 쏘다니며 무리하는 것보다 낫지 않겠어? 그리고 내가 어디가 안 좋아? 내가 당신보다 좀 나이가 많다는 것 빼고. 그렇게 많은 것도 아니잖아! 나는 정말 당신을 아끼고 사랑해줄 수 있다구!"

"난 인력거를 끌고 싶소!"

샹즈는 달리 반박할 말이 생각나지 않았다.

"정말 지지리 궁상 돌대가리 같으니라구! 우선 앉아, 누가 잡아먹기라도 한대!"

그녀는 이렇게 말을 마치고 송곳니를 드러내며 웃어보였다. 샹즈는 푸른 심줄이 울근불근한 상태로 주저앉았다.

"내가 맡긴 돈은?"

"노인네 손에 있어. 잃어버리지 않을 테니 걱정 붙들어 매. 그렇지만 아직 달라고 하지는 말어. 당신도 알지? 노인네 성질머리가 어떤지. 인력거 한 대 살 돈이 차거든 그때 달라고 해. 땡전 한 푼 떼어먹지 않을 테니. 지금 달라고 해봐, 혼쭐이 빠지도록 바가지로 욕을 처먹을 거야. 노인네도 잘 해줬잖아! 떼먹을 일 없어. 한 푼이라도 부족하면 내가 곱절로 배상할게! 에이구, 이 촌뜨기 같으니라구! 너한테 손해보게 하지는 않아!"

샹즈는 또다시 할 말이 없어졌다. 고개를 숙이고 한참이나 주머니를 뒤적거리더니 이틀치 인력거 세를 꺼내 상 위에 올려놓았다.

"이틀치요."

이렇게 말하면서 그는 뭔가 생각났다는 듯이 다시 말을 이었다.

"오늘 완전히 인력거를 돌려드리는 것으로 해주슈. 내일은 하루 쉴 테니."

사실 그는 하루를 쉴 생각이 전혀 없었다. 그러나 이렇게 인력거를 넘기고 더이상 인화에서 머물지 않는 것이 속 시원하고 깨끗할 것만 같았다.

후니우가 다가와 돈을 낚아채더니 샹즈의 호주머니에 쑤셔넣었다.

"이틀 동안 인력거에 사람까지 끼워서 공짜로 준 것으로 하지! 운 좋은 줄 알어! 신세나 잊지 말라구!"

말을 마치자 그녀는 몸을 돌려 방으로 들어가 문을 잠갔다.

7

샹즈는 차오 선생 댁으로 갔다.

후니우에 대해 부끄러운 느낌이 들기는 했지만, 그녀가 유혹해서 일어난 일인데다 그가 그녀의 돈을 탐내는 것도 아니므로 이제부터 그녀와 깨끗히 관계를 청산해도 그다지 크게 미안할 것도 없으리라 는 생각이 들었다. 오히려 그가 마음을 놓을 수 없는 부분은 류쓰예가 그의 돈을 가지고 있다는 점이었다. 지금 당장 달라고 하면 노인네가 의심할 공산이 크다. 이제부터 그들 부녀와 만나지 않는다면 후니우가 화가 나서 노인네에게 자신에 대해 나쁜 말을 해댈 것이고, 그렇게 되면 맡긴 돈을 떼먹고 주지 않을지도 모른다. 그렇다고 계속해서 노인네에게 돈을 맡겨둔다면 언젠가 인화 가게에서 그녀와 마주칠 것이 분명한데 그 또한 난감한 일이다. 뾰족한 수가 떠오르지 않자 그는 더욱더 초조해졌다.

차오 선생에게 의견을 물어보고 싶었다. 그러나 어떻게 말한단 말인가? 후니우와의 일은 아무에게도 말할 수 없는 것이었다. 떨쳐버릴 수 없는 후회가 그의 마음을 꽉 메웠다. 이번 일은 절대 한 칼에 두 동강을 내듯 단번에 해결할 수 없다. 마치 살에 검은 점이 박힌 것처럼 영영 깨끗하게 씻어버릴 수 없는 것이다. 아무 이유도 없이 인력거를 빼앗기고 아무 까닭도 없이 또다시 이런 일에 얽매이자, 샹즈는 자신이 아무리 기를 써봤자 모든 것이 허사일 뿐 자신의 일생도 대충 이렇게 끝나고 말 거라는 불길한 예감이 들었다. 아무리 곰곰이 생각해보아도 결국 체면 불구하고 후니우를 데리고 살게 될 것이라는 결론이 나오는 것이었다.

그렇다면 내가 그녀 때문이 아니라 인력거 몇 대 때문에 이러는 것은 아닐까? "철면피 개자식이어야 볶은 고기를 먹는다!" 그는 자신이 이런 욕을 먹으리라는 사실을 도저히 참을 수 없었다. 그러나 때가 되면 그렇게 되어버릴지도 모른다! 어쩌겠는가? 그저 앞만 보고 나가는 수밖에. 일이나 열심히 해야지, 나쁜 일이 생긴다 한들 어찌하겠어! 그는 더이상 예전처럼 자신감이 생기지 않았다. 그의 몸집이나 힘, 그리고 포부까지 모든 것이 별볼일 없게 느껴졌다. 목숨이야 자기 것이지만 다른 사람, 그것도 영 형편없는 인간에게 매달려 있기 때문이었다.

이치대로 말하자면, 그는 즐거워야 하는 것이 당연했다. 차오 선생 댁은 그가 겪어왔던 집들 가운데 가장 마음에 드는 곳이었기 때문이다. 사실 차오 선생 댁의 품삯은 다른 곳에 비해 많지 않았고 단오, 추석, 설날 등 세 차례 명절 때 받는 돈 이외에 가욋돈도 없었다. 그러나 차오 선생이나 차오 부인은 대단히 상냥하고 누구에게든지 제대로 사람 대접을 해주었다. 샹즈는 무엇보다 많은 돈을 벌고 싶었지만 한편으로는 그럴듯한 방에 살면서 배부를 정도로 충분한 식사를 하고 싶었다. 차오 선생 댁은 구석구석 깨끗한데, 아랫사람이 거처하는 방도 마찬가지였다. 차오 선생 댁은 음식도 괜찮고 아랫사람들에게 더러운 음식을 주는 법이 결코 없었다. 널찍한 자기 방이 있고 세 끼 밥을 여유롭게 먹을 수 있는데다 주인 또한 겸손하니, 샹즈조차도 돈을 벌기 위해 혈안이 됐던 마음을 잠시 거두었다. 먹고 자는 것도 모두 흡족하고 일 또한 피곤하지 않으니 이곳에서 몸 보양이나 잘 하는 것도 손해는 아니다. 자기 호주머니를 털어 밥을 먹어야 한다면 그는 결코 이렇게 잘 먹지 않을 것이다. 지금은 가만히 있어도 차려지는 찬과 밥에, 서둘러 눈칫밥을 먹느라 체하는 일도 없는데 어찌

배부르게 먹지 않겠는가? 그는 밥값까지 정확하게 셈하고 있었다. 이렇게 잘 먹고 잘 자면서 깨끗하고 인간답게 살 수 있는 기회는 결코 쉽게 얻어지지 않는다. 게다가 비록 차오 선생 댁에선 마작을 하거나 손님을 자주 초청하는 것은 아니지만 임시로 무슨 일을 할 때면 어김없이 10전이나 20전은 얻을 수 있다. 예를 들어 부인이 어린 아이의 환약을 사오라고 할 때면 반드시 그에게 10전을 건네주면서 인력거를 타고 갔다오라고 했다. 그가 누구보다도 발걸음이 빠르다는 것을 알면서도. 사실 이런 푼돈은 별 게 아니다. 그러나 그는 그 속에서 인정을 느꼈고 아랫사람의 고충을 이해하는 따스한 마음을 헤아릴 수 있었다. 그것이 그의 마음을 기쁘게 했다.

이제껏 샹즈가 겪어본 주인들의 숫자가 적다고 할 수 없었지만 열이면 아홉은 하루라도 품삯을 늦게 주려고 애를 썼으며, 어떻게 하면 공짜로 부려먹을 수 있을까 하는 시커먼 속셈을 드러냈다. 게다가 하인들을 근본적으로 개나 고양이, 또는 그보다 못한 족속이라고 생각했다. 그러나 차오 선생 댁 사람들만은 예외였다. 그는 그 집에 있는 것이 좋았다. 그는 주인의 분부가 없더라도 마당을 청소하고 꽃에 물을 주었다. 샹즈가 이런 일을 하고 있는 것을 보면 그들은 언제나 듣기 좋은 말 몇 마디를 건넸다. 또한 이 계절이 되면 그에게 낡은 물건을 꺼내주며 성냥과 바꿔 쓰도록 했다. 그러나 아직도 쓸 만한 물건들이었기 때문에 그는 그대로 남겨두었다. 이런 사소한 일에서도 그는 주인 내외의 인정을 느꼈다.

샹즈의 눈에 류쓰예는 '황천패' 처럼 보였다. 자호字號라고 불렸으며, 비록 악독하기는 하지만 체면을 차리기도 했고 완전히 사악한 인물은 아니었던 것이다. 그가 생각하기에 황천패를 빼고 체통을 갖춘 인물이라면 공자를 들 수 있었다. 공자가 도대체 어떤 인물인지 아리송한 것은 사실이나 듣자 하니 아는 글자가 많고 사리를 제대로 따질 줄 안다고 했다. 그가 겪은 주인댁 중에는 글을 좀 아는 문인이나 학식을 갖춘 사람, 주먹깨나 쓰는 이들도 있었다. 그런데 무골 기질이 센 사람들 가운데 류쓰예를 따라갈 만한 이는 한 명도 없었다. 또한 문인이나 학식이 많은 이들 중에는 대학 교수나 관청에서 일하는 높은 관리들도 있었다. 이들은 물론 글자야 많이 알았지만 사리를 제대로 따질 줄 아는 인물은 한 명도 없었다. 그나마 바깥주인이 조금이나마 경우 있는 사람이더라도 그 집 부인이나 딸들은 영 시중들기가 어려웠다. 허나 차오 선생만은 글도 잘 알고 사리에 밝은데다 부인 또한 단정하고 예의가 있어 인심을 얻었다. 그러니 차오 선생이 틀림없이 성인 공자일 것이다. 샹즈는 공자가 어떻게 생겼는지 도무지 알 수 없었다. 그러나 틀림없이 차오 선생처럼 생겼을 것이라고 생각했다. 공자가 원하든 원치 않든 간에.

사실 차오 선생은 그렇게 고명한 인물이 아니었다. 그는 때로 글을 가르치기도 하고 다른 일들도 하면서 살아가는, 중간 정도에 속하는 사람일 뿐이다. 그는 사회주의자로 자처하고 있으나 동시에 유미주의자이기도 하고 특히 윌리엄 모리스(1834~1896, 영국의 시인이자 미술가)의 영향을 받기도 했다. 정치적으로나 예술적으로 그다지 심오한 견해를 가진 것은 아니었지만 자신의 신조를 하나하나 실제 생활속 작은 일에서 실천하고 있다는 장점을 지녔다. 그는 스스로가 뛰어난 재주를 지녀 세상을 깜짝 놀라게 할 만한 인물은 아니라는 사실을 잘 알고 있었다. 그래서 그는 자신의 이상에 따라 일과 가정을 꾸려가면서, 비록 사회에 큰 보탬이 되지는 않지만 적어도 언행일치을 하여 위선자 소리는 듣지 말아야겠다고 마음먹었다. 그래서인지 그는 작은 일에 신경을 많이 썼다. 마치 소소한 집안일을 잘 처리하면 사회는 어찌 되어도 별 상관이 없다는 듯했다. 이 때문에 때론 자괴감에 빠져들기도 했지만, 또한 때로 스스로 만족하며 기쁨을 느끼기도 했다. 자신의 집이 사막의 오아시스처럼 찾아오는 이들에게 맑은 물과 먹을 것을 제공할 수 있을 뿐, 더 큰 의미는 없다는 것을 잘 알고 있는 같았다.

샹즈는 때마침 그 오아시스에 도착했다. 사막에서 그처럼 오랜 시간을 헤매던 그에게 이곳은 그야말로 기적이나 다를 바 없었다. 그는 지금까지 차오 선생 같은 이를 만나본 적이 없기 때문에 그를 성현으로 여겼다. 이는 그의 경험이 적기 때문이기도 하지만 또한 현실에서 이런 인물조차 만나기가 어려워서이기도 했다. 차오 선생을 모시고 나갈 때, 선생의 옷차림은 참으로 단아했고 성격 또한 활발하고 대범했다. 샹즈는 자신 역시 깨끗하고 말쑥하며 기골이 장대하여 오직 그만이 차오 선생의 인력거를 끌 수 있을 것 같은 자부심으로 유달리 신나게 달려댔다. 집안도 곳곳마다 깨끗하고 항상 조용했기 때문에 편안하고 안정된 느낌이 들었다. 시골에 있을 때 그는 노인들이 겨울철 따사로운 햇살이나 가을 달빛 아래에서 대나무 담뱃대를 물고 조용히 앉아 있는 모습을 보곤 했다. 아직 나이가 어렸을 때라 노인들을 흉내낼 순 없었지만 그들이 그처럼 조용히 앉아 있는 모습이 참 보기 좋았다. 노인들이 그렇게 앉아 분명히 어떤 느낌을 누리고 있을 것이라고 생각했었다. 지금 그는 비록 시내에 살고 있지만 조용한 차오 선생 댁에 머물고 있으니 시골 생각이 절로 났다. 진짜로 담뱃대를 물고 과연 어떤 재미가 있는지 맛보고 싶은 생각이 간절할 만큼.

그러나 불행하게도 그 여자와 그놈의 돈 때문에 샹즈는 안심할 수 없었다. 그의 마음은 푸른 잎사귀 같았다. 그것도 애벌레가 고치를 만들려고 실로 돌돌 감아둔 잎사귀. 이 일로 인해 끝내 마음을 놓을 수 없었으며, 다른 이들 심지어 차오 선생을 대할 때도 종종 멍해져서 동문서답을 하기 일쑤였다. 정말 참기 힘든 일이었다. 차오 선생 식구는 일찍 잠자리에 들기 때문에 저녁 9시만 넘으면 별로 할 일이 없다. 그러면 홀로 방 안이나 마당에 앉아 곰곰이 생각에 잠기곤 했다. 그는 심지어 '당장 장가를 갈까' 하고 생각하기도 했다. 그러면 후니우에 대한 생각도 사라질 것이다. 그러나 인력거 끄는 것으로 어찌 식구를 먹여살린단 말인가? 그는 한 마당에 여러 식구가 모여 사는 가난한 동료들이 어떻게 지내는지 누구보다 잘 알고 있었다. 남자는 인력거를 끌고 여자는 삯바느질을 하며 아이들은 탄 부스러기를 줍는다. 여름이면 쓰레기통에서 수박 껍데기를 주워먹고 겨울이면 온 식구가 죽 배급소로 달려간다. 그는 그런 생활을 참을 수 없을 것 같았다. 게다가 그가 결혼을 하면 류 노인네 수중에 있는 돈은 끝내 돌아오지 않을 것이다. 후니우가 어찌 순순히 놔주겠는가! 샹즈는 그 돈을 포기할 수 없었다. 그 돈이 어떤 돈인가! 목숨과 맞바꾼 돈 아닌가!

그가 자신의 인력거를 산 것은 지난해 가을이었다. 이제 일년 남짓 지났는데, 그에겐 아무것도 남은 게 없다. 그저 찾지 못하고 있는 30여 원과 자신을 옭아매고 있는 고민뿐! 생각할수록 기분이 나빴다.

추석이 10여 일쯤 지나자 날씨가 서서히 추워지기 시작했다. 그는 한두어 벌 옷이라도 껴입어야겠다고 생각했다. 또 돈이로구나! 옷을 사면 돈을 남길 수 없을 것이고, 인력거를 사겠다는 희망도 더이상 가질 수 없게 된다. 아무리 전세를 끈다지만 평생 이 모양으로 살아 어쩌겠다는 건가?

어느날 밤, 차오 선생이 동성東城에서 조금 늦게 돌아오게 되었다. 샹즈는 조심하느라 천안문 앞 큰 길만 달렸다. 평평한 큰 길에는 사람도 별로 없었고, 솔솔 시원한 바람에 가로등 불빛만 고요하게 비추고 있어 그는 더욱 힘을 내어 달려갔다. 요즘 며칠 간의 걱정도 잠시 잊고 자신의 발걸음 소리며 인력거 겹판 스프링이 가볍게 출렁이는 소리까지 모두 잊어버렸다. 단추를 풀자 시원한 바람이 쏴 하며 가슴으로 불어와 상쾌했다. 이대로 어디까지든 달려가다가 그대로 죽어버려도 오히려 시원하겠다는 생각이 들었다. 달릴수록 속도가 빨라졌다. 앞에 가는 인력거 한 대를 따라잡고 곧 천안문을 지나쳤다. 그의 두 발은 용수철처럼 땅을 스치기가 무섭게 튀어올랐다. 뒤쪽 차바퀴는 바퀴살이 거의 보이지 않았고, 타이어는 이미 땅을 떠나 공중을 나는 듯했다. 사람과 인력거가 몰아치는 바람에 날려가는 것처럼. 차오 선생은 시원한 바람결에 선잠이 든 것 같았다. 그렇지 않다면 샹즈가 날듯이 달리는 것을 벌써 말렸으리라. 샹즈는 달리면서 어렴풋하게 이런 생각을 하고 있었다. 온몸이 땀에 흠뻑 젖었으니 오늘은 아무 생각 없이 늘어지게 잘 수 있겠구나.

북장가도 얼마 남지 않았다. 큰 길 북쪽 절반 가량은 붉은 담장 밖에 늘어진 홰나무 숲 때문에 어두컴컴했다. 샹즈가 발걸음을 멈추려고 하는 찰나 발이 땅 위로 솟구친 무언가에 부딪혔다. 발이 부딪히자 연이어 차바퀴도 부딪혔다. 샹즈는 곤두박질쳤다. 인력거 손잡이가 우지끈 하고 부러졌다.

"무슨 일인가?"

차오 선생이 앞으로 굴러떨어졌다. 샹즈는 말없이 그 자리에서 기어 일어났다. 차오 선생도 가볍게 몸을 털고 일어나 앉았다.

"어찌 된 일이야?"

도로를 보수하려고 새로 실어다놓은 돌무더기인데, 붉은 신호등을 켜놓지 않아 발견하지 못했던 것이다.

"다치지 않으셨습니까?"

샹즈가 물었다.

"괜찮네. 나는 걸어서 갈 것이니 자네는 인력거를 끌고 오게나."

차오 선생은 여전히 침착하게 돌무더기에 혹시라도 떨어진 물건이 없나 더듬거리며 찾아보았다.

샹즈는 이미 부러진 인력거 손잡이를 찾아왔다.

"얼마 부러지지 않았으니 타셔도 됩니다. 끌 수 있습니다."

그는 이렇게 말하면서 인력거를 돌무더기에서 끌어냈다.

"앉으세요. 선생님!"

차오 선생은 더이상 타고 싶지 않았지만 샹즈의 울먹거리는 목소리를 듣고 어쩔 수 없이 올라탔다.

북장가 어귀에 있는 가로등 밑에 이르자 차오 선생은 자신의 오른손 살가죽이 벗겨진 것이 눈에 들어왔다.

"샹즈, 멈추게!"

샹즈가 고개를 돌리니 얼굴이 온통 피투성이였다.

차오 선생은 놀라서 도대체 무슨 말을 해야 좋을지 생각이 나지 않았다.

"빨리, 빨리……."

샹즈는 영문도 모른 채 그냥 빨리 달리라는 소리인 줄만 알고 허리를 꼿꼿이 편 채 단숨에 집까지 달려갔다.

인력거 손잡이를 내려놓자 차오 선생의 손에 피가 나는게 보였다. 샹즈는 부인에게 약을 달래기 위해 급히 집 안으로 달려가려고 했다.

"나는 신경 쓰지 말고 우선 자네나 돌보게!"

차오 선생은 이렇게 말하며 집 안으로 뛰어 들어갔다.

샹즈는 자기 몸을 살펴보고서야 비로소 통증을 느꼈다. 양쪽 무릎과 오른쪽 팔꿈치가 모두 까진 상태였다. 얼굴에 흐르는 것이 땀이겠거니 생각했는데 알고 보니 모두 피였다. 무엇을 해야 할지, 아무 생각도 나지 않았다. 그는 그저 멍하니 대문간 돌계단에 앉아 부러진 인력거 손잡이만 바라보고 있었다. 새로 사서 까맣게 칠한 인력거인데, 양쪽에 허옇게 부러진 자리가 영 어색하여 보기 흉했다. 마치 잘 붙여 만든 예쁜 종이 인형(장례 때 쓰는 인형)에 아직 다리를 붙이지 않은 채 반들반들한 수수깡 두 개만 달랑 꽂아놓은 것 같았다. 샹즈는 부러져서 양쪽이 허옇게 된 나무 동강이를 멍하니 쳐다보았다.

"샹즈!"

차오 선생 댁에 식모로 있는 까오마高媽가 큰 소리로 그를 불렀다.

"샹즈! 어디에 있어요?"

샹즈는 앉은 채로 미동도 하지 않고 부러진 손잡이만 뚫어져라 바라보고 있었다. 부러져 흰 속살을 드러낸 나무 동강이가 자신의 마음속에 꽂히기라도 한 듯이.

"도대체 어찌된 일이에요! 대답도 안 하고 이런 데 숨어서. 봐요, 내가 얼마나 놀랐는지 알아요? 선생님이 부르세요!"

까오마의 말은 어떤 일이든 자신의 감정과 뒤섞여 있기 때문에 어딘가 복잡하면서 또한 감동적이었다. 그녀는 서른두서넛 된 과부인데, 깔끔하고 시원시원했으며 일을 하는 데도 재빠르고 꼼꼼했다. 그녀가 너무 수다스럽고 꿍꿍이가 많으며 신기가 있다고 해서 싫어하는 이들도 있었다. 그러나 차오 선생네는 깔끔하고 밝은 사람 쓰는 것을 좋아하여 나머지 자질구레한 일에는 신경을 쓰지 않았다. 그래서 그녀는 차오 선생네 집에서 2~3년째 함께 지내고 있다. 차오 선생 식구들은 다른 곳으로 이사를 가도 항상 그녀를 데리고 다녔다.

"선생님이 찾으신다구요!"

그녀가 다시 말했다. 샹즈가 일어서자 그의 얼굴에 묻은 피가 선명하게 드러났다.

"에구머니, 깜짝이야. 이게 어찌 된 일이야? 아니 이러고도 가만 있어요? 파상풍에라도 걸리면 어쩌려고! 빨리 가요. 선생님한테 약이 있어요!"

샹즈가 앞서 걷고 까오마는 뒤에서 조잘거리며 따라오다 함께 서재로 들어갔다. 차오 부인은 그곳에서 남편 손에 약을 바르고 있다가 샹즈가 들어오는 것을 보더니 "어머나!" 하고 소리를 내질렀다.

"마님, 이 사람이 이번에는 아주 호되게 다쳤나봐요."

까오마는 차오 부인이 행여 못 보았을까 싶어 서둘러 대야에 찬물을 부으며 다급하게 말했다.

"내가 이럴 줄 알았다니까. 달렸다 하면 죽도록 기를 쓰니 언제고 이런 사고가 날 것 같더라니. 아니나 다를까! 뭐해요. 빨리 씻지 않고! 잘 씻고 나서 약 좀 발라요. 내 원 참!

샹즈는 오른 팔을 받쳐들고 그 자리에서 꼼짝도 하지 않았다. 서재가 저리 깨끗하고 운치가 있는데 얼굴이 피투성이인 커다란 사내가 서 있는 게 영 모양이 좋지 않앗다. 사람들도 무언가 어울리지 않는 듯한 느낌이었는지 까오마조차도 더이상 말이 없었다.

"선생님!"

고개를 숙이고 있던 샹즈가 나지막하지만 힘이 실린 목소리로 말했다.

"선생님 다른 사람을 찾으십시오! 이달 품삯은 남겨두셨다가 인력거 수리하는 데 쓰시구요. 손잡이가 부러지고 왼쪽 등잔 유리가 부서

졌습니다만 다른 곳은 그래도 쓸 만합니다.”

“먼저 씻고 약이나 바른 다음에 다시 이야기하세.”

차오 선생은 부인이 천천히 붕대를 감고 있는 자신의 손을 내려다보며 말했다.

“먼저 씻으라고 하시잖아요!”

까오마도 할 말이 생각났다는 듯 다시 입을 열었다.

“선생님이 아무 말씀도 하지 않으시는데, 괜히 나서서 그러지 말아요.”

샹즈는 여전히 움직이지 않았다.

“씻을 필요 없습니다. 조금 있으면 낫겠죠! 전세를 끄는 놈이 주인님을 다치게 만들고 인력거도 망가뜨렸는데 더이상 무슨 면목으로…….”

자신의 생각을 모두 표현한 것은 아니지만 감정만은 남김없이 모두 쏟아냈기 때문에 그는 하마터면 대성통곡이라도 할 뻔했다. 일자리를 물리고 품삯을 사양한다는 것은 샹즈의 처지에서 볼 때 자살 행위나 진배없었다. 그러나 지금은 책임과 체면이 목숨보다 더 중요했다. 넘어진 사람이 다른 이가 아니라 바로 차오 선생님이기 때문이었다. 가령 그가 양씨 부인네를 내팽개쳤다면야 ‘까짓 것 내팽개쳐도 싸지 싸!’ 라며 길거리 양아치처럼 행패를 부릴 수도 있다. 그녀가 사람 대접을 해주지 않는데 괜히 잘해줄 필요가 뭐 있는가. 돈만 벌면 됐지, 무슨 체면을 차릴 것이며 예의는 무슨 얼어죽을 놈의 예의인가! 그러나 차오 선생은 근본적으로 그런 사람이 아니기 때문에 그 역시 돈을 희생하면서라도 체면을 차려야 했다. 어느 누구를 원망할 겨를도 없이 그저 자신의 운명이 한스러울 뿐이었다. 차오 선생 댁에서 나오면 더이상 인력거를 끌지 말자고 생각할 정도였다. 내 목숨이야 하찮으니 그렇다 치더라도 다른 사람의 목숨은? 정말이지 누군가를 내팽개쳐서 죽기라도 한다면 어쩔 것인가? 이전까지만 해도 그는 이런 생각을 한 적이 없었다. 그러나 이번에는 차오 선생을 넘어뜨려 상처를 입혔기 때문에 이런 도리를 깨닫게 된 것이다. 좋다! 까짓것 품삯은 달라고 하지 않을 수도 있어. 지금부터 직업을 바꾸자. 그러면 더이상 다른 사람의 목숨을 책임지는 일은 하지 않아도 되겠지! 인력거를 끄는 일이야말로 그에게 가장 이상적인 직업이었기에 그것을 그만둔다는 것은 곧 자신의 희망을 포기하는 것과 같았다. 그는 평생 뜻대로 되는 일 없이 그럭저럭 살아갈 것이다. 멋진 인력거꾼이 되겠다는 포부도 더이상 쓸데없으며, 자신이 허우대만 멀쩡했지 헛자랐다는 생각이 들었다. 밖에서 일반 손님을 끌 때 제멋대로 남의 손님을 채다가 사람들에게 비웃음을 당하고 욕을 먹었지만, 그래도 오직 인력거를 사기 위해 악착같이 애쓴 것이기 때문에 자신을 용서할 수 있었다. 그러나 전세로 인력거를 끌면서 사고를 냈으니 무슨 할 말이 있겠는가? 사람들이 이 일을 알아봐라! '샹즈가 주인을 내동댕이치고 인력거를 왕창 망가뜨렸대. 그런 놈이 무슨 전세 인력거를 끈다구! 망할 놈의 자식이지!' 이렇게 되면 샹즈의 앞길은 캄캄해질 것이다. 차오 선생이 그만두라고 하실 때까지 기다릴 수는 없다. 내가 먼저 떠날 수밖에!

"샹즈!"

차오 선생이 손에 붕대를 다 감고 난 뒤 다시 입을 열었다.

"어서 씻게! 그만두겠다느니 하는 말은 관두고. 자네 잘못이 아니잖은가. 돌무더기를 놔뒀다면 붉은 신호등을 켜놓아야지. 됐네. 가서 씻고 약이나 바르게!"

"그렇고 말고요. 선생님."

까오마가 또다시 생각났다는 듯 말했다.

"샹즈가 난처하게 생각하는 것도 당연하죠 뭐. 선생님을 이렇게 다치게 했으니! 그렇지만 선생님도 말씀하셨잖아요. 당신 잘못이 아니라고. 그러니 괜히 마음에 둘 필요 없어요. 아이구, 이 사람 좀 보세요. 허우대도 크고 힘깨나 쓴다지만 꼭 어린아이 같잖아요. 안절부절하는 것이! 마님께서 걱정 말라고 한 말씀 해주세요."

까오마의 말은 마치 유성기판처럼 빙빙 돌아가며 모든 사람들의 말을 담고 있었지만 전혀 두서가 없었다.

"빨리 씻어요. 보기 무서워요!"

차오 부인은 그저 이렇게 한 마디만 했다.

샹즈는 마음이 어수선했지만 피가 무섭다는 부인의 말을 듣고 마치 그녀를 위로할 일이라도 생긴 양 대야를 들고 나갔다. 서재 입구에서 대충 피를 씻어내는 그를 까오마가 약병을 들고 문 안에서 기다렸다.

"팔하고 다리는?"

까오마가 그의 얼굴에 약을 왕창 발라주었다.

샹즈는 고개를 흔들며 말했다.

"괜찮아요!"

차오 씨 부부는 쉬러 들어가고, 까오마는 약병을 들고 샹즈를 따라 나왔다. 그녀는 그의 방까지 와서 약병을 내려놓으며 문간에 서서 말했다.

"이따가 직접 발라요. 이 일 때문에 그렇게 마음 쓸 필요 없어요. 나도 이전에 영감이 살아 있을 때만 해도 툭하면 일을 그만두곤 했어요. 내가 밖에서 고생하는데도 영감이 영 제대로 해야 말이지. 그래서 화가 나서 그만두는 거지요. 그뿐인 줄 아시우. 나이도 젊고 성질머리가 형편없어 한 마디라도 귀에 거슬리면 관둬버렸다니까! 품을 팔아 돈을 벌어도 노예는 아니잖우. 제깟 것들이 구린 돈이 있으면 있는 거지. 지렁이도 밟으면 꿈틀한다고 우린들 성깔이 없겠소. 어떤 늙은 마나님은 시중들기가 어찌나 힘들던지! 그래도 지금은 많이 좋아진 거예요. 영감이 죽고 나니 걸리적거릴 것도 없고, 성깔도 많이 좋아졌지요. 이 집은—벌써 3년이 다 되어가네요. 그렇네! 9월 초아흐레부터 시작했으니—가욋돈이 별로 없지만 그래도 제대로 사람 대접을 해주잖아요. 우리네야 돈 때문에 품을 파는 것이니 잘해주나마나 그게 그거지만. 그래도 그렇게만 말할 것은 아니에요. 일이란 것이 멀리 내다봐야 좋은 게 있지. 2~3일 해보다가 집어치우면 일년에 여섯 달은 놀게 되는 셈이니, 이게 어디 셈이 맞겠어요. 주인을 영 잘못 만나봐요. 며칠이나 버틸 수 있는지. 가욋돈이 적다고 해도 평상시처럼 그럭저럭 살다보면 돈푼이라도 남게 되는 법이라오. 오늘 일은 선생님도 별 말씀이 없으니 그냥 그렇게 끝내요. 뭘 그리 걱정이에요. 내가 나이가 많다고 훈계하는 게 아니라 당신은 아직 젊어서 걸핏하면 성질을 내는데 그럴 필요 없어요. 열 낸다고 누가 밥을 먹여준다고 합디까? 당신처럼 고지식한 사람은 그저 이런 곳에서 편안하게 지내는 게 사방팔방으로 쏘다니는 것보다 나아요. 나 지금 조금도 주인 편을 들어 말하는 것이 아니라 당신을 위해 하는 소리예요. 이렇게 같이 일하면 정말 좋잖아요!"

그녀는 한숨을 내쉬었다.

"그럼, 내일 봐요. 괜히 쇠고집 부리지 말고. 난 성격이 대쪽 같아서 하고 싶은 말이 있으면 그냥 해버려요."

샹즈는 오른쪽 팔이 몹시 아파서 한밤중까지 잠을 잘 수 없었다. 몇 번이고 되새겨보아도 까오마의 말에 일리가 있었다. 모든 게 다 가짜라고 해도 돈만은 진짜다. 돈을 아껴 인력거를 사야지. 괜히 성질만 내면 밥을 먹을 수 없다. 이런 생각이 들자 다소 편안한 잠이 찾아들었다.

8

차오 선생은 인력거를 고쳤으나 샹즈의 품삯은 공제하지 않았다. 차오 부인이 그에게 환약인 '삼황보랍三黃寶蠟' 두 알을 주었으나 그

는 먹지 않았다. 그는 더이상 그만 두겠다는 말을 입 밖에 꺼내지 않았다. 비록 며칠 동안 미안하고 거북한 느낌이 들기는 했지만 결국 까오마의 말이 승리한 셈이었다. 며칠이 지나 생활이 제 궤도에 오르자 샹즈도 지난 일을 점차 잊게 되면서 모든 희망이 다시 한 번 새롭게 싹텄다. 홀로 방 안에 앉아 있을 때면 그는 두 눈을 반짝이며 어떻게 해야 돈을 절약하고 어떻게 인력거를 살 것인가를 곰곰이 생각했다. 입으로 연신 중얼거리는 것이 마치 마음에 병이라도 생긴 것 같았다.

그는 계산도 잘 못하면서 늘 마음속으로나 입으로 "육육이삼십육"이라고 중얼거렸다. 이는 그의 돈 액수와 전혀 관련 없이 그냥 그렇게 웅얼거리는 데 불과했지만, 그러면 왠지 금전출납부라도 한 권 가진 듯 가슴이 뿌듯했다.

그는 까오마에 대해 상당히 탄복하고 있었다. 그녀는 보통 남자들보다 도량이 넓고 능력도 많으며, 말을 하더라도 꼭 정곡을 찔렀다. 그래서 그녀에게 가서 잡담을 나누지는 못했지만 마당이나 문간에서 그녀를 만났을 때 그녀가 몇 마디라도 해주면 신이 나서 듣곤 했다. 그녀의 이야기는 그가 한참 생각해야 그 뜻을 알 수 있었다. 그랬기 때문에 샹즈는 그녀를 만나면 괜스레 멍청하게 히죽거리며 자신이 얼마나 그녀의 말에 탄복하고 있는지 전하려고 애썼다. 그녀도 자못 우쭐하여 시간이 없더라도 꼭 몇 마디 잡담을 늘어놓곤 했다.

그러나 돈을 처리하는 방법에 대해서만은 경솔하게 그녀가 하자는 대로 따라갈 수 없었다. 그녀의 생각은, 그가 생각하기에 사실 그렇게 나쁜 것은 아니었지만 다소 위험을 무릅써야 했다. 그녀의 말을 들으면 여러 가지 수완을 배워 마음이 든든하고 넉넉해지는 느낌이 들었지만 실제로 행하려 들면 역시 예전부터 지녀온 자신의 생각, 즉 돈을 쉽게 내놓으면 안 된다는 생각을 버릴 수 없었다.

분명 까오마에겐 나름대로의 방법이 있었다. 과부가 된 이후로 그녀는 다달이 남은 몇 푼 안 되는 돈으로 이자놀이를 했다. 1원도 좋고 2원도 좋고, 남의 집 하인들이나 말단 순경, 구멍가게 주인에게 돈을 빌려주는데 최소 3부 이자였다. 이런 이들은 항시 돈이 급해 눈이 벌개가지고 우왕좌왕하다가 한 푼을 빌리면 두 푼을 갚아야 되는데도 손을 내밀어 돈을 받는다. 이렇게라도 하지 않으면 돈 구경을 할 수 없기 때문이다. 그 돈에는 독이 묻어 있어서 받는 즉시 그들의 피를 빨아먹는데도 그들은 그래도 받아 쥔다. 그들은 한숨 돌리게만 해주는 것이라면 그것이 무엇이든 겁도 없이 손에 넣는 것이다. 자기 목숨마저 일단 나중에, 내일 일은 내일 가서 이야기할 일이다. 까오마, 그녀는 남편이 살아 있을 때 이미 이런 일을 겪은 적이 있었다. 남편이 술에 취해 그녀를 찾아왔을 때 한 푼이라도 쥐어주지 않으면 돌려보낼 수 없었다. 돈이 없다고 하면 주인댁 문 밖에서 행패를 부리니 그녀도 방법이 없었다. 이자가 얼마가 됐든 사채를 빌려야만 했다.

이런 경험을 통해 그녀도 이자놀이를 시작했는데, 딱히 보복할 생각이 있었던 것은 아니다. 단지 그 일이 합리적일 뿐 아니라 급한 사람을 구해주는 자선사업에 가까운 것이라고 여겼기 때문이다. 급히 돈을 쓰려는 사람에게 자원해서 돈을 빌려주는 사람. 이거야말로 주유周瑜

가 황개黃蓋를 때리는 것처럼 때리는 사람이나 맞는 사람 모두 서로 원하는 일 아니겠는가!

그녀는 이것이 면목이 서지 않는 일이라고 전혀 생각하지 않았다. 조금 독하기도 해야지, 돈으로 물수제비를 뜰 수는 없는 일 아닌가!

실이 끊어진 연처럼 돈을 떼먹히는 일이 없으려면 눈썰미와 수완이 있어야 하고, 조심성과 더불어 악랄함도 필요하다. 그녀는 은행 경리만큼이나 심혈을 기울였다. 그들보다 더욱 조심할 필요가 있었다. 자본이 많고 적음의 차이가 있을 뿐 '주의主義(입장이나 주장)' 는 같았다. 지금은 자본주의 사회여서, 아주 촘촘하고 커다란 체로 위에서 아래로 조금씩 돈을 체질하는 듯 내려갈수록 돈이 점점 적어진다. 이와 동시에 '주의' 도 아랫쪽으로 체질하게 되는데, 다만 이것은 위나 아래나 똑같다. 왜냐하면 '주의' 는 돈과 달라 체 구멍이 작은 것을 꺼리지 않기 때문이다. 그놈은 형체가 없어 아무리 구멍이 작아도 멋대로 빠져나온다. 사람들은 모두 까오마가 지독하다고 말하고, 그녀 역시 그렇다고 인정한다. 그녀가 독한 것은 고생 속에서 단련되었기 때문이다. 지난날의 고생, 자신의 남편조차 그토록 무정하고 무심하던 시절을 생각하며 그녀는 이를 악물었다. 그녀는 상냥하면서도 독살스러웠는데, 이렇게 하지 않으면 이 세상에서 살아갈 수 없다는 것을 그녀가 잘 알고 있기 때문이다.

그녀는 순전히 선의에서 샹즈에게 돈놀이를 권한 것이기에 언제라도 원하기만 한다면 도와줄 수 있었다.

"말 좀 들어봐요, 샹즈. 주머니에 한 푼 놔둬봐야 언제까지나 한 푼이지 뭐! 돈놀이를 해봐요. 돈이 돈을 낳는단 말이오! 틀림없어. 우리 눈은 괜히 있나! 잘 봐가며 꿔주는 거지, 꼬리 없는 매를 놓아주듯이 괜히 돈만 빌려주고 돌려받지 못하는 것은 아니우. 순경 노릇하는 이가 제때에 이자를 주지 않는다거나 본전을 갚지 않는다면, 그 길로 상관인 순관巡官한테 찾아가지 뭐! 한 마디면 그 길로 짤릴 판인데, 자기가 감히 갚지 않고 배기겠어? 그리고 사람들 월급날을 잘 알아두었다가 당일 찾아가서 꼼짝달싹 못하게 만드는 거지요. 그래도 돈을 안 갚으면 그거야말로 신기한 일이지! 하나를 보면 열을 알 수 있잖우, 누구에게 빌려주든 언제나 대책이 있어야 돼요. 좋다고 아무에게나 꿔주면 바다 속에서 솥 찾기지 그게 말이나 돼요? 내 말대로 하면 틀림없어요. 내가 보증한다니까!"

샹즈는 아무 말도 하지 않았지만 이미 까오마의 말에 탄복하는 기색이 역력했다. 그러나 혼자 곰곰이 생각해보면, 아무래도 돈을 자신의 수중에 놔두는 것이 무엇보다 든든한 것 같았다. 물론 이렇게 놔두면 죽은 것이나 마찬가지이니 돈이 새끼를 칠 수도 없을 것이다. 그러나 절대로 잃어버리지 않는다는 것도 분명한 사실이다. 지난 2~3개월 동안 모아놓은 몇 원—모두 은화였다—을 슬며시 꺼내어 행여 소리가 날세라 조심스럽게 만지작거렸다. 은화는 흰 빛으로 빛났고 두툼했으며 정말 보기 좋았다. 그러자 그 돈을 가지고 인력거를 사러 가기 전까지 절대로 손에서 놓아서는 안 된다는 생각이 들었다. 사람마다 각기 나름의 방법이 있는 것이니 샹즈 역시 전적으로 까오마가 하는 대로 따라갈 수는 없었다.

샹즈는 그 전에 팡方씨 댁에서 일한 적이 있는데, 주인댁 식구들과 심지어 하인들까지 모두 우체국 저금통장을 가지고 있었다. 팡씨 부인도 샹즈에게 이렇게 권한 적이 있었다.

"1원이면 통장을 만들 수 있는데, 왜 하나도 만들지 않지? 속담에 이런 말이 있잖우. 있을 때 없는 날을 생각해서 잘 대비하고 없어진 다음에 괜히 있던 때를 그리워하지 말라고 말이야. 젊은 사람이니 젊고 힘깨나 쓸 때 몇 푼이라도 저축해둬야지, 일년 360일 내내 맑은 날이 계속되는 것은 아닐세! 힘이 드는 일도 아니고 믿을 수 있는데 다 이자까지 준다는데, 게다가 언제라도 궁할 때면 찾아다 쓸 수도 있으니 이보다 편리한 것이 어디 있겠나? 가게, 가서 용지를 받아오게. 자네가 쓸 수 없다면 내가 대신 써줌세. 다 자네를 위한 것일세!"

샹즈는 그녀가 호의로 그런다는 것을 알 뿐더러, 주방 요리사 왕리우王六나 유모 친마秦媽도 모두 통장을 가지고 있다는 것을 알았기 때문에 진짜로 한 번 만들어볼 생각이었다. 그러던 어느날 팡씨 큰 따님이 샹즈에게 10원을 저금하고 오라고 해서 그 작은 통장을 자세히 보게 되었다. 흥! 무게라고, 다 해봐야 밑 닦는 종이 몇 장이나 되겠어! 돈을 건네주니 우체국 직원이 통장에 몇 글자 적고 작은 도장을 찍어주었다. 이건 아무리 아니라고 우겨도 분명한 꿍꿍이 수작이었다. 하얗게 빛나는 은화를 집어넣었는데 달랑 몇 글자를 끄적이고 다 끝났다고 내주다니! 샹즈는 절대로 이런 꾐에 빠질 수 없었다. 그는 팡씨네가 우체국이란 장사치—그는 우체국이 도처에 지점을 놓고 있는 장사로, 상호가 상당히 오래된 것으로 보아 적어도 루이푸샹瑞

蚨祥(당시 북경에서 가장 유명한 비단 포목점 이름)이나 홍지鴻記(당시 북평에서 가장 큰 차를 파는 가게 이름) 같은 가게가 아닐까 생각했다—와 관계가 있기 때문에 그처럼 열심히 손님을 끌어주는 것이라고 생각했다.

설령 그렇지 않다고 해도 현금은 수중에 있는 것이 통장에 두는 것보다 훨씬 나을 것이 분명했다. 암, 분명히 낫지! 통장에 있는 돈이란 그저 몇 글자에 불과하지 않던가!

샹즈가 은행이나 은호銀號(당시 개인이 운영하던 금융업 점포)에 대해 아는 것이라곤 그곳이 '손님'이 많은 곳으로, 만약 순경이 그곳에 인력거를 세워두는 것을 막지만 않는다면 틀림없이 '장사'가 된다는 사실뿐이었다. 그러니 안에서 무슨 짓을 하는지 짐작조차 할 수 없었다. 틀림없이 무척이나 많은 돈이 있겠지. 그러나 왜 하필이면 그곳에서 돈을 가지고 집적거리는지 알 수 없었다. 여하튼 그 자신이야 그들과 관계를 맺을 일이 없으니 괜히 조바심내며 생각할 필요는 없었다. 이 북경성 안에만 해도 그가 모르는 일이 얼마나 많은가. 찻집에서 동료들이 이러쿵저러쿵 떠드는 말을 듣고 있으면 더욱 어리둥절해지곤 했다. 사람들마다 말이 다 다르고, 하는 얘기란 것도 죄다 중간에서 어물쩍 넘어가기 일쑤였다. 그래서 그는 굳이 다시 가서 들을 생각도, 괜히 고민할 마음도 없었다. '강도짓을 하려면 은행을 터는 것이 제일이겠구나'라는 생각이 들기도 했지만 토비土匪(마적) 짓을 하지 않을 바에야 다른 것은 넘볼 이유가 없었다. 그저 자신의 돈은 자신이 챙기는 것이 상책이다. 그는 이것이야말로 가장 확실한 방법이라고 여겼다.

"샹즈, 나도 알아요. 당신이 하루라도 빨리 자기 인력거를 사고 싶어 이자놀이를 꺼린다는걸. 그래요, 뭐. 그것도 한 방법이니까! 내가 만약 남자라면, 그것도 인력거를 끄는 사람이라면 당연히 자신의 인력거를 끌고 싶겠지. 자기 마음대로 끌 수 있으니 어떤 일이든 남의 신세를 지지 않아도 될 것이고! 그렇게 하면 설사 현縣 지사 자리를 준다고 해도 바꾸지 않겠수! 인력거 끄는 게 고된 일이기는 하지만 정말로 내가 남자고 힘만 있다면야 인력거를 끌면 끌었지 순경 노릇은 안 하겠수. 사시사철 푸르다고, 그저 허구한 날 거리에 서 있어봐야 한 달에 겨우 몇 푼이나 벌겠나. 가욋돈도 없고 자유도 없잖우. 그렇다고 뭐 정말 좋은 일이라도 생긴다던가? 고작 수염을 길렀다고 짤려버리지 않소. 내가 뭘 말하려고 했더라. 참 그렇지! 인력거를 좀 더 빨리 사려고 한다면, 내가 좋은 방법 하나 가르쳐드리리다. 계를 하나 만들어봐요. 열 사람, 많아야 한 스무 사람쯤 매달 한 사람이 2원씩 내는 거유. 당신이 계주가 되어 첫 번째로 타면 금방 40원이 생기잖아요. 모아놓은 돈도 얼마 있을 테니 이것저것 모아 인력거를 사서 끌게 되면 모든 것이 깨끗하잖우. 일단 인력거를 손에 넣은 다음에는 다달이 곗돈만 내고 이자는 내지 않아도 돼요. 게다가 떳떳하니 당신 마음에 꼭 들 거요! 정말로 사람을 모아볼 생각이라면 나도 들게요. 틀림없어요! 어때요?"

이 말에 샹즈의 가슴이 심하게 두근거렸다. 정말로 30~40원만 모을 수 있다면, 거기에 류쓰예에게 맡겨놓은 30여 원을 합치고, 지금 자신이 가지고 있는 몇 원을 더한다면 80여 원이 되는 것 아닌가? 그렇다면 비록 새 것은 살 수 없다고 할지라도 괜찮은 중고는 언제라도 가능할 것이다!

게다가 이렇게만 된다면야 류쓰예에게 가서 돈을 돌려달라고 하기도 편할 테니, 괜히 어정쩡하게 지체하느라 꼴사나운 일을 겪을 필요도 없을 것이다. 중고라도 8할 정도 새 거면 괜찮다. 그럭저럭 끌다가 여유가 생기면 바꾸지 뭐.

그러나 어디에 가서 20명이나 되는 사람을 모아올 것인가? 설사 모아온다고 해도, 이는 체면에 관계되는 일이다. 내가 돈이 필요해서 계를 만들자고 했는데, 다음에 다른 사람이 나에게 계를 들라고 하면 또 어떻게 하누?

계를 한다고 해도 이처럼 궁한 세상에 언제 와르르 깨질지 아무도 모른다! 게다가 대장부는 남의 신세를 지지 않는 법. 그러니 깨끗하게 나에게 운이 있다면 인력거를 사는 것이고, 그렇지 않다면 괜히 남의 신세는 지지 말자!

샹즈가 아무런 반응도 보이지 않자 까오마는 진심으로 그를 비웃고 싶었다. 그러나 그가 워낙 고지식한 사람이라는 것을 알기에 차마 그럴 수 없었다.

"정말 가상하구려! 골목길에서 돼지 몰듯 똑바로 왔다가 똑바로 가니, 참, 그것도 좋긴 좋네!"

샹즈는 별 말 없이 있다가 까오마가 자리를 뜨는 것을 보고는 고개를 끄덕였다. 내 고집도 이만하면 탄복할 만하구나! 마치 인정이라도 받은 듯 그는 속으로 무척이나 기뻤다.

이미 초겨울 날씨로 접어들어 저녁이면 골목길마다 군밤(큰 냄비에 모래와 밤을 뒤섞어 휘저어서 열을 가한 뒤, 설탕을 집어넣은 군밤)이며 땅콩 사라는 소리, "요강!"이라고 외치는 요강장수의 낮고 구성진 목소리가 들렸다. 요강이 매달린 지게에 흙으로 빚은 벙어리저금통이 걸려 있기에 샹즈는 그 가운데 큰 놈을 골라 샀다. 헌데 때마침 마수걸이가 되어 요강장수는 거슬러줄 잔돈이 없었다. 샹즈는 문득 좋은 생각이 들었다. 요강 가운데 윤기 도는 녹색에 앙증맞은 주둥이를 단, 무척이나 재미있게 생긴 녀석이 있었다.

"돈 거슬러줄 것 없이 이거 하나 주시오!"

샹즈는 자기 방에 벙어리저금통을 들여놓은 뒤 작은 녹색 요강을 가지고 안으로 들어갔다.

"도련님 주무시나? 재미있는 장난감을 하나 가지고 왔는데."

집안 식구들 모두 차오 선생네 어린 아들 샤우원小文이 목욕하는 것을 지켜보고 있다가 샹즈가 가져온 물건을 보고는 참지 못하고 웃음을 터뜨렸다. 차오 선생 부부는 별 말이 없었지만 그 물건이 아무리 보잘것없어도 샹즈의 호의만은 당연히 받아줘야 할 것이라는 생각이었는지 그를 보고 웃으며 감사 표시를 했다. 그러나 까오마는 입을 가만히 놀릴 수 없었다.

"아이고 정말, 샹즈! 몸집은 그렇게 커가지고 이런 훌륭한 생각을 했단 말이오? 정말 눈뜨고 볼 수가 없네!"

샤우원은 그 장난감이 좋은지 받자마자 손으로 대야의 물을 떠서

요강에 담으며 조잘거렸다.

"이렇게 작은 차 주전자가 주둥이는 정말 크네!"

그 소리에 사람들이 더욱 큰 소리로 웃어댔다. 샹즈는 우쭐해서 어찌할 바를 몰라 그냥 뻣뻣하게 걸어나왔다. 그는 정말 기뻤다. 이런 일은 한 번도 경험해본 적이 없었다. 사람들이 웃는 낯으로 자신을 바라보니, 마치 그가 중요한 인물이라도 된 것만 같았다.

미소 띤 얼굴로 샹즈는 은화 몇 개를 다시 꺼내어 천천히 한 개씩 벙어리저금통에 집어넣으며 혼자 마음속으로 되뇌었다.

"이건 정말 무엇보다 믿을 만해! 언제고 액수가 딱 차면 벽에 대고 쳐대는 거야. 그러면 '파삭' 하고 깨질 테고 은화가 부서진 저금통 조각보다도 많겠지!

그는 절대로 더이상 남의 신세를 지지 않겠다고 결심했다. 류쓰예도 믿을 만하지만 결국 이렇게 뒤틀릴 때가 있다. 돈이야 잃어버리지 않겠지, 류쓰예 손에 있으니. 그러나 아무래도 안심이 되질 않는다. 돈이란 것은 반지와 같아서 언제든지 자기 손에 있어야 좋은 법이다. 이렇게 마음을 정하니 마음이 한결 유쾌해지고, 마치 허리띠를 더욱 바짝 졸라맨 것처럼 가슴팍이 더욱 빳빳하고 딱 벌어진 느낌이 들었다.

날씨는 점점 추워졌지만 샹즈는 그다지 춥지 않은 듯했다. 마음에 확실한 생각이 들어서니 앞날이 더욱 밝아진 기분이었다. 앞날이 밝으니 더이상 추위도 느껴지지 않았다. 땅에 처음으로 얼음이 보이기 시작하더니, 좁은 골목길도 모두 얼어붙어 건조하고 단단해졌다. 습기가 사라진 때문인지 검은 흙도 점점 누런 빛을 띠었다. 특히 이른 새벽이면 마차 바퀴에 눌린 흙 모서리에 서릿발이 몇 줄 들어서고, 쌀쌀한 바람이 매섭게 불어와 아침 노을을 흩뜨려버리면 아주 높고 푸르고 상쾌한 하늘이 나타난다. 샹즈는 이른 아침에 인력거를 끌고 한바탕 달리는 것을 좋아했다. 찬바람이 소맷부리로 스며들면 냉수욕을 하는 것처럼 온몸이 부들부들 떨리면서도 상쾌한 느낌이 들었다. 미친 듯 바람이 몰아쳐 숨조차 제대로 쉴 수 없을 때도 있었다. 그럴 때면 고개를 숙이고 이를 악문 채로 앞을 향해 바람을 뚫고 지나갔다. 마치 물결을 거슬러 올라가는 큰 물고기마냥. 바람이 커질수록 그의 저항도 더욱 커졌다. 마치 미친 바람과 일대 격전이라도 벌이는 것처럼. 맹렬한 맞바람에 숨도 제대로 쉴 수 없을 때면 한참 동안 입을 꼭 다물고 있다가 결국 딸꾹질을 하게 되는데, 그것이 마치 물 속에서 자맥질을 하는 것 같았다. 딸꾹질을 하면서도 그는 계속해서 앞으로 나아갔다. 그 어떤 것도 이 거인의 앞길을 막을 수 없었다. 그의 온몸은 한 군데도 풀어진 데 없이 팽팽해졌다. 마치 개미 떼에 포위공격을 받고 있는 파란 벌레가 온몸을 뒤틀며 저항하듯이. 온몸이 땀투성이다! 인력거를 내려놓고 허리를 쭉 펴서 긴 한숨을 돌린 뒤 입 가에 묻은 황사를 닦아내면 문득 자신이 천하무적이라는 느낌이 들었다. 흙먼지를 감아올려 그 앞으로 스쳐 지나가는 바람을 보면서, 그는 고개를 끄덕였다. 바람은 가로수를 휘어놓고 가게 앞에 걸린 천으로 만든 간판을 갈기갈기 찢어버리며, 담벼락에 붙은 광고물을 깨끗하게 뜯어내고, 태양을 가려 어둡게 만들었다. 그렇게 바람은 노래하고 외치며, 울부짖고 빙빙 휘몰아쳤다. 홀연 곧바로 치닫는 것이 마치 놀라 미쳐 날뛰는 큰 귀신이 천지를 쪼개며 질주하는 것 같기도 하고, 돌연 혼란스럽게 사방팔방으로 어지럽게 말아올리는 것이 어찌할 바를 몰라 무작정 날뛰기로 작정한 악마 같기도 했다. 그러다 갑자기 가로로 휘몰아치면서 불시에 지상의 모든 것을 습격하여 나뭇가지를 부러뜨리고 기왓장을 날려버리며, 전선을 두 동강내고 말았다. 그러나 샹즈는 그 자리에서 말 없이 바람을 보았다. 그는 지금 막 바람 속을 헤치고 나왔으니, 바람도 그를 어쩌지 못한 것이다. 승리는 샹즈의 것이다!

순풍을 만나면 그는 그저 인력거채만 단단히 잡고 있으면 그뿐이었다. 자신이 애써 달리지 않아도 마치 다정한 친구처럼 바람이 그 대신 바퀴를 굴려주기 때문이다.

물론 그 역시 눈이 멀지 않았으니 늙고 허약한 인력거꾼들을 보았다. 그들은 작은 바람에도 한기를 느끼고 큰 바람이라도 불면 금방이라도 찢어질 것만 같은 낡은 옷을 입은 채 다리에는 무언가 알 수 없는 것들을 잔뜩 동여맨다. 인력거를 세워놓는 곳에서 그들은 덜덜 떨며 도둑놈처럼 눈을 돌리다가 사람이 나타나기만 하면 서로 다투어 묻는다.

"인력거요?"

손님을 태우고 달리기 시작하면 그들은 점차 온기를 느끼면서 얇고 다 해진 옷을 땀으로 흠뻑 적신다. 그러다 인력거를 정지하고 손님을 내려놓으면 등줄기 가득한 땀이 한순간 얼어버리고 만다. 바람이라도 부는 날이면 그들은 한 걸음도 제대로 옮기지 못한 채 억지로 인력거를 끌고 가야만 한다. 바람이 위에서 내리치면 고개를 가슴팍에 푹 파묻고, 아래에서 몰아치면 발걸음을 뗄 곳조차 찾지 못한다. 바람이 앞에서 불어오면 손이 치받혀 연을 날리는 것 같고, 뒤에서 불어닥치면 인력거는 물론이고 자신의 몸조차 가누기 어렵게 된다. 그럼에도 온갖 수단과 힘을 동원해 죽기 살기로 목적지까지 인력거를 끌어다놔야 한다. 몇 푼 동전을 벌기 위해 목숨을 거는 것이다. 그들이 한 차례 인력거를 끌고 나면 흙먼지와 땀으로 범벅이 된 얼굴에는 얼어서 벌개진 두 눈과 입만 벌겋게 드러나 보인다.

해는 짧고 날씨 또한 추우니 길가에 사람이 많을 리 없었다. 이렇게 고단한 하루를 보내도 한 끼 밥벌이를 하기 힘든 게 인력거꾼의 삶이다. 그러나 늙은이들은 집에 마누라며 새끼들이 있고, 젊은이들은 부모며 동생들이 기다리고 있다! 겨울이면 그들은 너나할 것 없이 지옥 같은 생활을 하는 셈이었다. 귀신보다 나은 점이라면 그저 숨을 쉬고 목숨을 부지하고 있다는 것 뿐, 귀신보다 각박한 삶이다. 그러니 개들처럼 길거리에서 죽어 나자빠지는 것이 그들에겐 최대의 안식인지도 모른다. 얼어죽은 귀신은 얼굴에 웃음을 띤다고 했던가!

샹즈인들 어찌 이런 광경을 보지 못했겠는가? 그러나 그는 그들을 위해 염려하고 고민할 여유가 없었다. 그들의 괴로움은 그의 것이기도 했지만 그는 젊고 기골이 장대하기에 고생을 이겨낼 수 있으며, 추위며 바람도 두렵지 않았다. 밤에는 깨끗한 잠자리가 있고 낮에는 말쑥한 옷을 입을 수 있었기에 그는 자신과 그들을 한데 섞어 이야기할 수 없다고 생각했다. 그는 지금 그들과 마찬가지로 고생을 하고 있지만 상황이 다르다. 지금 그의 힘겨움이 덜한 것을 보면 언젠가 이런 상황에서 완전히 벗어날 수 있을 것만 같았다. 그는 자신이 늙더라도 절대 저들처럼 낡은 인력거나 끌면서 추위와 배고픔에 시달리지 않을 것이라고 생각했다. 그것은 음식점이나 저택 문 밖에서 자가용 운전사와 마주쳤을 때 그들이 절대로 자신과 어울려 잡담을 하지 않는 것이나 마찬가지였다. 그들은 인력거꾼들과 사귀면 품위가 떨어진다고 여겼다. 그들이 인력거꾼을 대하는 태도는 샹즈가 늙고 병든 인력거꾼들을 대하는 것과 마찬가지였다. 함께 지옥에 떨어져 있을지라도 계층이 서로 다르다는 것이다. 그들은 모두 함께 서 있어야 한다는 생각은 꿈에도 하지 않은 채 각자 나름의 길을 걸어갔다. 희망이나 노력이 모든 개인의 눈을 가려 사람들마다 맨손으로 자수성가할 수 있을 것이라고 생각하며 어둠 속에서 각자 자신의 길을 더듬어갔다. 샹즈는 다른 이들은 아예 생각지도, 관여하지도 않으면서 오로지 자신의 돈과 앞날의 성공만을 생각했다.

거리 풍경은 서서히 연말 분위기를 띠었다. 맑고 바람이 없는 날은 날씨가 건조하고 차갑기는 하지만 거리마다 울긋불긋 화려함을 더했다. 해가 지기 시작했다. 새해 정월에 실내에 붙이는 그림인 연화年畵, 여러 빛깔의 깁으로 거죽을 씌운 등롱인 사등紗燈, 희고 붉은 양초, 비단으로 만든 꽃 모양의 머리 장식, 연말에 제수祭需로 쓰는 크고 작은 과자인 밀공蜜供 등이 즐비하게 진열된 것을 보면 사람들의 마음은 들뜨기도 하고 왠지 불안한 느낌이 들기도 했다. 누구든 설날이면 며칠 즐겁게 지낼 생각을 하지만 모두에겐 크고 작은 어려움이 있었다.

샹즈의 눈은 더욱 빛났다. 길거리에 가득한 설날 물건들을 보자니 차오 선생 댁에서도 반드시 새해 선물을 보낼 거라는 생각이 들었다. 한 번 배달을 나가면 몇십 전이든 술값이 생기게 마련이다. 명절이 되면 하인들에게 2원을 주는 것이 상례다. 물론 많은 돈은 아니지만 새해 인사를 하러 오는 손님들을 태워다주면 한 번에 20~30전이 생길 것이다. 그 돈을 합치면 꽤 큰 액수가 되니 적다고 탓할 일이 아니다. 푼돈이라도 그저 내 손에 들어오기만 해라. 내 벙어리저금통은 절대로 속이는 일이 없으니! 밤이 되어 아무 일도 없을 때면 그는 먹기만 하고 토할 줄 모르는 질항아리(저금통) 친구를 뚫어지게 바라보며 나지막한 소리로 권하곤 했다.

"많이, 많이 먹어라. 그렇지 얼마든지 먹어, 이 친구야! 네가 먹을 만큼 먹어야 나도 살 수 있게 되지!"

설이 점점 가까워졌다. 눈 깜짝할 사이에 음력 12월 8일 납팔일臘八日(부처가 성불한 날로, 별미로 죽을 끓여 나눠먹기도 한다)이 되었다. 이맘때가 되면 사람들은 기쁘든 슬프든 반드시 무언가를 계획하고 준비해야만 하는 것처럼 정신이 없었다. 하루는 여전히 24시간이었지만 이전과 달리 누구도 제멋대로 지낼 수 없었다. 특히 새해를 맞이하기 위해 사람들은 누구나 무언가를 해야만 했다. 별안간 시간에 대한 지각이 생긴 것처럼 사람들은 부지런히 생각하고 바쁘게 돌아다녔다. 샹즈는 새해맞이를 기쁘게 생각하는 쪽이었다. 홍청거리는 거리, 물건을 사라고 외치는 소리, 명절 상여금과 가욋돈에 대한 기대, 새해의 휴가, 그리고 푸짐한 음식에 대한 상상 등이 어울리면서 그를 어린아이처럼 기쁘게도 하고 기대에 들뜨게도 만들었다. 그는 1원쯤 깨뜨려 류쓰예에게 새해 선물을 보내야겠다고 생각했다. 선물도 선물이지만 역시 마음씀씀이가 중요한 것이니, 찾아가려면 손에 뭔가를 들고 가야만 한다. 전세로 인력거를 끄는 집에서 너무 바빴기 때문에 한동안 노인네를 찾아뵙지 못한 것에 대해 사과도 할 겸, 그 김에 맡겨놓은 돈을 찾아올 수도 있을 것이다. 1원쯤 깨뜨려 목돈을 왕창 찾아올 수만 있다면 수지가 맞는 일이다. 이런 생각을 하면서 그는 가볍게 벙어리저금통을 흔들어보았다. 여기에 30여 원을 더 넣으면 얼마나 둔중하고 듣기 좋은 소리가 날까 상상하면서. 그렇다. 묶인 돈만 돌려받는다면 그는 근심할 일이 없어진다!

그러던 어느날 저녁 평소처럼 보물단지를 막 흔들어보려는데 까오마가 그를 불렀다.

"샹즈! 문간에서 어떤 아가씨가 당신을 찾아요. 마침 시내에 나갔다가 오는데 그 여자가 나에게 당신에 대해 자꾸 물어보더라고."

샹즈가 방에서 나오자 그녀는 낮은 소리로 한 마디 덧붙였다.

"생긴 게 꼭 커다란 헤이타黑塔(헤이타黑塔는 원래 흰 색인 북평 북해 공원 내의 바이타白塔를 견주어 말한 것인데, 후니우의 얼굴이 검기 때문에 헤이타라고 말한 것이다. 바이타는 북평 자금성 뒤편 북해 공원 안에 있는 라마교 탑으로, 높은 곳에 위치하고 있기 때문에 북경 시내 어디에서나 볼 수 있다. —옮긴이) 같아! 무섭더라고!"

샹즈의 얼굴이 갑자기 불길에 휩싸인 것처럼 벌겋게 달아올랐다. 일을 망치게 되었구나!

9

샹즈는 대문까지 나갔으나 문턱을 넘을 기운조차 없었다. 정신이 얼떨떨했다. 발은 여전히 문턱 안에 있었는데, 가로등 불빛에 류씨네 딸 후니우의 얼굴이 눈에 들어왔다. 그녀는 또다시 분을 발랐는지 전등불에 비친 얼굴은 잿빛 녹색을 띠었다. 꼭 검게 말라버린 나뭇잎에 서리가 앉은 듯한 모양이었다. 샹즈는 차마 그녀를 똑바로 볼 수 없었다.

후니우의 얼굴 표정은 참으로 복잡했다. 눈에는 그를 그리워하는 기색이 서려 있었으나 입을 벌린 채 냉소를 드러냈다. 콧등에는 경멸과 초조함이 밴 주름살이 겹겹으로 접혔고, 눈썹은 모로 치켜올라갔다. 기이하게 분칠한 얼굴에 요염함과 포악함이 그대로 드러났다. 샹즈를 보자 그녀는 입술을 몇 번이나 씰룩댔다. 그녀의 얼굴에 여러 가지 표정들이 떠올랐다가 적당한 자리를 찾지 못한 채 허물어졌다. 그녀는 침을 꿀꺽 삼키면서 자신의 복잡한 표정과 감정을 가라앉힌 뒤 이윽고 류쓰예에게 물려받은 능란한 사교 솜씨를 한껏 발휘했다. 그녀는 성난 듯 웃는 얼굴로 별로 대수로운 일이 아니라는 듯이 농담을 걸어왔다.

"좋으신가봐! 고기만두로 개를 때리면 줄행랑을 놓고 돌아오지 않는다더니 한 번 나가서는 아예 소식을 끊으셨구만!"

그녀는 평소 가게에서 인력거꾼들과 말다툼할 때처럼 목청을 돋웠다. 이렇게 두 마디를 하자 그녀의 얼굴에서 웃음기가 싹 가셨다. 갑자기 수치심과 모멸감이 들었는지 그녀는 입술을 깨물었다.

"떠들지 마!"

샹즈는 온몸의 힘을 입술에 모은 양 나지막하면서도 기운차게 말을 내뱉었다.

"흥, 내가 겁낼 줄 알아!"

그녀는 악의에 찬 웃음을 지었으나 자신도 모르게 목소리를 조금 낮추었다.

"왜 날 피해 숨었는가 했더니, 오라, 이 집에 작고 요사스런 식모가 살고 있었구만. 그렇지 않아도 돼먹지 않은 놈이란 것은 알고 있었지. 멋대가리 없이 크고 가무잡잡하고 투박하다고만 볼 게 아니었어. 몽골 사람들이 담뱃대 빼는 것처럼 어수룩한 게 아니라 그런 척했던 게지!"

그녀의 목소리가 또다시 높아지기 시작했다.

"떠들지 말라니까!"

샹즈는 행여나 까오마가 문 안에서 엿듣기라도 할까봐 걱정이 되었다.

"떠들지 말고 저리로 갑시다!"

그는 이렇게 말하면서 큰 길 쪽으로 걸어갔다.

"어딜 가도 무서울 것 없어! 나는 원래 목소리가 크단 말이야!"

입으로는 대들면서도 그녀는 그의 뒤를 따랐다.

샹즈는 큰 길 맞은편 좁은 길로 접어들어 공원의 붉은 담장에 등을 대더니, 시골에서 살던 시절의 습관처럼 쪼그리고 앉았다.

"왜 왔어요?"

"나? 흥, 일이야 많지!"

그녀는 왼손을 허리춤에 꽂고 배를 불쑥 내밀었다. 고개를 숙여 그를 내려다본 그녀는 잠시 생각을 하더니 마치 선심이라도 베풀듯이 말했다.

"샹즈! 내가 당신을 찾아온 것은 일이 있어서야. 그것도 아주 중요한 일!"

'샹즈' 라고 부르는 나지막하고 부드러운 소리에 그의 노기도 조금 풀어졌다. 그가 고개를 들어 쳐다보니 그녀는 여전히 사랑스러운 구석은 하나도 없는 모습 그대로였다. 다만 '샹즈' 라는 소리가 그의 마음에 잔잔하게 울려퍼졌다. 부드럽고 정감 있는, 어디선가 들어본 듯한, 그래서 부정할 수 없는, 끊을래야 끊을 수 없는 정 같은 게 느껴졌다. 그는 여전히 낮은 목소리로, 그러나 조금은 온화해진 목소리로 물었다.

"무슨 일인데요?"

"샹즈!"

그녀가 바싹 다가서며 말을 이었다.

"생겼어!"

"뭐가 생겼단 말이오?"

그는 순간 어리둥절했다.

"그거!"

그녀가 배를 가리키며 말했다.

"방법 좀 생각해봐!"

멍하니 넋을 잃은 그의 입에서 "아!" 하는 소리가 터지기 무섭게 모든 사실이 명백해졌다. 생각지도 않았던 오만 가지 일들이 마음속으로 달려들었다. 많은 일들이 이처럼 급하고 어지럽게 들어오다니, 마치 영화 필름이 갑자기 끊긴 듯 그의 마음속은 텅 빈 공간이 되고 말았다. 거리는 유별나게 조용하고, 하늘에는 회색빛 구름이 달을 가리우고, 땅 위에는 시시때때로 미풍이 불어 잔가지며 마른 잎을 흔들었다. 멀리서 앙칼진 고양이 울음소리가 들려왔다. 샹즈의 마음은 어지럽다 못해 텅 비어버려, 아무런 소리도 들리지 않았다. 손으로 턱을 괸 채 물끄러미 땅을 내려다보고 있자니 땅이 흔들리는 것처럼 보였다. 아무 생각도 할 수 없고, 어떤 생각도 하고 싶지 않았다. 자신이 하염없이 작아지고 있다는 느낌이 들었지만, 그렇다고 아예 오그라들어 땅 속으로 들어갈 수도 없었다. 그저 온 생명이 견디기 힘든 바로 이 자리에 서 있는 것만 같았다. 그 외에 다른 것은 전혀 없었다. 그제야 그는 추위를 느꼈다. 입술마저 덜덜 떨렸다.

"그렇게 쭈그리고 앉아 있지만 말고, 말 좀 해봐요! 어서 일어나서!"

그녀도 추위를 느꼈는지 몇 걸음이라도 걷고 싶어했다. 마지못해 일어난 샹즈는 그녀를 따라 북쪽으로 걸어갔다. 여전히 할 말이 없었다. 얼었던 몸이 풀리는 것처럼 온몸이 저려왔다.

"뭐, 좋은 생각 없수?"

그녀가 측은하다는 듯이 샹즈를 흘깃 바라보며 물었다. 그러나 그는 할 말이 없었다.

"이번 스무이레 날이 노인네 생신인데, 와야만 할 거야!"

"바빠, 섣달이잖아!"

샹즈는 몹시 혼란스럽기는 했지만 자신의 일은 잊지 않았다.

"당신 같은 작자는 세게 나오면 말을 듣지만 부드럽게 대하면 말을 듣지 않는다는 것을 내 벌써부터 알고 있었지. 기껏 좋은 말로 해봐야 헛수고라니까!"

그녀의 목소리가 또다시 높아졌다. 거리가 고요해서 그 소리가 더욱 크게 들렸기 때문에 샹즈는 난감하기 이를 데 없었다.

"내가 누굴 무서워하는 줄 알아? 그래 어쩔 셈이야? 내 말을 듣고 싶지 않다면 나도 네깟 놈하고 침을 튀겨가며 노닥거릴 시간이 없어! 말을 바꾸면 알지? 당장이라도 네가 있는 집 대문을 가로막고 사흘 밤낮 욕지거리를 해댈 테니. 네가 가면 어딜 가겠어? 나는 다 찾아낼 수 있어! 난 아무도 두려워하지 않는다고!"

"제발 좀 조용히 하면 안 되겠어?"

샹즈가 한 걸음 물러서며 말했다.

"소리 지르는 게 두려우면 처음부터 뻔뻔스럽게 자기만 위하지 말았어야지! 당신만 재미보고 나는 혼자서 남의 죄를 뒤집어쓰란 말이야? 그놈의 뻔뻔한 낯짝을 똑바로 쳐들고 내가 누군지 정확히 보라구!"

"듣고 있으니 좀 천천히 말해!"

샹즈는 추위에 떨다가 온몸에서 열이 날 정도로 심한 욕설을 들으니 그 열기가 얼어붙은 피부를 뚫고 나오려는 것처럼 온몸이 근질근질했다. 특히 머릿속이 지끈거려 견딜 수 없었다.

"진작에 그럴 것이지! 괜히 재미없게 굴지 마!"

그녀가 입을 벌리자 양쪽으로 송곳니 두 개가 드러났다.

"사실 말이야, 난 정말 당신을 좋아한다구. 그러니 당신도 제대로 알아줘야지. 나한테 뻔대봐야, 좋은 일 하나도 없어. 그러니 그리 알고 있어!"

"아니……."

샹즈는 "아니, 한 번 때리고 세 번 어루만지는 짓거리 하지 말아!"라고 말하고 싶었으나 전체 구절이 생각나지 않아 그만 얼버무리고 말았다. 북평 사람들이 흔히 쓰는 표현 중 많은 것을 그도 알고 있었지만 매끄럽게 구사하지 못할 뿐이었다. 다른 사람이 말하면 금방 알아들어도 막상 자신이 말하려면 입이 떨어지지 않았다.

"뭐가 아니란 말이야?"

"그냥 하던 말이나 계속 해!"

"내게 좋은 생각이 있으니 한 번 들어봐!"

후니우가 그 자리에 서서 샹즈를 똑바로 쳐다보며 말했다.

"이봐, 당신이 만약 중매쟁이를 내세우면 우리 집 노인네가 절대로 허락하지 않을 거야. 자기는 인력거 세놓는 집 주인이고 당신은 인력거꾼이니까. 아랫사람하고 혼인시키려 들지 않겠지. 그러나 나는 관계없어. 내가 당신을 좋아하는데 뭐라고 그럴 거야. 좋아하면 그뿐이지. 다른 거야 어찌되든 무슨 상관이야! 누가 중매를 선다고 해도 안 되더라구. 혼삿말만 나오면 노인네가 그놈의 인력거 몇십 대를 바라고 그러는 줄로만 생각하니, 당신보다 나은 사람도 안 되지. 그러니 이번 일은 내가 처리하지 않으면 안 돼. 내가 당신을 골랐으니까. 그래서 말인데, 우선 먼저 일을 벌여놓고 나중에 허락을 받자는 것이지. 어쨌든 이미 애가 생겼으니 우리 두 사람 누구도 내뺄 수 없다고! 그렇다고 다짜고짜 쳐들어가서 말하는 건 안 되지. 노인네는 늙어갈수록 사리 판단이 흐려져. 우리 두 사람에 대한 소문이라도 들리는 날엔, 이 노인네가 당장 젊은 색시를 얻어 나를 억지로라도 내쫓을 거요. 그 노인네 낼 모레면 일흔 살이지만 만만히 볼 것이 아니야. 정력도 좋아서 새색시를 얻기만 하면 많이는 몰라도 장담컨대 애새끼 두셋은 능히 만들어낼 거라니까. 당신이 믿든 말든 말이야!"

"걸어가면서 얘기합시다."

샹즈는 순번을 도는 순경이 벌써 두 차례나 자기 쪽으로 왔다갔다 하는 것이 거북살스러웠다.

"여기서 얘기한다고 누가 뭐라고 할 거야!"

그녀도 샹즈의 눈길을 따라 그 순경을 바라보았다.

"당신이 인력거를 끌고 있는 것도 아닌데 뭘 그리 겁을 내? 저 사람인들 까닭 없이 남의 거시기를 물어뜯을 수 있겠어? 설사 그렇더라도 저놈이 나쁜 놈이지! 뭐가 문제야, 우리가 우리 이야기를 하고 있는데. 그건 그렇고 이것 봐, 내 생각은 말이지. 이번 스무이레 아버지 생일날에 당신이 와서 큰절을 세 번 하란 말이야. 그리고 새해에 다시 와서 신년 인사를 올리며 비위도 좀 맞추고. 노인네가 기뻐하는 것 같으면 내가 술이랑 받아다가 즐겁게 드시게 만들게. 술이 얼큰하게 취하면…, 쇳뿔도 단김에 빼라고 그때 속 시원하게 말하는 거야. 수양아버지로 삼겠다고. 그런 다음 내가 천천히 아버지에게 몸이 무겁다는 얘기를 할게. 분명 나보고 꼬치꼬치 캐묻겠지. 그러면 《삼국지》에서 서서徐庶가 조조曹操의 진영으로 들어갔을 때처럼 한 마디도 하지 않고 버티는 거지 뭐. 노인네가 정말 초초해질 때가 되면 그제야 한 사람 이름을 대는 거야. 왜, 있잖우. 얼마 전에 죽은 챠오얼喬二이란 사람. 우리 집 동쪽에 있는 장의사네 둘째 주인 말이야. 그 사람은 친척도 없는데다 이미 동직문東直門 밖 시립 공동묘지에 파묻혔으니 노인네가 어디 가서 캐묻겠어? 노인네가 어쩔 수 없게 되면, 그때 가서 우리가 천천히 귀띔을 해주면 돼. 나를 당신에게 주는 게 가장 좋을 거라구. 본래 양아들인 걸 사위로 삼는 셈이니, 별 차이도 없지 뭘. 물결 따라 배를 저어가듯 한다면 체면 잃는 것도 덜하겠지. 내 생각이 어때?"

샹즈는 아무 말도 하지 않았다.

후니우는 얘기를 일단락지었다는 생각이 들었는지 북쪽으로 발걸음을 옮기기 시작했다. 고개를 숙인 모습이 자신이 한 말에 심취한 것 같기도 하고 샹즈에게 생각할 기회를 주려는 것 같기도 했다. 이

때 회색빛 구름이 바람에 흩어지면서 달빛이 보였다. 두 사람은 길가 북쪽 어귀까지 왔다.

황성을 에워싸고 있는 어하御河의 물은 이미 꽁꽁 얼어붙어 고요하고 희멀겋게 빛나며, 평평하고 견고한 모습으로 금성禁城(자금성, 지금의 고궁)을 떠받치고 있었다. 금성 안쪽으론 아무런 소리도 들리지 않았다. 영롱한 모퉁이 누각이며 황금빛 패방, 붉게 칠한 성문과 경산에 자리한 정자와 누각들도 정적에 사로잡혀 있었다. 마치 다시는 듣기 어려운 소리를 듣고 있는 것처럼. 누대며 전각 사이로 가볍게 스쳐지나가는 바람 소리는 마치 비탄에 젖어 역사에 파묻힌 사연을 말해주는 듯했다. 후니우는 서쪽으로 걸어가고 샹즈는 그녀를 따라 금오옥동교金鰲玉蝀橋에 이르렀다. 다리 위에는 지나가는 사람이 없었다. 희미한 달빛만 다리 양쪽의 커다란 얼음판을 쓸쓸하게 비추고 있을 뿐. 멀리 정자와 누각은 호수 위에 검은 그림자를 짙게 드리운 채 얼어붙은 것처럼 고요히 서 있었고, 지붕 꼭대기 누런 기와만 달빛에 희미하게 빛났다. 나무가 잔잔히 흔들리자 달빛은 더욱 몽롱해졌다. 백탑은 구름 사이로 새하얗게 솟아 모든 것들을 더욱 적막하게 만들었고, 인공의 조각물 속 삼해三海(북해, 중해, 남해)는 북방의 황량한 추위를 온몸으로 드러냈다. 다리 끝에 이르자 얼음 위에서 올라오는 한기에 샹즈는 자신도 모르게 몸을 부르르 떨었다. 더이상 걷고 싶은 마음도 없었다. 평일에 인력거를 끌고 이 다리를 건널 때면 혹시라도 잘못 될까 두려워 발 아래에 온 신경을 쓰느라 좌우를 살필 여유가 없었다. 지금은 마음대로 풍경을 살펴볼 수 있었지만 그의 마음은 오히려 오싹 오그라들 뿐이었다. 회색빛 차가운 얼음, 미세하게 움직이는 나무 그림자, 으스름한 높은 탑, 그 모든 것들이 적막에 사로잡혀 당장이라도 미친 듯 고함치고 광란의 질주를 할 것만 같았다. 바로 발 아래 거대한 흰 돌다리마저 기이할 정도로 고요하고 쓸쓸했다. 유별나게 희고 깨끗한 등불조차 처량한 느낌이 들었다. 그는 더이상 걷고 싶지도, 보고 싶지도 않았다. 그리고 더이상 그녀를 따라가고 싶지 않았다. 그는 당장이라도 머리를 거꾸로 처박고 뛰어내려 얼음 아래 죽은 물고기처럼 얼어붙고 싶은 심정이었다.

"내일 봅시다!"

그는 갑자기 몸을 돌려 오던 길로 걸어갔다.

"샹즈! 그럼 그렇게 해. 스무이레 날 만나자구!"

후니우는 샹즈의 넓적하고 곧은 등판에 대고 소리쳤다. 말을 마친 그녀는 백탑 쪽을 흘깃 쳐다보곤 한숨을 내쉬며 서쪽으로 걸어갔다.

샹즈는 고개도 돌리지 않고, 마치 귀신이라도 쫓아오는 양 미끄러지듯 걸어 단성團城에 도착했다. 하도 허둥지둥 걷느라 하마터면 성벽에 부딪힐 뻔했다. 한 손을 성벽에 대고 서 있자니 눈물이 나올 것만 같았다. 잠시 멍하니 서 있는데, 다리 위에서 자신을 부르는 소리가 들렸다.

"샹즈! 샹즈! 이리 와! 샹즈!"

후니우의 목소리! 느린 걸음으로 다리 위에 발을 디디고 보니 후니우가 몸을 뒤로 젖힌 채 걸어오고 있었다. 입을 약간 벌리고 있던 그녀가 말했다.

"샹즈, 이리 와서 이거 받아!"

그가 몇 걸음 옮기지도 않았는데, 그녀는 이미 그 앞에 이르렀다.

"줄게. 당신이 맡겼던 돈이야. 몇십 전 잔돈이 남기에 내가 보태서 1원을 만들었어. 자, 가져! 다른 뜻은 없어. 그저 내 마음을 전하고 싶을 뿐이야. 내가 얼마나 당신을 생각하고 좋아하는지, 그리고 얼마나 마음 쓰고 있는지 알겠지. 다른 건 다 필요 없어. 배은망덕한 짓만 하지 않으면 된다구! 줄테니 잘 간직해. 괜히 잃어버린 후에 내 탓하지 말고!"

샹즈는 한 다발 지전 뭉치를 받아들자 어안이 벙벙하여 무어라 할 말을 찾을 수 없었다.

"됐어. 그럼 우리 스무이레 날 보자구! 반드시 와야 해!"

그녀가 웃으며 말을 이었다.

"이로운 것은 당신이야. 혼자 잘 생각해봐."

그녀는 몸을 돌려 돌아갔다.

그는 지폐 뭉치를 움켜쥔 채 그녀의 머리가 다리 뒤편에 가려 보이지 않을 때까지 멍하니 바라보았다. 회색빛 구름이 또다시 달빛을 가리고 등불은 더욱 밝아졌다. 다리는 유별나게 희고 허전하고 차가워 보였다. 그는 오던 길로 몸을 돌려 마치 미친 사람처럼 걷기 시작했다. 대문에 이르렀지만 아직도 마음속에는 차갑고 쓸쓸한 다리의 그림자가 눈앞에 펼쳐진 풍경처럼 생생하게 남아 있었다.

방 안으로 들어서기가 무섭게 그는 지폐 다발을 세기 시작했다. 두세 번 세다보니 손바닥의 땀이 돈에 찐득찐득하게 달라붙어 잘 세어지지 않았다. 그는 돈을 저금통 속에 집어넣었다. 침상 가에 멍하니 걸터앉아 옹기로 만든 저금통을 바라보면서 그는 아무것도 생각하지 않기로 마음먹었다. 돈이 있으니 방법이 생길 것이다. 이 벙어리저금통이 모든 것을 해결해주리라고 그는 믿었다. 그렇다면 더이상 아무것도 생각할 필요가 없다. 어하, 경산, 백탑, 대교, 후니우 그리고 그녀의 불룩한 배도……. 모두 한바탕 꿈일 뿐이다. 꿈에서 깨어나니 저금통에 30여 원이 늘어난 것이야. 정말로!

샹즈는 저금통을 한참 동안 바라보았다. 그리고 잘 숨겨놓은 뒤 한잠 늘어지게 자기로 마음먹었다. 제아무리 큰 고통일지라도 잠들면 멈추게 돼 있으니 내일 일은 내일 다시 생각하자!

그러나 자리에 누워도 영 눈을 붙일 수 없었다. 여러 가지 일들이 벌집 속의 벌 떼처럼 들락날락거리는데, 이놈이나 저놈이나 모두 꽁무니에 침을 매달고 있었다.

생각하고 싶지 않은 것도 실은 해결할 방법이 없기 때문이었다. 후니우가 길을 꽉 틀어막고 있으니 도저히 달아날 곳이 없었다.

가장 좋기로는 발을 동동거리며 도망치는 것인데, 그럴 수도 없었다. 그에게 북해의 백탑을 지키라고 한다면, 기꺼이 지킬 마음이 있었지만, 시골로 내려갈 수는 없는 일이었다. 그렇다면 다른 도시로 갈까? 북평보다 더 좋은 곳은 아예 생각조차 나지 않았다. 이곳에서 죽으면 죽었지 절대로 떠날 수 없다.

떠날 마음이 없으니 굳이 애태우며 다른 것을 고민할 필요가 없었다. 후니우는 일단 말하면 무조건 실행에 옮겼다. 그녀의 말대로 하지 않는다면 끝까지 그를 따라다니며 소란을 피울 것이다. 북평에 있는 한 그녀는 틀림없이 자신을 찾아낼 것이다. 그렇다면 잔꾀를 부릴 것이 아니었다. 그녀의 성질을 돋우면 류쓰예를 불러들일 테고, 류쓰예가 한두 사람만 매수해도 샹즈는 어느 으슥한 곳에서 소리 소문도 없이 목숨을 빼앗길 것이다.

그는 후니우의 말을 처음부터 끝까지 다시 한 번 생각해보았다. 완전히 함정에 빠진데다 수족조차 집게에 꽉 집혀서 도저히 도망갈 방법이 없는 것 같았다. 그는 후니우의 주장을 일일이 비판할 수도, 틈새를 찾아낼 수도 없었다. 그저 그녀가 던진 그물망이 작은 피라미조차 도망칠 수 없을 정도로 촘촘하다는 느낌만 들 뿐. 하나하나 골똘히 생각할 수 없어 모든 것을 뭉뚱그려놓으니, 마치 천 근이나 되는 수문水門이 자신의 머리를 압박하는 것처럼 느껴졌다. 아무리 해도 막아낼 수 없는 압력 속에서 그는 인력거꾼의 말년 신세가 '따오메이倒霉('재수 나쁘다, 불운하다' 라는 뜻)' 라는 글자에 모두 담겨 있다는 생각을 했다. 일개 인력거꾼이라면 그저 인력거꾼으로 만족해야지 아무것도 해서는 안 된다. 계집들에게는 손조차 대지 말아야 하는 것, 손을 댔다간 큰코를 다치고 만다. 류쓰예는 인력거 몇십 대를 가지고 있다는 것으로, 후니우는 그 지린내 나는 밑구멍으로 나를 업신여기고 모욕한다. 더이상 고민할 필요도 없었다. 그저 운명이려니 생각하면 그뿐이다. 그래! 가서 양아버지로 삼겠다며 넙죽 절하고, 때가 되면 그 더러운 요물을 각시로 맞이하는 거지 뭐. 운명을 인정하지 않겠다면 운명을 뚫고 나가야지!

이런 생각이 들어, 그는 후니우와 그녀가 했던 말을 모두 한 쪽으로 밀어놓았다. 아니야. 그건 후니우가 독해서가 아니라 인력거꾼이 개같이 두들겨맞고 천시당하는 운명을 타고 나서 그런 거야. 애새끼들조차 아무런 이유 없이 몽둥이찜질을 하는데 뭐! 이 따위 목숨 그냥 놔두면 뭐해? 되든 안 되든 해보는 거지!

그는 냅다 이불을 걷어차고 일어나 앉았다. 나가서 술이라도 받아와 만취하고 싶었다. 일이란 게 뭐고, 성실하다는 것이 도대체 뭐야? 이런 제길! 왕창 취해서 자는 거야. 스무이레? 흥, 스무여드레가 되어보라지, 절은 무슨 절! 제깟 것들이 나, 샹즈를 어떻게 하는지 두고 보자!

그는 솜저고리를 걸친 뒤 찻잔으로 사용하는 작은 밥사발을 들고 밖으로 나갔다. 바람이 거세지면서 하늘의 회색빛 구름이 흩어졌다. 작은 달이 차가운 빛을 발하고 있었다.

따뜻한 이부자리를 박차고 나온 샹즈는 끊임없이 숨을 들이쉬며 답답한 가슴을 달랬다. 거리에 오가는 이들은 없었지만 길가에는 아직까지 인력거 한두 대가 남아 있었다. 인력거꾼들은 손으로 귀를 움켜잡고 인력거 옆에서 발을 동동거리며 몸을 덥혔다. 샹즈는 단숨에 남쪽에 있는 작은 가게로 뛰어갔다. 가게는 온기를 보존하기 위해 벌써 문은 닫은 채 작은 창문으로만 돈을 받고 물건을 내주었다. 샹즈는 빼갈 넉 냥어치에 동전 서 푼어치(원문은 '三个大子儿'이다. '大子儿'은 20문짜리 큰 동전을 말한다) 땅콩을 샀다. 술을 담은 사발을 들고 뛰기가 뭣해서 가마꾼처럼 잰걸음으로 달려 집으로 돌아왔다. 황급히 이불 속으로 파고들어갔으나 위아래 이가 맞부딪칠 정도로 덜덜 떨려 앉아 있기가 싫었다. 상 위에 둔 술은 매콤한 냄새로 코를 찔러 왔으나 냄새조차 맡기 싫었고, 땅콩도 건드릴 생각이 나지 않았다. 몸에 스민 냉기가 마치 냉수 한 대야를 뒤집어 쓴 것처럼 잠을 내쫓았다. 그는 이불 밖으로 손조차 내밀기 싫었다. 그의 마음 또한 더이상 뜨거워지지 않았다.

한참을 그렇게 누운 상태에서 이불 가장자리를 바라보던 샹즈는 눈길을 돌려 상 위에 놓인 술사발을 쳐다보았다. 아니야! 이 정도의 고민거리로 나 자신을 망칠 수는 없지. 이것으로 술을 마시지 않겠다는 작심을 깨뜨릴 수는 없다고! 일이 어렵게 된 것은 분명하지만 틀림없이 빠져나갈 구멍이 있을 것이다. 설사 전혀 도망칠 구석이 없다고 해도 스스로 진흙구덩이 속에서 뒹굴 수는 없다. 눈을 똑바로 뜨고 분명하게 보아야 한다. 도대체 어떻게 해서 다른 사람에 의해 자신이 밀려 나가는지를.

전등을 끈 뒤 머리까지 이불을 푹 뒤집어썼다. 그대로 잠을 자고 싶었다. 그러나 여전히 잠이 오질 않아 이불을 젖히고 바라보니 뜰 안에 달빛이 스며들어 창호지에 푸른 빛이 감돌았다. 날이 밝아오는 모양이었다. 코끝에 방 안의 한기가 느껴졌다. 찬 기운 속에 술 냄새가 배어 있었다. 그는 벌떡 일어나 더듬거리며 술사발을 집어들고는 한 모금 꿀꺽 삼켰다.

10

개별적으로 해결하자니 샹즈는 그렇게 총명하지 못했고, 전체적으로 청산하자니 그만한 담력도 없었다. 그래서 아무런 방법도 없이 하루 종일 속만 썩이고 있었다. 생명을 지닌 모든 것들과 마찬가지로 상해를 입은 후에 어쩔 수 없이 자기 자신이 사태를 수습할 생각뿐이었다. 싸움에서 뒷다리를 잃은 귀뚜라미는 나머지 가느다란 앞다리로 기어가려고 애쓰게 마련이다. 샹즈는 자기 나름의 생각이 없이 그저 하루하루 일이 생기는 대로 겪어가면서 기어가는 데까지 기어갈 뿐 근본적으로 뛰어오를 생각을 하지 않았다.

앞으로 10여 일이나 남았으나 그의 생각은 오로지 스무이레 날에만 집중되어 있었다. 마음속으로 생각하는 것이나 입으로 중얼거리는 것은 물론이고 꿈속에서 보는 것조차 모두 그날에 관한 것이었다. 분명 자신을 속이는 일이라는 사실을 알면서도 그날이 지나기만 하면 모든 문제가 해결되리라고 그는 생각했다. 때로 그는 아주 먼 곳으로 도망칠 생각도 했다. 가령 손에 쥐고 있는 수십 전을 들고 천진으로 가면 어떨까? 그곳에 가서 일이 잘되면 아예 직업을 바꿔 더이상 인력거를 끌지 않을 수도 있을 것이다. 설마 후니우가 천진까지 쫓아오겠어? 그의 생각에 기차를 타고 가는 곳이라면 분명 먼 곳일 것이니, 제아무리 후니우라도 쫓아올 수 없을 것만 같았다. 생각해보니 괜찮은 듯했다. 그러나 그의 양심상 천부당만부당한 일이었다. 북평에 더 있을 수만 있다면 역시 북평에 머무는 게 좋다! 이렇게 되면 또다시 스무이레, 그날이 생각났지만 그래도 이쪽이 편리하고 간편하다는 생각이 들었다. 이번 고비만 넘기면 전체적인 국면을 건드리지 않고 시련을 이겨낼 수도 있을 것 같았다. 설사 깨끗이 벗어나지는 못한다고 할지라도 일단 한 고비는 넘기는 것이니까.

그러면 어떻게 한 고비를 넘길 것인가? 그는 두 가지 생각을 가지고 있었다. 하나는 그녀와 관계된 일을 무시하고 아예 생일에도 축수하러 가지 않는 것이다. 다른 하나는 그녀가 하자는 대로 하는 것이다. 이 두 가지는 비록 다르기는 하지만 결과는 같다. 가지 않는다면 그녀가 순순히 물러나지 않을 것이고, 간다면 그녀가 놔주지 않을 것이다. 그는 처음 인력거를 끌 때가 생각났다. 다른 사람들이 하는 대로 지름길을 찾기 위해 작은 골목만 보이면 그리로 들어갔다. 하지만 꼬불꼬불한 골목으로 들어가 한 바퀴 헤매다 나오면 결국 제자리였다. 지금도 그는 작은 골목길로 들어선 셈이었다. 그러니 어디로 가든 결과는 같을 것이다.

도무지 해결 방법을 찾을 수 없자 그는 좋은 쪽으로 생각하기로 마음먹었다. 그녀를 마누라로 삼는다고 해도 뭐 그리 나쁠 것 없잖아? 그러나 마음은 답답하기만 했다. 그녀의 얼굴을 떠올리자 끔찍해서 절로 고개가 도리질쳤다. 생긴 것은 그렇다 치더라도 그녀의 행실을 생각해보라. 흥!

이렇게 열심히 정직하게 살려고 애쓰는 자신이 그 따위 걸레 같은 년을 얻는다면 다시는 남들 앞에 나설 수 없고, 죽은 후에라도 부모님 뵐 면목이 없을 것이다! 그녀 배 속에 있는 아이가 내 씨라고 누가 장담할 수 있겠어? 그래, 그녀가 인력거 몇 대 가져온다고 말하지만 그걸 누가 보증할 수 있겠냐고. 류쓰예는 그렇게 호락호락 넘어갈 사람이 아니야! 설사 모든 일이 순조롭게 진행된다고 해도 견딜 수 없기는 마찬가지다. 후니우를 당해낼 일이 막막하기만 했다. 그녀가 그저 새끼손가락 하나만 내밀어도 그는 동서남북을 구분할 수 없을 만큼 현기증 나게 휘둘릴 게 분명하다. 알잖아? 그녀가 얼마나 독한지! 가정을 꾸미자면 처음부터 그 따위 여자를 얻어서는 안 된다. 더이상 말할 것도 없어! 그녀를 얻는 즉시 그의 존재는 보잘것없어질 텐데, 그는 자기 자신을 업신여기는 사람이 아니잖은가! 아, 정말 방법이 마땅치 않구나!

그녀를 어찌해볼 방법이 떠오르지 않자 이제 샹즈는 거꾸로 자신을 원망하기 시작했다. 자신의 귀싸대기라도 힘껏 때리고 싶어졌다. 그러나 자신은 아무런 잘못이 없었다. 모든 것을 그녀가 다 꾸며놓고 그가 걸려들기만 기다렸던 것이다. 그에게 잘못이 있다면 그건 지나치게 솔직하다는 것이다. 솔직하면 손해를 보는 법이니 도리를 따질 계제가 아니다!

그를 더욱 괴롭히는 것은 아무 데도 하소연할 곳이 없다는 사실이었다. 그에게는 부모형제도 없었고 그렇다고 친구가 있는 것도 아니었다. 평소 그는 자신이 머리로 하늘을 이고 발로 땅을 밟으며 아무것도 거리낄 것 없는 사내 대장부라고 생각했다. 그러나 지금 와서 생각하니 사람이란 혼자서 살 수 없는 법이었다. 샹즈는 후회가 막심했다. 동업자들에게 다소 다정한 느낌이 들기도 했다. 만약 평소에 자신과 같은 대장부 몇 명과 사귀었다면, 생각건대 제아무리 후니우와 같은 여자가 떼로 달려든다 할지라도 전혀 두려워하지 않을 것이다. 그들이 그에게 훈수를 해주고, 그를 대신하여 울분을 터뜨리며 있는 힘을 다해 도와줄 것이다. 그러나 그는 어제나 오늘이나 항상 외톨이였다. 임시로 친구를 사귀는 것도 결코 쉬운 일이 아니다! 그는 지금까지 맛보지 못한 공포심이 들었다. 이렇게 가다가는 누구나 그를 업신여길 것이다. 독불장군처럼 혼자 몸으로 하늘을 받치고 설 수는 없다!

이러한 공포심으로 말미암아 그는 자기 자신을 의심하기 시작했다. 겨울에 주인이 회식을 하러 가거나 연극을 보러 가면 그는 으레 카바이드 등燈의 양철통(물을 넣는 양철통을 말한다)을 가슴 안에 품고 있었다. 인력거에 그냥 놔두면 얼어버리기 때문이다. 막 달리고 나면 온몸이 뜨거운 땀으로 범벅되는데, 얼음처럼 차가운 작은 양철통을 가슴 앞에 대면 진저리가 쳐졌다. 그런 상태로 얼마간 있으면 양철통이 약간 뜨듯해진다. 평소에는 이렇게 하는 것이 아무렇지도 않을 뿐더러 양철통을 품으며 일종의 우월감 같은 것을 느낄 때도 있었다. 낡은 인력거를 끄는 이들은 카바이드 등을 사용할 수 없기 때문이었다. 그러나 지금은 어렴풋이나마 그건 아니란 생각이 들었다. 한 달에 겨우 몇 푼을 벌기 위해 모든 고초를 감내하고 작은 양철통조차 얼지 않게 품어야만 한다. 내 가슴이 아무리 넓어봤자 결국 작은 양철통만큼도 값어치가 없는 건 아닐까? 이전만 해도 그는 인력거를 끄는 것이 자신에게 가장 이상적인 일이며, 인력거를 끌어 자수성가할 수 있을 것이라 여겼다. 그러나 지금은 남몰래 고개를 저었다. 어쩐지 후니우가 깔보더라니, 원래 작은 물통만큼도 못한 인간이니 그러했던 게지!

후니우가 그를 찾아왔다 간 지 사흘째 되는 날, 차오 선생이 친구들과 저녁 영화를 보러갔다. 샹즈는 얼음 조각처럼 차가운 작은 양철통을 가슴에 품은 채로 작은 찻집에서 기다리고 있었다. 날씨가 너무 추웠기 때문에 찻집 문과 창문을 꼭꼭 닫아놓아 실내는 석탄 가스 냄새며 땀내, 독한 싸구려 담배 연기로 가득했다. 창문에는 성에가 하얗게 끼었다. 차를 마시는 사람들은 거의 다 전세로 인력거를 끄는 이들이었다. 누구는 방 안의 따뜻한 공기에 절로 눈이 감겨 벽에 머리를 기댄 채 졸았고, 누군가는 빼갈이 가득 담긴 사발을 들고 사람들에게 권했다가 한 모금을 마시고 음미한 후 윗 입술을 쩝쩝거리며, 아래 입술 사이로 거칠게 냉기를 내뿜었다. 어떤 이는 둘둘 만 따빙大餅(밀가루를 둥글게 밀어 구운 음식으로 북방 사람들의 주식 가운데 하나이다)을 움켜쥐고 크게 한 입 베어문 뒤 굵은 목줄띠를 벌겋게 세워가면서 꾸역꾸역 삼키느라 애를 썼다. 또 어떤 사람은 부루퉁한 얼굴로 굳이 누구에게랄 것 없이 여러 사람들을 향해 자신이 이른 새벽부터 지금까지 다리 한 번 쉬지 못하고 달리며 온몸이 젖었다 마르고, 다시 젖었다가 마르기를 몇 번이나 반복했는지 모른다고 불평을 늘어놓았다. 나머지 사람들은 그냥 한담을 나누다 그의 말을 듣고는 잠시 조용해졌다가, 얼마 안 있어 마치 새둥지를 쑤셔놓은 것처럼 안달을

냈다. 하룻동안 자신이 겪은 억울한 일들이 생각났던 것이다. 큰 호떡을 먹던 이조차 입에 물고 있던 떡 조각을 혀로 움직여 공간을 만들고는 연신 우물우물 씹어가며 다른 한편으로 머리 위로 푸른 힘줄이 불거져 나오도록 지껄이기 시작했다.

"제기랄, 전세 인력거꾼들은 징징거리지 말라구! 나는 니에미—꺼억!—2시부터 지금까지 물 한 모금 마시지 못했다구. 전문에서 평칙문平則門까지만 해도—꺼억—니에미, 세 번이나 왔다갔다 했다니까! 오늘은 똥구멍이 얼어터졌는지 연신 방귀만 나오더라구!"

그는 이렇게 말하면서 사람들을 휙 둘러보곤 다시 호떡을 한 입 베어물었다.

이리하여 사람들의 화제는 다시 날씨로 돌아가고 각자의 고생담이 이어졌다. 샹즈는 처음부터 한 마디도 하지 않았지만 그들이 무슨 말을 하는지 신경을 곤두세웠다. 사람들의 말씨나 억양, 내용 등은 각기 달랐지만 대부분 욕설과 불평불만이었다. 이러한 이야기들은 그의 억울한 심정에 부딪히면서 마치 메마른 땅 위에 빗방울이 떨어지듯 모조리 흡수되었다. 그는 자신의 이야기를 조리 있게 다른 사람들에게 들려줄 방법도, 그럴 능력도 없었다. 그저 다른 사람의 말을 통해 삶의 쓴 맛을 음미할 뿐이었다. 사람들 모두 고민에 시달리고 있었고, 그도 예외는 아니었다. 자신의 일을 생각하고 있자니 절로 다른 사람들에게 동정심이 일었다. 사람들이 슬프고 고통스러운 대목을 말할 때면 그도 눈살을 찌푸렸고, 웃기는 대목에 가서는 그도 히죽거리며 웃었다. 비록 말 한 마디 하지 않고 별로 상관이 있는 것도 아니었지만, 자신과 그들이 고통을 함께 나누는 친구 같다는 생각이 들었다. 얼마 전까지만 해도 그는 그들을 그저 하루 온종일 악담이나 쓸데 없는 이야기를 지껄이느라 돈도 제대로 벌지 못하는 족속들이라고 여겼다. 그러나 오늘 처음으로 그들이 흰소리나 늘어놓는 것이 아니라 그를 포함한 모든 인력거꾼들의 어려움을 대신 말해준다는 것을 깨달았다.

사람들이 한창 시끄럽게 이야기를 하고 있을 때 갑자기 문이 열리면서 한바탕 냉기가 쏟아져 들어왔다. 모두들 어떤 놈이 이렇게 밉살스럽게 문을 확 열고 들어오는지 눈을 부라리며 쳐다보았다. 사람들이 조급해할수록 문 밖에 있는 사람은 마치 일부러 꾸물대는 것처럼 더디기만 했다. 찻집 종업원이 웃는 얼굴로 재촉했다.

"빨리 들어오세요. 아저씨! 괜히 더운 공기 다 나가게 하지 마시고!"

말이 채 끝나기도 전에 문 밖에 있던 이가 들어왔다. 그 역시 인력거꾼이었다. 보아하니 쉰 살쯤 된 것 같았다. 길지도 짧지도 않은 벌집 같은 누더기 솜옷을 입었는데, 깃과 팔꿈치가 다 떨어져 솜이 비어져 나왔다. 얼굴은 며칠이나 세수를 안 했는지 살색을 찾아볼 수 없고, 양쪽 귀는 꽁꽁 얼어 당장이라도 떨어질 과일처럼 빨갰다. 희끗희끗한 머리가 다 낡은 모자 아래 헝클어졌고, 눈썹과 짧은 수염 끝에는 고드름이 달려 있었다. 안으로 들어서기가 무섭게 그는 긴 걸상을 당겨 앉으면서 억지로 한 마디를 내뱉었다.

"한 주전자 주쇼!"

이 찻집은 지금까지 전세 인력거꾼들이 모이는 곳이었기 때문에 평소 이처럼 늙은 인력거꾼은 절대로 들어오지 않았다.

그의 모습을 본 인력거꾼들은 방금 자신들이 이야기했던 것보다 더욱 심각한 어떤 의미를 느꼈는지 아무도 입을 열지 않았다. 평소 같으면 세상 물정 모르고 이런 손님에 대해 몇 마디 농담짓거리로 익살을 부리는 젊은 것들이 한두 명 있게 마련인데, 오늘은 누구 하나 입을 여는 이가 없었다.

차가 아직 나오기도 전에 늙은 인력거꾼의 머리가 차츰차츰 아래쪽으로 숙여졌다. 그렇게 내려가고 내려가더니 급기야 온몸이 미끄러지듯 바닥에 떨어지고 말았다.

모두들 벌떡 일어났다.

"어떻게 된거야? 어떻게 된 거냐고?"

사람들은 이렇게 말하면서 그 앞으로 달려가려고 했다.

"놔두슈!"

찻집 주인이 경험이 있는지 사람들을 만류했다. 그는 혼자 건너가 노인네의 목 단추를 풀어낸 다음 부축해 일으켜 앉혔다. 그후 의자를 등 뒤에 받쳐놓았다. 그리고 두 손으로 양 어깨를 주무르며 소리쳤다.

"설탕물, 빨리!"

이렇게 소리친 후 늙은 인력거꾼의 목에 귀를 대고 숨소리를 듣는 것 같더니 혼잣말로 중얼거렸다.

"천식 때문은 아닌 게로군!"

찻집 안의 움직임이 일순 사라졌다. 아무도 다시 앉을 생각이 없는 모양이었다. 그저 방 안 가득 자욱한 담배 연기 속에서 눈만 껌뻑이며 문 쪽을 바라볼 뿐이었다. 모두들 마치 약속이라도 한 것처럼 같은 마음으로 이렇게 말하는 듯했다.

"그래, 이게 바로 우리의 표본이야! 머리가 허옇게 셀 때가 되면 누구라도 이렇게 길에서 고꾸라져 뒈지겠지!"

늙은 인력거꾼의 입 가에 설탕물을 가져가자 그는 두어 번 끙끙거리며 신음 소리를 냈다. 그는 여전히 눈을 감은 채 옻칠을 한 것마냥 새까맣다 못해 반들거리기까지 하는 손을 들어 손등으로 입술을 쓱 문질렀다.

"물 좀 마셔요!"

주인이 그의 귀에 대고 말했다.

"어?"

늙은 인력거꾼이 눈을 떴다. 자신이 땅에 앉아 있는 것을 확인한 그는 다리를 움츠리며 일어서려고 했다.

"먼저 물 좀 마셔요. 너무 서둘지 말고."

주인이 이렇게 말하면서 천천히 손을 떼었다.

사람들이 거의 다 모여들었다.

"아이고!"

늙은 인력거꾼은 사방을 둘러보고는 두 손으로 찻잔을 받쳐들고 한 모금씩 설탕물을 마셨다. 천천히 설탕물을 다 마신 후 그가 다시 사람들을 둘러보았다.

"아이고, 정말 여러분들에게 신세를 많이 졌소, 그려!"

말솜씨가 온유하고 부드러워 수염이 덥수룩한 노인네의 입에서 나오는 말 같지 않았다. 그가 다시 일어서려고 하자 몇 사람이 다가가 서둘러 그를 부축했다. 그는 얼굴에 미소를 띠고 여전히 온화한 목소리로 말했다.

"됐어요. 됐어. 이젠 괜찮아요. 추운데다 배가 몹시 고파서 잠시 머리가 핑 돌았던 모양이오! 이젠 괜찮소!"

그의 얼굴엔 두껍게 흙먼지가 앉아 있었지만 그의 미소로 말미암아 모두들 온화하고 선량하며 깨끗한 얼굴을 바라보고 있는 것처럼 느꼈다.

모든 이들이 감동을 받은 듯했다. 술사발을 들고 있던 중년 사내는 이미 술을 깨끗이 비워 눈알이 벌겋게 충혈되었는데, 순간 눈물을 글썽이며 "두 냥어치만 더 주슈!"라고 소리쳤다. 술이 나왔을 때 늙은 인력거꾼은 벽에 기대놓은 의자에 앉아 있었다. 중년 사내는 약간 취기가 있었지만 공손하게 술을 들어 늙은 인력거꾼 앞에 가져다놓았다.

"제가 한 잔 사는 것이니 드세요! 저도 마흔 줄에 들어섰는데, 전세로 인력거를 끌어봤자 그저 그럭저럭 살 수 있을 뿐이죠. 거짓말 하나 보태지 않았습니다. 한 해 한 해가 다르다는 것을 이놈의 다리는 알고 있습죠! 2~3년만 더 지나면 저도 영감님과 다를 바 없게 되겠죠! 영감님, 한 예순 되셨죠?"

"아직, 그렇게까지는. 쉰다섯이오!"

늙은 인력거군은 술을 한 모금 들이켰다.

"날씨는 춥고, 손님은 없고. 아이고, 정말 배는 고프고 말이지. 그나마 몇 푼 있던 걸로 술을 마셔버렸잖소. 행여 몸이라도 녹일 수 있을까 싶어 말이요! 그러다가 이곳까지 왔는데 도저히 지탱할 수가 없어서 온기라도 얻을까 싶어 들어왔소. 방 안이 너무 후덥지근한데다 먹은 것도 없으니 혼절하고 말았던 게지. 그렇지만 별 거 아니오. 괜찮아요! 그저 여러 친구들 덕분에 목숨을 부지하게 되었구려!"

노인네의 마른 풀처럼 푸석푸석한 흰 머리며, 얼굴의 진흙먼지, 숯처럼 검은 손, 그리고 낡은 모자며 솜저고리 등에서 순결한 빛이 나는 것만 같았다. 그의 모습은 마치 낡아 부서진 사당에 모셔진 신상神像처럼, 비록 부서지고 조각이 났지만 여전히 존엄해 보였다. 사람들은 행여 그가 돌아갈까 걱정이라도 되는 듯 그를 바라보고 있었다. 샹즈는 아무 말도 하지 않고 그저 자리에서 우두커니 서 있었다. 늙은 인력거꾼 속이 비었다는 소리를 듣자마자 그는 냅다 밖으로 뛰어나갔다가 나는 듯이 달려 들어왔는데, 손에 양고기를 넣은 만두를 배춧잎에 받쳐들고 있었다. 그는 곧장 노인네 눈앞에 고기만두를 갖다놓고 "드세요!"라고 한 마디를 내뱉었다. 그런 다음 다시 제자리로 돌아와 고개를 숙이고 앉았다.

"원, 이런!"

노인네는 기쁘기도 하고 슬프기도 한 듯 여러 사람들을 향해 고개를 끄덕였다.

"그래도 형씨들밖에 없소이다! 손님을 태우고 아무리 기를 써봐야 마지막에 내릴 때가 되면 한 푼 더 달래기가 어려운 법인데!"

그는 이렇게 말하면서 몸을 일으켜 밖으로 나가려고 했다.

"드세요!"

사람들이 거의 동시에 외쳤다.

"샤오말小馬兒을 부르려구요. 내 손자놈인데, 밖에서 인력거를 지키고 있지요."

"제가 갈 테니, 앉아계세요."

그 중년 인력거꾼이 말했다.

"여기서는 인력거를 잃어버릴 일이 없습니다요. 그러니 걱정하지 않으셔도 돼요. 바로 맞은편이 파출소거든요."

그가 문을 조금 열고 문틈으로 소리쳤다.

"샤오말! 샤오말! 할아버지가 부르신다! 인력거는 그곳에 놔두고 이리로 오렴!"

노인네는 몇 번이나 고기만두를 만지작거릴 뿐 끝내 집어들지 않았다. 샤오말이 들어오자 그제야 한 개를 집어들고 입을 열었다.

"샤오말, 아이고 기특도 하지. 받아라!"

샤오말은 열두어 살 정도로 얼굴은 앙상하게 말랐지만 몸은 옷을 잔뜩 껴입어 둥둥해 보였으며, 빨갛게 언 코 밑으로 두 줄기 콧물이 걸려 있었다. 양쪽 귀에는 낡은 귀마개를 하고 있었다.

노인 옆에 선 아이는 오른손으로 고기만두를 받아들기가 무섭게 왼손으로 다른 하나를 집어들고는 한 입 베어물었다.

"녀석아 천천히 먹어야지!"

노인은 한 손을 손자의 머리에 얹고 다른 한 손으로 고기만두를 들어 천천히 입으로 가져갔다.

"할아버지는 두 개만 먹으면 되니까 나머지는 모두 네가 먹어라! 다 먹고 난 다음, 인력거를 끌고 그만 집으로 돌아가자꾸나. 내일 이렇게 춥지만 않으면 조금 일찍 끌고 나오자. 그게 좋지 않겠니, 샤오말?"

샤오말은 고기만두를 바라보며 고개를 끄덕이더니 콧물을 훌쩍 들이켰다.

"할아버지가 세 개 드세요. 나머지는 모두 제가 먹고 이따가 돌아갈 때 할아버지를 태워드릴게요."

"그럴 필요 없다!"

노인은 자랑스럽다는 듯 사람들을 향해 웃으며 말을 이었다.

"돌아갈 때 우리 둘 다 걸어가야지. 앉아 가면 춥잖아."

노인은 자기 몫을 먹고 술잔에 남은 술도 다 비운 후 샤오말이 다 먹기를 기다렸다. 그는 낡은 헝겊을 꺼내 입을 닦고 사람들을 향해 고개를 끄덕였다.

"아들놈은 군대에 끌려가 아직 돌아오지 않고, 며느리는……."

"그런 말씀은 관두세요!"

샤오말은 양 볼에 작은 복숭아를 넣은 것처럼 부풀린 채로 연신 만두를 씹으며 할아버지 말을 가로막았다.

"이야기해도 괜찮다! 모두 남이 아닌걸!"

그는 이렇게 대답한 다음 낮은 목소리로 말을 이었다.

"아, 이 녀석 마음이 어찌나 깊고 참을성이 강한지 말도 마시오. 그러나 저러나 며늘애는 떠나버렸다우. 그러니 나하고 손자 녀석 둘이서 이 인력거 한 대로 먹고사는 셈이지요. 인력거는 낡았지만 그래도 우리 것이니, 허구한 날 인력거 빌린 값을 내느라 애태울 일은 없지요. 많이 벌든 적게 벌든, 우리 두 식구가 그럭저럭 살아가는 게지. 달리 뾰족한 수가 있겠는가. 정말 방법이 없어요!"

"할아버지."

만두를 거의 다 먹은 샤오말이 노인의 소매를 끌면서 말했다.

"우리 한 탕만 더 뛰어요. 내일 아침에 땔 탄이 없다구요. 아이참, 할아버지 때문이잖아요. 조금 전 20전에 후문後門까지 가자고 했을 때도 나 같았으면 끌었을 텐데, 할아버지가 기어코 안 간다고 했잖아요! 내일 아침 탄도 없는데 어떻게 하시려고 그래요!"

"방법이 있지. 할아버지가 가서 알탄(알처럼 둥글게 만든 석탄 덩어리) 다섯 근을 외상으로 사오면 되니 걱정 말거라."

"장작도 덤으로 받아오세요."

"그럼! 기특한 녀석 같으니라구. 어서 먹어라. 다 먹었으면 슬슬 가봐야지!"

노인은 이렇게 말하면서 몸을 일으키고는 여러 사람들을 둘러보며 말을 이었다.

"형씨들 신세를 톡톡히 졌수다!"

그는 손을 내밀어 샤오말을 잡았다. 샤오말은 남은 만두 하나를 입속에 집어넣었다.

사람들 몇몇은 앉은 채로 움직이지 않았고, 몇몇은 따라 나왔다.

샹즈는 노인의 인력거를 한 번 보려고 제일 먼저 따라 나왔다.

심하게 낡은 인력거였다. 인력거 외부에 붙인 동판은 옻칠이 다 벗겨져 균열이 난 상태였고, 손잡이는 거의 마모되어 나무 무늬가 드러날 지경이었다. 낡은 등은 달그락거리며 제멋대로 덜렁거리고, 지붕을 받치는 막대는 노끈으로 동여맸다. 샤오말이 벙거지 안에서 딱성냥 한 개피를 찾았다. 그러고는 신발 바닥에 대고 휙 그어 새까만 손으로 받쳐들고 등에 불을 켰다. 노인은 손바닥에 침을 뱉고 '어이' 하는 기합 소리를 내면서 인력거채를 잡아 일으켰다.

"내일 봅시다. 형씨들!"

샹즈는 우두커니 문 밖에 서서 노인과 아이 그리고 낡아빠진 인력거를 쳐다보았다. 노인은 인력거를 끌고 가면서 무언가 이야기를 하고 있었다. 목소리는 높았다가 낮아졌고, 길가의 가로등과 검은 그림자도 따라서 밝았다가 어두워졌다. 샹즈는 그들 뒷모습을 바라보면서 마음속으로 지금까지 경험하지 못했던 괴로움을 느끼고 있었다.

샤오말의 몸에서 자신의 과거를, 노인의 몸에서 자신의 미래를 본 것만 같았다. 그는 지금까지 한 푼도 쓸데없이 허비한 적이 없었으나 노인과 아이를 위해 고기만두를 열 개씩이나 사준 것에 대해서는 통쾌한 기분마저 들었다. 그들이 보이지 않을 때가 돼서야 그는 찻집 안으로 들어왔다. 사람들은 다시 웃고 떠들기 시작했다. 그는 왠지 어수선한 느낌이 들어 찻값을 계산하고 다시 밖으로 나와 인력거를 끌고 영화관 문 밖에서 차오 선생을 기다렸다.

정말 추운 날이었다. 허공은 온통 회색빛 흙먼지로 가득한데 바람이 그 위를 질주하느라 별은 그다지 눈에 띄지 않고 큰 것 몇 개만 공중에서 떨고 있었다. 땅에는 바람이 불지 않았지만 사방에서 한기가 뿜어져 나왔다. 차바퀴 자국에는 벌써 얼어터진 긴 틈이 여러 갈래 나 있고, 흙은 회백색 얼음처럼 차갑고 딱딱했다. 샹즈는 영화관 밖에서 한참을 기다렸다. 추위를 느꼈지만 다시 찻집으로 돌아갈 생각은 없었다. 그는 가만히 혼자서 생각해보고 싶었다. 그 노인과 어린 아이가 그의 가장 큰 희망을 깨뜨려버린 것만 같았다. 노인의 인력거는 자기 것이라잖아! 인력거를 끌기 시작한 바로 그날부터 그는 자신의 인력거를 사겠노라고 결심했으며, 지금도 그 목표이자 희망을 이루기 위해 하루 종일 고생을 하고 있다. 내 인력거만 있다면, 모든 것을 갖는 것이나 다를 바 없지! 그는 이렇게 생각하고 있었다. 그러나, 흥! 아까 그 노인네를 보라지!

후니우를 마다하는 것은 자신의 인력거를 사겠다는 희망이 있기 때문 아니던가? 인력거를 장만하고 돈을 번 다음에 떳떳하게 마누라를 얻겠다고 말이지! 그런데 흥, 샤오말을 보라구! 나한테 자식이 있다 한들 저렇게 되지 말라는 법이 있어?

이렇게 생각하고 있자니 후니우의 협박에 굳이 반항할 필요도 없다는 생각이 들었다. 어쨌든 내 스스로 이런 울타리를 벗어날 수 없는 바에야 어떤 계집이든 가릴 것이 무언가? 더군다나 후니우가 인력거 몇 대라도 가지고 올지 모르는데, 괜히 굴러온 복을 내팽개칠 까닭이 없지! 자신이 어떤 인간인지 뻔히 안다고 다른 사람까지 업신여길 것은 아니다. 후니우면 후니우지. 더이상 말할 필요도 없다!

영화가 끝나자 그는 부랴부랴 작은 양철 물통을 달고 카바이드 등에 불을 켰다. 그리고 작은 솜저고리를 벗고 홑저고리 바람이 되었다. 날아오르듯이 단숨에 달려 모든 것을 잊고 싶었다. 달리다가 고꾸라져 죽은들 무슨 대수랴!

11

노인과 샤오말만 생각하면 모든 희망을 놓아버리고 싶었다. 그냥 하루하루 즐기면 그만이지 이를 악물고 속앓이를 해봤자 뭐하겠는가? 가난뱅이의 운명을 그는 이제야 알 것 같았다. 대추씨처럼 양끝이 뾰족한 운명. 어릴 땐 굶어죽지 않으면 천만다행한 일이고, 늙어서 배고파 죽지 않는 일도 만만치가 않다. 인생의 중간, 젊고 힘도 좋을 때야 먹고 사는 것이나 악착같은 노동도 두렵지가 않다. 그래도 사람 사는 건 다 똑같지 않은가. 즐겨야 할 때 즐기지 않는 사람이야말로 바보 중의 상바보다. 여길 지나면 다신 이런 집이 나오지 않는데! 이렇게 생각하니 후니우와의 일도 더이상 걱정이 되지 않았다.

그러나 벙어리저금통을 보자 그는 다시 마음이 바뀌었다. 안 돼, 아무렇게나 써버려선 안 돼. 몇십 원만 있으면 인력거를 살 수 있는데, 지금까지의 고생을 허사가 되게 할 순 없지. 적어도 그 안에 있는 돈을 함부로 내던질 순 없는 일이다. 어떻게 모은 건데! 역시 정도를 걸어야 돼. 무조건, 반드시! 하지만 후니우는? 뾰족한 수가 없었다. 그 가증스런 27일 걱정을 떨쳐버릴 수가 없는 것이다.

근심을 하다하다 지치면 그는 저금통을 안고 혼잣말로 중얼거렸다. 알게 뭐야! 어쨌거나 이건 내 돈이야. 아무도 못 뺏어가. 이 돈만 있으면 샹즈는 두려울 게 없어. 급하면 냅다 차고 도망가면 돼. 돈만 있으면 어디든 갈 수 있어!

거리가 점점 더 시끄러워졌다. 조왕신 제사에 쓰는 외 모양의 엿이 거리에 넘쳐흘렀다. 어딜 가나 "엿, 엿."이라는 소리를 들을 수 있었다. 샹즈도 새해를 손꼽아 기대하던 사람이었는데 지금은 도무지 흥이 나지 않는다. 거리가 북적거릴수록 가슴이 옥죄는 것만 같았다. 무시무시한 27일이 코앞에 닥쳤는데! 눈은 자꾸만 움푹 들어가고 얼굴 흉터까지 더 도드라져 보였다.

인력거를 몰았다. 혼잡한데다 바닥까지 미끄러워 발걸음을 떼기가 여간 조심스러운 것이 아니었다. 걱정이 가득한데 신경까지 쓰려니 정신이 없었다. 하나를 생각하면 다른 걸 잊어버리는 바람에 자꾸만 깜짝깜짝 놀랐다. 온몸이 가렵고 톡톡 쏘는 것이 마치 한여름에 땀띠 난 어린애 같았다.

조왕신 제삿날 오후, 살랑거리는 동풍 결에 하루 종일 먹구름이 몰려왔다. 날씨가 갑자기 따뜻해졌다. 저녁 무렵이 되자, 바람이 더 잦아들면서 눈꽃이 흩날리기 시작했다. 엿장수들이 안달이 났다. 날씨는 따뜻한데 눈까지 내리니 행여 엿이 모두 붙어버릴까 백토 가루를 뿌리느라 정신이 없었다. 얼마 지나지 않아 눈이 싸라기눈으로 변하면서 사각사각 경쾌한 소리와 함께 땅을 하얗게 뒤덮었다. 7시가 지나자 가게 주인들과 사람들이 제를 시작했다. 향불에 떼지어 내리는 싸라기눈이 겹쳐, 왁자지껄한 속에서도 음산한 분위기가 났다. 걸어가는 사람이나 차를 탄 사람이나 허겁지겁 집으로 돌아가 제를 올릴 마음에 조급한 모습이 역력했다. 하지만 땅이 젖고 미끄러워서 성큼 발을 내딛지 못했다. 엿장수는 명절용 물건을 판다고 소리를 질러대느라 정신이 없었다. 그 소리에 이상하게도 샹즈의 마음이 덜컹 내려앉았다.

아마 9시쯤 된 것 같았다. 샹즈는 차오 선생을 태우고 서성西城에서 집으로 돌아가고 있었다. 서단 패루牌樓 들썩한 거리를 지나 동쪽 장안가로 진입하자 인적이 훨씬 뜸해지기 시작했다. 평평한 아스팔트 위로 곱게 쌓인 눈에 가로등 불빛 반사돼 눈이 부셨다.

이따금 멀리 자동차 전조등이 비치면 노란 빛을 띤 조그만 깨알 같은 눈송이들 모습이 마치 금모래를 뿌려놓은 것 같았다. 신화문 일대에 이르자 그렇지 않아도 넓은 길에 얇게 눈이 쌓여 시야가 확 트였다. 그 풍경이 보는 이의 마음을 시원하고도 숙연하게 만들었다. 장안長安 패루牌樓, 신화문新華門의 문루門樓, 남해南海의 붉은 담 모두 하얀 관을 쓴 모습이 붉은 기둥, 담벼락과 어우러져 불빛 아래 조용히 숙연한 고도의 모습을 드러내고 있었다. 지금 여기, 이 순간 북경은 아무도 살지 않는 곳 같다. 옥으로 치장한 아름다운 궁궐, 노송만이 설화를 반기고 있었다. 샹즈는 이처럼 아름다운 광경을 본 적이 없었다. 눈앞에 펼쳐진 '옥로玉路'를 보며 그는 한 걸음에 집으로 달려가고 싶은 생각뿐이었다. 반듯하게 하얀 모습, 조용한 거리가 마치 집 대문처럼 느껴졌다. 하지만 빨리 달릴 수가 없었다. 눈이 많이 쌓이진 않았지만 바닥이 달라붙어, 신발 밑바닥에 두껍게 눈이 엉겨 있었다. 떨어내도 조금 뒤엔 또 그 모양이었다. 알갱이는 작았지만 무게감이 있어 자꾸만 발에 달라붙는데다 시야까지 흐릿하게 만들어 내달릴 수가 없었다. 어깨에 내린 눈은 쉽게 녹지 않아 벌써 얇게 눈이 쌓였다. 별 건 아니지만 축축한 느낌이 영 기분 좋지 않았다.

가게가 없는 구역이지만 멀리 대포 소리가 끊이질 않았다. 때때로 시커먼 밤하늘에 연거푸 대포 소리가 울려퍼져 귀신을 쫓는 것만 같았다. 불꽃이 떨어지고 나면 하늘은 더욱 시커멓게 보였다. 등골이 오싹할 정도였다. 대포 소리에 시커먼 하늘, 불꽃을 바라보며 그는 빨리 집에 가야겠다고 생각했다. 하지만 다리가 벌어지지 않았다. 이런!

게다가 서성부터 계속 자신을 미행하는 듯한 자전거 한 대 때문에 기분이 더욱 불쾌했다. 서쪽 장안가에 이르러 주위가 조용해지자 뒤를 쫓아오는, 눈길에 미끄러지는 자전거 소리가 더 신경쓰였다. 소리가 크진 않았지만 느낄 수 있었다. 샹즈 역시 다른 인력거꾼처럼 자전거를 제일 싫어했다. 자동차도 싫지만 소리가 크니 피하기 쉬웠다. 자전거는 틈만 나면 비집고 들어오는데다 요리조리 방향을 바꾸는 통에 현기증이 날 정도였다. 하지만 실수는 하지 않는 게 상책이다. 문제가 났다 하면 항상 인력거꾼 잘못이니까. 순경들은 자전거 모는 사람보다는 인력거꾼이 상대하기 편하다는 생각인지 사고가 났을 땐 우선 인력거꾼 잘못으로 밀고 본다. 샹즈는 몇 번이나 인력거를 확 세운 뒤 상대를 넘어뜨리고 싶은 충동에 휩싸였다. 하지만 그저 생각뿐이었다. 인력거꾼은 어디서나 인내심을 발휘해야 했다. 매번 신발 밑에 엉겨 붙은 눈을 떼어내느라 발을 구를 때마다 그는 "정지!"라고 외쳤다. 남해 앞문에 들어섰다. 도로가 넓은데도 자전거는 아직도 그를 바짝 뒤따라오고 있었다. 화가 치민 샹즈가 일부러 인력거를 세웠다. 어깨 위에 얹혀 있던 눈이 쏟아져내렸다. 그가 인력거를 멈추자 자전거는 인력거 옆을 스쳐 지나갔다. 자전거를 타던 사람이 고개를 돌려 그를 바라보았다. 샹즈는 일부러 자전거가 멀리 사라질 때까지 꾸물거리다가 인력거 손잡이를 움켜쥐고 욕을 퍼부었다.

"빌어먹을!"

'인도주의자' 인 차오 선생은 방풍용 차양도 두르지 말도록 했고, 방수포조차 억수같이 비가 오기 전에는 치지 못하도록 했다. 다 샹즈의 수고를 덜어주기 위한 배려였다. 이 정도 눈이면 그는 차양 같은 건 필요 없다고 생각했고, 한편으론 밤 설경을 구경하고 싶은 생각도 있었다. 차오 선생 역시 자전거를 주시하고 있었다. 샹즈가 욕을 하고 나자 그가 나지막한 소리로 말했다.

"자꾸 따라오면 집에서 세우지 말고 황화문黃化門 쭤 선생네로 가지. 당황하지 말고!"

샹즈는 조금 당황스러웠다. 그저 자전거 타는 사람이 얄미웠을 뿐, 거기에 어떤 무서운 일이 도사리고 있으리라고는 생각하지 못했기 때문이다. 차오 선생이 집엘 들어가지 못하다니, 뭔가 심상치 않은 녀석인데! 그는 한참을 달려 그 사람을 따라잡았다. 자전거 탄 사람은 일부러 그와 차오 선생을 기다리고 있었다. 자전거는 샹즈에게 길을 비켜주었다. 샹즈는 힐끗 자전거 탄 사람을 바라보았다. 한 눈에 형사라는 걸 알 수 있었다. 그는 찻집에서 늘 이런 형사들을 보아왔다. 말을 나눠본 적은 없지만 분위기나 차림새로 알 수 있었다. 파란 솜옷에 중절모를 푹 눌러쓴 낯익은 차림이었다.

남장가南長街 입구에 이르러 샹즈는 모퉁이를 돌 때 힐끗 뒤를 돌아보았다. 아직도 따라오고 있다. 이제 눈 같은 건 안중에 없었다. 샹즈는 발바닥에 잔뜩 힘을 주기 시작했다.

환하게 쭉 뻗은 길, 차가운 불빛밖에 없는 거리, 뒤에선 형사가 쫓아온다! 처음 겪는 일이었다. 샹즈는 진땀이 나기 시작했다. 공원 후문에 이르러 뒤를 바라보았다. 아직도 따라오다니! 집 대문 앞에 멈출 수가 없었다. 하지만 그냥 지나치기도 마음이 내키지 않았다. 차오 선생은 아무 말도 하지 않았다. 그는 북쪽을 향해 계속 달릴 수밖에 없었다. 단숨에 북쪽 입구까지 달렸다. 자전거가 따라붙고 있었다. 작은 골목으로 들어섰다. 아직도! 골목을 빠져나왔는데도 따라오고 있었다! 황화문으로 갈 때는 원래 골목길로 가지 않는데, 그는 골목 북쪽 입구까지 가고 나서야 자신이 바보 같은 짓을 했다는 생각이 들어 더욱 화가 났다. 경산 뒤쪽까지 따라오던 자전거는 북쪽 후문 방향으로 갔다. 샹즈는 땀을 닦았다.

눈발이 줄어들었다. 하지만 가끔 눈꽃이 섞여 있었다. 샹즈는 눈꽃을 좋아했다. 시원스럽게 공중에서 춤을 추며 내리는 모습이, 이런 눈은 싸라기눈처럼 사람을 짜증스럽게 하는 일이 없었다. 그가 고개를 돌려 물었다.

"어디로 갈까요, 선생님?"

"역시 쥐 선생 집으로 가는 게 낫겠네. 누가 나에 대해 물으면 그냥 모른다고 하게!"

"네!"

샹즈는 가슴이 두근거리기 시작했다. 하지만 입을 다물었다.

쥐 선생 집에 도착하자 차오 선생은 인력거를 안으로 들이고 얼른 문을 걸라고 했다. 차오 선생은 여전히 침착하게 행동했지만 낯빛은 별로 좋지 않았다. 그는 샹즈에게 몇 마디 당부를 한 후, 안으로 들어갔다. 샹즈가 막 인력거를 입구에 들여놨을 때 차오 선생이 다시 밖으로 나왔다. 쥐 선생과 함께였다. 샹즈는 쥐 선생이 차오 선생의 절친한 친구라는 걸 잘 알고 있었다.

"샹즈."

차오 선생 입이 빠르게 움직였다.

"택시를 타고 돌아가게. 아내에게 내가 여기 있다고 전해주게. 어서 이곳으로 오라고 해. 택시를 타고 말이야, 다른 것, 그러니까 자네가 타고 간 택시는 기다리게 하지 말고. 다른 택시로 태워 보내. 알겠나? 좋아! 아내에게 꼭 필요한 물건과 서재에 있는 그림을 몇 장 챙기라고 하게. 알겠지? 바로 아내에게 전화를 하지, 아내가 당황해서 잊어버릴까봐 자네에게 말하는 거야. 자네가 아내에게 다시 일러주게."

"내가 갈까?"

쿼 선생이 물었다.

"아니! 방금 그 사람 형사가 아닐지도 몰라. 하지만 마음에 걸리는 게 있으니 조심하는 수밖에. 먼저 택시 좀 불러주겠나?"

쿼 선생이 전화로 택시를 부르자, 차오 선생이 다시 한 번 샹즈에게 부탁했다.

"택시가 올 거야. 이 돈 받고, 아내에게 빨리 짐을 챙기라고 해. 다른 건 필요 없네. 가지고 오고 싶으면 아이 물건하고, 서재의 그림 몇 장하고! 아내가 다 챙기면 까오마에게 차를 불러달라고 해서 이곳으로 오라고 하게. 알겠나? 아내가 떠나면 자넨 대문을 꼭 잠그고 서재로 가서 자게. 거기 전화가 있어. 전화 걸 줄 알지?"

"걸 줄은 모르고, 받을 줄만 아는데요."

사실 샹즈는 전화 받는 것도 별로 좋아하지 않았다. 그러나 차오 선생을 초조하게 만들고 싶지 않았기에 그냥 그렇게 대답했다.

"그럼 됐네!" 차오 선생은 빠르게 말을 이었다.

"만일 뭔가 조짐이 이상하면 문을 열지 말게! 우리가 모두 떠나고 자네만 남으면 가만 놔두지 않을 거야! 이상하다 싶으면 불을 끄고 후원 담을 넘어 왕씨네로 가게. 왕씨네 집 사람들 알지? 그래! 잠깐 거기 숨어 있다가 가게. 내 물건이랑 자네 물건은 신경쓰지 말고, 그냥 담 넘어 가. 자네한테 일 생기기 전에 말이야! 뭐 잃어버리는 게 있으면 내가 나중에 다 보상해주지. 자, 여기 5원일세. 좋아, 아내에게 전화를 걸지. 자네가 나중에 다시 한 번 이야기해주고. 방금 자전거 타던 사람도 형사일지 모르니 당황하지 말게!"

샹즈는 마음이 심란했다. 뭔가 물어볼 말이 많은 것 같은데, 차오 선생이 당부한 말들을 되새기느라 입이 떨어지지 않았다.

차가 도착했다. 샹즈는 고개를 숙이고 차에 올라탔다. 눈의 양은 그리 많지도, 적지도 않았다. 차창 밖이 잘 보이지 않았다. 허리를 꼿꼿이 펴고 앉으니 머리가 거의 차 지붕에 닿을 것 같았다. 생각을 가다듬어보려고 했지만 두 눈엔 그저 차 앞 빨간 화살표밖에는 보이지 않았다. 선명한 빨간 색이 정말 귀여웠다. 차 앞 작은 솔이 자동으로 왔다갔다 하며 유리창 김을 닦는 모습이 제법 재미있었다. 구경이 지겨워졌 무렵 차는 이미 집에 도착해 있었고, 그는 어설픈 모습으로 차에서 내렸다.

막 벨을 누르려고 할 때였다. 마치 벽에서 튀어나온 것처럼 갑자기 누군가 그의 팔목을 낚아챘다. 샹즈는 본능적으로 손을 빼내려고 했지만 그 사람의 얼굴을 보자 꿈쩍할 수 없었다. 조금 전 자전거를 타던 그 형사였다.

"샹즈, 나 모르겠어?"

형사가 웃으며 손을 풀어주었다.

샹즈는 숨을 죽였다. 무슨 말을 해야 할지 알 수가 없었다.

"우리한테 끌려 서산에 갔던 거 생각 안 나? 내가 그때 그 쑨 소대장이야. 생각 나나?"

"아, 쑨 소대장님!"

샹즈는 사실 생각이 나지 않았다. 병사들에게 끌려 산으로 오를 때 누가 소대장이고, 연대장인지 생각할 틈이 어디 있었겠는가.

“넌 기억 못 해도, 난 널 기억하지. 네 얼굴 위의 그 흉터, 아주 좋은 표식이거든! 한참을 따라붙었잖아. 처음엔 몰랐지만 이리저리 살펴보니, 흉터, 그 흉터는 틀림이 없더라고.”

“무슨 일이라도?”

샹즈가 다시 벨을 누르려 했다.

“물론 일이 있지, 그것도 아주 중요한 일! 우리 들어가서 이야기하는 게 어때?”

쑨 소대장 — 지금은 형사 — 이 손을 뻗어 벨을 누르려 했다.

“저에겐 할 일이 있습니다요.”

샹즈는 갑자기 머리에서 진땀이 났다. 가증스러웠다. 숨어도 시원찮은 판에, 뭐 안으로 들어가자고?

“놀랄 것 없어. 다 너한테 좋은 일이라고!”

형사가 야비하게 웃었다. 까오마가 문을 열자 그는 성큼 안으로 들어서며 이렇게 말했다.

“수고하십니다!”

샹즈가 까오마에게 채 입을 열기도 전에 쑨은 그를 안으로 끌어당기며 사랑채를 가리켰다.

“여기 사는 거야?”

방으로 들어선 형사가 사방을 휙 둘러보았다.

“방은 작아도 제법 깨끗한데. 일이 괜찮나보지?”

“왜 그래요? 저 바빠요!”

샹즈는 더이상 이런 헛소리들을 듣고 있을 수가 없었다.

"말했잖아. 중요한 일이 있다니까!"

형사는 웃고 있었지만 말투가 매우 거칠었다.

"솔직히 이야기하지. 차오란 놈, 반동이야. 잡히면 그대로 총살이라고. 절대 도망가지 못해! 자네랑은 안면도 있고, 막사에서 내 시중도 든데다, 자네나 나나 모두 부랑자나 다름없는 존재니까, 내 큰 맘 먹고 정보를 주는 거야! 아차 하다가 집으로 들이닥치면 그대로 쇠고랑 신세야. 우리같이 힘 팔아먹고 사는 사람이 억울한 송사를 무슨 수로 당해내겠어? 그래, 안 그래?"

"미안하잖아요!"

샹즈는 차오 선생이 부탁한 일들을 생각하고 있었다.

"누구한테?"

형사의 입은 웃는 것 같았지만 눈빛만큼은 살벌했다.

"자기가 자초한 일이야. 미안하긴 누구한테 미안하다고 그래? 지들 맘대로 행동하는데 우리까지 덩달아 당하는 게 쓸데없는 짓이지! 뭣보다 말이야, 석 달 동안이나 감옥에 갇힌다고 생각해봐. 그렇게 들판의 새마냥 돌아다니던 네가 감옥에 들어앉아 견딜 수 있을 것 같아? 그 사람들이야 감옥에 가도 돈이 있으니 다 방법이 있어, 별로 힘들 것도 없다고. 우리 같은 족속인 너야 뭐 가진 게 있어? 빼도 박도 못하고 꼼짝없이 똥통에 갇히는 거지. 그건 아무것도 아냐. 그들이야 걸려들어도 돈 쓰고 구명 운동 좀 하면 그냥 몇 년 징역으로 끝나버리지. 그러고 나면 위에 보고할 게 없잖아. 결국 네게 다 뒤집어씌우고 말 거야. 우린 결국 아무 짓도 안 하고, 누구에게 피해도 안 끼쳤는데 천교天橋(북평성 영정문永定門 부근으로 사형장이 있었다.—옮긴이)에 가서 검은 콩알 세례를 받는 거야. 이거야말로 억울한 일 아니야? 넌 똑똑한 놈이니까, 똑똑한 놈들은 코앞에 닥친 손해는 결코 안 보지. 체면은 무슨! 이봐, 형제! 세상이 우리 같은 고달픈 인생을 대접해주는 일은 없어!"

샹즈는 더럭 겁이 났다. 사병들에게 끌려가는 모진 꼴을 생각하니 마치 지옥에라도 떨어지는 것만 같았다.

"그럼 그냥 다른 사람 상관없이 떠나버리란 말예요?"

샹즈는 어찌 대답해야 할지 좋은 생각이 떠오르지 않았다. 멍하니 있으려니 그의 양심마저 그를 부채질했다.

"좋아, 떠나죠."

"그냥 이렇게 간다고?" 쑨 형사가 냉소를 지었다.

"샹즈, 이봐, 멍청하긴! 내가 명색이 형산데 널 그냥 놔줄 것 같아?"

"그럼……."

샹즈는 너무 초조해서 무슨 말을 해야 좋을 지 알 수가 없었다.

"내숭 떨지 마!" 쑨 형사가 샹즈를 노려보며 말했다.

"너도 모아둔 돈이 있을 것 아냐. 네 목숨하고 바꿀 돈은 내놔야지! 내 한 달 보수가 너만도 못해. 먹고, 입고, 식구들 먹여살리려면 부수입이 있어야 된다고. 네게 속마음을 털어놓는 거야! 내가 이대로 손 털고 널 놔줄 것 같아? 우리 같은 사람 정도 정이야. 안 그럼 내가 너에게 뭐 하러 주절대겠어? 하지만 일은 일, 내가 그냥 돌아가면 우리 가족은 손가락만 빨 것 아냐? 건달들은 군소리 필요 없어, 사실대로 말해!"

"얼마가 필요한데요?"

샹즈가 침대에 걸터앉았다.

"있는 대로 다."

"차라리 감옥에 가는 게 낫겠군!"

"정말인가? 네가 선택한 거야, 후회하지 마!"

쑨 형사가 손을 두루마기에 쑥 집어넣었다.

"자, 봐 샹즈! 난 널 당장에 체포할 수 있어. 반항하면 총을 쏠 수도 있고. 당장 널 끌고 갈 거야. 돈은커녕 감옥에 들어서는 순간 넌 옷까지 홀라당 다 뺏기게 돼. 똑똑한 놈이니까, 생각해보면 알 거야."

"왜 나한테만 그래요? 왜 차오 선생은 다그치지 않는 겁니까?"

샹즈는 한참을 머뭇거리다 이렇게 말했다.

"그놈이야 주범이니까 잡았다 하면 상도 받을 수 있지만 잡지 못하는 날엔 그 책임이 다 돌아오게 되어 있어. 너? 너야 바보 같은 족속이니 놔주는 건 일도 아니야. 너 하나 죽이는 건 벌레 한 마리 눌러 죽이는 것이나 마찬가지고! 돈을 내놓으면 넌 네 갈 길 가는 거고, 내놓지 않으면 천교에서 보는 거지. 귀찮게 하지 말고, 좀 시원시원하게 나오라고! 다 큰 어른이! 그리고 이 돈을 나 혼자 꿀꺽하는 줄 알아? 우리 패들에게도 다 나눠줘야 해. 몇 푼 돌아가지도 않아. 목숨값으로 이렇게 헐값도 마다하면 하는 수 없지! 얼마나 있어?"

샹즈가 자리에서 벌떡 일어나며 주먹을 불끈 쥐었다.

"손만 까딱해도 넌 끝이야. 미리 말해두겠는데, 밖에 사람들이 쫙 깔렸어. 빨리 돈 가져와! 봐줄 때 알아서 해!"

쑨 형사의 눈빛이 일그러졌다.

"내가 누구한테 뭘 어쨌다고 그래?"

샹즈는 울먹거리며 침대 가장자리에 걸터앉았다.

"누굴 어떻게 한 건 아니지. 그냥 재수에 옴 붙은 거야. 어느 놈은 태어날 때부터 복을 타고 나오지만, 우리 같은 사람은 원래부터 밑바닥 인생이라고. 이러쿵저러쿵 말할 필요 없어!"

쑨 형사는 깊은 상념에 빠진 듯 고개를 내저었다.

"됐어. 내가 나쁜 놈이라고 치지. 그만 꾸물대!"

샹즈는 잠깐 다시 생각을 해보았지만 달리 방법이 없었다. 그는 손을 부들부들 떨며 이불 밑에 들어 있던 벙어리저금통을 꺼냈다.

"어디 보자!"

쑨이 웃으며 저금통을 받자마자 그대로 벽에 깨부숴버렸다.

바닥에 떨어진 돈을 보자 샹즈는 가슴이 찢어지는 것만 같았다.

"겨우 이거야?"

샹즈는 아무 소리도 내지 않았다. 그저 덜덜 떨 뿐이었다.

"이 정도로 해주지! 깡그리 가져가진 않겠어. 친구는 친구니까. 하지만 이건 짚고 넘어가자고. 이깟 돈으로 목숨을 건지다니, 정말 싸다 싸!"

샹즈는 여전히 아무 소리 없이 덜덜 떨며 이불보따리를 말았다.

"그것도 건드리지 마!"

"이렇게 추운데……."

부릅뜬 샹즈의 눈에 불이 번쩍였다.

"건드리지 말라 그랬지, 그대로 놔 둬! 어서 꺼져!"

샹즈는 숨을 삼키고 입술을 악 다문 채 문을 밀고 밖으로 나왔다.

벌써 눈이 한 치나 쌓여 있었다. 샹즈는 고개를 떨군 채 걸어갔다. 온통 하얀 눈밭에 그의 모습 뒤로 검은 발자국이 찍혀 있었다.

12

샹즈는 어딘가 자리를 잡고 앉아 좀전에 겪었던 일을 다시 곰곰이 생각해보고 싶었다. 생각하면 울 일밖에 없겠지만 그래도 뭣 때문에 우는지는 알 수 있지 않겠는가. 너무 갑작스러운 상황이라 도무지 생각을 정리할 수가 없었다. 앉을 곳이 없었다. 사방이 온통 눈이었다. 찻집은 벌써 모두 문을 닫았다. 10시가 넘었기 때문이다. 아직 열려 있다 해도 들어가지 않았을 것이다. 그냥 조용한 곳을 찾고 싶었다. 눈에 가득 고인 눈물이 금방이라도 떨어질 것 같았다.

앉을 곳이 없으니 그냥 천천히 발걸음을 옮겼다. 하지만 어디로 가지? 이 은백의 세계에는 그가 앉을 만한 곳도, 갈 곳도 없다. 막막하기만 한 하얀 세상, 배가 주린 아기 새. 갈 곳 없는 사람만 슬픔이란 게 뭔지 알고 있을 것이다.

어디로 가지? 우선 다른 건 생각하지 말자. 싸구려 여인숙? 득시글한 이는 그렇다 하더라도 이런 차림으론 한밤중에 뭔가 도둑맞기 십상이지. 좀더 좋은 곳으로 갈까? 수중에 돈이라곤 달랑 5원, 이게 전 재산인데, 택도 없는 소리다. 목욕탕에 갈까? 12시에 문을 닫으니 그곳에선 밤을 보낼 수도 없다.

갈 곳이 없다는 생각이 들자 그는 자신이 얼마나 한심한 처지가 되었는지 실감났다. 도시 생활이 몇 년짼데, 남은 거라곤 입고 있는 옷 한 벌에 5원뿐이라니. 이불도 빼앗겨버리지 않았는가! 그럼 내일은, 내일은 어떡하지? 인력거, 또 인력거를 몰아? 흥! 열심히 인력거를 끈 결과가 결국 살 곳도 잃고 그나마 남은 알량한 돈마저 빼앗기는 것이란 말인가. 행상이라도 하려면 멜대를 사야 하는데 밑천이라고 5원뿐이니. 게다가 대체 뭘 해야 돈을 벌 수 있단 말인가? 인력거야 아무것도 없이 30~40전은 벌 수 있지만, 행상은 밑천도 필요한데다, 반드시 하루 세 끼 밥값을 벌라는 보장도 없었다. 본전 다 까먹고 다시 인력거를 끌면 그야말로 쓸데없이 바지 벗고 방귀뀐 꼴이 아닌가. 멀쩡하게 그냥 5원을 버리는 일이다. 5원 가운데 단돈 1전도 함부로 쓸 수가 없다. 마지막 희망이다! 하인을 하자니 경험이 없어 어설프기만 할 테고, 남 시중 드는 일도 자신에겐 벅차다. 밥이나 빨래는? 그것도 능력이 모자란다. 안 되는 일, 못 하는 일투성이니 그야말로 멍청하고 무식한, 쓰레기 같은 인간이지 않은가!

어느 새 중해中海였다. 다리로 올라가니 한눈에 드넓은 공간이 눈에 들어왔다. 온통 눈밭이다. 그제야 그는 아직도 눈이 내리고 있음을 깨달았다. 머리를 더듬어보았다. 털실로 짠 모자가 축축하게 젖어 있었다. 다리에는 사람이 아무도 없었다. 어디로 갔는지 보초병조차 보이지 않았다. 눈발에 비치는 몇몇 전등불이 마치 쉼 없이 눈을 깜빡이는 것 같았다. 눈으로 가득한 천지를 둘러보니 그저 망망하기만 했다.

한참을 다리 위에 서 있었다. 세상의 모든 것이 죽은 것 같았다. 아무런 소리도, 움직임도 느낄 수 없었다. 하얀 눈꽃이 이때다 하고 어지러이, 경쾌하게 온통 땅 위로 내려와 쥐도새도 모르게 세상을 묻어버릴 것 같았다. 내 사정이야 어떻든 우선 차오 선생 집에 가봐야겠다. 차오 부인과 까오마만 있고 남자는 하나도 없지 않은가? 사실 남은 5원도 차오 선생이 준 게 아닌가? 잡생각을 접은 채 그는 재빠르게 왔던 길을 되돌아갔다.

문 밖에 발자국과 새로 난 자동차 바퀴 흔적이 남아 있었다. 차오 부인이 벌써 떠나버렸나? 쑨 씨가 왜 그들을 잡아가지 않았지?

문을 밀 용기가 나지 않았다. 금방이라도 누가 자신을 붙잡을 것만 같았다. 아무도 없다. 그의 가슴이 벌렁거렸다. 어차피 갈 곳도 없고, 한 번 들어가보자. 잡아갈 테면 잡아가라지.

살짝 문을 밀어보았다. 문이 열렸다. 벽을 따라 몇 걸음을 옮겨놓았다. 그의 방에 불이 켜져 있었다. 내 방! 그는 눈물이 나올 것만 같았다. 허리를 구부정하게 구부린 채 다가갔다. 창 밖에서 귀를 기울였다. 방에서 기침 소리가 난다. 까오마였다. 그가 문을 열었다.

"누구세요? 어이쿠, 놀라 자빠질 뻔했네!"

까오마가 가슴을 움켜쥐고 마음을 진정시킨 뒤 침대에 앉았다.

"샹즈, 도대체 어떻게 된 일이야?"

샹즈는 아무 대답도 하지 못했다. 몇 년 만에 까오마를 만난 기분이었다. 마음이 꽉 막힌 것만 같았다.

"어떻게 된 일이야?"

까오마 역시 금방 눈물이 터질 듯한 모습으로 물었다.

"자네가 오기 전에 선생님 전화가 왔었어. 줘 선생님 집으로 오라고 하시면서 자네가 금방 올 거라고 하더군. 내가 문 열어줬잖아? 근데 자네가 왠 낯선 사람과 같이 있더라고. 그래서 입 딱 다물고 얼른 사모님을 도와 짐을 꾸렸지. 그런데 아무리 기다려도 자네가 들어오지 않는 거야. 컴컴한 방에서 나랑 사모님이랑 닥치는 대로 물건을 챙겼어. 곤히 잠든 도련님을 얼른 이불에서 꺼내 안고, 짐 싸고, 서재로 가서 그림 떼고, 그러도록 자네는 안 나타나고. 대체 어찌 된 거야? 응? 대충 정리하고 나와보니, 글쎄 자넨 코빼기도 안 보이고. 사모님은 화도 나고, 마음도 급해 한참 동안 계속 덜덜 떠시더라고. 할 수 없이 내가 전화를 걸어 차를 불렀지. 그런데 집을 다 비우고 모조리 떠나버릴 수가 없었어. 그래서 사모님께 내가 책임지겠다고, 내가 지킬 테니 어서 가시라고 했어. 샹즈가 돌아오면 뒤따라 줘 선생님 집으로 가겠다고 했지. 안 돌아오면 할 수 없는 거고……. 말 좀 해봐! 대체 어떻게 된 일이야. 어서 말 좀 해보라고!"

샹즈는 아무 말도 하지 않았다.

"왜 말을 안 해! 그렇게 멍하니 있으면 다야? 도대체 무슨 일이야?"

"어서 가세요!"

샹즈가 겨우 입을 열어 한 마디를 했다.

"가세요!"

"자네가 집을 지키려고?"

까오마는 화가 좀 누그러진 듯했다.

"선생님을 보면 형사가 절을 잡았는데, 아니 그러니까 날 체포하지는 않았다고 말해줘요."

"대체 그게 무슨 말이야?"

짜증이 난 까오마가 헛웃음을 쳤다.

"잘 들어요." 이번엔 오히려 샹즈가 성질을 부리며 이야기를 했다.

"선생님께 어서 도망가라고 전해줘요. 형사 말이 꼭 선생님을 잡는다고 했다고요. 쮜 선생 집도 안전한 곳이 아니에요. 어서! 까오마 가고 나면 난 왕씨네 집으로 넘어가 하룻밤을 잘 거예요. 이 집 문은 잠그고요. 그리고 내일 일거리 찾으러 떠나야죠. 차오 선생님께는 미안하지만요!"

"도대체 갈수록 뭔 말인지 모르겠군!"

까오마가 한숨을 내쉬었다.

"됐네. 가야겠어. 도련님이 꽁꽁 얼었을 거야. 빨리 가서 봐드려야지! 선생님을 만나면 샹즈가 어서 도망가라고 했다고 전할게. 오늘 저녁에 대문 잘 잠그고, 왕씨네서 잔 뒤, 내일 일 찾아보러 나간다고도. 그렇게 전하면 되지?"

샹즈는 부끄러운 모습으로 고개를 끄덕였다.

까오마가 떠난 후, 샹즈는 대문을 걸어잠그고 방으로 돌아왔다. 깨진 벙어리저금통이 아직도 바닥에 나뒹굴고 있었다. 그는 깨진 도자 조각을 들어올렸다가 다시 내동댕이쳤다. 침대 위는 흐트러지지 않은 채 그대로였다. 정말 이상해, 대체 무슨 일이지? 설마 쑨씨가 형사가 아닌 건 아니겠지? 아냐, 그럴 리가 없어. 차오 선생이 위협을 느끼지 않았으면 집까지 버리고 도망쳤겠어? 하지만 모를 일이야! 제기랄!

샹즈는 자기도 모르게 침대 가에 걸터앉았다가 금세 소스라치며 자리에서 벌떡 일어났다. 여기 오래 있으면 안 돼! 쑨씨가 다시 돌아오면! 재빨리 머리가 돌아갔다. 차오 선생에겐 미안하지만 까오마에게 어서 도망가라고 전하라 했으니 어쨌든 피할 수는 있겠지. 양심? 샹즈는 누굴 고의로 기만한 적도 없는데다 자기도 억울한 처지였다. 돈까지 빼앗긴 마당에 더이상 차오 선생에게 신경을 쓸 이유가 없지! 이렇게 혼자 중얼거리며 잠자리를 정리하기 시작했다.

이불과 요를 들쳐메고 불을 끈 후 샹즈는 뒤뜰로 나왔다. 그리고 손을 벽에 대고 바짝 붙어 낮은 목소리로 이렇게 외쳤다.

"청씨! 이봐 청씨!"

청씨는 왕씨네 인력거꾼이다. 아무런 대답이 없자 샹즈는 우선 담을 넘어가기로 결심했다. 이불을 담 너머 눈 쌓인 바닥으로 던졌다. 아무 소리도 나지 않았다. 가슴이 두근거렸다. 곧이어 담을 타고 폴짝 뛰어넘었다. 바닥에 놓인 이불을 주운 다음 살며시 청씨가 있는 곳으로 향했다. 청씨가 기거하는 곳은 알고 있었다. 모두가 잠든 탓에 마당 전체가 적막에 싸여 있었다. 샹즈는 문득 도둑질도 그리 어려운 건 아니겠다는 생각이 들었다. 긴장이 조금 풀린 그는 침착하게 발걸음을 옮겼다. 톡톡하게 쌓인 눈이라 밟을 때마다 조금씩 소리가 났다. 청씨 방을 찾아 헛기침을 했다. 청씨는 막 잠자리에 든 것 같았다.

"누구요?"

"저요, 샹즈! 문 좀 열어봐요!"

샹즈는 매우 편안하고 자연스러운 듯 입을 열었다. 청씨의 목소릴 들으니 마치 식구들의 목소리를 들은 것처럼 위안이 되었다.

청씨는 등을 켠 다음, 다 헤진 낡은 윗옷을 걸치고 문을 열었다.

"이 밤중에 무슨 일이야?"

방으로 들어간 샹즈가 이불을 바닥에 내려놓더니 말도 없이 그 위에 주저앉았다. 평소 둘은 별로 친한 사이는 아니었지만 서로 마주하면 언제나 고개 인사를 나누고 이야기를 주고받았다. 때로 왕씨 부인과 차오 부인이 함께 외출할 때면 둘은 한 곳에 앉아 차를 마실 기회가 있었다. 그동안 샹즈는 청씨를 인력거꾼으로서 그리 높이 평가하지 않았다. 빨리 달리긴 하지만 항상 허둥대는데다 인력거를 잡은 손아귀도 그리 힘차 보이지 않았다. 사람은 좋았지만 이런 결점 때문에 그를 별로 인정하지 않았던 것이다.

오늘같이 청씨가 고마웠던 적은 없었다. 자리에 앉은 채 아무 말도 하지 않았지만 마음은 푸근하고, 감격스럽기까지 했다. 바로 조금 전 중하이 다리 위에 서 있었는데, 지금은 이렇게 친근한 사람과 방 안에 앉아 있을 수 있다니! 극적인 반전에 가슴 한가운데가 텅 비어버린 느낌이었지만 또한 뭉클하기도 했다.

다시 이불 속으로 파고든 청씨는 낡은 윗옷을 가리키며 말했다.

"샹즈, 담배나 피워. 주머니 속에 있어. 비에예別野야!"

원래 이름은 비에수別墅였지만 출시되자마자 인력거꾼들은 이 담배를 '비에예'라고 불렀다. 담배를 피우지 않는 샹즈였지만 거절하기가 거북스러워 한 개피를 꺼내 뻑뻑대며 담배를 피웠다.

"왜 그래?" 청씨가 물었다. "쫓겨났어?"

"아뇨," 샹즈가 여전히 이불 위에 앉은 채 "사건이 있었어요! 차오 선생네가 모두 도망가서, 나도 혼자 집을 지키고 앉아 있을 수가 없었어요."

"무슨 일인데?"

청씨가 다시 자리에서 일어나 앉았다.

"확실하게 이야기할 순 없지만 어쨌든 예삿일은 아니에요. 까오마까지 떠나버렸으니."

"사방의 문을 다 열어놓고? 아무도 없이?"

"대문이야 내가 걸어잠갔죠."

"어! 왕 선생에게 이야기해야 좋지 않을까?"

청씨가 한참을 생각하더니 이렇게 말하며 옷을 걸치려고 했다.

"내일 해요, 뭐가 뭔지 사실 정확하게 이야기할 수도 없어요!"

샹즈는 왕 선생이 꼬치꼬치 캐물을까 걱정이 되었다.

샹즈가 정확하게 이야기할 수 없는 사건의 내막은 이런 것들이다.

차오 선생은 몇몇 대학에서 강의를 하고 있었다. 그중 롼밍이라는 학생이 항상 차오 선생을 잘 따랐고 집까지 찾아와 이야기를 나누었다. 차오 선생은 사회주의자였고, 롼밍이란 학생은 그보다 더 골수였다. 둘은 죽이 잘 맞았다. 그런데 나이와 서로의 위치로 인한 입장 차이가 있었다. 어쨌거나 차오 선생은 당연히 수업에 온 힘을 다해야 하고, 학생은 진지한 태도로 수업에 임해야지 사적인 관계로 대충 성적을 받을 생각을 해선 안 된다는 입장이었다. 그러나 롼밍은 이처럼 혼란한 시기에, 뜻 있는 청년이라면 당연히 혁명적인 일을 해야 한다고 생각했다. 성적 따윈 지금 당장 중요한 일이 아니었다. 그가 차오 선생을 가까이 한 이유는 첫째, 서로 의기투합할 수 있는 부분이 있었고 둘째, 자신의 진짜 성적과 상관없이 유급을 당하지 않을 거라고 생각했기 때문이었다. 난세의 지사들은 때로 무례한 데가 있다. 역사 속에서 우린 종종 정상 참작이 가능한 이런 예를 흔히 찾아볼 수 있다.

차오 선생은 롼밍에게 합격 점수를 주지 않았다. 사실 차오 선생이 합격을 시켜준다 해도 다른 과목들에서 낙제를 받았으니 유급을 피할 수 없었다. 그러나 그는 유독 차오 선생을 증오했다. 그는 차오 선생이 체면이란 걸 너무 등한시한다는 생각이 들었다. 중국 사회에서 체면이란 혁명만큼이나 중요한 것이 아닌가. 롼밍은 다른 일 때문에 학문을 등한시했고, 학문을 등한시했기에 점차 게으름이 몸에 배었다. 노력 없이도 사람들의 존경과 애정을 얻을 수 있었다. 그러나 어떤 식으로 말한다 해도 그의 사상은 선진적인 것이 아닌가! 차오 선생이 그에게 낙제 점수를 준 건 분명 뜻있는 청년을 이해하지 못한 행동이다. 그랬다면 평소 가까이 하지 말았어야지! 평소에는 그렇게 가깝게 지내다가 정작 시험 때 가서 사람을 이렇게 골탕 먹이다니! 그는 차오 선생이 음험한 인물이라고 생각했다. 한 번 낙제한 성적은 돌이킬 수가 없었고, 정학 조치도 달리 만회할 방법이 없었다. 그는 차오 선생에게 단단히 분풀이를 하기로 결심했다.

나도 낙제를 했으니 선생도 함께 당해보라지. 일도 좀 벌이고 내가 얼마나 지독한 놈인지도 알게 해주지. 나 롼밍은 그렇게 쉽게 건드릴 수 있는 놈이 아니란 말이야! 게다가 이 일로 새로운 단체라도 하나 꿰찰 수 있다면, 그냥 있는 것보다 백 번 나은 일이었다. 그는 차오 선생이 강단에서 한 이야기와 자신과 나눈 이야기 가운데 정치 · 사회적인 것들만 골라 편집한 다음, 당에 이 내용을 고발했다. 차오 선생이 학생들에게 과격한 사상을 전하고 있다는 것이었다.

차오 선생도 이 이야기를 들었지만 그냥 웃어넘겼다. 그는 자신의 사회주의 사상이 얼마나 미숙한 것인지, 그리고 전통 미술에 대한 자신의 취미가 치열한 삶에 얼마나 방해가 되는지 잘 알고 있었다. 그런데도 혁명의 지도교사란 별칭이 주어지다니, 가당치도 않은 일이었다.

학생, 동료 할 것 없이 조심하라고 충고를 했지만 말도 안 되는 소리였기에, 별로 마음에 두지 않았다. 그러나 이지적으로 생각해보면 행동이 결코 — 난세에는 — 안전을 보장할 수 없었다. 겨울방학은 학교의 불온 세력을 숙청하기 좋은 시기다. 형사들은 수사와 체포에 열을 올리기 시작했다.

차오 선생은 벌써 여러 번 누군가 미행하고 있다는 사실을 깨달았다. 그제야 그저 우스갯소리처럼 받아들였던 이 일이 심각하게 느껴지기 시작했다. 명성을 쌓으려면 이번이 좋은 기회지. 며칠 감옥살이를 하는 게 어찌 보면 폭탄 한 번 터뜨리는 것보다 훨씬 더 쉽고 확실하지. 효과는 마찬가지인데 말이야. 감옥살이, 그게 사람 구실을 한다는 하나의 자격이 되는 셈이지. 하지만 그는 내키지 않았다. 상대의 계략을 역이용해서 자신의 명예를 날조하고 싶진 않았던 것이다. 그저 양심대로 거짓 전사가 되지 못한 자신을 탓할 뿐이었다. 그는 줘 선생을 찾아갔다.

줘 선생이 대책을 마련해주었다.

"필요할 때 나한테 와. 나한테까지 수사가 미치진 못할 테니!"

줘 선생은 사람들을 많이 알고 있었다. 사실 법보다 더 강력한 힘을 가진 건 사람이었다.

"여기 와서 며칠 숨어 지내게. 어쨌거나 자기네를 두려워한다는 모습을 보여주는 거니까. 그런 다음 해결을 해보지. 돈을 좀 써야 될 거네. 체면도 세워주고, 돈도 먹고 나면 자네가 집에 돌아가도 문제가 없을 거야."

쑨 형사는 차오 선생이 자주 줘 선생 집에 간다는 사실을, 미행이 붙으면 반드시 줘 선생 집에 간다는 사실을 알고 있었다. 그러나 함부로 줘 선생을 건드릴 순 없었다. 그저 차오 선생이나 좀 위협할 생각이었다. 그를 줘 선생 집까지 몰아내면 돈도 받고, 체면도 세울 수 있었다. 사실 샹즈를 건드리는 일은 계획에 없었다. 하지만 기왕지사 샹즈와 부딪쳤으니 거기서 먼저 몇 푼 안 되는 돈이나마 우려내는 것도 괜찮지 않겠는가?

그래, 누가 하필 그 집에서 일하래? 당해도 싸지. 누구나 살아갈 방법이 있고, 어디나 구멍이 있게 마련이다. 하지만 유독 샹즈만 빠져나갈 수가 없었다. 바로 인력거꾼으로 살아가기 때문이었다. 인력거꾼이라는 게 먹느니 허접한 끼니요, 쏟아내는 건 피밖에 없었다. 그들은 온 힘을 다해 돈을 벌지만 가장 낮은 보수를 받았다. 이 세상 가장 낮은 곳에 서서 모든 사람, 모든 법, 모든 고난의 직격타를 맞았다.

담배 한 대를 다 피울 때까지도 샹즈는 어찌된 일인지 도무지 이해가 되지 않았다. 마치 요리사 손아귀의 닭처럼 겨우 숨만 한 번 돌릴 뿐, 다른 방법이 없었다. 그는 청씨에게 털어놓고 싶었다. 하지만 할 말도, 자신의 마음을 모두 풀어놓을 재간도 없었다. 너무도 고통스럽지만 입을 열 수가 없었다. 벙어리나 다름 없었다. 인력거를 사놓고도 인력거를 잃고, 돈을 모아도 다시 빼앗겼다. 자신이 아무리 노력을 기울여도 모두에게 능멸을 당할 뿐이었다. 누구에게도 집적거린 일이 없고, 하다못해 떠돌이 개 한 마리도 피해다녔건만 결국 이렇게 숨이 콱 막힐 정도로 기만을 당하다니. 옛날 일은 생각하지 말자. 당장 내일은 어떻게 하지? 차오 선생 집으로 돌아갈 순 없고, 어디로 갈까?

"여기서 하룻밤만 자면 안 될까요?"

샹즈가 물었다. 마치 떠돌이 개가 바람 피할 구석을 찾듯이. 좀 참지 뭐! 하지만 이런 일로 남에게 폐를 끼치는 건 아닌지 정확하게 짚고 넘어가야 한다.

"여기 있어. 이렇게 꽁꽁 얼어붙은 눈 오는 밤에 어딜 간다고 그래? 바닥에서 자도 괜찮겠어? 올라와서 같이 붙어 자도 괜찮아!"

샹즈는 침대로 올라가지 않았다. 바닥이면 족하다.

청씨는 잠이 들었지만 샹즈는 계속 뒤척이며 잠을 이루지 못했다. 바닥에서 올라오는 냉기에 금세 요가 얼어붙어 철판처럼 딱딱했다. 그는 애써 눈을 감고 머리까지 이불을 뒤집어썼지만 그래도 잠을 잘 수가 없었다. 청씨의 숨소리에 짜증이 났다. 그 즉시 자리에서 일어나 청씨를 한바탕 후려갈겨야 후련할 것 같았다. 점점 더 추워지면서 목이 간질거렸지만 행여 청씨를 깨우지나 않을까 기침도 제대로 할 수가 없었다.

잠이 오지 않자 그는 몰래 일어나 차오 씨 집에 가볼까 했다. 어차피 이렇게 된 것, 집에 사람도 없는데 물건 몇 개 가지고 나오는 게 어때서? 그렇게 힘들게 모은 돈을 빼앗겼는데, 그것도 차오 선생네 일 때문에 뺏겼는데, 물건 좀 훔치는 게 어때서? 차오 선생 때문에 돈을 잃었으니, 그가 보상해줘야 정확한 것 아닌가? 그렇게 생각하자 그의 눈이 반짝거리기 시작했다. 추운 것도 모두 사라졌다. 가자! 그렇게 힘들게 얻은 돈을 쉽게 잃었으니, 다시 되찾아와야지! 가자!

그러나 일어나 앉았던 그는 당시 황급히 자리에 누웠다. 청씨가 보고 있는 것만 같았다. 가슴이 벌렁거렸다. 아냐, 도둑질을 할 순 없어, 안 돼! 위험을 피하느라 차오 선생 부탁을 들어줄 수 없었던 것만으로도 미안한 일인데, 어떻게 도둑질을 한단 말인가. 굶어죽는 한이 있어도 도둑질을 할 순 없어!

그런데 다른 사람이 훔쳐가지 않는다고 보장할 수 있을까? 또한 쑨씨가 들어와 가져간다고 해도 누가 알겠는가? 멀리 개 짖는 소리가 들렸다. 그는 다시 자리에 누웠다. 못 해! 다른 사람이 훔쳐가려면 훔치라지. 난 양심에 거리낄 게 없어. 비렁뱅이 신세가 됐는데 양심까지 팔아먹을 순 없어! 게다가 그가 왕씨네로 온 걸 까오마가 알고 있으니, 밤중에 물건이 없어지면 그가 그랬든 안 그랬든 모두 그가 한 짓이 되지 않는가! 차마 훔치러 들어갈 수 없는 건 물론이고, 다른 사람이 들어갈까 걱정이 될 정도였다. 만약 정말 오늘 밤 도둑질을 당하면 황하 물에 뛰어들어도 혐의를 벗기 어려울 것이다. 이젠 춥지 않았다. 오히려 손바닥에서 땀이 올라왔다. 어쩌지? 집에 돌아가볼까? 안 돼! 이 한 목숨 돈으로 바꾸지 않았는가! 자진해서 함정으로 뛰어들 순 없어. 안 갈 거야. 그런데 도둑이 들면 어쩌지?

좋은 생각이 나지 않았다. 다시 일어나 앉아 다리를 감싸안았다. 머리가 너무 무거워 거의 무릎 쪽으로 고꾸라졌다. 눈도 자꾸 감기려고 한다. 하지만 잘 수가 없었다. 밤이 이렇게 긴데도 샹즈에게는 잠 잘 시간이 허락되지 않았다.

얼마나 오래 앉아 있었는지 모른다. 얼마나 여러번 생각이 바뀌었는지 모른다. 그때 갑자기 좋은 생각이 났다. 그가 청씨를 흔들었다.

"청씨! 이봐! 일어나봐요!"

"왜 그래?"

청씨가 눈 뜨기조차 귀찮다는 듯 이렇게 말했다.

"오줌 누려거든 침대 밑에 요강 있어."

"일어나봐요! 어서 불 좀 켜보라고요!"

"도둑이라도 든 거야?"

청씨가 게슴츠레한 모습으로 일어나 앉았다.

"잠 깼어요?"

"응!"

"청씨, 이것 좀 봐요! 이건 내 요하고 이불, 내 옷, 그리고 이건 차오 선생이 준 5원이에요, 이게 다지요?"

"그래, 근데 왜?"

청씨가 하품을 했다.

"완전히 정신 차린 거죠? 내 건 이것뿐이에요. 차오 선생네 물건은 풀 한 포기 안 건드렸죠?"

"그래! 이봐, 남의 집 일 오래 하면서 손버릇까지 나쁘면 되겠어? 할 수 있는 건 하고, 해서 안 되는 일은 하지 말아야지. 남의 물건에 손대면 안 되지! 자네 말이 그거잖아?"

"분명히 봤죠?"

청 씨가 웃었다.

"그래, 똑똑히 봤어! 춥진 않아?"

"됐어요!"

13

눈 때문에 하늘이 조금 더 일찍 밝아질 것 같이 느껴졌다. 연말이 다가오니, 많은 사람들이 닭을 사느라 닭 울음소리가 평소보다 몇 배 더 자주 들렸다. 곳곳에서 울리는 닭 울음소리와 어우러져 서설瑞雪이 가져다주는 풍년의 예감도 더욱 풍성해졌다. 하지만 샹즈는 밤새도록 잠을 설쳤다. 나중엔 몇 번이나 졸음을 참느라 애를 썼다. 잠을 자는 둥 마는 둥 몽롱한 게 마치 물 속에서 가라앉았다 뜨기를 반복하는 듯 안정이 되지 않았다. 자면 잘수록 한기가 들었고, 사방에서 들려오는 닭 울음소리에 짜증이 났다. 청씨를 깨우고 싶지 않았기 때문에 다리를 잔뜩 웅크린 채 이불로 입을 틀어막고 기침을 하면서도 자리에서 일어날 수가 없었다. 참고 아침을 기다리자니 마음이 타들어가는 것만 같았다. 가까스로 날이 밝았다. 거리에서 마차 소리와 마차 몰이꾼들의 고함이 들려오자 그는 일어나 앉았다. 그러나 앉아 있어도 추운 건 매한가지였다. 그는 자리에서 일어나 단추를 잠근 다음 문 틈으로 밖을 내다보았다. 눈이 그리 많이 쌓인 것은 아니었다. 한밤에는 내리지 않은 것 같았다. 날은 벌써 밝은 것 같은데, 침침하여 사물이 정확하게 보이지 않았다. 눈밭에도 엷게 회색빛 그림자가 드리워진 것 같았다. 어젯밤 자기가 남긴 발자국이 한눈에 들어왔다. 눈에 덮이긴 했지만 움푹 들어간 모습을 확연히 알아볼 수 있었다.

일도 찾아서 할 겸, 흔적도 없앨 겸 그는 조용히 집 귀퉁이에서 빗자루를 찾아 눈을 쓸었다. 눈은 꽤나 묵직해 잘 쓸리지 않았다. 큰 대나무 빗자루를 찾을 수가 없었기 때문에 그는 허리를 아주 낮게 굽혀 힘껏 훑으며 마당을 쓸었다. 힘껏 쓸어보았지만 그래도 바닥에 눈 알갱이들이 드문드문 한데 뭉쳐 있었다. 마치 땅을 힘껏 거머쥐고 있는 듯이. 몇 번 허리를 펴는 사이, 바깥마당은 말끔해졌다. 눈을 작은 버드나무 아래 모아두었다. 땀이 나면서 몸도 가뿐해졌다. 발을 툭툭 털어내고, 길게 숨을 내쉬었다. 아주 길게, 하얗게.

방으로 들어와 빗자루를 원래 자리에 돌려놓고 이불을 개려 했다. 청씨가 깨어나 하품을 해댔다. 그는 채 입을 다물기도 전에 말을 했다.

"시간이 많이 됐을 거야."

묻는 말인지, 그렇다는 건지 알 수가 없었다. 그는 말을 하고 눈을 부빈 후 그대로 저고리 주머니에서 담배 한 대를 꺼냈다. 담배 몇 모금을 빨고 나자 정신이 드는 것 같았다.

"샹즈, 아직 가지 마."

"끓인 물 받아올 테니 뜨거운 차나 마시자고. 밤새 꽤나 힘들었을 거야."

"내가 갈까요?"

샹즈도 부드럽게 대꾸했다. 그러나 그 말을 꺼내자마자 어젯밤의 공포가 되살아나면서 마음이 갑자기 꽉 막히는 것만 같았다.

"아니, 내가 갈게! 내가 대접해야지!"

이렇게 말하며 청씨가 재빨리 옷을 입었다. 단추는 채우지 않고 그냥 띠로만 묶은 채 그는 담배를 물고 밖으로 뛰어나갔다.

"허, 마당 청소를 다 해놨잖아? 이 사람 정말! 내가 단단히 모셔야겠군!"

샹즈는 조금 기분이 좋아졌다.

조금 후 청씨가 돌아왔다. 단 찹쌀죽 두 그릇과 말굽 사오삥燒餠을 들고 있었다.

"차는 안 가져왔어. 먼저 죽이나 들자고. 자, 어서 먹어. 모자라면 가서 더 사올게. 돈이 없으면 외상도 할 수 있어. 막일을 하는 사람들은 배가 주리면 안 돼. 어서 먹어!"

날이 완전히 밝았다. 써늘한 방 안이 환해졌다. 두 사람은 그릇을 감싸 쥐고 요란하게 소리를 내며 맛있게 죽을 먹었다. 두 사람 모두 아무 소리도 하지 않은 채 단숨에 사오삥과 요우탸오油條(막대 모양의 중국식 파이)까지 모두 먹어치웠다.

"어쩔 거야?" 청씨가 이에 낀 깨를 파내며 말했다.

"그만 가야죠!"

샹즈가 바닥에 말아놓은 요와 이불을 보며 말했다.

"이봐 말 좀 해봐. 난 아직도 대체 무슨 일이 있었던 건지 잘 모르겠어!"

청씨가 샹즈에게 담배 한 대를 내밀었다. 샹즈가 고개를 내저었다. 샹즈는 잠시 생각에 빠졌다. 청씨에게 다 털어놓지 않은 것이 미안해진 그는 더듬더듬 어제 저녁에 있었던 일을 이야기해주었다. 힘이 들긴 했지만 전부 다…….

청 씨가 의미심장하게 뭔가를 생각하는 듯 한참 입을 삐죽거렸다.

"내가 보기에 자네 아무래도 차오 선생을 찾아가는 게 좋을 것 같아. 일을 이대로 방치할 순 없잖나. 돈도 그렇고 말이야. 방금 자네가 말했잖아, 차오 선생이 부탁했다고. 상황이 묘하게 돌아가니까 도망가버리겠다고? 차에서 내리자마자 형사가 나타났는데 누굴 탓한단 말인가? 자네가 불충한 게 아니라 일이 꼬인 거지. 먼저 자기 목숨부터 챙기는 건 당연한 거잖아. 이건 누구에게 미안한 차원의 일이 아니야. 가봐, 차오 선생을 찾아가서 자초지종을 구체적으로 말해. 분명히 자넬 탓하진 않을 거야. 잘하면 자네 돈도 챙겨줄지 모르지! 어서 가봐. 이불이랑 요는 여기 두고 빨리 선생에게 가 보라구. 날이 짧아서 해 뜨고 나니 벌써 8시야. 어서 출발해!"

샹즈는 조금 마음이 놓였다. 여전히 차오 선생에게 미안하다는 생각이 들었다. 하지만 청씨가 한 말도 맞다. 형사가 총을 들고 자길 가로막는데 차오 선생을 생각할 틈이 어디 있었겠는가.

"가!" 청씨가 다시 재촉했다.

"자네 어제 저녁에 정신이 좀 어떻게 된 것 같던데. 하긴 다급해지면 누군들 정신이 있겠나. 좀전에 내가 말한 방법이 좋을 거야. 자네보다 나이도 좀 많으니 겪은 일도 더 많지. 가봐, 벌써 해가 떴잖아!"

아침 햇살이 눈빛을 받아 도시 전체를 비추고 있었다. 푸른 하늘, 하얀 눈, 하늘에도 빛이 있고, 눈에도 빛이 있다. 그 사이로 반짝이는 금빛은 눈을 뜨지 못할 정도로 마음을 환하게 비추었다. 샹즈가 막 떠나려고 할 때 누군가 문을 두드렸다. 청씨가 나가보더니 문간에서 소리를 질렀다.

"샹즈, 누가 찾아왔어."

쭤 선생네 왕얼이 코가 시퍼렇게 얼어붙은 채 문간에서 발 위의 눈을 털어내고 있었다. 청씨는 샹즈가 나오는 것을 보고 이렇게 권했다.

"모두 안에 앉으쇼!"

세 사람이 함께 방 안으로 들어갔다. 왕얼이 손을 부비며 말했다.

"그게 뭐냐, 집을 지키러 왔는데, 어떻게 들어가요. 대문이 잠겨 있는데. 그러니까 그게, 아그 정말 춥네! 그게, 차오 선생하고 차오 부인은 모두 아침 일찍 떠났어요. 천진, 아니면 상해로 갔을 수도 있어요. 정확하게는 잘 모르겠고요. 쭤 선생이 집을 보라고 해서요. 그게, 정말 춥네!"

샹즈는 통곡이라도 한바탕 하고 싶었다! 막 청씨의 권고로 차오 선생을 찾아가려 했는데, 그가 가버렸다니. 한참을 멍하니 있던 그가 물었다.

"차오 선생님이 내게 남긴 말 없던가요?"

"그게, 없는데. 날이 밝기도 전에 모두 일어나서 말할 틈도 없었다니까요. 그게 뭐냐, 기차던가? 7시 45분 출발이라고 하던데. 그게 그러니까, 저 집으로 어떻게 넘어가죠?"

왕얼은 빨리 가고 싶은 것 같았다.

"뛰어넘어가쇼!"

샹즈는 왕얼을 맡으라는 듯 청씨를 힐끗 쳐다보고는 자신의 이불짐을 말아올렸다.

"어디로 가게?"

청 씨가 물었다.

"인화차창밖에 갈 곳이 없네요!"

억울하고 창피하고 막막한 그의 심정이 모두 들어 있는 말이었다. 달리 방법이 없었다. 투항하는 수밖에. 모든 길이 다 막혔으니, 하얀 천지 위의 검은 탑 같은 후니우를 찾아갈 수밖에 없었다. 그는 체면을 차리고, 강하고 의롭고 성실하게 행동하려 했는데, 이제 아무 소용이 없다. 이 '개' 같은 운명 때문에!

청씨가 말을 받았다.

"자네는 갈 길 가게! 왕얼이 있어서가 아니라 자넨 차오 선생네 풀 한 포기 안 건드리지 않았나! 어서 가. 이쪽에 들를 일 있으면 들르게. 혹시 아나, 좋은 일 있으면 챙겨뒀다가 자넬 추천해줌세. 가고 나면 내가 왕얼을 저쪽 집으로 데려다주지. 석탄 있나?"

"석탄이랑 땔나무랑 모두 뒤뜰 작은 창고에 있어요."

샹즈가 이불보따리를 들쳐멨다.

거리에 쌓인 눈은 이제 그렇게 하얗지 않았다. 바퀴들이 짓눌러 얼음처럼 투명한 빛을 띠고 있었다. 흙길의 경우, 말발굽에 찍혀 거뭇거뭇해진 눈길이 못내 아쉽기만 했다. 샹즈는 다른 생각 없이 그냥 이불보따리를 메고 앞을 향해 걸었다. 그대로 곧장 인화차창에 도착했다. 멈출 수가 없었다. 멈췄다 하면 들어설 용기가 나지 않을 것 같았다. 그는 곧바로 안으로 걸어 들어갔다. 얼굴이 화끈거렸다. 그는 후니우에게 할 말을 생각했다.

"나 왔어. 맘대로 해! 어떻게 해도 좋아. 방법이 없군!"

후니우를 만날 때까지 마음속으로 몇 번이나 되뇌어 봤지만 정작 입 밖으로 말이 나오지 않았다. 그는 그렇게 말주변이 뛰어난 사람이 아니었다.

이제 막 일어났는지 후니우의 머리는 부스스했고 눈은 부어 있었다. 시커먼 얼굴에는 두드러기가 돋아 있어 마치 털 뽑은 냉동 닭 같았다.

"어! 돌아왔네!"

정말 반가운 듯, 후니우가 두 눈을 반짝거리며 환하게 웃었다.

"인력거 한 대 내줘!" 샹즈가 고개를 떨구고 신발 위에 아직 녹지 않은 눈을 바라보았다.

"우리 노인에게 말해."

후니우가 나지막한 소리로 이렇게 말하며 동쪽 방을 향해 입을 삐죽거렸다.

류쓰예가 방에서 차를 마시고 있었다. 안에는 커다랗고 하얀 난로가 놓여 있었다. 팔뚝만한 불길이 활활 타올랐다. 샹즈를 보자 그는 매서운 얼굴로 씩 웃으며 이렇게 말했다.

"아직 살아 있었나? 날 잊고 있었겠지. 자, 어디 며칠이나 나가 있었지? 일은 어때? 인력거는 샀나?"

샹즈가 고개를 가로저었다. 가시가 콕콕 찌르듯 가슴이 아팠다.

"인력거를 끌게 해주십시오. 쓰예!"

"흥! 일이 또 어그러졌나보군! 좋아. 자네가 가서 골라봐!" 류쓰예가 차를 따랐다. "먼저 한 잔 마시고!"

차를 받아든 샹즈는 화로 앞에 서서 한 입에 차를 들이마셨다. 차도 뜨겁고, 불도 엄청나게 따뜻해서 온몸이 노곤해졌다. 찻잔을 내려놓고 막 나가려 할 때 쓰예가 그를 불러세웠다.

"잠깐 기다려, 뭐가 그리 급해? 마침 잘 왔어. 27일이 내 생일이야. 천막도 치고, 손님도 부를 예정이야. 자네가 며칠 일 좀 해야겠네. 우선 인력거는 끌 필요 없어. 저놈들," 류쓰예가 뜰에 대고 손가락질을 하며 이렇게 말했다. "믿을 만한 놈이 하나도 없어. 저놈들 건들거리며 소란 피우는 꼴은 정말 눈 뜨고 못 보겠어. 자네가 도와주게. 나한테 물어볼 필요 없이 알아서 일하면 되네. 먼저 눈부터 쓸게나. 점심에 '훠궈火鍋(중국식 전골)'로 한 턱 쓰지."

"네, 쓰예!"

샹즈는 모든 것을 체념했다. 이왕지사 이렇게 된 것, 모든 걸 이 류씨 부녀에게 맡기리라. 날 어떻게 요리해도 좋아. 운명을 받아들여야지!

"내가 뭐랬어요?" 후니우가 때맞춰 안으로 들어왔다.

"그래도 샹즈만한 사람이 없댔죠? 다른 사람들은 형편없다니까요."

류쓰예가 웃었다. 샹즈는 고개를 더 밑으로 떨구었다.

"자, 샹즈!" 후니우가 밖에서 그를 불렀다.

"여기 돈! 먼저 빗자루 좀 사와. 대나무 빗자루가 좋겠어. 눈이 잘 쓸리거든. 빨리 쓸어야 돼. 오늘 천막 치는 사람이 온댔어."

자기 방으로 간 후니우는 샹즈에게 돈을 세어주며 나지막한 소리로 말했다.

"정신 바짝 차리고, 영감 비위 좀 맞춰! 그래야 일이 잘 풀리지."

샹즈는 아무 말도 없었다. 화도 내지 않았다. 마음이란 게 없어진 것 같았다. 아무것도 생각하지 않으리라. 그냥 되는 대로 하루하루 살아갈 것이다. 먹을 것이 있으면 먹고 마시고, 일이 있으면 일하고, 계속 손발을 놀리다보면 하루가 갈 것이다. 그저 아무것도 모르고 방아를 돌리는 나귀처럼 그렇게 사는 것이 가장 좋으리라.

그 역시 자기가 뭘 하든 신나지 않을 것이란 사실을 느낄 수 있었다. 생각도 하지 않고 말도 하지 않았으며, 화도 내지 않았다. 그러나 언제나 가슴 속에 큰 덩어리 하나가 꽉 들어찬 것만 같았다. 일할 때는 잠시 잊을 수 있었지만 틈만 나면 그 덩어리가 느껴졌다. 부드럽지만 커다랗고, 일정한 맛도 없지만 목을 꽉 메게 하는 해면 같은 놈이었다. 그 덩어리가 마음을 꽉 틀어막고 있으니, 그는 옴짝달싹할 수 없어 그저 밤이 되어 곯아떨어질 때까지 죽어라 일만 했다. 밤은 꿈에 맡기고 낮은 두 손과 발에 맡기니, 그는 마치 일만 하는 죽은 자 같았다. 그는 눈을 쓸고, 물건을 사고, 가스등을 맞추고, 인력거를 닦고, 책상과 의자를 옮기고, 류쓰예가 주는 특식을 먹고, 잠을 잤다. 아무 말도 생각도 없이 지냈다. 다만 어렴풋이 그 해면 덩어리를 느낄 뿐이었다.

눈을 다 쓸고, 지붕 위의 눈도 다 녹아내리자, 천막 치는 이가 소리를 지르며 집 위로 올라가 천막 기둥을 설치했다. 정원을 에워쌀 바람막이 천막은 삼면이 처마, 삼면이 난간에, 삼면이 또한 유리 창문으로 된 것을 주문했다. 천막 안에 유리 칸막이를 하고, 족자를 걸고, 나무가 있는 부분은 모두 빨간 천으로 감쌌다. 정문 옆에 채색 비단을 늘어뜨리고, 주방은 뒤뜰에 마련했다. 류쓰예는 아홉 수의 생일을 축하하며 떠들썩하게 일을 치르기 위해 무엇보다 먼저 그럴 듯한 천막을 마련했던 것이다.

천막장이는 해가 짧으니 우선 천막 뼈대만 만들어두고 난간, 천 두르기, 천막 안 장식과 문 앞에 채색 비단을 거는 일은 다음날 아침에 하겠다고 했다. 류쓰예는 이 일로 천막장이에게 몹시 화가 난 모양이었다. 그의 얼굴은 온통 시뻘개져 있었다. 그는 샹즈에게 가스등과 주방에 관련한 일은 절대 시간을 어기지 못하도록 재촉하라고 했다. 사실 이 두 가지는 시간을 못 맞출 일도 아니었는데 영감은 맘을 놓을 수 없었다. 샹즈가 심부름을 마치고 막 돌아오자 이번엔 마작패를 서너 벌 빌려오라고 했다. 경삿날 신나게 한 판 도박을 해야 한다고 말이다. 마작패를 빌려오고 나니 또다시 유성기를 빌려오라고 시켰다. 생일 잔치에 시끌시끌 소리가 좀 울려퍼져야지.

샹즈의 두 다리는 잠시도 쉴 틈이 없었다. 밤 11시까지 심부름은 계속되었다. 인력거 끄는 일이 습관이 되다보니 빈손으로 걷는 게 뛰는 것보다 더 힘들었다. 한바탕 갔다오면 다리를 들어올릴 수 없을 정도로 아팠다.

"사람하고는! 대단해! 내게 자네 같은 아들 하나만 있으면 몇 년 일찍 죽으라고 해도 좋을 텐데! 가서 쉬게. 내일 또 일이 있으니!"

후니우가 한쪽에서 샹즈를 향해 눈을 껌뻑거렸다.

다음날 아침, 천막장이가 다시 일을 하러 와서 채색 족자를 걸었다. 족자에는 '삼국'의 전투 장면인 삼전여포三戰呂布(유비, 관우, 장비

등 세 명이 여포와 싸우는 장면), 장판파長坂坡 전투 장면(장판파에서 조자룡이 싸우는 장면), 이릉 대전의 화소연영火燒連營 장면(육손陸遜이 촉나라 진영을 불태우는 장면) 등이 그려져 있었다. 주인공들은 모두 얼굴에 경극 분장을 한 채 말을 타고 칼과 창을 들었다. 고개를 쳐들고 족자를 쓱 훑어보던 류 영감은 매우 만족스러운 모습이었다. 곧이어 가구점 사람이 와서 가구를 내려놓았다. 천막 안에 여덟 개의 자리가 마련되었다. 식탁 세트, 방석이며 의자보 모두 꽃 그림이 수놓인 빨간 천이었다. 잔치 대청을 정방에 차렸다. 향로와 촛대 모두 경태람景泰藍(명나라 경태 연간에 북경에서 대량으로 제작되기 시작한 공예품으로 남색을 띰)이었다. 탁자 앞에는 붉은 카펫을 네 장 깔았다. 류 영감이 샹즈에게 상에 올릴 사과를 사오도록 했다. 후니우가 몰래 그에게 2원을 찔러주며 생일용 복숭아와 면을 사오라고 했다. 복숭아에 팔선八仙(고대 중국 전설에 나오는 여덟 선인)을 올려 그건 샹즈가 마련한 것이라 말하라고 일렀다. 사과를 사온 뒤 곧바로 상을 차렸다. 잠시 후 생일 복숭아와 국수도 도착해, 사과 뒤에 진열하였다. 커다란 생일용 복숭아는 끝이 붉은데다 팔선인까지 꽂아놓으니 상이 아주 근사하게 보였다.

"샹즈가 드리는 거예요. 얼마나 심지가 깊은지 보세요."

후니우는 아버지 귀에 대고 샹즈를 치켜세웠다. 류쓰예가 샹즈를 보며 웃었다.

생일잔치 대청 정중앙에 커다란 '수壽' 자가 아직 걸리지 않았다. 관례대로라면 친구들이 해주는 것으로, 장본인이 직접 준비할 필요가 없었다. 하지만 아무도 보내주는 이가 없자 류쓰예는 조급한 나머지 또 버럭 화를 냈다.

"사람들 경조사마다 항상 내 일처럼 먼저 뛰어갔건만, 이젠 모두 나 몰라라 하는 거야! 개새끼들!"

"내일 26일에나 손님이 올 텐데, 뭐가 그리 급하세요?"

후니우가 위로했다.

"한 번에 쫙 차려져야지. 감질나고 마음 졸아붙어 살 수가 있나. 샹즈에게 말해 가스등은 오늘 달게 해. 자식들, 4시 지나서도 오지 않으면 죽을 줄 알아!"

"샹즈, 가서 재촉 좀 해!"

후니우가 일부러 샹즈에게 자꾸 의지하는 척, 아버지 앞에서 언제나 샹즈를 불러 일을 시켰다. 샹즈는 군소리 한 마디 않고 일을 처리하러 갔다.

"제가 그러기에 뭐랬어요, 아빠." 후니우가 입을 삐죽거리며 말했다. "아들이 있으려면 나 아니면 샹즈 같아야 한다니까요. 내가 딸로 태어난 게 아쉬울 뿐이지만 어떻게 해요. 방법이 없잖아요. 사실 샹즈 같은 수양아들 하나 있는 것도 나쁘진 않죠? 하루 종일 엉덩이 한 번 안 붙이고 일을 하잖아요!"

류쓰예는 아무 대답 없이 잠깐 생각에 잠겼다.

"유성기는? 틀어봐라!"

어디서 빌려온 유성기인지, 무척 낡아 소리가 나올 때마다 마치 고양이 꼬리를 밟은 것처럼 찍찍 날카로운 소리를 냈지만 류쓰예는 그저 소리가 나기만 하면 되는 듯 신경을 쓰지 않았다.

오후가 되자 모든 것이 준비되었다. 다음날 요리사만 오면 그만이었다. 류쓰예는 집 안을 한 바퀴 둘러보며 그 알록달록한 모습에 고개를 끄덕거렸다. 그날 저녁 그는 천순天順 연탄가게 사장을 불러 장부를 관리해달라고 부탁했다. 사장은 성이 '펑'으로 산서 사람인데 장부를 아주 꼼꼼하게 관리했다. 펑 선생이 금방 건너와 샹즈에게 장부 두 권과 축의용 붉은 종이 한 장을 사오라고 하더니 붉은 종이를 잘라 '수壽'자를 몇 개 써서 여기저기에 내다붙였다. 류쓰예는 펑 선생이 정말 꼼꼼하다고 생각하며 다른 사람 둘을 더 불러 그와 마작을 몇 판 두려고 했다. 하지만 펑 선생은 류쓰예가 얼마나 지독한 사람인지 알고 있었기 때문에 마작 초대에 응하지 않았다. 마작을 못하게 되자 조금 신경질이 난 류쓰예는 인력거꾼 몇 명을 불렀다.

"노름 한 판 해볼라나?"

모두 마음은 있었지만 쓰예와 대적할 용기가 나지 않았다. 전에 그가 노름을 했었다는 걸 모르는 이가 어디 있단 말인가!

"꼴들 하고는. 대체 세상을 어떻게 산 건지!" 류쓰예가 화를 냈다.

"내가 니놈들 나이 땐 주머니에 땡전 한 푼 없어도 달려들었어. 지는 건 나중 일이고, 자, 어서 붙어!"

"동전도 될까요?"

한 인력거꾼이 쭈뼛거리며 이렇게 물었다.

"그 동전은 넣어둬. 내가 애들이나 구슬려 놀 사람인가!"

영감은 단번에 차 한 잔을 삼키고 대머리를 쓰다듬었다.

"됐어, 나라도 오지 않을 거야. 사람들에게 일러. 내일 저녁 나절엔 친구랑 친척들이 올 테니 4시 전에 모두 인력거를 거두라고 해. 괜히 들락거리느라 야단법석 떨지 말고. 내일 사납금은 필요없으니 4시에 인력거 다 들여놔. 그냥 하루 공짜로 해주는 거니까, 모두 마음으로나마 날 위해 좋은 말들을 생각하라고 해. 양심 없이 굴지 말고. 모레는 생일이니까, 아무도 인력거는 못 끌어. 아침 8시 반에 먼저 한 상 차려준다고 해. 대접 여섯 개, 중자 두 개, 작은 접시 네 개, 냄비 요리 하나야. 해줄 만큼 해주는 거다! 모두 두루마기 입고 와. 꼬질꼬질하게 입고 나타나면 쫓겨날 줄 알라고! 다 먹고 나면 손님들 대접하게 모두 꺼져야 해. 손님들은 특대 대접 세 개에 고기 냉채 여섯 개, 볶음 요리 여섯 개, 대자 대접 네 개, 냄비 요리 하나야. 미리 일러두었으니, 괜히 군침들 삼키지 말라고! 손님은 손님이고, 너희들에겐 뭐 받을 생각도 없어. 하지만 양심 있는 놈은 10전짜리 동전 열 개라도 내놓으라고 해. 적다고 흉보진 않을 테니. 한 푼도 안 내놓을 놈은 와서 절이라도 세 번 하라고 해. 그것도 받아주지. 대신 예의바르게 말이야, 알았어? 저녁에도 먹고 싶거들랑 6시 이후에 들어와. 적든 많든 남은 건 다 줄 테니. 대신 절대 그 전에 들어와선 안 된다고 전해. 알아들었어?"

"내일 오후반 사람도 있어서 4시 이전은 불가능한데요?"

한 중년 인력거꾼이 말했다.

"그러면 그 사람들은 11시 이후에 들어오라고 해. 어쨌거나 사람들 있을 때 북적거리면 안 돼. 너흰 인력거꾼이야. 너희랑 나는 부류가 다르다고! 알았어?"

모두 할 말이 없었다. 그러나 방에서 나갈 구실도 없고, 그렇다고 그 자리에 멍하니 서 있자니 머쓱하기만 했다. 류쓰예의 말에 사람들은 속이 부글거렸다. 하루 공짜로 인력거를 모는 건 좋지만 말을 해도 원! 생일잔치 하는데 인력거꾼들은 쥐새끼들처럼 모두 숨어 있으라니. 게다가 27일에 모두 인력거를 끌지 말라는 것은 또 뭐야. 대목이라 모두들 장사가 한창인데, 류쓰예야 하루쯤 수입을 포기할 수 있겠지만 모두 하루를 허탕치라니, 가당키나 한 일인가! 모두들 화가 났지만 감히 입도 열지 못하고 그 자리에 서 있었다. 물론 마음속으로 류쓰예를 위해 좋은 말을 떠올리는 이도 없었다.

후니우가 샹즈를 잡아끌었다. 샹즈가 그녀를 따라 밖으로 나갔다. 사람들은 마치 화를 풀 구멍을 찾은 것처럼 모두 샹즈의 뒷모습을 노려보았다. 요 며칠 동안 사람들은 샹즈야말로 류씨 집의 개 같은 존재, 죽어라 류씨에게 붙어 고된 일도, 다른 이의 원망도 달게 받는 잡심부름꾼이란 생각을 하고 있었다. 샹즈는 이런 눈길을 전혀 느끼지 못했다. 류씨네 집안일을 하는 것은 그저 마음의 번뇌를 이겨내기 위한 것일 뿐이었다. 또한 저녁에 그들과 이야기를 하지 않은 것은 할 말이 없었기 때문이다.

그들은 샹즈의 억울한 사정을 전혀 모르고 있었다. 그저 샹즈가 류쓰예에게 아부를 떠느라 그들과 이야기도 나누지 않는다고 생각했다. 특히나 후니우가 샹즈를 대하는 모습을 보면서 그들은 속이 뒤틀렸다. 지금 일만 해도 그렇다. 류씨 영감은 그들에게 생일잔치에 들락거리지 말라고 했지만 샹즈는 분명히 하루 종일 좋은 것만 먹을 것이 뻔하지 않은가. 똑같이 인력거꾼인데, 왜 차별을 하는 거야? 저것 봐. 후니우가 또 샹즈를 불러내잖아. 모두 눈으로 샹즈를 따라가다 다리까지 들썩거리더니, 멋쩍은 듯 느릿느릿 밖으로 나왔다. 후니우가 샹즈와 등 아래서 말을 나누고 있었다. 모두 서로를 바라보며 고개를 끄덕였다.

14

류씨 영감의 생일잔치는 제법 성황을 이루었다. 이처럼 많은 사람들이 축하를 해주러 오다니 대만족이었다. 무엇보다 옛 친구들이 대거 축하하러 왔다는 사실에 영감은 뿌듯함을 감출 수 없었다. 그 친구들을 보자 류 영감은 자신이 성황리에 연회를 마쳤다는 사실, 그리고 예전과 확연히 달라진 자신의 모습을 확인할 수 있었다. 옛 친구들은 차림새가 남루했지만 류쓰예의 마고자와 두루마기는 모두 새 것이었다. 당시 그보다 부자였던 몇몇 친구들은 20~30년이 지나는 사이 점점 수준이 낮아져 지금은 끼니조차 잇기 힘든 형편이었다.

그들과 자신이 마련한 천막과 생일축하 연회, 장판파 그림, 특대 대접이 세 개나 올라간 잔칫상을 번갈아 바라보며 그는 자신이 확실히 그들보다 높은 위치에 있다는 사실을 깨달았다. 자신의 위상이 달라진 것이다. 노름만 해도 그렇다. 그가 준비한 마작이 야바위 노름보다 훨씬 고상하지 않은가.

하지만 이 떠들썩한 연회 속에서도 뭔가 한 가지 그의 마음을 허전하게 하는 게 있었다. 독신 생활에 익숙해지다보니, 그는 생일날 찾아올 손님들이 그저 가게 주인들이나 예전에 사귄 건달들일 거라고 생각했다. 그러나 뜻밖에 여자 손님들도 있었다. 후니우가 그들을 대접하긴 했지만 그는 문득 쓸쓸함을 느꼈다. 아내도 없고, 딸이라고 하나 있는 게 꼭 남자 같기만 하니……. 후니우가 아들이라면 당연히 벌써 장가를 가서 아이가 있을 것이다. 만약 홀아비라도 이렇게 쓸쓸하진 않았을 것이다. 그래, 아무것도 부족한 게 없는데, 아들이 없어. 나이가 들수록 아들을 가질 희망은 줄어든다. 생일을 맞은 게 기쁘긴 했지만 어쩐 일인지 눈물이 나오려고 했다. 자기가 아무리 높은 지위에 올랐다고 해도 사업을 이을 후계자가 없다면 이거야 말로 모두 허사가 아닌가?

오전에는 기분이 정말 좋았다. 그의 생일을 축하하는 사람들 앞에서 류쓰예는 그럴 듯한 모습으로 인사를 받았다. 마치 무리 중에 으뜸가는 역전 영웅 같았다. 그러나 오후 들어 이런 기분이 와르르 무너지기 시작했다. 여자 손님들이 데리고온 아이들을 보니 부럽기도 하고, 질투도 났다. 아이들에게 살갑게 굴지 못하는 자신이 유별난 사람처럼 느껴졌다. 화가 났지만 그 자리에서 화를 낼 수는 없는 일이었다. 자기는 세상 이치에 통달한 사람이니, 친족이나 친구들 앞에서 추태를 보일 수도 없었다. 그는 빨리 하루가 지나 이런 고약한 분위기에서 벗어나고 싶었다.

또 하나, 즐거운 분위기 속에 눈에 거슬리는 일이 있었으니, 아침나절 인력거꾼에게 상을 차려줄 때 샹즈가 사람들과 시비가 붙을 뻔한 것이었다.

8시가 조금 넘어 밥상이 차려졌지만 인력거꾼들은 모두 찜찜한 표정이었다. 어제 저녁 하루치 사납금을 면제받긴 했지만 오늘 빈손으로 상을 받으러 온 건 아니었다. 10전, 40전 모두 나름대로 축의금을 가지고 왔다. 평소 모두가 힘으로 먹고 사는 인력거꾼이고, 류쓰예가 인화차창의 주인이기는 하지만, 어쨌거나 오늘은 그들이 손님이니 이런 대접은 부당하다. 먹고 바로 꺼지는 것도 모자라 인력거도 끌지 말라니, 연말 대목 아닌가!

샹즈는 자신은 먹고 꺼지는 부류에 속하지 않는다는 것을 잘 알고 있었지만, 인력거꾼들과 같이 식사를 하고 싶었다. 일찍 밥을 먹어야 일을 시작하기 쉬운 탓도 있지만 사람들과 잘 어울리고 싶은 마음도 있었다. 그러나 모두 함께 앉은 자리에서 류쓰예에 대한 사람들의 불만이 모두 그에게 쏟아졌다. 자리에 앉자마자 누군가 이렇게 말했다.

"이봐, 자넨 귀한 손님이잖아. 어떻게 우리랑 같이 앉아?"

샹즈는 그저 '헤' 하고 웃을 뿐, 상대가 하는 말이 무슨 뜻인지 이해하지 못했다. 며칠 동안 한담을 나눠본 적이 없었던 그는 다른 일에 별 신경을 쓰지 않는 것 같았다.

모두 류쓰예에게는 감히 화를 낼 수가 없었다. 그냥 한 입이라도 더 먹을 수밖에. 음식은 맛 없어도 술은 제한이 없었다. 생일 축하주 아닌가! 그들은 약속이나 한 듯 술로 화를 풀었다. 무턱대고 술만 마시는 이, 시권猜拳(두 사람이 동시에 손가락을 내밀어 각기 한 숫자를 말하는데, 말한 숫자와 쌍방이 내민 손가락 총수가 같으면 이기는 것으로 진 사람이 벌주를 마시는 놀이.—옮긴이) 놀이를 하는 사람도 있었다. 쓰예는 그것까지 막을 수가 없었다. 샹즈는 사람들이 술을 마시자 어울리지 않는 것도 영 어색하고 해서 그들을 따라 두어 잔을 마셨다. 계속 술이 들어가자 사람들의 눈이 벌게지면서 입도 걸어지기 시작했다. 누군가 입을 열었다.

"이봐 낙타 샹즈, 일 한 번 끝내주는 걸 맡았어. 하루 종일 배불리 먹고, 영감님과 아가씨 시중이나 들고 말이야. 내일부턴 인력거 끌 필요도 없겠지. 시중이나 드는 게 제일 낫지 않아!"

샹즈는 그의 말뜻을 알아들었지만 마음에 담아두지 않았다. 인화차창에 들어오면서 더이상 영웅 흉내는 내지 않기로, 모든 것을 하늘의 뜻에 맡기기로 결심했다. 말하고 싶은 대로 지껄이라지. 그는 그냥 화를 삼켰다. 그러자 누군가 다시 입을 열었다.

"샹즈는 이제 우리랑 달라. 모두 힘으로 먹고살지만 샹즈는 내공으로 먹고산다고!"

모두 폭소를 터뜨렸다. 샹즈는 모두가 자신을 흉보고 있다는 걸 느낄 수 있었다. 하지만 그가 겪은 온갖 모욕에 비하면 이런 비아냥 몇 마디 정도는 참을 수 있었다. 그는 아무 말도 하지 않았다. 옆 식탁에 있던 사람이 이때다 싶었는지, 목을 길게 빼고 소리를 질렀다.

"샹즈, 내일이라도 차주가 되면 우리 잊지 마라!"

샹즈는 아무 말도 하지 않았다. 그러자 샹즈와 같은 식탁에 있던 사람이 입을 열었다.

"말 좀 해보지 그래, 낙타."

샹즈가 얼굴이 벌개지며 나지막한 소리로 말했다.

"내가 어떻게 차주가 돼요?"

"흥, 왜 안 돼. 보아하니 얼씨구 지화잔데!"

샹즈는 '얼씨구 지화자'가 무슨 뜻인지 알 수가 없었다. 그러나 직감적으로 그 말이 자신과 후니우의 관계를 가리키는 말임을 알 수 있었다. 벌개졌던 그의 얼굴이 점점 하얗게 변하기 시작했다. 조금 전까지 참고 있던 온갖 모욕적인 말들이 한꺼번에 그의 마음에 치밀어 올랐다. 며칠 동안 모른 척했던 일들을 더이상 내버려둘 수가 없었다. 마치 꽉 차있던 물이 틈을 발견한 것처럼 한꺼번에 밀려나왔다. 바로 그때, 한 인력거꾼이 그의 얼굴을 가리키며 말했다.

"샹즈, 너야말로 벙어리가 배 채우는 식으로, 속으론 다 생각이 있는 거 아냐? 어때? 어디 직접 이야기 좀 해보시지, 샹즈?"

샹즈가 갑자기 벌떡 일어섰다. 얼굴이 하얗게 질린 그가 방금 전 사람에게 이렇게 물었다.

"나가서 이야기하지! 어때?"

순간 모두가 뜨끔했다. 확실히 모두 샹즈를 흉보고 놀리며 생떼를 부리긴 했지만 한 판 붙을 마음은 없었기 때문이다. 숲속에서 짹짹거리던 새가 매 한 마리를 본 것처럼 정적에 휩싸였다. 자리에서 일어나 있던 샹즈는 다른 사람들을 내려다보며 자기만 고립됐다는 생각을 했다. 아직 화가 난 채였던 그는 모두가 덤벼들어봤자 자신의 적수가 될 수 없다고 생각했다. 샹즈가 단호한 목소리로 말했다.

"한 판 붙어볼 사람 없어?"

모두 조금 지나쳤다 싶었는지 일제히 이렇게 말했다.

"됐어, 샹즈. 그냥 놀린 걸 가지고!"

류쓰예가 그들을 발견했다.

"앉아, 샹즈!" 그리고 모두를 향해 다시 이렇게 말했다.

"성실한 사람한테 이게 무슨 몹쓸 짓이야. 성질 돋우면 네 놈들 모두 쫓아내버릴 거야! 어서 먹기나 해!"

샹즈가 자리를 떴다. 모두 류 영감을 흘겨보며 밥을 먹기 시작했다. 잠시 후 사람들은 고비를 넘긴 숲속의 새들처럼 다시, 그러나 조용히 재잘거리기 시작했다.

샹즈는 입구에 한참을 쪼그리고 앉아 그들을 기다렸다. 누구라도 다시 헛소리를 하는 놈이 있으면 한 방 먹여야지! 이제 아무것도 남지 않았는데 앞뒤 가릴 것 없어!

삼삼오오 짝을 지어 나오는 사람들 가운데 그에게 신경을 쓰는 이는 아무도 없었다. 싸움은 못했지만 샹즈는 그래도 화가 좀 풀렸다. 그러나 그는 오늘 일로 인해 또 많은 사람들에게 미움을 받았다는 것을 깨달았다. 평소 벗이 없어 고충이 있어도 하소연할 데가 없는데, 또 사람들에게 미움을 사다니! 그는 조금 후회가 됐다. 조금 전에 먹은 음식이 내려가질 않고 살살 아프기 시작했다. 그는 자리에서 일어났다. 무슨 상관이야. 하루가 멀다 하고 쌈박질에 굶기 일쑤여도 재미있게들 살잖아? 성실하고 바르게 사는 것이 반드시 좋은 건가? 그렇게 생각하자 그의 마음속에 이제까지와는 또 다른 길이 떠올랐다. 그 길 위의 샹즈는 전에 그가 희망하던 것과는 완전히 다른 모습이었다. 보는 사람마다 친구가 되고, 어디서나 남 덕을 보고, 다른 사람에게 차도 얻어 마시고, 담배도 얻어 피우고, 빌린 돈도 갚지 않고, 자동차를 봐도 피하지 않고, 아무 데나 오줌을 갈기고, 하루 종일 순경들을 조롱하다가 유치장에 끌려가 2~3일 신세를 져도 별스럽지 않은 사람. 그래, 그런 인력거꾼들도 즐겁게 잘만 산다. 적어도 샹즈보다……. 좋아. 성실하고, 규범적이고, 강인하게 사는 일이 다 무용지물이라면 이런 무뢰한이 되는 것도 나쁘진 않아. 나쁘기는커녕, 뭔가 사내 대장부같은 기개가 느껴졌다. 아무것도 두렵지 않다. 절대 고개를 숙이고 말도 못한 채 당하지는 않으리라. 좋아. 그렇게 해야지! 악질도 다 처음엔 좋은 사람이었다고! 이제는 오히려 아까 싸움을 하지 않은 게 후회가 됐다. 하지만 뭐, 바쁠 것 없어. 앞으론 절대 누구에게도 고개를 숙이지 않을 거야.

역시 류쓰예의 눈은 속일 수 없었다. 요즘 들어 자신이 직접 보고 들은 것들을 모두 모아 생각해보면 빤히 알 수 있는 일이었다. 요 며칠, 딸년이 유난히 말을 잘 듣는다 했어! 흥! 샹즈가 돌아왔다 이거지! 딸년 눈을 보니 온종일 샹즈 뒤꽁무니만 따라다니더구만. 이런 생각이 들자 그는 더욱 자신이 처량하게 느껴졌다. 아들이 없으니 떠들썩하게 가정을 꾸릴 수도 없고, 딸마저 사내를 따라가버리면! 자신은 평생을 괜히 헛수고한 것이 되지 않겠는가! 샹즈, 사람이야 괜찮지. 하지만 사위를 고르는 건 또 다른 일이야. 모자라도 한참 모자라는 녀석인데! 게다가 썩어빠질 인력거꾼이라니! 한평생 동분서주하며 패싸움도 하고, 고문도 당해보고 안 해본 것 없이 다 해봤는데, 다 된 밥에 콧물을 떨어뜨려도 유분수지, 시골 촌뜨기 놈에게 딸에다가 재산까지 다 넘겨주라고? 어디서 거저 먹으려고! 설사 그런 일이 생긴다 해도 나한테서 한 푼이라도 가져갈 생각은 꿈에도 마라! 이 류쓰예가 어려서부터 얼마나 고집쟁이였는데!

오후 3~4시 후에도 계속 손님이 들었다. 류 영감은 이제 흥이 나지 않았다. 손님들이 정정한 모습을 부러워하며 칭찬을 했지만 그는 별로 기분이 내키지 않았다.

등불을 켜자, 손님들이 하나둘씩 빠져나갔다. 가까운 데 살거나 교분이 두터운 사람 10여 명만 자리를 뜨지 않고 마작을 하기 시작했다. 가스등 불빛에 반사돼 푸른 빛을 띠는 텅 빈 천막, 깔개를 치운 탁자들을 바라보며 류 영감은 적막하고 무료한 기분에 사로잡혔다. 자신이 죽은 뒤에도 이렇지 않을까. 그저 경사용 천막이 하얀 천막으로 바뀌는 것뿐, 관 앞에는 상복을 입고 꿇어앉을 아들 손자놈도 하나 없고, 아무 상관없는 몇몇 사람이 마작을 두며 밤을 새우고 있을 테니! 그는 아직 남아 있는 손님을 다 내몰고 싶었다. 아직 숨이 붙어 있을 때 위엄을 부려야지!

하지만 친구들에게 분풀이를 하기는 미안했다. 그의 분노는 딸에게로 옮아갔다. 딸이 자꾸만 눈에 거슬렸다. 샹즈는 천막 안에 앉아 있었다. 꼭 개 같은 모습을 하고선. 불빛에 비친 얼굴 흉터가 마치 옥처럼 반질거렸다. 꼴 같지도 않은 이 연놈 한 쌍을 어찌 봐줄 것인가!

외모 따윈 전혀 신경을 쓰지 않던 후니우가 오늘은 머리부터 발끝까지 단장을 하고 그럴 듯한 모습으로 손님을 맞이했다. 사람들에게 칭찬을 받고 싶은 마음도 있었지만 샹즈 앞에서 맵시를 보이려 것이다. 오전 나절엔 그녀도 그런대로 재미가 있었다. 그러나 정오가 지나자 조금씩 피곤해지면서 모든 것이 지겨웠다. 누구한테라도 한바탕 욕을 퍼붓고 싶은 심정이었다. 저녁이 되자 후니우의 인내심은 바닥이 났다. 어찌나 얼굴을 찌푸렸는지 두 눈썹이 바짝 치켜올라갈 정도였다.

7시가 넘자 류 영감은 조금씩 노곤해지기 시작했다. 하지만 노익장을 과시하며 자러 가지 않았다. 사람들이 그를 마작판으로 끌어들였다. 기운이 없다고 말하기 싫었던 그는 마작은 재미가 없고, 야바위나 천구天九(골패 32개로 네 사람이 하는 도박 이름.—옮긴이)를 좋아한다고 말했다. 사람들이 중도에 놀이를 바꾸려들지 않자 그는 그냥 사람들 곁에 앉아 있는 수밖에 없었다. 정신을 차리기 위해 그는 술을 몇 잔 더 마셨다. 그는 말 끝마다 식사를 충분히 못했다고 투덜댔고, 요리사가 돈만 많이 받아먹었지 음식이 풍성하지 않다고 불평을 늘어놓았다.

음식 투정에서 시작된 그의 심통은 낮에 만족스럽게 느꼈던 일들까지 모두 뒤엎어버렸다. 천막, 식탁, 요리사, 기타 나머지 모든 것들이 싸구려로, 자기만 바가지를 썼으니 이처럼 억울한 일이 있나!

계산을 맡은 펑 선생은 이미 장부 정리를 다 마친 상태였다. '수壽'

자 휘장 25개, 생일축하 국수와 복숭아 세 개, 술 한 단지, 생일축하용 초 두 쌍, 축의금 20원 정도였다. 수는 적지 않지만 대부분 동전 40매나 10전짜리 대양大洋(1원짜리 은화 이름. — 옮긴이) 하나였다.

보고를 들은 류 영감은 더 화가 났다. 그럴 줄 알았으면 '야채 볶음면' 이나 준비할걸. 특대 대접 세 그릇을 받아놓고선 10전을 내는 인정이 어디 있나? 이거야말로 늙은 영감을 골탕 먹인 게 아니고 뭔가! 앞으로는 절대 잔치를 벌이지 말아야지. 친척, 친구놈 할 것 없이 그저 맨 입으로 먹으려고만 하고. 나이 예순아홉 평생을 야무지게 살았는데 잠깐 머리가 돌아서 이 썩을놈들에게 음식을 대접하다니! 류 영감은 생각하면 할수록 화가 났다. 낮에 느꼈던 그 흐뭇함마저 멍청한 일처럼 느껴졌다. 그의 입에서 이제는 쓰지도 않는 구닥다리 욕까지 모조리 총동원되어 흘러나왔다.

친구들이 아직 가지 않았기에 후니우는 아버지의 막말을 막으려 했다. 그러나 사람들은 수중에 들고 있는 패에 정신이 팔려 주절대는 아버지에게는 별로 주의를 기울이지 않는 것 같았다. 말을 꺼내기도 그렇고, 오히려 사서 일을 만들까봐 후니우는 그냥 주절거리게 내버려두면 적당히 넘어가겠지 하고 생각해버렸다.

그런데 이게 웬일, 아버지의 비난은 후니우에게 화살이 옮겨갔다. 생신을 차려드리느라 며칠씩이나 정신없이 바빴는데 칭찬은커녕 욕을 먹다니, 그냥 넘어갈 수 없었다. 예순아홉, 아니 일흔아홉 생신이라고 해도 할 말은 해야지! 후니우는 즉시 대꾸를 했다.

"아버지가 직접 돈 쓰고 일을 벌여놓고, 왜 절 가지고 난리세요?"

반격을 당한 류 영감은 정신이 번쩍 들었다.

"왜 널 가지고 난리냐고? 이게 다 너 때문이야! 내 눈이 모양으로 달린 줄 알아?"

"하루 종일 고생을 했는데, 나한테 분풀이를 하시네? 어디! 말해보세요, 뭘 봤다고 그래요?"

후니우는 피곤함도 다 잊은 채 사납게 대들었다.

"내 눈치볼 생각일랑 접어! 눈은 시뻘겋게 달아올라가지고! 뭘 봤냐고? 난 진작부터 다 알고 있었어!"

"내가 왜 눈이 달아오르는데요?"

후니우가 고개를 저으며 말했다.

"대체 뭘 봤다고 그래요?"

"내 말이 틀렸다는 거냐?"

류 영감이 천막을 가리켰다. 샹즈가 허리를 구부린 채 바닥을 쓸고 있었다.

"그 사람이 뭐요?"

후니우는 뜨끔했다. 노인네 눈이 이렇게 예리할 줄이야.

"흥! 그 사람이 뭐요?"

"모르는 척 할 것 없어!"

류 영감이 자리에서 일어났다.

"저놈과 애비 중에 하나만 선택해. 속 시원히 말해봐. 난 네 애비야! 당연히 내가 관여를 해야지!"

후니우는 아버지가 이렇게 빨리 알아챌 줄은 꿈에도 예상하지 못했었다. 계획이 반도 성사가 안 됐는데, 아버지가 벌써 눈치를 채다니! 어떡하지? 후니우의 얼굴의 빨개졌다. 거무죽죽한 얼굴이 붉게 달아오르고, 거기에 거의 다 지워진 화장까지 겹쳐 푸른 빛을 받으니 마치 푹 삶은 돼지 간처럼 얼굴색이 지저분했다. 후니우는 기운이 빠졌다. 아버지의 일격에 화가 나는데도 좋은 생각은 나지 않고, 심정이 복잡하기만 했다. 하지만 그대로 물러날 수는 없었다. 아무리 심란해도 곧 방법이 떠오를 것이다. 어설픈 생각이라도 전혀 대책이 없는 것보다는 낫다. 이제껏 그 누구 앞에서도 약해진 적이 없었다. 좋아, 아예 다 까놓고 말해버리자. 이 한 번에 승부를 거는 거야!

"오늘 다 털어놓는 것도 좋겠죠. 그렇다고 하면 아버진 어쩔 건데요? 이번엔 제가 들을 차례죠. 아버지가 먼저 들고 나온 거예요. 내가 화나게 만들었다고 하지 마세요!"

마작을 두던 사람들도 부녀가 말다툼하는 소리를 들었지만 다른 일에 신경을 쓰고 싶지 않았다. 말 소리에 신경을 쓰지 않으려고 마작패를 더 요란하게 다루고 소리를 질렀다. 그들은 '홍중紅中'(마작의 삼원패 가운데 하나.—옮긴이)이라고 외치며 마작패를 힘껏 내리쳤다.

샹즈는 모든 상황을 알고 있었지만 여전히 고개를 숙인 채 바닥만 쓸었다. 그는 마음속으로 수가 틀리면 그들을 가만 놔두지 않으리라고 다짐했다.

"정말 날 환장하게 만드는구나!" 노인의 눈이 동그래졌다.

"이렇게 날 죽인 다음 돈을 가져가려고? 꿈도 꾸지 마, 아직도 몇 년은 더 살아!"

"생트집 잡지 마세요. 어떡하실 거예요?"

후니우는 가슴이 철렁 내려앉았지만 그래도 세게 나갔다.

"어떡할 거냐고? 말하지 않았어? 저놈과 나 중 하나를 택하라고! 난 썩어빠질 인력거꾼 놈에게 좋은 일 시키는 짓은 절대 하지 않아!"

샹즈가 빗자루를 내던지며 허리를 폈다. 그리고 류쓰예를 똑바로 바라보며 이렇게 물었다.

"누굴 말하시는 겁니까?"

류 영감이 웃음을 터뜨렸다.

"하하, 네 녀석이 나한테 대들어? 너지 누구야? 어서 꺼져! 괜찮은 놈 같아 체면을 봐줬더니 네가 분수를 모르고 까불어? 내가 예전에 뭘 했는지 듣지도 못했어? 꺼져! 다시는 내 눈앞에 나타나지 마. 뭘 거저먹으려고 찾아들어, 찾아들길?"

영감의 목소리가 너무 컸는지, 인력거꾼 몇 명이 몰려들었다. 마작하던 사람들은 영감이 또 인력거꾼들과 다투는 줄 알고 아예 고개도 돌리지 않았다.

말주변이 없던 샹즈는 할 말은 많았지만 단 한 마디도 제대로 하지 못했다. 그저 멍하니 그 자리에 서서 목만 빳빳이 세운 채 침만 꼴까닥 삼킬 뿐이었다.

"어서 꺼져! 빨리! 여기서 뭘 더 거저 얻으려고 해? 내가 밖에서 깡패짓을 할 때 넌 세상에 태어나지도 않았어!"

사실 영감은 혼을 좀 내주려고 그랬던 것일 뿐, 샹즈가 딸만큼 미운 건 아니었다. 화를 내면서도 샹즈가 성실한 놈이라고는 생각하고 있었다.

"좋아요, 가겠습니다!"

샹즈는 그 자리를 빨리 떠날 수밖에 없었다. 할 말도 없거니와 있다고 해도 입으로는 그들을 당해내지 못할 것이 뻔했다.

구경 삼아 몰려들었던 인력거꾼들은 류 영감이 샹즈에게 욕을 퍼붓자, 아침의 사건을 떠올리며 후련해했다. 하지만 이어 영감이 샹즈를 몰아내자 그가 측은해졌다. 샹즈가 그렇게 고생을 했는데, 실컷 부려먹고 나서 안면몰수하다니 불공평한 처사가 아닌가. 샹즈에게 다가와 이렇게 묻는 사람도 있었다.

"어때, 샹즈?"

샹즈가 고개를 내저었다.

"샹즈, 기다려!"

후니우는 갑자기 번개를 맞은 듯 정신이 들었다. 자신이 세운 계획은 별 효과가 없었다. 마음만 졸인다고 될 일이 아니었다. 빨리 샹즈를 잡아야 한다. 꿩도 닭도 모두 날아가버리면 끝장이다!

"우린 한 운명이야, 누구도 달아날 수 없어. 기다려봐, 내가 말해볼게."

후니우가 고개를 돌려 노인에게 말했다.

"아예 까놓고 이야기하죠. 저 애가 생겼어요. 샹즈 애에요. 샹즈가 어딜 가든 따라갈 거예요. 날 저 사람에게 내줄 거예요, 아니면 우리 둘 다 쫓아내실 거예요? 어서 말씀하세요."

최후의 카드를 이렇게 빨리 내놓게 되다니. 더구나 류 영감은 일이

이 지경에 이른 줄은 모르고 있었다. 그러나 일이 이렇게 된 이상 그도 어물쩡 넘어갈 순 없었다. 더구나 사람들 앞이 아닌가.

"정말 낯짝도 뻔뻔하구나, 너 때문에 내 낯을 들 수가 없다!"

그가 자신의 따귀를 내리쳤다.

"으이그, 망신살이야!"

마작을 하던 사람들이 손을 멈추었다. 뭔가 일이 이상하게 돌아간다고 느끼기는 했지만 무슨 일인지 정확하게 알 수가 없으니, 말을 거들기도 난처했다. 어떤 사람은 자리에서 일어나 멍하니 자신의 패만 바라보고 있었다.

후니우는 모두 털어놓고 나니 속이 후련했다.

"내 낯짝이 두껍다고요? 아버지가 한 일을 말해볼까요? 안 해본 일이 없으시다고요? 난 이번이 처음이에요. 사실 이것도 모두 아버지 잘못 아닌가요? 남자가 장가가고, 여자가 시집가는 일이라고요. 아버진 나이가 예순아홉이나 된 사람이 헛살았군요!"

후니우가 주위를 가리키며 말했다.

"모두 앞에서 분명하게 이야기하는 게 좋겠어요. 잘된 일이에요! 천막도 이미 쳐뒀겠다, 다시 한 번 잔치를 치르면 되겠네요!"

"내가?"

류 영감의 얼굴이 허옇게 질리기 시작했다. 그는 깡패 시절 기질까지 전부 드러내고 말았다.

"확 불질러 태워버리는 한이 있어도 너희 혼사에는 안 돼!"

"좋아요!"

후니우의 입술이 떨렸다. 그녀의 목소리가 매우 거북살스럽게 들렸다.

"이불보따리 싸서 나갈게요. 그럼 얼마 주시겠어요?"

"돈은 다 내 거야. 내가 주고 싶은 사람에게 줘!"

그는 딸이 나간다는 말에 마음이 괴로웠다. 그러나 말싸움에서 밀려나지 않도록 그는 마음을 단단히 먹었다.

"아버지 돈이라구요? 내가 아버지 일을 거든 게 몇 년인데요. 내가 없었으면 아버지 돈은 계집들 수중에 다 들어갔을 걸요? 양심이 좀 있어보세요!"

후니우의 시선이 다시 샹즈에게로 향했다.

"어서 말 좀 해봐!"

샹즈는 꼿꼿이 선 채 아무 말도 하지 않았다.

15

힘을 쓰자니 노인을 때릴 수도 없고 그렇다고 여자를 때릴 수도 없는 일이었다. 그의 힘은 아무 소용이 없었다. 막 돼먹은 놈처럼 굴려는 건 그저 생각뿐, 사실 행동으로 옮길 수도 없었다. 후니우로부터 도망가고 싶은 마음만 간절했다. 지금 후니우는 아버지와 대판 싸움을 벌이고 있다. 그것도 그와 함께 떠나기를 원하면서. 속 깊은 뜻이야 알 수 없지만 후니우는 지금 샹즈를 위해 자신을 희생하고 있는 것이다. 그런데도 사람들 앞에서 그는 자신의 기개를 보여줄 방법이 없었다. 아무 말도 없이 그냥 그 자리에 서서 결말이 날 때까지 기다릴 뿐. 남자라면 최소한 이 정도는 해줘야 할 것 같았다.

류씨 부녀는 서로를 노려본 채 아무 말도 하지 않았다. 샹즈도 말이 없었다. 인력거꾼들 역시 말참견을 하기가 매우 곤란했다. 마작을 하던 사람들이 무슨 말인가를 해야 할 처지가 되었다. 그대로 침묵하고 있는 게 여간 거북한 일이 아니었다. 그러나 전부 '서로 너무 화낼 필요 없다' '천천히 말로 해라' '해결되지 못하는 일은 없다' 는 식의 겉도는 말들뿐이었다. 그들은 그저 이런 말들만 늘어놓을 뿐 사태를 해결할 수도, 또한 그러고 싶은 생각도 없었다. 서로가 한 발짝도 양보하지 않는다면 자신들이 뭘 어쩔 수 있겠는가? 제아무리 명관이라고 해도 집안일은 판가름하기 힘들다고 했으니, 기회 있을 때 얼른 사라져버리자. 모두 다 빠져나가기 전, 후니우가 펑 선생을 붙들었다.

"펑 선생님, 가게에 방 있죠? 며칠만 샹즈를 묵게 해주세요. 너무 오래 머무르지 않도록 할게요. 샹즈, 당신은 펑 선생님을 따라가요. 내일 만나서 우리 일을 상의해요. 난 꼭 꽃가마 타고 이 문을 나가겠어요! 펑 선생님, 샹즈 좀 봐주세요. 내일 데려갈게요."

펑 선생이 숨을 들이쉬었다. 이런 책임을 맡기 싫단 뜻이었다. 그곳을 빨리 벗어나고 싶었던 샹즈가 말했다.

"난 도망 못 가!"

후니우는 아버지를 노려보고 자기 방으로 돌아가 문을 안으로 걸어 잠근 뒤 쉰 소리를 내며 울기 시작했다.

펑 선생은 류 영감에게 들어가볼 것을 권했다. 그러나 류 영감은 젊은 시절 호기를 드러내며 모두를 만류했다.

"여러분 안심하쇼. 이제부터 딸은 딸, 나는 나요. 더이상 입씨름하지 않을 거요. 흥, 떠나려면 떠나라지. 제깟 년 하나쯤이야 그냥 없는 셈 치면 된다구. 평생 밖에서 쌓은 체면을 저 때문에 모두 구겼다는 것도 모르고! 20년 전만 되었어도 두 연놈을 모두 베어버렸을 텐데! 저 하고 싶은 대로 하라고 해. 나한테 땡전 한 푼 가져갈 생각은 마! 너희에게 줄 돈이라곤 동전 한 닢 없어! 절대 안 돼! 어디 어떻게 사는지 한 번 보자. 당해보라 이거야! 애비가 좋은지, 아니면 낯선 사내가 좋은지. 자! 가지들 말고, 한 잔 합시다."

그러나 모두 쓸데 없는 말만 몇 마디 늘어놓을 뿐 이 일에 끼어들길 원치 않았다. 샹즈는 펑 선생을 따라 천순 연탄공장으로 갔다.

과연 일은 재빨리 진행되었다. 후니우는 모가만毛家灣에 위치한 대잡원大雜院(한 울타리에 여러 가구가 함께 세 들어 사는 집) 안에 두 칸짜리 작은 남향 방을 얻었다. 도배장이를 찾아 사방을 하얗게 바르고, 펑 선생에게 '희喜' 자를 몇 개 써달라고 부탁해 방 안에 붙였다. 도배를 끝내고 후니우는 가마를 맞추러 갔다. 천장 장식이 있는 가마에, 16종류 악기를 빌렸다. 금등과 의장은 생략했다. 모든 일을 마친 다음에야 후니우는 빨간 비단으로 예복 한 벌을 만들었다. 정월 닷새가 지나야만 바느질을 할 수 있었기 때문이다. 혼인 날짜는 정월 초엿새, 기문忌門(음력 12월 23일부터 정월 초닷새까지 성이 다른 부인의 출입을 금지하던 풍속.—옮긴이)을 피할 수 있었다. 후니우는 직접 모든 일을 마친 다음 샹즈에게 머리끝에서 발끝까지 새 것으로 단장하도록 했다.

"평생 단 한 번인데!"

하지만 샹즈 수중엔 단 돈 5원뿐이었다. 후니우가 노려보았다.

"왜? 내가 준 30원은?"

샹즈는 사실대로 차오 선생네 일을 털어놓을 수밖에 없었다. 후니우는 반신반의한 눈초리로 눈을 껌뻑이며 말했다.

"좋아, 지금 입씨름할 시간 없으니 각자 양심에 맡기도록 하자구요! 여기 15원이야, 그날 신랑처럼 차리지 않으면 알아서 해!"

정월 초엿새, 후니우는 꽃가마를 탔다. 아버지에게 말 한 마디 없이……. 형제들의 들러리나 친구들의 축하인사도 없었다. 새해 이후 거리에 요란하게 울려 퍼지는 징, 북 소리뿐이었다. 꽃가마가 천천히 서안西安문에 이어 서사패루西四牌樓를 지났다. 설빔을 차려입은 사람들, 특히 가게 주인들의 부러움과 감동의 시선을 모으며.

샹즈는 천교에서 사온 새 옷을 입고 얼굴이 빨개진 채, 10전짜리 비단 모자를 썼다. 그는 넋이 나간 듯 멍하니 이 모든 것을 바라보며, 그저 주위 소리에 자신을 내던질 뿐이었다. 자기 자신조차 낯설게 느껴졌다. 연탄 가게를 떠나 온통 하얗게 도배한 신방으로 들어서니 더욱 어리둥절했다. 조금 전까지는 마치 공장에 무더기로 쌓인 연탄처럼 모든 게 새까맸는데, 신방은 눈이 부시도록 새하얀데다 핏빛처럼 빨간 '희' 자가 군데군데 붙어 있었다. 마치 조롱거리가 된 기분이었다. 온통 하얗고 막막한 모습에 숨이 턱 막혔다. 방에는 후니우가 쓰던 탁자와 의자, 침대가 놓여 있었다. 화로와 식탁은 새 거였다. 방구석에 닭털로 만든 오색 먼지떨이가 꽂혀 있었다. 탁자와 의자는 전부터 눈에 익은 물건이었지만 화로와 식탁, 닭털 먼지떨이는 낯설었다. 헌 물건과 새 물건이 한데 모여 있는 걸 보니, 지금까지의 일도 생각나고 앞으로 일도 걱정이 되었다. 모든 것을 다른 사람이 마련했다. 샹즈 자신이 낡은 것 같기도 하고, 새 것 같기도 하고, 장식품 같기도 하고, 뭔가 신기한 물건 같기도 했다. 자기 자신이 대체 무엇인지 알 수가 없었다. 울 수도, 웃을 수도 없었다. 커다란 손과 발이 작고 따뜻한 방에서 움직이고 있었다. 마치 조그만 나무 우리에 갇힌 커다란 토끼처럼 그는 붉은 눈으로 밖과 안을 번갈아 바라보았다. 빠른 발이 있으면서도 달아날 수가 없다. 후니우는 붉은 저고리를 입고 분과 연지를 바른 얼굴로 그를 힐끗거렸다. 샹즈는 그녀를 똑바로 바라보지 못했다. 후니우 역시 낡기도, 새롭기도 한 이상한 물건 같았다. 처녀 같기도 하고, 아줌마 같기도 하고, 여자 같기도 하고, 남자 같기도 하고, 사람 같기도 하고, 흉악한 짐승 같기도 했다. 짐승이 빨간 저고리를 입고 그를 붙잡아 한 군데씩 손을 보려 하고 있다. 누구나 그를 혼쭐을 내줄 수 있지만 이 짐승은 특히 살벌하다. 단 한 순간도 그를 떠나지 않고, 그를 향해 눈을 부릅뜨고, 그를 보며 웃는데다 그를 꼭 껴안으며 그의 모든 힘을 빨아들인다. 그는 도망갈 방법이 없었다. 그는 비단 모자를 벗고 멍하니, 눈이 어지러울 때까지 모자 위에 달린 붉은 매듭을 바라보았다. 그러자 벽에 붉은 점들이 하나 가득 날아다니다 튀어올랐다. 그중 가장 크고 붉은 것이 바로 추한 웃음을 흘리고 있는 후니우였다!

첫날 밤, 샹즈는 그제야 후니우가 임신하지 않았다는 사실을 알았다. 후니우가 변명을 늘어놓았다.

"그렇지 않았다면 당신이 체념하고 내 부탁을 들어줬겠어! 허리에 베개를 틀어넣었지! 하하!" 그녀는 어찌나 웃어댔는지 눈물까지 찔끔 흘렸다.

"바보, 됐어! 다른 말 필요 없어. 어쨌거나 난 당신한테 할 도리 다 했어. 당신과 나, 입장을 생각해봐. 막무가내로 아버지와 싸우고 당신을 따라왔는데 나한테 감사하지 않아?"

다음날, 샹즈는 일찍 밖으로 나왔다. 대부분 가게들이 문을 열었지만 아직 몇몇 가게는 문을 닫은 채였다. 문 앞에 붙은 춘련은 여전히 붉은 색깔이었지만, 누런 종이 돈들은 바람에 찢기기도 했다. 거리는 춥고 조용했지만 인력거는 적지 않았다. 인력거꾼들도 예전보다 더 기운이 넘치는 것 같았다. 거의 모두 새 신발을 신고, 인력거 뒤에 붉은 종이를 붙이고 있었다. 그들이 부러웠다. 그들은 모두 제대로 새해를 보낸 모습인데, 자기만 며칠 동안 조롱박 속에 갇혀 있다 나온 듯했다. 그들은 모두 분수를 지키며 살고 있는데 그는 일도 하지 않고 거리를 싸돌아다녔다. 할 일 없는 자신의 모습이 불안했지만 내일 일을 챙기려면 먼저 후니우와 상의를 해야 했다. 그는 마누라 손에 밥을 빌어먹고 있었다. 쭉 뻗은 키도, 힘도 아무 소용이 없었다.

그의 첫 번째 임무는 마누라, 붉은 비단 옷에 송곳니를 드러낸 마누라를 모시는 것이었다. 그는 사람이 아니라 고깃 덩어리일 뿐이었다. 자기란 존재는 없어져버리고 그녀의 이빨 사이에서 몸부림치고 있었다. 마치 고양이에게 물린 새끼 쥐 같았다. 그는 후니우와 상의할 생각이 없었다. 떠나야 한다. 결정을 내리고 나면 아무 말 없이 후니우를 떠날 것이다. 미안할 것도 없다. 후니우는 베개로 변신을 하는 요괴다. 그는 울화가 치밀었다. 새 옷을 갈기갈기 찢어버리고, 자신의 몸통 전체를 안에서 바깥까지 깨끗한 물로 씻어내고 싶었다. 온몸에 더러운 것, 구역질나는 것들이 가득 묻어 있는 것 같아 짜증이 났다. 다시는 후니우의 얼굴을 보고 싶지 않았다.

어디로 가지? 목적지가 없었다. 평소 인력거를 끌 때면 그의 발은 다른 사람의 말대로 움직였다. 오늘 그의 눈은 자유를 얻었지만 마음은 망연자실했다. 서사패루를 따라 남쪽으로 간 다음, 선무문宣武門을 빠져나왔다. 앞으로 곧게 뻗은 길. 그의 마음은 곧은 길만큼이나 더욱 반듯했다. 성문을 나가 계속 남쪽을 향해 걷자 목욕탕이 나왔다. 그는 목욕을 하기로 했다.

발가벗고 자신의 몸을 들여다보았다. 너무 창피했다. 탕에 들어갔다. 몸이 저릴 정도로 물이 뜨거웠다. 그는 눈을 감았다. 찌릿찌릿하고 저릿한 느낌이, 마치 몸에 쌓인 오물이 밖으로 빠져나가는 것 같았다. 그는 자기 몸을 문지를 수가 없었다. 마음이 텅 빈 것 같았다. 머리에서 굵은 땀방울이 흘러내렸다. 호흡이 가빠진 다음에야 그는 천천히 탕을 나왔다. 몸통이 온통 시뻘건 게 마치 갓 태어난 아기 같았다. 그는 큰 수건을 걸치고도 자신이 초라하게 느껴져 그렇게 나오기가 부끄러웠다. 땀이 후두둑 떨어져내려도 그는 자꾸만 자신이 불결하게 느껴졌다. 마음속의 때는 영영 씻어내지 못할 것 같았다. 류 영감의 눈에, 그를 아는 모든 사람의 눈에 그는 영원히 계집질이나 하는 인간으로 비춰질 것이다.

땀이 다 흘러내리기도 전에 그는 급히 옷을 걸치고 밖으로 뛰쳐나왔다. 사람들이 그의 벗은 몸을 보는 게 무서웠다. 목욕탕을 나와 찬 바람을 쐬자 몸이 조금 가벼워졌다. 거리는 아까보다 훨씬 소란스러웠다. 맑은 하늘 덕분에 사람들 얼굴에서 빛이 느껴졌다. 그러나 샹즈의 마음은 구겨진 채 그대로였다. 어디로 가야 할지 알 수가 없었다. 남쪽, 동쪽, 다시 남쪽, 그는 천교를 지났다. 새해가 오고 9시가 조금 넘자 가게 견습생들이 모두 아침을 먹고 이곳으로 모여들었다. 각양각색의 노점과 기예를 파는 이들이 모두 일찍부터 자리를 잡았다. 샹즈가 도착했을 땐 벌써 많은 사람들이 몇 겹으로 빙 둘러 있고, 안에서는 북과 징이 울려퍼졌다. 그는 아무것도 보고 싶지 않았다. 웃음을 잃어버린 지 이미 오래다.

평소 이곳은 만담가, 동물을 이용해 잡기를 하는 사람, 마술하는 사람, 타령하는 사람, 모심기 노래부르는 사람, 대고서大鼓書(중국의 민간 노래이야기 공연. 보통 2인 1조로 연창한다.—옮긴이), 무술하는 사람 등등이 모여 그에게 호탕한 웃음을 선사했었다. 그가 북평을 사랑하는 이유 중 절반은 천교 때문이었다. 매번 천교의 차양막, 겹겹이 둘러싼 사람들을 바라볼 때마다 그는 재미있고 사랑스러운 일들이 생각났다. 하지만 지금은 앞으로 밀고 들어가는 것도 귀찮기만 하다. 천교의 웃음소리에 그의 몫은 사라진 지 오래다. 그는 사람들을 피해 조용한 곳으로 향했다. 하지만 뭔가 서운했다. 아니, 이처럼 요란하고 재미난 곳을 어떻게 떠난단 말인가! 천교를, 북평을 떠날 수 없어! 간다고? 갈 곳이 어디 있어! 돌아가서 그녀, 그녀와 함께 상의를 해야 한다. 그는 이러지도 저러지도 못하는 신세였다. 그는 한 걸음 물러나 생각했다. 어찌 해야 할지 알 수 없을 때 모든 사람들이 그러는 것처럼. 온갖 괴로움을 다 당한 내가 왜 여기서 정색한 채 고민하고 있는 거지? 지나간 일들을 되돌릴 수 없는 바에야 계속 길을 따라 갈 수밖에.

그는 자리에 멈춰서서 혼잡한 사람들 소리, 징 소리, 북 소리를 들었다. 오가는 사람들과 수레를 바라보다 문득 그 작은 두 칸짜리 방을 생각했다. 들리던 소리도, 눈앞의 사람들도 모두 사라져버린 것 같았다. 하얗고, 따뜻하고, 붉은 '희' 자가 붙어 있는 그 두 칸짜리 작은 방만이 반듯하게 눈앞에 서 있었다. 하룻밤밖에 자지 않았지만 너무나 친근해서, 붉은 저고리를 입은 그녀도 함부로 버려서는 안 될 것 같았다. 천교에 선 그는 지금 아무것도 가진 게 없었다. 그는 아무것도 아니었다. 그러나 그 작은 두 칸 방에 가면 그는 모든 것을 가질 수 있었다. 돌아가자, 돌아가야 살 길이 있다. 내일의 모든 것이 그 작은 방 안에 있다. 부끄러움과 두려움, 괴로움은 아무짝에도 쓸모가 없다. 살 방법이 있는 곳을 찾아가야 한다.

그는 곧장 집으로 돌아왔다. 문을 들어섰을 때는 막 11시를 넘긴 시간이었다. 후니우는 점심 준비를 모두 마친 상태였다. 찐만두에 고기배추 완자, 돼지 껍질과 콩으로 만든 묵, 무짠지 한 접시였다. 다른 건 모두 상에 올려놓고 배추 요리만 불 위에 올려 데우고 있었다. 좋은 냄새가 났다. 후니우는 붉은 저고리를 벗고 평소 입는 면바지와 면 저고리를 입고 있었다. 머리엔 융으로 만든 붉은 꽃 한 송이를 달았다. 꽃 위에 금종이로 만든 작은 원보元寶(중국 역대 왕조 화폐 한 가지)가 달려 있었다. 샹즈가 그녀를 힐끗 바라보았다. 후니우는 새색시 같지가 않고 일거수일투족이 마치 시집온 지 오래된 며느리처럼 신속하고 노련한데다 자신만만한 모습이었다. 어쨌거나 그는 후니우가 밥하고 청소하는 모습을 새롭게 발견했다. 방 안에 가득한 향내와 온기, 이 모든 것들은 그가 예전에 경험하지 못한 것들이었다. 그녀가 어떻든 자기에게도 집이 생겼다는 느낌이 들었다. 집이란 소중한 거구나. 하지만 그는 집 안에서 어찌 해야 좋을지 알 수 없었다.

"어디 갔었어?"

후니우가 배추를 그릇에 담으며 물었다.

"목욕 갔었어."

그가 두루마기를 벗었다.

"다음에 나갈 땐 말 좀 하고 가! 그렇게 휙 하니 나가버리지 말고!"

샹즈는 아무 말도 하지 않았다.

" '응' 이라고 한 마디라도 하지 그래. 어떻게 하는지 가르쳐줄까?"

그는 "응." 하고 대답을 했다. 방법이 없지 않은가! 흉악하고 모진 여자를 아내로 맞았다. 하지만 그 모진 여자가 밥도 할 줄 알고, 청소도 할 줄 안다. 그에게 욕을 퍼붓기도 하지만, 그를 도와주기도 한다. 자기에게 이래라 저래라 명령하는 것은 영 기분이 좋지 않았지만.

그는 만두를 먹었다. 음식은 확실히 평소보다 따뜻하고 맛있었다. 하지만 먹어도 즐겁지가 않았다. 입으로 씹고는 있지만 평소 허겁지겁 먹을 때처럼 신나지도, 땀이 나지도 않았다. 밥을 먹고 온돌 위에 누워 베개 대신 손깍지를 꼈다. 천장을 바라보았다.

"설거지 좀 도와줘! 내가 무슨 하인이야!"

후니우가 바깥방에서 소리를 질렀다.

그는 천천히 일어나 후니우를 한 번 힐끗 바라본 다음 그녀를 도와주러 갔다. 평소 부지런하기 이를 데 없는 그였지만 지금은 답답한 심정만 가득했다. 인력거 창고에선 자주 후니우를 도와주었는데, 지금은 보면 볼수록 짜증이 났다. 아마 일생 동안 후니우만큼 지독하게 싫은 사람도 나타나지 않을 것이다. 이유는 정확하게 알 수 없었다. 화가 치밀지만 화를 낼 수도 없었다. 그저 모든 화를 마음에 담아둘 수밖에. 그녀와 칼같이 담판을 지을 수 없으니 싸움도 의미가 없었다. 작은 방을 맴돌던 그는 자신의 생명 자체가 굴욕적이라고 생각했다.

물건을 정리한 다음, 후니우가 사방을 훑어보았다. 한숨을 내쉬던 그녀가 갑자기 웃음을 지었다.

"어때?"

"뭐가?"

샹즈는 난로 옆에 쪼그리고 앉아 손에 불을 쬐고 있었다. 손이 춥진 않았지만 마땅히 둘 곳이 없으니 난로를 쬘 수밖에. 이 작은 두 칸 방이 확실히 자기 집처럼 여겨지긴 했지만 그는 어디에 손을 둬야 할지, 발은 또 어떻게 해야 할지 깜깜하기만 했다.

“나 데리고 놀러나갈래? 백운관白雲觀은 어때, 아니 좀 늦었다. 거리에 나가볼까?”

그녀는 신혼의 기쁨을 만끽하고 싶었다. 비록 그럴 듯한 결혼은 아니었지만 이렇게 아무런 구속이 없는 것도 좋다. 남편과 좀더 함께, 신나게 며칠을 놀 수 있기 때문이다. 친정집엔 먹을 것도, 입을 것도 부족하지 않았지만 마음을 알아주는 남자가 없었다. 이제 후니우는 그 부족함을 메웠으니 거리와 묘회廟會(절이나 절 부근에 임시로 설치하던 시장)를 샹즈와 함께 활보하며 놀고 싶었다.

샹즈는 마음이 내키지 않았다. 마누라와 온천지를 돌아다니는 건 창피한 일이라고 생각했다. 이런 식으로 얻은 마누라는 그저 집에 숨겨둬야 한다고 생각했다. 무슨 자랑거리라고! 되도록 사람들 앞에 드러내지 않는 게 좋다. 게다가 거리에 나가면 아는 사람을 만나지 않겠는가! 서성 반쪽 인력거꾼 가운데 후니우와 샹즈를 모르는 사람이 어디 있다고. 사람들이 뒤에서 이러쿵저러쿵 수군대는 소리는 듣고 싶지 않았다.

“의논 좀 해!”

그가 자리에 쪼그리고 앉았다.

“의논할 게 뭐 있어?”

후니우가 다가와 난로 옆에 섰다. 그는 손을 무릎 위에 놓고 멍하니 불길을 바라보았다. 한참을 그렇게 있던 샹즈가 입을 열었다.

“이렇게 놀 순 없어!”

“고달픈 인생하곤!”

후니우가 웃었다.

"하루라도 인력거를 안 끌면 몸이 근질근질하지? 우리 집 영감 좀 봐, 평생을 놀고서도 나이 들어 인력거 빌려주는 인화차창을 차렸잖아. 인력거도 안 끌고, 힘 안 팔아도 생각으로만 먹고 살잖아. 그런 건 당신도 좀 배워봐. 평생 인력거 끈다고 뭐가 돼? 우선 며칠 놀고보자고. 요 며칠만 일할 것도 아닌데 뭐가 그렇게 바빠? 한동안은 당신과 입씨름하지 않을 테니까, 당신도 나 건드리지 마!"

"그러니까 우선 의논 좀 하자고!"

샹즈는 물러서지 않기로 마음먹었다. 그냥 떠나버릴 수 없다면 일할 방법을 생각해야 한다. 우선 한쪽에 중심을 잡고 서야지, 그네를 타는 것마냥 이리저리 흔들릴 수는 없는 일이다.

"좋아, 그럼 말해봐!"

후니우가 걸상을 들고 와서 화로 옆에 앉았다.

"돈이 얼마나 있어?"

그가 물었다.

"당신이 그걸 물어볼 줄 알았어! 마누라를 얻은 게 아니라 돈을 얻은 거지? 그래 안 그래?"

샹즈는 바람에 목이 막힌 듯 숨을 고르기가 힘들었다. 류 영감, 인화차창의 인력거꾼들 할 것 없이 모두 자신이 재물이 탐나 후니우를 꼬셨다고 생각한다. 그런데 이젠 이 여자까지 그런 말을 하고 있지 않은가! 내 인력거, 내가 애써 모은 돈은 아무 이유 없이 몽땅 날려버리고 이젠 마누라가 가진 돈 몇 푼에 눌려 지내게 생겼구나. 밥도 제대로 먹을 수 없을 지경이었다. 당장이라도 두 손으로 그녀의 목을 조르고 싶었다. 목을 졸라! 조르라고! 조르란 말이야! 눈이 허옇게 뒤집힐 때까지! 모두 다 목 졸라 죽여버리고, 내 목도 잘라버리는 거야. 그들은 사람이 아니야, 모두 죽어야 해. 나도 사람이 아니니 죽어야 해. 모두 살 필요가 없어.

샹즈가 자리에서 일어났다. 다시 나가고 싶었다. 다시 돌아오지 말았어야 했는데. 낌새가 좋지 않자 후니우의 목소리가 사근사근해졌다.

"좋아, 알려줄게. 지금 모두 합쳐 500원 정도야. 가마 빌리고, 방세 석 달치 내고, 도배하고 옷이랑 물건 사고, 당신 준 것 까지 모두 합쳐 100원도 안 썼어. 아직도 400원 정도 남아 있어. 조급해할 필요 없어. 그냥 신나게 지내자. 당신은 그놈의 인력거 끄느라고 언제나 땀만 흘렸으니, 며칠 잘 놀아봐. 노처녀 된 지 오래된 이 몸도 신나게 놀아야지. 돈이 다 떨어져갈 때쯤 아버지에게 빌어. 날 봐, 그날 노인네와 한바탕 하지 않았으면 절대 이렇게 나올 수 없었을걸. 이제 그때 화가 다 풀린 걸 보면, 아버지는 어쨌거나 아버진 거야. 아버진 그저 이 딸만 있으면 되고, 당신도 아버지가 맘에 들어하는 사람이니까, 우리가 그냥 수그리고 들어가 잘못을 빌면 아마 그냥 넘어가실 거야. 얼마나 잘된 일이야! 노인네 돈을 우리가 물려받는 건 당연해. 불합리한 부분은 없어. 남 밑에서 짐승처럼 사는 것보다 좋지. 며칠 지나서 당신이 한 번 가봐. 아마 만나려 하지 않으실 거야. 한 번 가서 못 만나면 또 가야지. 체면을 살려드리면 마음이 바뀌실 거야. 그러고 난 후에 내가 가서 몇 마디 듣기 좋은 말을 하면 함께 되돌아가

가슴 펴고 당당히 살 수 있어. 아무도 감히 우리를 비아냥거릴 수 없다고. 허구한 날 여기서 숨죽이며 살면 우린 영원히 떳떳하지 못한 부부일 뿐이야. 그래 안 그래?"

샹즈는 여태껏 그런 생각을 해본 적이 없었다. 후니우가 차오 선생 댁으로 자기를 찾아왔을 때, 그는 결혼해 그녀 돈으로 인력거를 사서 끌 생각만 했었다. 마누라 돈이라니, 체면 구기는 일이긴 하지만 둘의 관계가 이미 그런 관계가 되었으니 어쩔 수 없다고 생각했다.

후니우에게 이런 속셈이 있는 줄은 몰랐었다. 곰곰이 생각해보니 이것도 확실히 방법은 방법이었다. 하지만 샹즈는 그런 사람이 아니다. 모든 것을 종합해보고 난 후, 그는 어떤 이치를 깨달을 수 있었다. 자기 돈을 다른 사람이 아무 이유 없이 빼앗아가도 억울한 사정을 하소연할 데가 없다. 그런데 다른 사람이 돈을 준다는데 그 돈을 받을 수밖에 없고, 일단 돈을 받고 나면 자신은 더이상 사람으로 행세하기가 어렵다. 마음도 힘도 다 쓸데 없는 것으로, 그저 돈을 준 사람의 노예가 되어야 한다. 마누라의 노리개, 장인의 노복 노릇을 해야 한다. 사람이란 게 원래 아무것도 아닌 것 같다. 먹이를 잡아먹다가 자기가 그물에 떨어질 수 있다. 그러면 참하게 조롱에 갇혀 다른 사람이 주는 먹이를 먹으며 그를 위해 노래를 부르고, 언제든지 팔려갈 신세가 된다.

그는 류 영감을 찾아갈 수 없었다. 후니우야 육체적으로 얽힌 관계가 되었지만 류 영감과는 아무런 관계가 없지 않은가. 이미 그녀의 먹잇감이 되었는데 다시 그녀의 아버지에게까지 가서 굽실거릴 수는 없었다.

"난 놀기 싫어!"

쓸데 없는 입씨름을 피하기 위해서 할 수 있는 말은 단지 이 한마디뿐이었다.

"고달픈 인생이군!" 후니우가 빈정거렸다.

"놀기 싫으면 장사나 해."

"할 줄 몰라! 돈도 못 벌 거야! 난 인력거밖에 못 끌어. 인력거 끄는 게 좋고!"

샹즈의 머리 힘줄까지 불끈 솟아올랐다.

"절대 인력거는 안 돼! 온통 땀에 절어 시큼털털한 냄새나 풍기며 내 잠자리에 올라오려고! 당신 생각도 있겠지만 내 생각도 있어. 어디 누가 문젠지 볼까? 당신이 마누라를 얻긴 했지만 돈은 내 돈을 쓰잖아. 당신 주머니에선 단 한 푼도 나오질 않는다고. 누가 누구 말을 들어야 하는지 생각해보면 알 것 아냐?"

샹즈는 다시 입을 다물었다.

16

원소절元宵節(정월 대보름)이 되도록 한가히 놀게 되자 샹즈는 더이상 참을 수 없을 지경이었다.

그러나 후니우는 매우 기뻐했다. 그녀는 대보름이라고 새알심을 삶고 교자餃子(만두)를 빚으며 낮에는 묘당廟堂에 놀러가고 저녁이면 초롱불 놀이를 구경하러 갔다. 그녀는 샹즈가 어떤 주장을 하든 무시했지만 먹는 것만큼은 결코 부족하지 않게 했다. 조리법을 바꿔가며 온갖 새로운 음식을 사다 먹였다. 셋집에는 7~8가구가 살고 있는데, 대부분 단칸방에서 지냈다. 그중에는 인력거꾼도 있고, 행상이나 순경, 남의 집 하인 노릇을 하는 이도 있었다. 그들은 각기 할 일이 있어 누구라도 한가할 틈이 없었다. 어린아이들조차 작은 광주리를 들고 이른 아침에 죽을 타러 나가고 오후가 되면 알탄을 주우러 갔다. 아주 어린 조무래기들만 엉덩이가 빨갛게 얼어가지고 마당 안에서 장난을 치거나 쌈박질을 할 뿐. 탄재나 흙먼지, 구정물을 모두 마당에 내다 버리면서도 아무도 청소를 하지 않기 때문에 마당 한복판은 꽁꽁 얼어붙어 있었다. 큰 아이들은 알탄을 주워 돌아오면 그곳을 얼음판 삼아 복작거리며 얼음을 지쳤다.

아무래도 제일 고생스러운 것은 노인네와 부녀자들이었다. 노인네는 먹을 것도 입을 것도 없이 얼음장 같은 방바닥에 누워서 젊은 것들이 한 푼이라도 벌어와 죽 한 그릇이라도 얻어먹기만을 오롯이 기다렸다. 막노동하는 젊은이는 돈을 벌어올 때도 있지만 빈손으로 돌아오기도 했다. 그런 날은 집으로 돌아와 괜히 성깔을 부리고 트집을 잡아 말다툼을 했다. 그러면 노인네들은 텅 빈 배를 움켜잡고 하염없이 눈물만 삼켜야 한다.

한편 부인네들은 노인들 시중을 들고 어린 자식도 돌봐야 하는데다 돈을 벌어오는 남정네의 비위도 맞추어야 했다. 그녀들은 애를 배고도 평소처럼 일을 하면서 고작 강냉이 빵이나 고구마 죽을 먹을 뿐이었다. 아니, 그뿐만이 아니라 죽도 타러 가야 하고 갖가지 일거리도 맡아야 했다. 다행스럽게 노인네나 자식 새끼들이 배불리 먹고 잠자리에 들면 그녀들은 작은 석유 등잔에 의지하여 삯빨래나 삯바느질을 했다. 방은 좁고 벽은 낡아, 차가운 바람이 이쪽 틈새에서 파고들었다 저쪽 틈새로 빠져나가며 그나마 있던 온기마저 모두 가져가 버렸다. 부인네들은 다 떨어진 천조각을 걸치고 죽 한 그릇이나 반 그릇으로 배를 채우는데, 거기에 예닐곱 달 된 태아까지 배고 있는 경우도 있었다. 그렇게 일을 하면서도 노인네나 어린 자식의 배를 먼저 채워야 했다. 그들은 온몸에 병이 들지 않은 곳이 없으니 서른이 채 되기도 전에 머리카락이 빠지기 시작했다. 한 순간도 쉬지 못하고 그렇게 시름시름 앓다가 죽는 것이다. 죽고 나면 '선인善人(착한 일을 베푸는 자선가)' 들에게 가서 돈이라도 얻어야 관을 마련할 수 있었다. 처녀들은 열예닐곱이 되어도 바지가 없어, 누더기 같은 것을 몸에 두른 채 감옥이나 다를 바 없는 집 안에서 어머니를 도와 부지런히 일을 했다. 뒷간이라도 가려면 마당에 아무도 없는 것을 살핀 후에야 겨우 도둑처럼 밖으로 달려나갔다. 겨우내 그녀들은 태양이나 푸른 하늘 한 번 제대로 보지 못했다. 못생긴 처녀들은 장차 자기 어머니의 모든 것을 이어받고, 그나마 얼굴이 반반한 처녀들은 조만간에 부모에게 팔려 '행복을 누리러 간다!' 는 것을 자신들도 잘 알고 있었다.

후니우는 이런 가구가 모여 사는 셋집 마당에서 매우 흡족한 기분이 들었다. 그녀는 그곳에서 조급할 필요가 없고, 하는 일이 없어 놀러다닐 수 있는 유일한 사람이었다. 그녀는 고개를 높이 치켜들고 집 안을 들락거리며 우월감을 만끽함과 동시에, 행여라도 다른 이들이 접근할까봐 이웃들을 무시하고 상대하지 않았다. 이곳에 오는 행상들은 거의 대부분 뼈다귀 고기며 얼어빠진 배추, 생콩국, 노새 고기 등 싸구려 물건들을 갖고와서 손님을 찾았다.

그러나 후니우가 이사온 이후로는 양머리 고기나 훈제 생선, 딱딱하게 구운 빵, 삶아 튀긴 두부 같은 것을 파는 장사치들이 문 앞까지 와서 두어 번씩 목청을 돋워 외쳐대곤 했다. 그러면 그녀는 그릇을 들고 얼굴을 뒤로 제친 채 방 안에서 나와 그런 주전부리를 사들고 들어갔다. 아이들은 철사 같이 가는 손가락을 빨면서 후니우를 무슨 공주라도 되는 양 바라보았다. 그러나 그녀는 자신의 행복만 즐길 뿐 다른 사람의 어려움은 볼 수도, 보려고 하지도 않았다.

샹즈는 그녀의 거동이 마음에 들지 않았다. 그는 가난한 집 출신이기 때문에 가난이 무엇인지 잘 알았다. 그처럼 자질구레한 주전부리 따위는 먹고 싶지도 않았다. 무엇보다 돈이 아까웠다. 게다가 그녀의 의도를 알게 되자 그는 더욱 견디기 어려웠다. 그녀는 그가 인력거도 끌지 못하게 한 채 매일 좋은 반찬과 음식으로 그를 길들였다. 그건 마치 소를 살찌워 질 좋은 우유를 짜내려는 것과 마찬가지 아닌가! 자신은 완전히 그녀의 노리개가 되고 만 것이었다. 언젠가 길가에서 바싹 마른 늙은 암캐가 살찌고 건장한 수캐를 따라가느라 부지런히 뛰는 모습을 본 적이 있었다. 그 모습이 떠오르니 이러한 생활이 역겨워졌다. 뿐만 아니라 자신의 몸도 걱정이었다. 그는 알고 있었다.

날품팔이를 하는 사내라면 어떻게든 자기 몸을 가꿔야 한다는 것을. 몸은 그들에게 있어 전부나 다를 바 없다. 만약 이대로 간다면 언젠가는 허우대만 멀쩡하게 크고 속은 텅 비어 앙상한 골격만 남은 사내로 변할 것이다. 그는 온몸이 부들부들 떨렸다. 목숨을 부지하려면 당장이라도 나가서 인력거를 끌어야 한다. 나가서 달려야 한다. 그렇게 하루 종일 달리다가 돌아와 그대로 드러누워 자는 것이다. 아예 인사불성이 되도록. 그녀가 해주는 좋은 음식도 먹지 않고 그녀를 모시고 놀아주지도 않겠다고 그는 결심했다. 더이상 양보하지 않을 것이다. 그녀가 인력거 살 돈을 내놓는다면 좋고, 싫다면 인력거를 빌리면 된다. 그는 이렇게 마음먹은 채 아무 말도 없이 인력거를 빌리러 나갔다.

17일부터 그는 인력거를 끌기 시작했다. 하루 종일 인력거를 빌려 비교적 멀리 가는 손님을 모셨더니 무언가 잘못된 느낌이 들었다. 종아리가 땡기고 허리가 시큰했다. 그는 병의 원인이 무엇인지 알고 있었다. 그러나 20여 일이나 인력거를 끌지 않았기 때문에 다리가 둔해진 탓이니 몇 번 더 달리면 다리도 풀리고 괜찮아질 것이라고 자위했다.

또다시 손님을 태웠다. 이번에는 단체 손님이어서 네 대가 한꺼번에 달렸다. 인력거채를 잡았다. 모두들 마흔 정도 된 키다리더러 앞에서 달리라고 했다. 키다리는 빙긋 웃었다. 솔직히 나머지 인력거가 그의 것보다 좋다는 사실을 알고 있었기 때문이다. 그는 뒤에 따라오는 세 명의 젊은 친구들을 도저히 따라잡을 수 없다는 것을 잘 알고 있었지만 늙었다고 위세를 피우고 싶지 않아 힘을 다해 달렸다. 1리 넘어 달리자 뒤에서 그를 칭찬하는 소리가 들렸다.

"어때요? 달릴 만하세요? 정말 대단한데요!"

그는 헐떡거리며 대답했다.

"형씨들과 달리는데 느려서야 되겠수?"

그는 확실히 느린 편이 아니었다. 샹즈조차 온힘을 다 써야 겨우 따라잡을 수 있을 정도였다. 그러나 그가 달리는 모습은 영 보기가 싫었다. 키가 큰데다 허리를 구부리지 않아 허리와 등이 나무 판자 같았다. 그래서 온몸을 앞으로 쏠리게 해야만 했는데, 몸이 앞으로 쏠리니 손은 뒤로 쭉 빠져서 달리는 게 아니라 물건을 끌고 앞으로 꿰뚫고 지나려는 것처럼 보였다. 허리가 뻣뻣하니 궁둥이 뼈를 심하게 움직이지 않으면 안 된다. 다리는 땅 위에서 거의 질질 끌다시피 하며 힘껏 앞으로 틀었다. 트는 속도가 결코 늦은 것은 아니었지만 보아하니 힘에 겨워하는 모습이 역력했다. 모퉁이를 돌아야 하는 곳에 이르자 온몸을 억지로 비틀어 돌았기 때문에 그를 바라보는 이들 모두 손에 땀을 쥐었다. 그는 언제나 온몸으로 앞으로 나갈 것만을 생각했고, 인력거가 지나갈 수 있는지 여부는 전혀 아랑곳 하지 않는 듯 보였다.

목적지에 도착하자 그의 코끝이며 귓불에서 한꺼번에 땀이 후두둑 떨어졌다. 인력거채를 내려놓자 그는 재빨리 허리를 곧게 펴기도 하고 입을 옆으로 찢듯 벌리기도 했다. 그러나 삯을 받을 때 보니 손이 부들부들 떨려 돈조차 제대로 쥘 수 없을 정도였다.

함께 한 차례 달리고 나면 친구가 되게 마련이다. 그들 네 사람은 인력거를 한 곳에 세워놓았다. 샹즈는 사람들과 함께 땀을 닦으며 예전처럼 웃고 떠들었다. 그 키다리는 혼자서 한동안 서성거리다가 한바탕 마른기침을 하더니 허연 거품을 잔뜩 토하고 나서 비로소 숨을 돌린 듯 그들과 이야기를 시작했다.

"이젠 끝이야! 마음이야 그대로지만. 허리며 다리가 영 말을 들어줘야지! 아무리 허리를 펴려고 해도 다리를 들 수 없으니 그저 애태울 뿐 어쩌겠나!"

"좀전만 해도 다리가 괜찮던데, 느리다고 하시네요!"

스물두어 살쯤 되어보이는 왜소한 체격의 젊은 친구가 말을 받았다.

"그래도 대단하세요. 우리 세 사람 젊고 힘도 세지만 모두들 땀을 흘리잖아요?"

키다리는 약간 우쭐했지만 이내 부끄러운 듯 한숨을 내쉬었다.

"형씨가 뛰는 모습에 우리가 완전히 코 떼였다구요. 못 믿겠어요?" 또 다른 젊은 친구가 말했다.

"역시 경험은 못 속여. 농담이 아니에요."

키다리가 미소를 지으며 고개를 저었다.

"글쎄, 나이 때문만은 아닌 것 같수, 형씨들! 내가 정말로 한 마디 해주겠는데. 우리처럼 이런 일을 하는 사람들은 장가를 들면 안 된다우. 정말로!"

모두들 귀를 기울이자 키다리는 목소리를 조금 낮추었다.

"장가를 가게 되면 밤이고 낮이고 쉴 새가 없으니 완전히 끝장나는 거요. 내 허리 좀 보쇼. 어디 하나 부드러운 데가 있어야지! 역시 세게 달리지 말아야지. 이를 악물고 달렸다가는 기침이 나오고, 명치가 쿡쿡 쑤셔서 얼얼하다니까! 말도 마쇼. 우리처럼 이런 일을 하는 사람들은, 제기랄, 평생 홀아비로 늙어야 한다니까! 제기랄, 그 작은 참새 새끼들도 짝을 이루는데, 장가도 못 들다니! 어디 그뿐인가! 장가를 가게 되면 해마다 애새끼가 나온단 말이오. 나만 해도 벌써 다섯 놈이나 된다우! 이 녀석들이 너나할 것 없이 아가리를 쫙 벌리고 먹겠다고 난리요! 인력거 세도 높은데다 양식 값은 비싼데, 벌이는 신통치 않으니 달리 방법이 있어야지! 평생 홀아비로 늙다가 욕정을 못 이겨 사창가에 들락거리며 매독에 걸리더라도 그저 팔자려니 생각하는 것만 못하다니까! 그러다가 한 몸이 그냥 죽어버리면 그만이지! 괜히 이놈의 장가를 들어 큰 놈 작은 놈 할 것 없이 여러 식구가 생기니 죽어도 눈을 감을 수가 없단 말이오! 내 말이 맞잖소?"

그가 샹즈에게 물었다. 샹즈는 고개를 끄덕이며 아무 말도 하지 않았다. 그때 손님이 왔다. 키 작은 이가 앞에 나서 가격을 흥정했는데, 키다리를 부르더니 그에게 양보했다.

"큰형님이 끌고 가슈! 그 집에는 애가 다섯이나 있다면서요!"

키다리가 웃으며 말했다.

"좋지. 다시 한 번 뛰어볼까! 사실 이런 법은 없는데! 잘 됐네. 집에 돌아가는 길에 떡이라도 몇 개 더 들고 가게 되었구만! 형씨들 다음에 봅시다!"

키다리가 멀어지는 것을 보면서 키 작은 이가 혼자말로 중얼거렸다.

"이런 제기랄, 한 평생 마누라 하나 만져보지 못한단 말인가! 망할 놈의 부잣집에선 한 놈이 계집을 너댓씩 끼고 사는데!"

"남 얘기할 것 없소." 또 다른 젊은이가 말을 받았다.

"이 짓 해서 먹고사는 사람들은 정말 조심해야 돼. 키다리 말이 옳다니까. 그래, 자네가 말한 대로 장가를 가면 뭐 할거야? 살림한답시고 노리개처럼 데리고 놀 수 있을 것 같아? 천만에! 그게 다 우환거리거든! 하루 종일 옥수수 떡이나 뜯어먹으면서 양쪽으로 시달려봐! 아무리 힘 좋은 젊은이라도 망한다니까!"

여기까지 듣고 있던 샹즈는 인력거를 끌고 일어서며 멋쩍은 듯이 몇 마디를 던졌다.

"남쪽으로 가서 기다려야겠어. 이곳엔 손님이 없네."

"또 만납시다!"

나머지 두 젊은이가 동시에 대답했다. 샹즈는 듣지 못한 것 같았다. 걸어가면서 다리를 툭툭 차보니 허리 관절이 여전히 시큰거렸다! 인력거를 거두고 더이상 끌지 않을 생각도 했지만 집으로 돌아갈 용기가 나질 않았다. 집에 있는 것은 마누라가 아니라 사람의 피를 뽑아먹는 요물이다!

해가 많이 길어졌기 때문인지 다시 서너 차례 빙빙 돌았지만 겨우 5시밖에 되지 않았다. 그는 인력거를 돌려주고 찻집에서 잠시 시간을 보냈다. 차를 두 주전자쯤 마셨을 때 문득 허기가 느껴졌다. 그래서 밖에서 배를 채우고 집으로 돌아갈 생각을 했다. 고기만두 12량과 팥을 섞은 좁쌀죽 한 사발을 들이킨 후 트림을 하면서 천천히 집으로 발길을 돌렸다. 집에 가면 벼락이 떨어질 것이 분명했지만 오히려 담담했다. 그는 결심했다. 후니우와 말다툼할 필요도 없다. 그냥 고꾸라져 잠이 들었다가 내일이 되면 마찬가지로 인력거를 끌고 나오면 된다. 제까짓 것, 마음대로 하라지!

방 문을 들어서니 후니우는 바깥채에 앉아 있었다. 그를 흘긋 쳐다보고 고개를 푹 숙이는 것이 당장이라도 눈물을 떨어뜨릴 얼굴이었다. 샹즈는 적당히 넘어갈 요량이었다. 뻔뻔스러운 얼굴로 그녀에게 한 마디를 건네려고 했지만 이런 일에 영 익숙하지 않아 그냥 고개를 숙이고 방 안으로 들어갔다. 그녀는 한 마디도 없었다. 작은 방 안은 마치 깊은 산속 오래된 동굴처럼 고요하기만 했다. 마당 안 이웃집에서 들려오는 기침 소리와 이야기 소리, 어린아이 우는 소리가 아주 똑똑히 들렸는데, 어쩐 일인지 산꼭대기에서 먼 곳의 소리를 듣는 것처럼 느껴졌다.

두 사람은 아무도 먼저 말을 걸려고 하지 않았다. 소리를 낼 줄 모르는 한 쌍의 큰 거북이처럼 입을 꼭 다문 채 차례로 드러누웠다. 한참을 자고 난 후 후니우가 말을 꺼냈다. 화가 난 것 같기도 하고 웃음기가 섞인 것 같기도 한 목소리였다.

"뭘 하러 갔었어? 하루 온종일!"

"인력거 끌었지!"

그는 목구멍에 무엇이 걸린 것마냥 잠에서 덜 깬 얼굴로 이렇게 말했다.

"흥! 구역질나는 땀을 흘리지 않으면 속이 근지럽다 이거지. 천한 것이 별 수 있나! 내가 애써 맛난 음식을 볶아놓았는데 집에 와서 먹지도 않고, 그저 온 세상을 싸다녀야 마음이 편하겠어? 제발 내 성미 좀 돋우지 말란 말이야. 내 아버지가 건달 출신이란 거 잘 알지. 난 무슨 짓이든 할 수 있다구. 내일 또 나갔단 봐라. 확 목을 매달아 죽어버릴 테니까. 나는 한 번 한다면 하는 사람이라구!"

"난 그냥 놀기만 할 수 없어!"

"아버지 만나러 안 갈 거야?"

"안 가!"

"도도하기도 하셔라!"

샹즈는 화가 났다. 마음속에 있는 말을 하지 않고는 도저히 견딜 수 없을 지경이었다.

"인력거를 끌어서 내 인력거를 사겠단 말이야. 누구라도 막기만 해, 그 길로 나가서 다시는 돌아오지 않을 테니!"

"으으응."

그녀의 콧속에서 이런 소리가 아주 길게 굽이치며 맴돌았다. 그 소리에는 그녀의 자존심과 샹즈에 대한 멸시의 감정이 배어 있었다. 그러나 그녀의 마음은 그 안에서 에돌아 다른 생각을 떠올렸다. 그녀도 샹즈가—비록 어리석기는 하지만—강직한 사내라는 것을 잘 알고 있었다. 강직한 사내는 본래 농담을 하지 않는 법이다. 어렵게 얻은 그를 호락호락 놔줄 수는 없었다.

그는 이상적인 사람이다. 성실하고, 근검하며 또한 건장하다. 그녀의 생김새나 나이로 보아 이만한 보물을 얻기란 쉬운 일이 아니었다.

강할 줄도 알고 부드러울 줄도 아는 것이 제대로 된 수완이다. 그렇다면 지금은 그를 잘 다독거려야만 할 것이다.

"나도 알아. 당신이 열심히 노력한다는 걸. 그러나 당신도 알아야 돼. 내가 얼마나 당신을 아끼고 사랑하는지. 당신이 정말로 노인네를 찾아갈 마음이 없다면 이렇게 하지 뭐. 내가 찾아가는 것으로 말이야. 어쨌든 내가 딸인데, 체면 따위야 뭐 대수겠어."

"영감님이 우리더러 오라고 해도 나는 인력거를 끌 거야!"

샹즈는 이왕 말이 나온 김에 모든 말을 다 해버릴 참이었다.

후니우는 잠시 말을 잇지 못했다. 샹즈가 이처럼 똑똑하리라고는 전혀 예상치 못했기 때문이었다. 그의 말은 비록 아주 간단했지만 다시는 그녀의 올가미에 걸려들지 않겠다는 것, 그리고 자신은 결코 바보가 아니라는 것을 분명하게 전하고 있었다. 그녀도 점차 재미있어지기 시작했다. 급하면 뒷발질도 할 수 있는 이 큰 사람, 아니 큰 물건을 손아귀에 넣으려면 나름대로 상당히 머리를 써야겠다는 생각이 들기도 했다. 이처럼 큰 물건을 찾는 것 자체가 결코 쉽지 않은 일이니 처음부터 꽉 조일 필요는 없었다. 느슨하게 풀었다가 다시 꽉 조이면서 내 손바닥 안에서 벗어날 수 없도록 해야지!

"좋아. 당신이 인력거를 끄는 게 소원이라니 난들 무슨 수가 있겠어. 다만 전세로 끌지 않겠다는 것과 매일매일 집으로 돌아온다는 약속만은 꼭 해줘야 돼. 나는 말이야, 하루라도 당신을 보지 못하면 갈팡질팡 어찌할 줄 모르겠다고. 매일 저녁마다 일찍 집으로 돌아오겠다고 다짐해줘!"

샹즈는 낮에 키다리가 하던 말이 생각났다! 눈을 똑바로 뜨고 어둠 속을 바라보니, 한 떼의 인력거꾼들과 행상하는 이들, 날품팔이들이 허리와 등이 뻣뻣한 채로 다리를 질질 끌고 가는 모습이 눈에 들어왔다. 자기 역시 나중에 그런 꼴이 되겠지. 그러나 그는 더이상 후니우를 뒤틀리게 만들고 싶지 않았다. 일단 인력거를 끌 수 있게 되었으니 이번에는 그가 승리한 셈이었다.

"계속 거리 손님만 끌 거야!"

그는 이렇게 대답했다.

후니우도 비록 말은 그렇게 했지만 기를 쓰고 아버지를 찾아가려 하지는 않았다. 그들 부녀는 평소에도 말다툼을 자주 했지만 지금 상황은 달랐다. 몇 마디 말로 하루아침에 안개나 구름이 흩어지듯 해결될 일이 아니었다. 왜냐하면 그녀는 이미 류씨 집안 사람이 아니었기 때문이다. 출가한 여자는 친정 부모와 아무래도 소원하게 된다. 그런 까닭에 그녀 역시 보란 듯이 집으로 들어가기가 어려웠다. 만에 하나 노인네가 정말로 안면몰수하고 모른 척하면 어쩔 것인가? 그녀가 제 아무리 난리법석을 떤다 해도 노인네가 끝까지 돈을 내놓지 않으면 그만이었다. 누군가 옆에서 중재를 한다고 해도 도무지 어쩔 수 없는 지경에 이르면 결국 그녀에게 그냥 돌아가는 것이 좋겠다고 권할 것이다. 그녀에게는 자기 집이 있으니까.

샹즈는 평소와 다를 바 없이 인력거를 끌고 나갔다. 후니우는 혼자 방 안을 어슬렁거리다가 몇 번이고 좋은 옷을 갈아입고 아버지를 찾아갈 생각을 했다. 그러나 마음만 그러할 뿐 몸을 움직이기가 싫었다. 난처하기 이를 데 없었다. 자신이 편안하고 즐거우려면 돌아가야만 하나, 자신의 체면을 생각하면 안 가는 것이 옳았다. 만약 노인네가 화를 풀었다면 그녀는 샹즈를 끌고 인화차창으로 가기만 하면 된다. 그러면 자연스럽게 그에게 할 일이 생길 것이고 더이상 인력거를 끌지 않아도 될 뿐더러 손쉽게 아버지의 사업을 손에 쥘 수 있다. 이런 생각이 들자 그녀의 마음이 환해졌다. 그렇지만 노인네가 끝까지 버틴다면? 그러면 완전히 체면을 구기는 셈이다. 아니, 체면이 문제가 아니라 이후에는 완전히 인력거꾼의 마누라로 살 수밖에 없는 것이다. 흥! 그렇다면 이 셋집 울타리 안에 살고 있는 여편네들과 다를 바 없잖아. 그녀는 문득 눈앞이 아득해졌다. 샹즈에게 시집온 것까지 후회가 될 지경이었다. 그가 아무리 노력을 해도 아버지가 허락하지 않는다면 평생 인력거꾼으로 살아야 한다. 이런 생각이 들자 그녀는 그냥 혼자 친정집으로 돌아가 샹즈와 관계를 깨끗이 청산하고 싶다는 생각도 들었다. 그를 위해 자신의 모든 것을 포기할 수는 없었다. 그러나 다시 생각해보니 샹즈와 함께 하는 즐거움 또한 말로 형용할 수 없을 정도로 컸다. 그녀는 온돌 아랫목에 멍하니 앉아 결혼 후의 나날들을 회상했다. 아련하게 젖어드는 즐거움……. 온몸이 마치 향기롭고 포근한 햇살 아래 활짝 피어난 한 떨기 붉은 꽃처럼 느껴졌다. 아니야. 샹즈를 버릴 수는 없어. 그가 인력거를 끌든 문전걸식을 하든 영원히 그를 따라가야만 해. 봐! 저 마당 안에 살고 있는 여편네들을 보라고! 저들이 참을 수 있으면 나도 참을 수 있어. 그래, 그만두자. 후니우는 친정에 돌아가겠다는 생각을 접었다.

샹즈는 인화차창을 떠난 후로 다시는 서안문대가西安門大街 쪽으로 발을 들여놓지 않았다. 이틀 간 인력거를 끌면서 그는 문을 나서기가 무섭게 동성東城으로 내달렸다. 서성西城에는 도처에 인화차창의 인력거꾼들이 득실거렸기 때문이다. 그러나 이날만은 인력거를 거둔 후에 일부러 인화차창의 문 앞을 지나갔다. 별 다른 것은 아니고 그냥 한 번 보고 싶었다. 후니우의 말이 여전히 뇌리 속에 남아 있는데다 만약에 후니우가 노인네와 몇 마디 말로 화해를 한다면, 과연 자신이 그곳에 돌아갈 용기가 있는지 시험하고 싶었던 것이다. 아니, 그보다 먼저 이 거리를 지나다닐 수 있는가 시험해보려는 것일 수도 있었다.

모자를 아래로 푹 눌러쓰고 멀리서 인화차창 쪽을 살펴보았다. 행여 아는 이라도 만날까 두려워하면서. 멀리 인력거가 드나드는 문의 불빛이 보이자 왠지 마음이 괴로웠다. 자신이 처음 이곳에 왔을 때의 모습이며, 후니우가 유혹하던 일, 생일 잔칫날 저녁에 벌어진 일들이 마치 몇 폭의 그림처럼 눈앞에 선명하게 떠올랐다. 그런 그림들 사이에 또 다른 그림들, 아주 분명하고 단편적인 것들이 끼어 있었다. 서산西山, 낙타, 차오 선생 댁, 쑨 형사 등 아주 분명하고 끔찍한 그림들이 하나로 연결되어 있었다. 그림들은 아주 선명했지만 그의 마음속에선 어렴풋한 느낌만 들었다. 마치 몇 장의 사진을 바라보면서 자신도 그 안에 있다는 사실을 잊어버린 듯이…….

자신과 그들 사이의 관계가 떠오르자, 그의 마음이 다시 헝클어지기 시작했다. 그것들은 돌연 상하좌우로 회전하다 흩어지고 더욱 모호해졌다. 그는 자신이 왜 그런 괴로움과 억울함을 당해야 했는지 도무지 알 수 없었다. 이런 장면이 차지하고 있는 시간이 아주 길었던 것 같기도 하고 아주 짧은 것 같기도 했다. 그는 자신이 도대체 몇 살인지조차 분간하기 힘들었다. 그저 자신이 처음 인화차창에 왔을 때에 비해 훨씬 늙어버렸다는 느낌뿐이었다. 그때만 해도 그의 가슴은 희망으로 가득 찼었다. 그러나 지금은 뱃속 가득 근심뿐이다. 왜 그런지 분명하게 알 수는 없지만 이 그림들이 자신을 속이는 게 아님은 분명했다.

눈앞이 바로 인화차창이다. 그는 길가 저편에 서서 우두커니 밝은 전등을 바라보고 있었다. 보고 또 보다가 순간 가슴이 덜컥 내려앉았다. 등불 아래 금박을 입힌 네 글자—인화차창人和車廠—의 글자 모양이 바뀐 것이다! 그는 글자를 모르긴 하지만 앞에 첫 글자가 어떤 모양이라는 것은 기억하고 있었다. 그것은 막대기 두 개를 한데 붙인 것 같은데 꼬챙이 모양도 아니고 그렇다고 삼각형도 아닌 간단하면서도 괴상한 글자였다. 소리를 따라 글자를 찾는다면 아마도 '렌人' 일 것이다. 그런데 이 '人'이란 글자가 모양이 바뀌어 '仁'—'人'보다 더 괴이한 글자—로 바뀌었다. 도대체 영문을 알 수 없었다. 다시 동쪽과 서쪽 방을 바라보았는데—그가 영원히 잊을 수 없는 방 두 칸—모두 불이 꺼져 있었다.

샹즈는 지겨워질 때까지 서 있다가 비로소 고개를 푹 숙이고 집으로 향했다. 걸어가면서 그는 곰곰이 생각해보았다. 인화차창이 망해버린 것은 아닐까? 천천히 알아보되 먼저 마누라에게 이러쿵저러쿵

이야기하지 않는 게 좋을 거야. 집으로 돌아오니 마침 후니우는 방 안에서 볶은 수박씨를 까먹고 있었다.

"또 이렇게 늦었어!"

그녀의 얼굴에는 좋은 기색이 전혀 없었다.

"내 이야기 좀 들어봐. 이렇게 지내는 건 정말 견딜 수 없단 말이야! 당신은 나가면 하루 종일이고, 나는 이 움집 같은 곳에서 한 발자국도 나가지 못한다구. 울타리 안에 온통 가난뱅이 귀신들이 득실거리니 물건이라도 잃어버리면 어떻게 해. 온종일 말 한 마디 하러 갈 데가 있어야지. 안 돼! 내가 목석도 아니고. 당신이라도 날 생각해줘야지, 이렇게 살아갈 수는 없다구!"

샹즈는 아무 대꾸도 하지 않았다.

"말 좀 해봐! 일부러 화를 돋우는 거야 뭐야? 당신은 입도 없어?"

그녀의 말은 점점 빨라지고 목소리는 쟁쟁거렸다. 마치 작은 폭죽 궤미가 연달아 소리를 내는 것만 같았다.

그래도 샹즈는 아무런 말이 없었다.

"그럼 이렇게 하면 되겠지."

그녀는 안달을 했지만 그렇다고 샹즈를 어찌해볼 수도 없는 모양이었다. 그녀는 가슴이 바싹바싹 타들어갔으나 화를 몽땅 퍼부을 수도 없었기에 울지도 웃지도 못하는 표정을 지었다.

"우리 인력거 두 대를 사서 세를 놓고, 당신은 집에서 세만 받아먹으면 안 되겠어? 돼, 안 돼?"

"두 대면 하루에 30전인데, 먹는 것도 부족해! 한 대는 세를 주고 내가 한 대를 끌어야 그럭저럭 살 수 있다구!"

샹즈는 아주 천천히 말했지만 무척 자연스러웠다. 인력거를 산다는 말을 듣자 모든 것을 잊어버렸던 것이다.

"그러면 마찬가지 아니야? 당신은 여전히 집에 붙어 있지 않을 게고!"

"그렇다면 이렇게 해도 좋지."

인력거에 관한 문제라면 샹즈는 생각이 팽팽 돌아가는 것만 같았다.

"한 대는 세로 줘서 하루치를 받고, 다른 한 대는 내가 반나절을 끌다가 다시 반나절 세를 주는 거야. 낮 시간만 끈다면 일찍 나가서 오후 3시쯤이면 돌아올 것이고, 저녁에 나가 끌면 3시쯤에 나가서 밤에 돌아오는 거지. 얼마나 좋아!"

그녀는 고개를 끄덕였다.

"좀 생각해보고 뾰족한 수가 없다면 그렇게 하기로 해."

샹즈는 정말 기뻤다. 만약 이러한 생각이 실현된다면 또다시 자신의 인력거를 끌게 되는 셈이다. 비록 마누라가 사준 것이기는 하지만 천천히 돈을 모으면 자기도 또다시 한 대를 살 수 있을 것이다. 그러고 보니 후니우도 뭔가 좋은 점이 있다는 생각이 들었다. 그래서 그는 그녀를 향해 속마음에서 우러나오는 천진스런 웃음을 지어보였다. 지금까지 고통이 한꺼번에 사라지는 것 같았다. 마치 옷 한 벌을 갈아입는 것처럼 쉽고 시원하게 새로운 세계가 열리는 듯했다.

17

샹즈는 서서히 인화차창 소식을 알게 되었다. 류쓰예는 인력거 일부는 팔아치우고 나머지는 몽땅 서성西城에 사는 유명한 차창 주인에게 넘겨버렸다고 했다. 나이도 나이인데다 딸자식의 도움마저 없어 운영을 제대로 할 수 없기 때문에 아예 깨끗이 집어치우고 현금을 손에 쥔 채 편안한 여생을 살고 싶은 마음이었을 것이라고 샹즈는 추측했다. 그러나 영감이 도대체 어디로 갔는지 샹즈도 알아낼 수 없었다.

이 소식에 대해 샹즈는 기뻐해야 할지 슬퍼해야 할지 분명하게 판단할 수 없었다. 자신의 포부나 의지로 보면, 류쓰예가 딸자식을 포기한 이상 후니우의 계획도 수포로 돌아간 셈이니 샹즈 자신이 누구에게도 의지하지 않고 성실하게 인력거를 끌어 밥벌이를 하면 된다. 그러나 류쓰예의 재산을 두고 보면, 사실 아까운 생각이 들기도 했다. 류쓰예가 가지고 있는 돈을 언제 어떻게 왕창 날려버릴지 누가 알겠는가? 지금껏 그와 후니우는 동전 한 푼 덕본 것이 없는데.

그러나 일이 이렇게 되고 보니 오히려 이 일에 대해 고민할 필요도, 마음이 흔들릴 이유도 없었다. 어쨌든 자신의 체력은 자기 것이니 힘껏 일해서 돈을 벌면 먹는 것쯤이야 문제가 되지 않을 것이다. 그는 별다른 감정 없이 후니우에게 그 일에 대해 간단하게 전했다.

그녀는 크게 동요했다. 소식을 듣자마자 그녀는 자신의 미래가 확연하게 드러나는 것만 같았다. 끝장이구나! 모든 게 끝났어! 이제 나도 그저 인력거꾼의 마누라가 되는 수밖에 없구나! 영원히 이 셋집 울타리를 벗어날 수 없어! 그녀는 아버지가 새 마누라를 얻을 것이라고만 생각했지 이렇게 손을 털고 훌쩍 떠날 줄은 꿈에도 생각하지 않았다. 만약 노인네가 진짜로 작은마누라를 얻게 되면 후니우가 재산을 내놓으라고 싸우러 갈 수도 있고, 계모하고 사이 좋게 지내면서 자신의 잇속을 차릴 수도 있을 것인데……. 노인네가 인력거만 굴리고 있다면 얼마든지 좋은 방법이 생길 것이다. 그런데 노인네가 이렇게 단호하고 지독하게 모든 재산을 현금으로 바꾸어 몰래 숨겨버릴 줄이야! 이전에 아버지와 대판 싸운 것도 그녀에겐 그저 하나의 수단에 불과했으며, 분명 머지않아 이전처럼 사이가 좋아질 것이라고 생각했다. 그녀는 자신이 없으면 인화차창이 어려울 거라고만 생각했지, 누가 알았으랴! 노인네가 인화차창에서 아예 손을 떼버릴 줄.

어느덧 봄기운이 돌면서 나뭇가지 위 비늘 모양의 작은 꽃망울이 붉게 물들어 봉긋해졌다. 그러나 셋집 마당에는 꽃나무가 한 그루도 없기 때문에 봄은 나뭇가지부터 찾아들지 않았다. 이곳에선 봄바람이 먼저 안마당 빙판에 불어와 곰보처럼 여기저기 옴폭한 구멍을 낸다. 그리고 더러운 흙더미에서 비릿한 냄새를 풍기면서 닭털이며 마늘껍질, 휴지 조각 등을 담장 모퉁이로 몰아쳐 작은 회오리를 일으켰다. 셋집 마당에 옹기종기 모여 사는 사람들은 사시사철 걱정거리가 있었다. 노인네들은 이제야 겨우 방에서 나와 햇볕을 쬐고, 젊은 처녀들도 콧등에 앉은 석탄 검댕이 조금씩 없어지며 발그레하고 누런 피부가 드러났다. 아낙네들도 안쓰럽다는 생각 없이 아이들을 내몰아 마당에서 놀게 했다. 아이들은 낡은 종잇조각을 찢어 연을 만들고 제멋대로 마당 안에서 뛰어노는데, 더이상 작고 시커먼 손이 얼어서 몇 갈래로 갈라지는 일은 없었다. 그러나 배급소의 죽이나 구호소의 쌀 배급이 중지되고, 자선가들이 주는 구제금 역시 끊어지니, 마치 어려운 사람들을 봄바람과 봄볕에 모두 맡겨버린 것만 같았다! 바야흐로 봄보리가 작은 풀처럼 파릇파릇해지고, 묵은 양식이 바닥날 때가 되자 양곡 값이 예년처럼 치솟기 시작했다. 해는 길어져 노인들은 더이상 일찍 자리에 누워 꿈을 꾸며 허기를 달랠 수도 없었다. 봄은 찾아왔지만 이곳 셋집 마당에는 그저 괴로움만 더할 뿐이었다. 그리고 때로 다 자란 이, 특히 지독한 녀석들이 노인이나 아이들의 솜옷 터진 곳에서 기어나와 봄볕을 쬐기도 했다!

후니우는 마당 안에서 녹고 있는 얼음이며 해질 대로 해진 옷가지를 바라보거나 복잡미묘하면서 약간 열기를 띤 냄새를 맡을 때, 또는 노인들의 애절한 한숨 소리와 애새끼들의 울음소리를 들을 때마다 섬뜩해졌다. 겨울에 사람들은 집 안에서 웅크렸고 더러운 것들은 모두 빙판 속에 꽁꽁 얼어붙어 있었다. 그러나 봄이 찾아든 지금, 사람도 물건들도 원래 모습을 그대로 드러냈다. 낡은 벽돌을 쌓아올린 담장에선 부스러진 흙이 슬슬 떨어져 비만 오면 왕창 주저앉을 것 같았다. 이렇듯 마당 곳곳마다 형형색색 궁핍과 가난의 꽃이 활짝 피어 겨울보다 몇 배나 누추해 보였다. 흥! 하필이면 이럴 때 바로 이곳에서 영원히 살지 모른다는 생각이 들게 뭐람! 얼마 남지 않은 돈도 머지 않아 다 써버릴 것이고, 샹즈는 여전히 인력거꾼에 불과하잖아!

그녀는 샹즈에게 집을 보도록 한 뒤 아버지 소식을 알아보기 위해 남원南苑에 있는 고모를 찾아갔다. 고모는 정월 12일쯤 아버지가 인사차 한 번 찾아왔는데, 천진이나 상해로 놀러간다고 하더라며 말해 주었다. 평생 살면서 북평 성문 밖을 나가본 적이 없어 영웅이라고 할 수도 없으니, 아직 숨이 붙어 있을 때 여러 곳을 돌아다니며 견문이나 넓혀야겠다고 말했다는 것이다. 또한 당신 딸이 체면을 구기는 바람에 더이상 성 안에서 얼굴을 들고 살 수 없노라 말했다고도 했다. 고모에게 들은 말은 이게 다였다. 그녀의 판단은 더욱 단순했다. 노인네가 정말 성 밖으로 나갔는지, 그냥 말만 그렇게 한 것인지는 모른다. 그러나 어디 외지고 조용한 곳에 숨었다면 무슨 수로 찾겠는가!

집으로 돌아온 그녀는 방바닥에 머리를 처박고 울기 시작하더니, 그 어떤 가식이나 속임수도 없이 눈가가 퉁퉁 부어오를 정도로 한바탕 통곡을 해댔다. 한바탕 울고 난 후 그녀는 눈물을 닦으며 샹즈에게 말했다.

"그래, 좋아. 당신은 의지가 강하니까! 모두 당신 마음대로 해! 이번 내기는 완전히 잘못 걸었어! 그러나 어떻게 하겠어. 시집을 갔으면 남편을 따라야지 뭐. 딴 말할 필요도 없어. 당신한테 100원을 줄테니, 인력거를 사다가 끌라구!"

그러나 그녀는 나름의 계산을 하고 있었다. 본래 인력거 두 대를 사서 한 대는 샹즈에게 끌게 하고 나머지 한 대는 세를 주겠다고 생각했다. 그러나 지금은 생각이 바뀌어 한 대만 사서 샹즈에게 끌게 하고, 나머지 돈은 자신이 손에 쥐고 있기로 했다. 돈이 자기 수중에 있어야 권세도 부릴 수 있다고 여겼기 때문이다. 만에 하나 샹즈가—인력거를 사는 데 돈을 다 쓴 다음에—변심을 하면 어떻게 할 것인가? 아무래도 방비를 하지 않으면 안 돼!

게다가 노인네가 이렇게 떠나고 나니 그녀는 아무것도 믿을 게 없다는 생각이 들었다. 내일 일은 아무도 확실히 알 수 없다. 그저 즐길 수 있을 때 즐기면 그게 최고일 것이고, 수중에 돈푼이나 있으니 먹고 싶은 것을 사먹으면 될 것이다. 그렇지 않아도 그녀는 주전부리하는 데 버릇이 든 상태였다. 샹즈가 벌어오는 돈으로—그는 최고의 인력거꾼이다—생활을 하고 남겨놓은 돈으로 자신의 용돈을 충당하면서 일단 눈앞에 보이는 즐거움이나 찾아보자. 돈이야 언젠가 떨어질 테지만 그렇다고 사람이 영원히 사는 것은 아니잖은가! 인력거꾼에게 시집온 것만 해도—비록 부득이한 사정이 있기는 했지만—억울한데 자기 호주머니에 동전 한 푼 남겨두지 않고 그에게 매일매일 손바닥을 내밀 수는 없다. 이렇게 결정하자 그녀는 조금 즐거워졌다. 비록 앞으로가 걱정스러웠지만 지금 당장 고개를 숙일 정도는 아니다. 마치 걷다가 해가 저물었을 때 저쪽 먼 곳은 어두컴컴하여 잘 보이지 않지만 눈앞엔 아직 약간의 빛이 있어 몇 걸음 더 나아갈 수 있는 것처럼.

샹즈는 그녀와 별다른 말다툼도 하지 않았다. 인력거 한 대만 사도 좋을 것이다. 무엇보다 자신의 인력거가 생기면 하루에 60~70전은 들어오니 먹고살 만하다. 말다툼은커녕 오히려 즐겁기만 했다. 과거에 수많은 고생을 했지만 이 모든 것이 인력거를 사기 위해서 아니었던가. 지금 다시 한 대를 살 수 있는데 무슨 말이 더 필요하겠는가? 물론 한 대로 두 사람이 먹고 살려면 돈을 남길 수 없다. 인력거를 끌다가 낡아졌을 때 다시 새로운 인력거를 살 수 있도록 미리미리 대비하지 않으면 위험하다! 그러나 인력거를 사는 것 자체가 이렇게 어려우니 지금 인력거를 살 수 있다는 것만으로 마땅히 만족해야지, 뭘. 그렇게 아득히 먼 일까지 생각할 필요가 있겠는가?

셋집에 같이 사는 얼챵즈二强子가 때마침 인력거를 팔려고 내놓았다. 얼챵즈는 작년 여름에 열아홉 살 난 샤오푸즈小福子를 어떤 군인에게 200원을 받고 팔아넘겼다. 샤오푸즈가 떠난 후 얼챵즈는 한 동안 흥청거리면서 저당잡혔던 물건들을 모두 찾아오고 새 옷 몇 벌을 장만하여 온 집안 식구들이 제법 깨끗하게 차려입었다. 얼챵즈 부인은 셋집에 사는 이들 가운데 가장 키가 작고 못생긴 여자였다. 튀어나온 이마에 광대뼈가 도드라졌고, 머리숱도 없었다. 이빨은 밖으로 삐드러져 있고 얼굴에 주근깨가 가득하여 쳐다만 보아도 구역질이 날 정도였다. 딸 생각에 눈시울을 붉히며 울어대던 그녀 역시 새로 산 긴 남색 치마를 입고 있었다. 얼챵즈는 성격이 원래 난폭한데다, 딸을 팔아먹은 후에는 항상 술만 퍼마셨다. 또 술에 취하면 눈 언저리에 눈물을 글썽거리며 괜히 트집을 잡으려고 들었다. 얼챵즈 부인은 고운 새 옷을 입고 배불리 먹기는 했지만 고통이 즐거움보다 컸고, 남편에게 얻어맞는 숫자도 이전에 비해 두 배나 늘었다. 얼챵즈는 마흔이 넘었기 때문에 더이상 인력거를 끌지 않으려고 했다. 그래서 광주리 한 쌍에 배와 복숭아 등 과일과 땅콩, 담배 등 여러 가지 물건을 갖추어 넣고 행상을 시작했다. 두 달 정도 장사한 것을 얼추 계산해보니 이만저만 손해가 난 것이 아니었다. 인력거를 끄는 데만 익숙했지 장사는 할 줄 몰랐기 때문이다. 인력거를 끄는 것은 앞뒤 가리지 않고 무턱대고 하면 되는 일이다. 그렇기 때문에 손님이 있으면 끌고 없으면 없는대로 그만이다. 그러나 행상을 하려면 악착같이 물고 늘어져야 하는데, 그는 그런 일에 서툴렀다. 인력거꾼은 외상 거래에 익숙하다. 그 역시 아는 사람에게 안면몰수하고 외상을 안 줄 수가 없었지만 일단 외상을 주면 받아내기가 영 쉽지 않았다. 이리하여 단골 손님은 끌어들이지 못하고 그와 거래하는 이들은 외상만 늘었으니 장사가 밑질 수밖에. 이렇게 손해만 보니 괴롭고, 괴로우니 술독에만 빠져 살았다. 술에 취하면 밖에서는 순경들과 다투고 집에서는 마누라나 아이들을 못살게 굴었다. 순경의 노여움을 사고 마누라를 두들겨 패는 것은 모두 술 때문이었다. 술에서 깨면 몹시 후회가 되고 고통스러웠다. 생각해보면 이 돈은 딸자식과 맞바꾼 것이었다. 그런데 이렇게 헛되이 손해를 보고 허구한 날 술먹고 사람을 두들겨 패니, 스스로 생각해도 사람 할 짓이 아니었다. 그럴 때면 울적하여 하루 종일 잠만 잤다. 온갖 괴로움을 꿈에 맡기기라도 하는 양.

그는 장사를 때려치우고 다시 인력거를 끌기로 마음먹었다. 남은 돈마저 헛되이 내다버릴 수는 없었다. 그래서 인력거를 샀다. 취하기만 하면 사리 분별을 못하고 막무가내로 행동했지만 일단 술에서 깨어나면 꽤나 점잖았다. 체면을 차리려 궁색한 티를 벗어던지고 일마다 원칙을 따졌다. 새 인력거를 사고 옷도 말쑥하게 차려입자, 그는 스스로 고급 인력거꾼이 된 듯 차도 고급으로 마시고 점잖은 손님만 태워야 한다고 생각했다. 그는 인력거 정거장에서 자신의 새 인력거와 몸에 걸친 하얀 바지저고리를 뽐내거나 구차하게 장사에 신경을 쓰겠냐는 둥 잡담만 일삼았다. 새로 마련한 푸른 색 광목으로 인력거를 툭툭 털거나, 흰 바탕에 봉합선이 나 있는 새 헝겊신을 탁탁 땅에 굴려보기도 했고, 자기 코끝을 바라보며 인력거 옆에 서서 미소를 짓기도 했다. 그렇게 누군가 자신의 인력거를 칭찬해주길 기다리다 사람이 나타나면 화제를 꺼내 끝없이 지껄이는 것이었다. 그는 이렇게 하루 이틀을 공쳤고 더러 좋은 손님을 태워도 그의 발이 인력거나 새 옷을 뒷받침하여 뛰어주지 못했다. 이 사실이 또 그를 괴롭혔다. 괴로우니 딸 생각이 나고, 그러다보니 또 술을 찾게 되었다. 이리하여 그의 돈은 깨끗이 사라지고 그저 인력거 한 대만 달랑 남은 것이다.

아마도 입동 전후였던 것 같다. 그날도 그는 몹시 취했다. 문을 열고 집에 들어가니, 두 아들이—하나는 열세 살, 다른 하나는 열한 살이다— 허둥지둥 밖으로 몸을 피하려고 했다. 그 모습이 또 그의 속을 뒤집어 다짜고짜 아들 녀석들을 한 발씩 걷어찼다. 부인이 이를 보며 뭐라고 중얼거리자 이번에는 그녀에게 달려가 아랫배를 마구 짓밟았다. 그녀는 땅바닥에 나자빠져 한참 동안 소리가 없었다. 다급한 마음에 아들 중 한 놈은 석탄 나르는 삽을 들고 다른 한 놈은 밀방망이를 든 채로 달려들어 자기 아비와 죽어라고 싸웠다. 셋이서 한데 엉겨붙어 이리저리 치고받다가, 또다시 부인을 몇 번씩이나 짓밟고 말았다. 이웃 사람들이 달려들어 얼챵즈를 겨우 구들장에 눌러 쓰러뜨리자 두 아이는 엄마를 부둥켜안고 울기 시작했다. 얼챵즈 부인은 의식이 돌아오긴 했지만 끝내 자리에서 일어나지 못했다. 그리고 섣달 초사흗날 그녀는 딸자식을 팔아 사들인 긴 남색 치마를 입은 채로 숨을 거두고 말았다. 부인의 친정에서는 그냥 놔둘 수 없다며 얼창즈를 고소하겠다고 난리를 피웠다.

친구들이 끼어들어 겨우 친정 식구들의 양보를 얻어냈다. 얼챵즈는 그녀의 장례식을 후하게 치르고 친정 식구들에게 15원을 주기로 했다. 그는 인력거를 저당잡혀 60원을 빌렸다. 해가 바뀌어 저당잡힌 인력거를 되찾아올 희망이 없자 그는 인력거를 내다팔기로 마음먹었다. 술에 잔뜩 취할 때면 아들까지 팔 생각이 들기도 했지만 원하는 이가 있을 리 없었다. 그는 샤오푸즈의 남편을 찾아가본 적도 있었다. 그러나 그 남자는 그를 장인으로 여기지도 않았으니 할 말이 없었다.

샹즈는 인력거의 내력을 잘 알고 있었기 때문에 그다지 사고 싶은 마음이 들지 않았다. 많고 많은 게 인력거인데 하필 그처럼 불길한 인력거를 살게 뭐람. 딸자식을 팔아서 샀고 게다가 마누라를 때려죽여 내다팔게 된 인력거인데! 그러나 후니우는 생각이 달랐다. 그녀는 그저 80원 정도로 살 수 있다면 싼 것이라는 생각만 했다. 인력거는 겨우 반 년 정도밖에 끌지 않았기 때문에 타이어 색깔도 변하지 않은 데다 서성西城의 유명한 인력거 제조공장인 덕성德成에서 만든 진짜배기였다. 그것보다 더 오래된 중고 인력거를 사려고 해도 50~60원은 줘야 하지 않는가? 그녀는 이처럼 싼 인력거를 놓치고 싶지 않았다. 후니우는 얼챵즈가 당장 돈이 급할 뿐더러 해가 바뀐 지 얼마 되지 않아 시중에 돈이 잘 돌지 않으니 그도 더이상 높은 가격을 부를 수 없을 것임을 잘 알고 있었다. 그래서 자신이 직접 인력거를 보러 가서 얼챵즈와 흥정을 한 끝에 돈을 치렀다. 샹즈는 그저 인력거를 끌게 되기만을 기다릴 뿐이었다. 자기 돈이 아닌 마당에 뭐라고 말하기도 거북살스러웠다. 인력거를 산 뒤에 꼼꼼히 살펴보자 확실히 단단해 보이긴 했으나 마음에 들지 않는 부분이 있었다. 가장 기분이 나쁜 것은 새까맣게 칠한 차체에 백동白銅 장식을 한 것인데, 얼챵즈가 처음 샀을 때는 검은 색과 흰 색이 잘 어울려 아름답게 보였으나 샹즈는 어쩐지 상복을 입은 것처럼 불길한 느낌이 들었다. 그는 덧씌우개를 바꾸고 싶은 생각이 간절했다. 황토색이나 달빛처럼 연한 흰색으로 바꾸면 분위기가 확 달라질 것 같았다. 그러나 후니우가 알면 이러쿵저러쿵 잔소리를 해댈까봐 굳이 말을 꺼내지 않았다.

인력거를 끌고 나가니 사람들이 모두들 특별히 관심을 보였는데, 그중에는 이 인력거를 '청상과부'라고 부르는 이도 있었다. 샹즈는 불쾌했다. 갖은 방법을 써가며 생각하지 않기로 마음먹었지만 인력거란 것이 하루 종일 그와 붙어 있는 물건이어서 혹시라도 언제 무슨 사고가 날지 늘 조마조마했다. 때로 얼챵즈와 그가 당했던 불행한 일이 뇌리에 떠올라 자신이 끌고 있는 것이 인력거가 아니라 관 같다는 생각이 들기도 했다. 때로 그는 인력거에서 어른거리는 귀신의 모습을 보는 듯했다.

애태우며 불안한 마음을 감출 수 없었지만 딱히 잘못된 일은 없었다. 날씨가 점차 따뜻해져 솜옷은 벗어버리고 겹옷도 입을 필요가 없어 홑바지에 홑적삼만으로 지낼 만했다. 북평은 봄날이라고 할 것이 없다. 해는 지루하리만큼 길어져 사람들마다 피로를 느끼고 있었다. 샹즈는 이른 새벽에 집을 나와 오후 4~5시까지 시내를 빙빙 돌아다녔는데, 그쯤이면 힘을 다 썼다는 느낌이 들곤 했다. 하지만 태양은 여전히 높이 떠 있었다. 더 달리기도 싫고 그렇다고 인력거를 거두기도 아까워서 그는 엉거주춤 늘어지게 기지개를 켜며 하품을 했다.

샹즈도 피곤하고 심심하다는 생각이 들 정도니 집에 있는 후니우는 더더욱 적막할 것이다. 겨울철이라면 화롯가에서 불을 쬐고 밖에서 부는 바람 소리를 들으며 '나가지 않는 것이 차라리 낫다' 고 위로라도 할 수 있었다. 그러나 지금은 화롯불도 처마 밑으로 내보냈으니 방 안에선 정말 할 만한 일이 없었다. 마당은 더럽고 냄새가 나는데다 풀 한 포기 보이지 않았다. 시내 구경이라도 가자니 이웃 사람들을 믿을 수 없어 물건을 사러 나갔다가도 금방 돌아와야지 한가롭게 어슬렁거릴 수 없었다. 그녀는 방 안에 갇힌 한 마리 꿀벌처럼 하는 일 없이 햇살이나 바라볼 뿐, 날아갈 수 없었다. 한 울타리에 세들어 사는 아낙네들은 아예 말 상대가 되지 않았다. 그들이 늘 하는 말은 자질구레한 집안 이야기였으니 아무런 거리낌 없이 제멋대로 사는 데 익숙해진 그녀에게 이런 이야기가 귀에 들어올 리 만무했다. 그네들이 구구절절 해대는 억울한 사정이란 것이 모두 생활의 괴로움에서 나온 것이어서 듣고 있자면 절로 눈물이 나왔다. 하지만 후니우의 불평은 현재 생활에 대한 약간의 불만족에서 비롯되었기 때문에 그저 한바탕 욕지거리를 해대면서 답답한 마음을 풀고 싶을 뿐이었다. 이처럼 그들은 서로를 이해할 수 없었으므로, 각자 자기 할 일만 할 뿐 굳이 말을 섞으려 들지 않았다.

4월 중순이 되자 그녀에게도 친구가 생겼다. 얼챵즈의 딸 샤오푸즈가 돌아온 것이다. 샤오푸즈의 '그 사람'은 군관軍官(장교)이었다. 그는 근무하는 곳마다 간단한 살림을 차렸다. 100~200원쯤 들여서 젊은 처녀를 사고, 커다란 침대용 널판과 의자 두 개만 들이면 한동안 즐거운 생활을 할 수 있었다. 그러다가 부대가 다른 곳으로 이동하면 그는 사람을 포함해서 침대용 널판이며 의자 등을 그대로 놔둔 채 손을 털고 떠나는 것이다. 이렇게 100~200원에 반 년쯤 즐기며 사는 것은 결코 손해가 아니었다. 바느질이나 빨래, 밥짓기 등 사소한 일만 해도 그랬다. 만일 식모를 구한다고 하면 식비에 월급을 합쳐 적어도 한 달에 8~9원은 들지 않겠는가? 그런데 처녀를 구해놓으면 식모로 부릴 수도 있고, 데리고 잘 수도 있었다. 게다가 깨끗해서 성병도 없었다. 기분이 좋을 때면 그는 그녀에게 꽃무늬 천으로 만든 긴 치마를 사주기도 했다. 그래봐야 1원도 채 들지 않았다. 기분이 나쁘면 홀딱 벗겨서 집 안에 쭈그리고 앉아 있도록 했는데, 여자들은 시키는 대로 하는 수밖에 없었다. 부대가 이동하자 그는 전혀 아까운 기색 없이 살림살이를 그냥 놔두고 떠나가버렸다. 두 달치 밀린 방세는 그녀가 처리해야 했다. 집기들을 죄다 헐값에 팔아보았자 때로는 방세를 내기에도 부족했다.

샤오푸즈는 침대용 널판을 팔아다 방세를 내고 꽃무늬 긴 치마에은 귀고리를 단 채 집으로 돌아왔다.

얼챵즈는 인력거를 판 후 전당포에서 빌린 돈에 이자까지 갚으니 20원 정도가 수중에 남았다. 때로 그는 중년의 나이에 마누라까지 잃은 자신이 불쌍하다고 생각했다. 그러나 다른 사람들이 그를 가엾게 여기지 않으니 혼자 술잔을 기울여 맛난 술이나 마시면서 스스로를 위로했다. 그럴 때면 마치 돈을 원수처럼 여기는 양 기를 쓰고 써대는 것이다. 그러다가도 인력거를 열심히 끌어 두 아들을 잘 기르면 미래가 희망적일 수 있다는 생각이 들기도 했다. 이렇게 아들 생각이 날 때면 그는 이것저것 닥치는 대로 먹을 것을 사가지고 와서 두 아들 녀석에게 먹였다. 두 아들이 허겁지겁 먹는 모습을 바라보면서 그는 눈물을 글썽이며 혼잣말을 했다.

"에미 없는 자식! 이 불쌍한 자식들아! 이 애비가 고생하는 것도 모두 너희들 때문이야! 사실 말이지, 내가 배부르게 먹든 말든 그건 아무렇지도 않지만 네 놈들은 배불리 먹여야지! 그래 어서 먹어라! 너희들이 커서 이 애비를 잊지 않으면 그만이다!"

20여 원 남짓한 돈은 이렇게 서서히 바닥이 나고 말았다.

돈이 없어지자 그는 다시 술을 마시고 주정을 부렸고, 아이들이 하루나 이틀씩 아무것도 먹지 못해도 그냥 내버려두었다. 아이들은 할 수 없이 자기들끼리 방도를 생각해냈다. 동전 몇 닢을 얻어다 뭔가를 사먹기 시작한 것이다. 그들은 결혼식이나 장례식에 깃발을 들어주거나 쓰레기차를 따라다니며 구리 조각이나 헌 종이를 주워다가 때로 사오뺑 몇 개를 사먹기도 하고, 보리타작 후에 그루갈이로 심은 고구마를 한 근 사서 잔뿌리가 달린 껍질 그대로 꿀꺽 삼키곤 했다. 때로 둘이 통틀어 2전짜리 동전 한 개밖에 안 될 때면 그저 땅콩이나 볶은 잠두콩을 샀다. 그것으로 허기를 견딜 수는 없지만 입 안에서 오랫동안 씹을 수 있기 때문이었다.

샤오푸즈가 돌아오자 아이들은 누이를 만난 기쁨에 다리를 하나씩 붙잡고 한동안 아무 말 없이 눈물을 흘리며 애써 웃어 보일 뿐이었다. 엄마가 없으니 이제 누나가 곧 엄마다!

얼챵즈는 딸이 돌아온 것에 대해 아무런 내색도 하지 않았다. 그녀가 돌아오니 밥을 축낼 식구가 하나 더 늘은 셈이다. 그러나 두 아들이 기뻐하는 것을 보며 그 역시 집안에는 식구들에게 밥과 빨래를 해줄 여자가 필요하다는 사실을 인정하지 않을 수 없었다. 그는 그저 될 대로 되라는 심정이 되었다.

샤오푸즈는 꽤 예뻤다. 예전에는 마르고 왜소했지만 그 장교와 함께 살면서 몸도 불고 키도 더 커졌다. 둥근 얼굴에 이목구비가 반듯했고, 특별히 잘생긴 곳은 없어도 야무진 인상이 결코 밉지 않았다. 윗입술이 짧아서 화를 낼 때나 웃을 때에도 먼저 입술이 벌어져 희고 가지런한 치아가 드러났다. 그 장교는 특히 그녀의 가지런한 치아를 좋아했다. 그녀가 치아를 드러낼 때면 백치처럼 아무 생각도 없는 듯 보이면서 어딘가 귀여운 느낌이 들었다. 바로 이런 이유 때문에—가난하지만 예쁘게 생긴 다른 처녀들과 마찬가지로—조금이라도 향기가 좋거나 색깔이 고우면 그들은 시장에 내다 팔리는 것이다.

후니우는 이제껏 한 울타리 안에 사는 이들과 상대하지 않았으나 샤오푸즈만은 친구로 삼았다. 무엇보다 샤오푸즈는 제법 생김새가 그럴 듯했고, 둘째로 꽃무늬가 고운 긴 치마를 가지고 있었다. 게다가 군인 장교에게 시집을 갔으니 그녀는 그래도 세상구경을 한 셈이었다. 그래서 후니우는 기꺼이 그녀와 사귀기로 마음먹었다. 여자들끼리는 처음 친구되기가 어렵지 일단 사귀려고 마음만 먹으면 속도가 매우 빨랐다. 며칠이 채 지나기도 전에 그녀들은 친한 친구가 되었다. 군것질을 좋아하는 후니우는 호박씨 등 주전부리를 사면 언제나 그녀를 불러 함께 까먹었다. 바보같이 흰 이를 드러내며 웃고 떠들면서 샤오푸즈는 후니우가 들어보지 못한 이야기를 해주곤 했다. 군인 장교를 따라가서 행복하지는 않았지만 그래도 그가 기분이 좋을 때면 그녀를 음식점으로 데려가 음식도 사먹이고 극劇(경극) 구경을 시켜주기도 했기 때문에 후니우가 부러워할 만한 이야깃거리가 제법 있었다.

그녀에겐 차마 입에서 꺼내기 힘든 일도 많았다. 그녀에게 그것은 유린이었지만, 후니우에게는 향락이나 다름 없었다. 후니우가 거의 애걸하다시피 말해달라고 하니, 아무리 거북해도 거절하기가 힘들었다.

샤오푸즈는 춘화를 본 적이 있는데, 후니우는 본 적이 없었다. 이런 일에 대해 한 번 듣기만 하면 후니우는 이와 비슷한 또 다른 이야기를 듣고 싶어했다. 그녀는 샤오푸즈를 귀여워했지만, 한편으론 부러워하거나 심지어 질투하기도 했다. 그런 이야기를 듣고 나면 후니우는 자신의 꼬락서니를 되돌아보곤 했다. 자신의 나이나 남편을 생각하면 왠지 억울한 생각이 들었다. 자신은 청춘을 즐긴 적도 없고 그렇다고 어떤 희망이 있는 것도 아니었다. 게다가 샹즈는 그저 딱딱한 벽돌이나 진배없지 않은가!

샹즈에 대한 불만이 쌓일수록 그녀는 더욱 샤오푸즈를 가까이 했다. 샤오푸즈는 비록 가난하고 불쌍했지만 행복을 누린 적도 있고 멋진 곳에도 가본 적이 있으니 당장 죽는다 해도 여한이 없을 것만 같았다. 후니우에게 샤오푸즈는 그야말로 여자로서 마땅히 누려야 할 행복을 맛본 여자의 대표처럼 여겨졌다. 반면에 샤오푸즈가 겪었던 고통은 전혀 보이지 않았다. 샤오푸즈는 빈털터리로 돌아왔지만—아버지가 얼마나 무책임하고 게으른지—두 동생을 돌봐야만 했다. 그러나 그녀가 어디에 가서 돈을 벌어 동생들에게 밥을 해준단 말인가? 얼챵즈는 술에 취해 속내를 드러냈다.

"네가 진심으로 동생들을 사랑한다면 그들을 먹여살릴 방도가 있어야 할 것 아니냐! 너나 할 것 없이 나만 쳐다보고 있으면 어쩔 거야. 하루 종일 남들을 위해 소나 말처럼 일하는데 나 먼저 배를 채워야지 빈 속에 어떻게 뛰어다니겠어? 아예 확 대가리 처박고 고꾸라져 뒈져야 좋겠냐? 넌 그냥 가만히 있는 것도 노닥거리는 거나 다름없어. 있는 몸뚱어리 안 팔고 뒀다 뭐에 써?"

고주망태가 된 아버지와 자기 자신, 그리고 배가 고파 쥐새끼 꼴을 하고 있는 동생들을 보고 있자니 샤오푸즈는 그저 눈물만 나올 뿐이었다. 눈물을 흘린다고 아비가 감동할 리도, 배고픈 동생들을 배부르게 해줄 리도 만무했다. 그것보다 실질적인 것을 내놓아야 했다. 결국 동생들을 배부르게 먹이려면 자신의 몸을 파는 수밖에 없었다. 작은 동생을 끌어안으니 그녀의 눈물이 동생의 머리카락 위로 떨어졌다.

"누나, 나 배고파!"

그래, 누나! 누나는 고깃덩어리에 불과하다. 동생들에게 먹여야 할! 후니우는 샤오푸즈는 위로하기는커녕 오히려 그녀를 돕겠다고 나섰다. 후니우는 약간의 밑천을 내놓아 그녀를 예쁘게 단장시켰다. 물론 그것은 샤오푸즈가 자신에게 갚아야 할 돈이었다.

후니우는 그녀에게 장소까지 빌려주고 싶어했다. 샤오푸즈의 방은 더러웠으나 후니우의 방은 그나마 괜찮았고, 두 칸이라 여러 사람이 들어와도 운신할 공간이 있었다. 샹즈는 낮에는 돌아오지 않는다. 후니우는 즐겁게 친구를 도와주면서 자신이 아무리 하고 싶어도 할 수 없는 일을 실컷 구경하고 더 많이 알 수 있게 되리라 기대했다. 대신 샤오푸즈가 방을 쓸 때마다 자신에게 20전씩 주어야 한다는 조건을 내걸었다. 친구는 친구고, 일은 일이기 때문이다. 사실 샤오푸즈의 일 때문에 그녀도 방을 깨끗이 청소해야 하니, 나름대로 품도 들고 돈도 제법 나간다. 빗자루며 쓰레받기 같은 것을 사다놓아야 하지 않는가? 20전은 절대로 많다고 할 수 없다. 다만 친구지간이니까 이렇게 사정을 봐주는 것이다. 샤오푸즈는 이를 약간 드러내고 웃는 듯했으나 속으로는 눈물을 흘렸다.

샹즈는 아무것도 몰랐지만 밤마다 잠을 설치게 되었다. 후니우가 샤오푸즈를 도와 일을 치르게 해준 뒤로 샹즈의 몸에서 잃어버린 청춘을 찾고자 했기 때문이다.

18

6월이 되었다. 대낮의 셋집 마당에서는 인기척을 거의 느낄 수 없었다. 아이들은 일찌감치 헤진 광주리를 들고 물건을 주우러 나갔다. 9시 정도만 되어도 벌써 따가운 햇빛이 빼빼 마른 등을 벌겋게 달구기 때문에 아이들은 할 수 없이 주운 물건들을 가지고 집으로 돌아와 어른들이 주는 음식을 먹었다. 이어 조금 나이가 있는 아이들은 알량하나마 약간의 밑천이라도 생기면 그 돈으로 구입한 것에 주운 것까지 합쳐 얼음조각을 팔러 나간다. 이나마 구하지 못할 경우 서로 짝을 지어 해자 물에 멱을 감고 내친 김에 정거장에서 석탄 몇 조각을 훔치거나 잠자리와 매미를 잡아 부유한 집 아이들에게 팔기도 했다. 어린아이들은 감히 멀리 나가지 못하고 문 밖 나무 아래서 느티나무 벌레를 잡거나 번데기를 파내며 놀았다. 아이들과 남자들이 모두 나가버리면 여자들은 방에서 웃통을 벗어던진 채 아무도 밖으로 나오려 하지 않았다. 창피해서가 아니라 마당도 벌써 후끈하게 데워져 발 딛기조차 힘들기 때문이었다.

해가 뉘엿뉘엿 넘어갈 때면 남자와 아이들이 줄줄이 집으로 돌아왔다. 이때가 되면 마당에 담벼락 그림자도 드리우고, 시원한 바람도 불어온다. 반면 집 안은 하루 내내 달궈진 열기 때문에 불구덩이나 다름이 없었다. 사람들은 모두 마당에 앉아 여자들이 밥을 내오길 기다렸다. 마당은 시끌벅적해졌다. 물건만 없을 뿐, 마치 마을 장에 나온 것 같았다. 모두 하룻동안 실컷 열을 받은지라 두 눈은 벌겋게 달아오르고 짜증이 날 대로 난 상태였다. 게다가 배까지 고프니 얼굴이 잔뜩 굳어 걸핏하면 버럭버럭 화를 냈다. 말 한 마디라도 비위에 거슬리면 아이나 마누라를 때렸고, 있는 대로 욕을 퍼부었다. 이런 소란은 모두가 식사를 마칠 때까지 계속되었다. 어떤 아이는 마당에 누워 그대로 잠이 드는가 하면, 거리로 나가 이리저리 뛰어다니며 노니는 아이도 있었다. 어른들은 배를 불리고 나면 기분이 한결 좋아져, 삼삼오오 짝을 지어 담소를 즐기며 노곤했던 하루를 이야기했다. 벌이가 시원치 않아 밥을 못 먹은 사람들은 설사 저당잡히거나 팔 것이 있다 해도 방법이 없었다. 이미 날이 졌기 때문이다. 남자는 방 안이 덥든 말든 그대로 온돌에 머리를 처박은 채 침묵하거나, 큰 소리로 욕지거리를 퍼부었다. 여자는 눈물이 그렁그렁한 모습으로 사람들에게 변통을 하러 다니다 연거푸 몇 사람에게 거절을 당한 뒤 겨우 20전짜리 너덜너덜한 지폐 하나를 손에 넣었다. 그녀는 소중한 지폐 한 장을 움켜쥐고 옥수수 가루를 사다 죽을 끓여 식구들에게 먹였다.

후니우와 샤오푸즈는 이런 생활과는 거리가 멀었다. 후니우는 임신을 했다. 이번엔 진짜 임신이었다. 샹즈는 아침 일찍 일을 하러 나갔지만 후니우는 항상 8~9시가 되어야 일어났다. 임신했을 때 운동을 많이 해선 안 된다는 것은 사실 그릇된 관행이었다. 그러나 후니우는 이를 철석 같이 믿었고, 또 이를 빌미로 은연중에 신분을 과시했다. 모두가 아침 일찍 일어나 일을 나가는데도 오직 그녀만 한가하게 마음대로 늘어져 있었다. 밤이 되면 작은 걸상을 들고 문 밖에 나가 바람 드는 곳에 앉아 셋집 사람들이 잠이 들 때가 돼서야 방으로 돌아왔다. 사람들이 나누는 이야기 따윈 관심이 없었다.

샤오푸즈 역시 늦게 일어났다. 그러나 그녀가 늦게 일어나는 데는 다른 이유가 있었다. 셋집 남자들의 곁눈질이 두려웠기 때문이다. 샤오푸즈는 남자들이 다 나간 후에야 방문을 나설 수 있었다. 낮에는 후니우에게 가거나 밖에 나가 돌아다녔다. 자신이 돌아다니는 것이 바로 광고였기 때문이다. 저녁에는 저녁대로 셋집 사람들의 이목을 피해 거리를 배회하다가 모두가 잠자리에 들었다 싶을 때 몰래 집으로 돌아왔다.

남자들 중에서는 샹즈와 얼챵즈가 예외였다. 샹즈는 이 마당에 들어서는 것도, 방으로 들어가는 것도 모두 두려웠다. 셋집 사람들의 끝없는 수다도 그를 심란하게 했다. 그는 조용한 곳을 찾아 혼자 앉아 있고 싶었다. 방은 어떤가, 그는 날이 갈수록 후니우가 암 호랑이 같다는 생각이 들었다. 덥고 답답한데다 호랑이까지 있는 방은 들어서기가 무섭게 숨이 막혔다. 얼마 전까지만 해도 후니우가 어찌나 시끄럽게 잔소리를 해대는지 일찍 들어올 수밖에 없었지만 요즘은 샤오푸즈가 짝이 되어주는 덕분에 조금 귀가 시간을 늦출 수 있다.

얼챵즈는 요즘 들어 집에 들어오는 일이 거의 없었다. 딸이 하는 일을 잘 알고 있기에 문을 들어설 염치가 생기지 않았다. 그렇다고 딸을 말릴 방법도 없었다. 자신이 아이들을 양육할 능력이 없었기 때문이다. 눈으로 보지 않으면 마음도 좀 덜 심란하리라 생각하니 집에 오지 않는 길을 택할 수밖에 없었다. 때로 그는 딸을 증오했다. 샤오푸즈가 남자라면 이렇게 추잡한 꼴을 보일 필요가 없을 텐데……. 아니 딸이면 딸이지 왜 하필이면 내 딸로 태어났단 말인가! 물론 딸이 가엾기도 했다. 몸을 팔아 두 동생을 돌보고 있지 않은가! 미웠다가, 가여웠다가, 정말 어찌할 도리가 없었다. 그러다가도 술 먹을 돈이 없으면 더이상 딸이 밉지도, 가엽지도 않았다. 그는 그 길로 집에 돌아와 딸에게 손을 벌렸다. 이럴 때 딸은 그에게 돈 버는 기계일 뿐이었다. 아버지로서 딸에게 돈을 요구하는 것은 전혀 문제가 되지 않았다. 이럴 때면 그도 체면이란 걸 생각했다. 모두 샤오푸즈를 깔보지 않는가. 아버지인 나도 딸을 용서하지 않아. 그러니까 돈을 내놓으라 하고, 욕도 퍼붓는 거야. 그는 마치 사람들더러 들으라고 욕을 퍼붓는 것 같았다. 나는 잘못이 없어. 샤오푸즈가 천성이 뻔뻔한 년이야.

얼챵즈가 아무리 소리를 질러도, 샤오푸즈는 제대로 대꾸 한 번 못했다. 오히려 후니우가 나서서 욕을 하고 달래어 그를 쫓아버렸다. 물론 그럴 때마다 얼챵즈의 손엔 약간의 돈이 들려 있게 마련이었다. 이 돈은 결국 그의 술값이 되었다. 멀쩡한 정신이라면 그대로 강에 뛰어들거나 목을 맬 수밖에 없을 것이다.

6월 15일, 엄청나게 더운 날씨였다. 햇살이 나오자마자 대지는 마치 불을 피운 것 같았다. 구름인지 안갠지 희뿌연 대기가 공중을 가득 메우고 있어 사람들은 숨이 막힐 지경이었다. 바람 한 점 없는 날이었다. 샹즈는 마당에서 하늘을 바라보며 저녁에 일 나갈 생각을 하고 있었다. 오후 4시가 지나면 다시 나가야지. 돈이 벌리지 않으면 새벽까지 일을 할 수도 있어. 야간에 일하는 게 대낮보다는 훨씬 더 견딜 만할 테니까.

후니우는 빨리 나가라고 샹즈를 재촉했다. 그가 집에 있으면 일에 방해가 될까 걱정스러웠다. 샤오푸즈가 손님을 끌고 오면 곤란한 일이다.

"집에 있으면 좀 나을 줄 알아? 정오만 되면 벽까지 후끈후끈해!"

샹즈는 아무 말도 하지 않고 찬물만 한 바가지 들이킨 채 밖으로 나갔다.

거리의 버드나무도 병이 든 것 같았다. 먼지 낀 잎이 가지에 도르르 말려 있었다. 버들가지는 움직이기도 싫은 듯 맥없이 축 늘어졌다. 물기라고는 전혀 찾아볼 수 없는 도로는 바짝 말라 허옇게 들떠 있었다. 인도에 풀풀 날리는 먼지는 하늘의 회색빛 대기와 이어져 지독한 모래먼지가 사람들의 얼굴을 달궜다. 바짝 마른 대지는 손을 댈 수 없을 정도로 뜨겁게 달아올랐고, 어딜 가도 숨이 턱턱 막혔다. 오래된 도시 전체가 불을 올린 벽돌 가마처럼 열기에 휩싸였다. 사람들은 제대로 숨을 쉴 수조차 없었다. 개는 바닥에 엎드려 길게 혀를 빼고, 나귀는 콧구멍을 있는 대로 벌린 채 벌렁거렸다. 행상꾼들은 소리지를 엄두도 내지 못했다. 아스팔트 길이 녹아내리고, 심지어 가게 앞 청동 간판마저 모두 녹아버릴 것 같았다. 거리는 이상하리만치 고요했다. 오직 대장간에서만 사람들의 애간장을 태울 만큼 단조로운 담금질 소리가 울렸다. 인력거꾼들은 일을 안 하면 입에 거미줄을 친다는 사실을 뻔히 알면서도 도무지 장사할 마음이 나지 않았다. 그늘 아래 시원한 곳을 골라 인력거를 세워두고 차양을 친 채 차에 앉아

꾸벅꾸벅 졸고 있는 사람, 작은 찻집에 들어가 차를 마시는 사람, 아예 인력거를 버려두고 거리에 나와 장사를 해도 될지 둘러보는 사람도 있었다. 인력거를 끌고 나온 경우, 아무리 건장한 젊은이라 해도 체면 마다하고 뛰어다니는 걸 포기한 채 고개를 숙이고 천천히 발걸음을 옮겼다. 매번 지나치는 우물은 그들에게 구세주나 다름없는 존재였다. 겨우 몇 걸음을 뗐을 뿐인데도 우물만 보였다 하면 그대로 달려가 새로 물을 길을 틈도 없이 나귀와 함께 물통의 물을 들이켰다. 그런가 하면 걷다가 더위를 먹거나 염병에 걸려 땅에 고꾸라져 영원히 일어나지 못하는 사람도 있었다.

샹즈마저 약간 겁이 났다. 빈 인력거를 끌고 몇 걸음 내딛자마자 얼굴에서 발까지 열기가 휘감기더니 손등에서조차 땀이 흘렀다. 그러나 빈 자리를 보니 손님을 태우고 싶었다. 일단 달리기 시작하면 그래도 바람이 느껴질 것이다. 손님을 태우고 나서야 그는 누구도 도저히 일을 할 수 없는 날씨라는 사실을 깨달았다. 뛰자마자 숨이 턱에 차고, 입술은 바짝바짝 타들어갔다. 물을 마실 생각도 없었는데 물만 보면 마시고 싶었다. 달리지 않으면 화끈거리는 태양이 손과 등을 쩍쩍 갈라놓을 것만 같았다. 겨우 목적지에 도착하면 바지며 저고리가 온몸에 칭칭 휘감겨 있었다. 파초선을 부쳐보지만 소용이 없었다. 바람도 뜨거웠다. 벌써 찬물을 얼마나 들이켰는지 모르는데 다시 찻집으로 달려갔다. 뜨거운 차 두 주전자를 마시고 나서야 그는 마음이 조금 안정되었다. 차를 마시고 있는데 그 즉시 몸에서 땀이 나는 걸 보면 온몸에 수분이라고는 전혀 남아 있지 않은 것 같다. 그는 도저히 더 움직일 수가 없었다.

한참을 앉아 있으려니 지겨운 생각이 들었다. 나갈 수도 없고, 그렇다고 할 일도 없으니 날씨가 맘 먹고 그에게 딴지를 거는 것 같았다. 아냐, 절대 호락호락 질 수 없지. 인력거를 끈 지 하루 이틀 지난 것도 아니고, 여름도 처음이 아닌데 이렇게 하루를 공칠 수는 없다. 그러나 아무리 나가고 싶어도 다리가 말을 듣지 않았다. 온몸이 흐물거렸다. 마치 목욕을 시원하게 하지 않은 것처럼, 흠뻑 땀을 흘리긴 했지만 마음은 개운치 않았다. 다시 잠깐 자리에 앉았지만 그것도 고역이긴 마찬가지였다. 앉아 있어도 어차피 땀이 났다. 일단 나가서 생각해보자.

나오자마자 그는 자기 판단이 잘못되었다는 것을 깨달았다. 하늘의 희뿌연 기운이 걷혀서 그리 답답한 편은 아니었지만 햇볕이 더 강하게 내리쬐고 있었다. 감히 태양을 향해 고개를 드는 이가 없었다. 곳곳마다 온통 눈이 부셨다. 공중, 건물 꼭대기, 성벽, 땅 할 것 없이 하얗게 빛이 반사됐다. 빛 속에 어렴풋이 붉은 기운마저 느껴졌다. 위에서 아래까지 전체가 마치 거대한 볼록렌즈가 되고, 광선 하나 하나가 모두 볼록렌즈의 초점이 되어 모든 물건에서 불이 날 것만 같았다. 이 하얀 빛 속에서는 모든 색깔이 눈부시고, 모든 소리가 귀에 거슬리고, 모든 냄새에 지상에서 피어오르는 비릿한 냄새가 섞여 있었다. 텅 빈 거리는 갑자기 예전보다 훨씬 넓어진 것처럼 보였다. 드넓은 공간 그 어디에서도 시원한 기운은 찾아볼 수가 없었다. 이 눈부시게 하얀 공간에 두려움이 일었다. 샹즈는 어찌해야 좋을지 알 수가 없었다. 고개를 숙이고 인력거를 끈 채 느릿느릿 앞으로 걸어갔다. 아무런 생각도 목적도 없었다. 정신이 몽롱하고, 온몸을 뒤덮은 끈적끈적한 땀에선 쉰 냄새가 났다. 조금 걸어가자 발바닥이 신발에 철썩 달라붙었다. 마치 축축하고 끈적한 진흙을 밟고 있는 듯 견디기가 힘들었다. 물을 더 마시고 싶은 것도 아닌데 우물만 보면 자기도 모르게 다가가 입 안에 물을 들이부었다. 갈증 해소보다 우물에서 올라오는 시원한 기운을 느끼고 싶은 것 같았다. 입에서 위장으로 갑자기 서늘한 기운이 전해지면 온몸의 모공이 오그라들며 소름이 오싹 끼쳤다. 그 순간엔 몸이 조금 개운해졌다. 그러나 물을 마시고 연신 트림을 하니 물이 다시 목구멍으로 넘어올 것만 같았다!

걷다가 앉았다가, 도무지 손님을 끌고 싶은 생각이 나질 않았다. 정오가 됐는데 허기도 느껴지지 않았다. 보통 때처럼 요기를 하려고 했지만 음식만 보면 구역질이 났다. 위가 각양각색의 물로 가득 채워져 있었다. 마치 물을 마시고 난 뒤 나귀 뱃속에서 꾸룩꾸룩 소리가 나는 것처럼 신호가 왔다.

겨울과 여름을 비교하면 샹즈는 언제나 겨울이 더 두려웠다. 여름이 이렇게 괴로울 줄은 몰랐다. 이번이 도시에서 지낸 첫 여름도 아니건만……. 이렇게 더운 건 난생 처음이었다. 예전보다 날씨가 더워진 걸까, 아니면 내 몸이 허한 걸까? 이렇게 생각하자 그는 갑자기 정신이 났다. 마음이 싸늘해지는 것 같았다. 내 몸, 그래 내 몸이 허약해진 거야! 그는 두려웠다. 그러나 달리 방도가 없었다. 후니우를 쫓아낼 수도 없었다. 그는 앞으로 얼챵즈, 지난 번에 만났던 키 큰 남자 그리고 샤오말의 할아버지로 변해버릴 것이다. 이제 샹즈는 끝이다!

오후 1시, 다시 손님을 태웠다. 하루 중 가장 더울 때, 그것도 오늘은 여름이 찾아온 이후 가장 더운 날이다. 하지만 손님을 받기로 결심했다. 태양이 아무리 이글거려도 이 손님을 태우고 아무 일이 없으면 아직은 몸이 망가지지 않았다는 걸 의미한다. 하지만 이번에 이겨내지 못하면 더 말할 것도 없다. 그대로 불덩이 같은 땅바닥에 고꾸라져 죽어버려도 좋다!

처음 몇 걸음을 갔을 땐 그래도 바람을 조금 느낄 수 있었다. 후끈한 방 안에 앉아 있을 때 문틈으로 들어오는 시원한 바람 같았다. 자신의 감각을 믿을 수 없어 길가 버들가지를 보니 확실히 조금씩 흔들리고 있는 것 같았다. 거리에 갑자기 사람들이 많아졌다. 가게 사람들이 앞다투어 밖으로 뛰어나와 부들부채로 머리를 가리며 사방을 둘러보았다.

"시원한 바람이 불어! 시원한 바람이야! 드디어 바람이 불어!"

모두 팔짝팔짝 뛰며 소리를 질렀다. 길가 버드나무가 갑자기 천사가 되어 하늘의 소식이라도 전해주는 듯했다.

"버들가지가 움직여! 하느님, 시원한 바람을 내려주십시오!"

덥긴 매한가지였지만 그래도 마음이 많이 진정되었다. 알량하긴 했지만 시원한 바람에 사람들은 많은 기대를 걸고 있었다. 잠시나마 시원한 바람이 불고 나자 햇빛도 그리 강하게 느껴지지 않았다. 하늘은 환했다가 조금 어두워졌다. 마치 위에 먼지가 날아다니고 있는 것 같았다. 바람이 갑자기 거세지더니 한참 동안 움직이지 않던 버드나무가 기쁜 소식을 듣기나 한 것처럼 시원스레 흔들리기 시작했다. 버들가지가 한 뼘이나 더 길어진 듯 보였다. 한바탕 바람이 불자 하늘이 어두워지고 하늘을 가득 메운 흙먼지가 날아다녔다. 흙먼지가 가라앉고 난 후 북쪽 하늘에 새카만 먹구름이 몰려왔다. 땀이 모두 가신 샹즈는 북쪽을 바라보다 인력거를 세우고 비막이 차양을 쳤다. 여름비는 순식간에 쏟아진다는 것을 알고 있었기 때문이다. 비막이를 치자마자 다시 바람이 불더니 먹구름이 거의 하늘의 절반을 뒤덮어 버렸다.

지상의 열기와 차가운 바람이 한데 섞이고 비릿한 흙먼지까지 가세해 시원한 듯하다가도 금세 다시 후끈거렸다. 남쪽 하늘은 청량한데, 북쪽 하늘은 온통 까만 먹구름이 뒤덮고 있었다. 대재난이 다가올 듯한 모습에 사람들은 당황하여 어쩔 줄을 몰랐다. 인력거꾼들은 비막이를 하느라 정신이 없고, 가게에서는 간판 깃발을 거두어들이고, 행상들은 좌판을 정리하고, 행인들은 발걸음을 서둘렀다. 다시 바람이 불었다. 바람과 함께 거리의 간판, 깃발, 좌판, 행인들까지 모두 쓸려가버린 것 같았다. 아무것도 보이지 않았다. 그저 버들가지만 광풍에 미친 듯이 흔들리고 있었다.

구름이 아직 온 하늘을 뒤덮은 것도 아닌데 세상은 온통 칠흑이 되어버렸다. 환하고 뜨겁던 대낮이 순식간에 시커먼 밤으로 돌변했다. 바람은 마치 땅에서 뭘 찾기라도 하려는 듯 세찬 비를 몰고왔다. 비가 사방을 후려쳤다. 북쪽으로 멀리 붉은 빛이 번쩍였다. 검은 구름을 가르고 핏덩이를 보여주려는 듯이.

바람이 조금 잦아들었다. 하지만 바람 소리는 날카로워 소름이 오싹 끼쳤다. 세찬 바람이 휩쓸고 지나가자 모든 것이 어찌할 바를 모르는 것 같았다. 버드나무마저 당황스러운 모습으로 뭔가를 기다리고 있는 듯 보였다. 이번엔 머리 위에서 다시 불빛이 번쩍였다. 곧이어 하얀 빗방울이 후두둑 떨어지면서 세차게 흙먼지를 불러일으켰다. 흙먼지마다 비를 머금고 있었다. 커다란 빗방울이 샹즈의 등을 몇 차례 후려쳤다. 온몸이 부르르 떨렸다. 비가 멈췄다. 먹구름이 하늘을 모두 뒤덮어버렸다. 다시 바람이 불었다. 좀전보다 바람이 더 거세다. 버들가지가 완전히 옆으로 휘날리고, 흙이 사방으로 미친 듯이 날아오르고, 빗줄기가 퍼부었다. 바람, 흙, 비가 모두 한데 섞여 횡으로 종으로 뿌옇게 천지사방 가득 휘몰아쳤다. 모든 것들을 그 안에 싸잡아 어느 것이 나무고 땅인지, 어느 것이 구름인지 알 수가 없었다. 사방팔방이 온통 어지럽고, 시끄럽고, 혼돈스러웠다. 바람이 지나가자 빗줄기만 하늘과 땅을 가를 듯이 세차게 쏟아부었다. 하늘에 구멍이 난 듯 엄청나게 쏟아부었다. 무수한 화살들이 바닥으로 떨어지는 것 같았다. 집집마다 수만 갈래의 폭포가 흘러내렸다. 몇 분 사이에 하늘과 땅도 분간이 안 될 정도였다. 하늘에서 물줄기가 퍼붓고 땅 위의 물길이 넘쳐, 어둡고 컴컴하다 순간 허옇게 번쩍이는 물바다가 되었다.

샹즈의 옷도 흘딱 젖어버렸다. 온몸에 마른 곳이라는 찾아볼 수가 없었다. 밀짚모자 아래 머리카락도 모두 축축했고, 물이 발등까지 차올라 발을 내딛기도 힘들었다. 빗줄기는 그의 머리와 등을 내리치고,

얼굴을 스치고, 가랑이를 휘감고 있었다. 그는 고개를 들 수도, 눈을 뜰 수도, 숨을 쉴 수도, 힘차게 걸음을 뗄 수도 없었다. 마치 수중에 서 있는 것 같았다. 어디가 길인지, 사방에 뭐가 있는지 알 수가 없었다. 뼛속까지 서늘한 빗줄기가 몸 곳곳을 후려칠 뿐. 막막한 가슴 속에 조금 온기가 남아 있고, 귓가에 빗소리가 들리고 있다는 것만 느낄 수 있었다. 인력거를 세우려 했지만 어디에 세워야 할지 알 수가 없었다. 달리자니 물이 자꾸만 그의 다리를 휘감았다. 비몽사몽, 그는 고개를 숙이고 한 걸음 한 걸음 앞으로 미끄러져갔다. 손님은 인력거에 앉아 마치 죽은 사람처럼 찍 소리도 내지 않은 채 물 속에서 허덕이는 인력거꾼에게 자신을 내맡기고 있었다.

비가 조금 잦아들자 샹즈는 살짝 허리를 펴고 한숨을 내쉬었다.

"선생님, 잠시 비를 좀 피했다가 가지요."

"어서 가시오! 날 여기다 버려두고 대체 뭐하는 거요?"

손님이 발을 구르며 소리를 질렀다. 샹즈는 그대로 인력거를 놓고 비 피할 곳을 찾고 싶었지만 몸을 살펴보니 벌써 빗물이 다 스며들어간 상태였다. 멈출 경우 몸이 으스스해질 것이다. 그는 이를 악물고 빗길을 첨벙거리며 달리기 시작했다. 얼마가지 않아 또다시 하늘이 새카매졌다. 곧이어 하늘이 번쩍이더니 다시 앞이 잘 보이지 않을 정도로 비가 내리기 시작했다.

목적지에 도착했다. 손님은 동전 한 닢도 더 내놓지 않았다. 샹즈는 단숨에 집으로 돌아와 화로를 안고 몸을 데웠다. 마치 비바람 속의 나뭇잎처럼 온몸이 부들부들 떨렸다. 후니우가 설탕을 넣어 생강

차를 타주었다. 그는 바보처럼 사발을 감싸고 단숨에 생강차를 들이킨 후 이불 속으로 들어갔다. 아무것도 분별할 수가 없었다. 모든 일이 꿈 같은 가운데 귓가에 빗소리만 좍좍 울려 퍼졌다.

4시가 조금 넘자 먹구름도 지쳤는지 번개만 맥없이 번쩍거렸다. 잠시 후 서쪽 구름이 갈라지면서 먹구름 꼭대기에 황금색 테두리가 드리워졌고, 서린 기운이 구름 아래로 빛을 품었다. 번개도 모두 남쪽으로 가버리고, 번개 뒤로 약하게 천둥 소리가 울려퍼졌다. 다시 시간이 지나자 서쪽 구름 사이로 햇살이 비추더니 빗물을 머금은 나뭇잎을 황금빛으로 물들였다. 동쪽 하늘에 걸친 일곱 색깔 무지개는 양 끝이 검은 구름에 꽂혀 있고, 그 뒤로 푸른 하늘을 받치고 있었다. 무지개는 곧바로 사라져버렸다. 하늘에는 단 한 조각의 먹구름도 남아 있지 않았다. 푸른 하늘! 세상의 모든 것이 한바탕 물세례를 받고 나자 어둠 속에서 새롭고, 청량하고, 아름다운 세계가 태어난 것 같았다. 셋집 마당 물웅덩이에도 색색의 잠자리 몇 마리가 날아들었다.

그러나 아이들만 맨발로 잠자리들을 쫓고 있을 뿐, 셋집 사람들은 맑은 날씨를 감상할 여유가 없었다. 샤오푸즈는 방 뒷담이 무너져내린 탓에 동생들과 함께 바닥에 깔았던 자리를 걷어 구멍을 틀어막느라 정신이 없었다. 마당 담도 여러 군데가 무너졌지만 자기 방을 수습하느라 바빠 신경쓸 겨를이 없었다. 지대가 낮은 탓에 물이 방 안으로 들어온 사람도 있었다. 모두가 허둥지둥 달려들어 키와 깨진 사발 등을 들고 밖으로 물을 퍼냈다. 그런가 하면 양옆 벽이 무너진 집도 있었다. 마치 물뿌리개로 물을 뿌리듯 천정에서 물이 새서 가재도

구가 모두 젖어버린 사람은 물건을 밖으로 가져다 난로에 말리거나 창문턱에 말리느라 분주했다. 비가 오면 언제든지 허물어질 허술한 방 안에 있다가 그대로 생매장돼 목숨을 잃은 사람도 있었다. 비가 그친 후 그들은 손실을 따져보고 정리를 했다. 큰 비가 내리면 양곡 한 근 가격이 약간 내릴 순 있지만 그들이 입은 손실은 그 정도로 메울 수가 없었다. 그들은 방값을 내고 있지만 집을 수리해주러 오는 사람은 없었다. 더이상 입주할 수 없을 정도로 무너진 경우에나 미장이 한 둘이 와서 진흙, 깨진 벽돌로 대충 무너진 곳을 다시 쌓고 메워 놓았지만 언제 다시 무너질지 모랐다. 방값을 못 내면 모두가 쫓겨나고 물건도 압수됐다. 집이 낡아 깔려죽을 위험이 있지만 아무도 신경 쓰는 사람이 없었다. 그들이 가진 알량한 돈으로는 겨우 이 정도 방밖에 구할 수가 없는 것이다. 낡고 위험했지만 모든 게 당연한 일이었다.

가장 큰 손실은 비를 맞고 병에 드는 것이었다. 가난한 사람들이야 어른 아이 할 것 없이 하루 종일 거리에서 밥벌이를 했다. 여름날 수시로 내리는 폭우도 그대로 맞을 수밖에 없었다. 노동으로 돈을 버는 그들은 언제나 온몸이 땀에 흠뻑 절어서 다녔다. 북방 지역에 내리는 폭우는 항상 급작스럽고 차갑게 찾아왔다. 때로 호두처럼 커다란 우박이 섞여 떨어지기도 했다. 차디찬 빗방울이 커질 대로 커진 땀구멍에 내리치면 적어도 온돌에 드러누워 한 이틀은 열이 오를 것이다. 하지만 아이가 병에 들어도 약을 살 돈이 없었다. 한바탕 비가 내리고 나면 밭에 서 있는 옥수수, 수수는 부쩍 키가 크지만 성 안의 수많은 빈곤층 아이들은 이 때문에 목숨을 잃을 수도 있었다. 어른들이 병이 나면 더욱 큰 문제였다. 비가 내린 후 시인들은 연잎에 맺힌 물방울과 쌍무지개를 노래한다지만, 가난한 집에서 어른이 아프면 모든 가족들이 배를 주린다. 한바탕 비에 기생과 좀도둑들이 늘어나면서 감옥에 가는 사람도 많아졌다. 어른이 병에 들면 아이들은 좀도둑이 되거나 몸을 팔았다. 그것이 굶는 것보다 훨씬 낫다고 아이들은 생각했다. 비는 부자에게도, 가난한 사람에게도 내린다. 의로운 이에게도, 의롭지 못한 이에게도 내린다. 그러나 사실 비는 공평하지 않았다. 본래 공평하지 않은 세상에 내리기 때문에.

샹즈가 병이 났다. 셋집 울타리 안에서 병이 난 사람은 사실 그 한 사람만이 아니었다.

19

샹즈가 이틀 밤낮을 잠에서 깨어나지 못하자 후니우는 당황하기 시작했다. 낭낭묘娘娘廟에 가서 비방을 얻어와 향을 피우고, 두세 가지 약초로 약을 지었다. 입에 약을 부어넣자 눈을 뜨긴 했지만 조금 있다가 그는 다시 잠이 들었다. 뭐라고 중얼거리는 것 같았지만 무슨 말을 하는지 알 수가 없었다. 후니우는 그제야 의사를 불러와야겠다는 생각이 들었다. 침을 두어 대 맞고 약을 쓰자 샹즈는 정신을 차렸다. 그는 눈을 뜨자마자 "아직도 비가 와요?"라고 물었다.

샹즈는 두 번째 탕약을 먹으려 하지 않았다. 돈이 아깝기도 했고, 비 한 번 맞았다고 이렇게 병을 얻을 정도로 형편없는 자신이 한심하게 느껴지기도 했다. 그는 쓰디쓴 약을 먹고 싶지 않았다. 더이상 약이 필요 없음을 증명하기 위해 바로 옷을 입고 침대에서 일어났다. 그러나 침대에 앉자마자 마치 머리에 커다란 돌덩이를 얹어놓은 것처럼 목에 힘이 빠지고 눈앞에 별이 반짝거리는 바람에 다시 쓰러지고 말았다. 더이상 할 말이 없었다. 그는 약사발을 받아들고 약을 들이켰다.

그는 열흘을 누워 있었다. 누워 있는 시간이 길어질수록 마음이 조급했다. 때로 그는 베개에 엎드려 소리 없이 눈물을 흘렸다. 자기가 돈을 벌러 나갈 수 없다니, 그렇다면 모든 비용은 후니우가 대신 내야 하는데! 후니우 돈을 다 쓰고 나면 자기 인력거만 남는다. 그는 멋대로 쓰고 먹어대는 후니우를 감당할 수 없었다. 게다가 후니우는 임신까지 하지 않았는가!

일어나지 못하는 시간이 계속되자 그는 생각이 점점 더 복잡해졌고, 그럴수록 걱정 때문에 미칠 것 같았다. 자연히 병도 잘 낫지 않았다. 막 고비를 넘기고 나자 그는 후니우에게 물었다.

"인력거는?"

"걱정 마! 띵쓰丁西에게 임대해줬어."

"그래."

그는 인력거가 걱정스러웠다. 띵쓰가 아니라 다른 누구라도 인력거를 끌다가 망쳐놓을까봐 걱정이었다. 하지만 제대로 설 수가 없으니 그냥 놀릴 수도 없는 일이었다. 당연히 임대를 놓아야 한다. 그는 자기가 끌면 매일 50~60전은 들어오는데, 하고 생각했다.

우선 옷값은 계산하지 말고 방값에 쌀이며 연료, 찻물, 등유 값까지 해서 그 정도면 두 사람이 사는 데 충분하다. 그래도 절약해서 써야지, 후니우처럼 생각 없이 돈을 쓸 수는 없다. 이제 매일 10전 정도의 임대료 수입밖에 없을 테니 40~50전은 항상 밑지는 셈이다. 그것도 약값은 계산에 넣지 않았는데. 만약 병이 계속 낫지 않으면 어떡하지? 그래, 얼챵즈가 술을 마시는 것도, 그 고달픈 친구들이 제멋대로 사는 것도 탓할 일이 아니다. 인력거를 끄는 일은 죽음의 길이다! 절대 결혼을 해서도, 병이 나서도, 사고가 나서도 안 된다. 흥! 그는 자신이 처음 산 인력거, 자신이 모은 돈이 생각났다. 그가 모은 돈을 누가 건드렸지? 병 때문도, 결혼을 했기 때문도 아니었다. 그냥 터무니없이 잃어버렸지 않은가! 잘해도, 잘못해도 이 길은 죽음의 길일 뿐이다. 언제 죽음이 다가올지 알 수가 없다. 그런 생각이 들자 근심은 짜증이 되었다. 제기랄, 될 대로 되라지. 못 일어나면 그냥 누워 있지 뭐! 어차피 그게 그건데! 아무것도 생각하지 않고 그냥 조용히 누워 있었다. 그러나 얼마 지나지 않아 다시 좀이 쑤시기 시작한 그는 어서 자리에서 일어나 일을 하러 가고 싶어졌다. 죽음의 길이라 해도 마음은 살아 있으니, 관에 들어가기 전까지는 희망을 버리지 않는다.

하지만 일어날 수가 없었다. 그저 답답한 듯, 애걸하듯 그는 후니우에게 말을 할 수밖에 없었다.

"그 인력거 말이야, 정말 재수 없어."

"병이나 얼른 나아. 허구한 날 인력거 이야기는! 이 미치광이야!"

그는 더이상 아무 말도 하지 않았다. 그래, 난 인력거 미치광이야! 인력거를 끈 순간부터 인력거야말로 모든 것이라고 믿었어. 그런데…….

병세가 좀 완화되자 그는 바로 자리에서 일어났다. 거울을 비춰본 그는 거울 속의 사람을 알아보지 못했다. 삐쭉빼쭉하게 얼굴을 뒤덮은 수염, 태양혈과 뺨이 움푹 들어가고, 눈은 깊은 두 개의 구멍 같았다. 게다가 상처에는 주름이 얼마나 많은지! 방은 후텁지근했다. 하지만 감히 뜰로 나갈 수가 없었다. 마치 뼈 없는 사람처럼 다리가 후들거렸고, 누군가 자신을 볼까봐 두려웠기 때문이다. 셋집 사람들뿐만 아니라 동, 서성 임대소 어디서나 샹즈야말로 으뜸가는 열혈청년이란 사실을 다 알고 있었다. 샹즈는 이런 병약한 사람일 수 없다! 그는 밖으로 나가지 못했다.

방에 있자니 답답해서 미칠 것만 같았다. 당장 건강을 되찾아 인력거를 끌러 나가지 못하는 것이 한스러울 뿐이었다. 그러나 병은 여지없이 사람을 망가뜨린다. 병이 들고 나는 것 역시 사람 마음에 달린 것이 아니었다.

한 달을 쉰 후, 샹즈는 완쾌되었거나 말거나 인력거를 끌고 나왔다. 그는 사람들이 알아보지 못하도록, 그래서 맘 놓고 천천히 달릴 수 있도록 모자를 깊게 눌러썼다. '샹즈' 하면 '빠른 발걸음' 으로 유명했다. 그런 그가 느릿느릿 거들먹대는 발걸음으로 사람들의 비웃음을 살 수는 없는 일이었다.

병이 다 낫지도 않은데다 누워 있는 동안의 손해를 메우느라 욕심껏 여러 탕을 뛴 샹즈는 며칠 지나 다시 병이 도지고 말았다. 이번엔 이질까지 겹쳤다. 다급한 마음에 자기 뺨을 치며 후회했지만 소용없는 짓이었다. 뱃가죽이 등허리에 붙을 정도로 납작해졌고 설사까지 해댔다. 가까스로 이질이 나았으나 이젠 쪼그렸다 일어나는 것조차 힘이 들었다. 그러니 인력거를 끌지 못하는 것은 말할 필요도 없었다.

이렇게 해서 그는 다시 한 달을 쉬었다. 그는 후니우의 돈이 거의 바닥났다는 것을 알고 있었다. 8월 15일, 그는 인력거를 끌기로 마음먹었다. 이번에도 다시 병이 나면 강물에 뛰어들리라 맹세를 했다.

처음 병이 났을 때, 샤오푸즈가 자주 문명을 왔었다. 말재간으론 후니우의 상대가 되지 못했던 샹즈는 그저 답답한 마음에 때로 샤오푸즈와 이야기를 나누었다. 이런 그의 행동이 후니우 속을 뒤집어놓았다. 샹즈가 집에 없을 때 샤오푸즈는 후니우에게 좋은 친구지만, 샹즈가 집에 있을 땐 '추파를 던지러 온 몰염치한 인간' 이라고 생각했다. 후니우는 샤오푸즈에게 빌린 돈을 갚으라고 재촉하면서 '앞으로는 절대 우리 방에 얼굴을 나타내지 말라' 고 요구했다.

샤오푸즈는 손님을 접대할 공간을 잃고 말았다. 자기 방은 초라하고 구질구질한데다, 자리는 뒷 담장을 막는 데 쓰였으니 달리 방도가 없었다. 그녀는 '직업소개소(轉運公司 : 매춘하는 여자를 소개하는 곳을 말한다)' 에 이름을 올릴 수밖에 없었다. 그러나 '직업소개소' 에선 샤오푸즈 같은 물건이 필요치 않았다. 그곳에서는 여학생이나 대갓집 규수 같은 사람을 소개해주었고, 게다가 연줄도 좋고 돈도 많이 써야 가능했다. 그녀같이 평범한 인물은 방법이 없었다. 유곽에 갈까 생각했다. 본전이 없으니 혼자 손님을 끌 수도 없는 상황에서 방법은 단 하나, 조직에 몸을 맡기는 것이었다. 그렇지만 그럴 경우 자유가 전혀 없으니 누가 두 남동생을 돌본단 말인가?

죽음은 가장 간단한 해결 방법이었다. 살아 있다고 해도 이곳은 지옥이었다. 샤오푸즈는 죽음이 두렵지 않았다. 하지만 죽고 싶은 생각은 없었다. 그녀는 죽음보다 더 용감하고 대단한 일을 해야 했다. 두 동생 모두 돈을 버는 것을 보아야 비로소 안심하고 죽을 수 있을 것이다. 언젠가는 죽겠지. 하지만 하나가 죽어서 둘을 살려야 한다. 이리저리 생각해보니 길은 한 가지뿐. 헐값에 몸을 파는 것이다. 자기 방처럼 작은 곳을 찾아오는 사람들은 물론 큰돈을 내지 않을 것이다. 그래도 좋아, 누구든지 들어오기만 하면 돼. 돈만 주면 돼.

이렇게 하니 옷이나 화장품 값도 오히려 절약되었다. 그녀를 찾아오는 사람들은 격조 있는 차림새 따윈 감히 기대하지 않았다. 그냥 자신이 지불한 몸값대로 즐기다 가면 그만이었다. 젊은 샤오푸즈 나이를 생각하면 그래도 싼 가격이었다.

후니우는 이제 거동이 불편해져서 물건 사러 거리에 나갈 때조차 행여 사고가 나지 않을까 걱정이 되었다. 그런데 샹즈는 한 번 나갔다하면 온종일인데다, 샤오푸즈도 찾아오질 않으니 마치 방 안에 묶인 개새끼처럼 심심하기 짝이 없었다. 그럴수록 후니우는 짜증이 났다. 그녀는 샤오푸즈가 헐값에 몸을 파는 게 일부러 자기의 염장을 지르는 일이라고 생각했다. 이대로 당하고 있을 수 없는 일이라 생각한 후니우는 바깥채에 앉아 문을 열어젖히고 때를 기다렸다. 누군가 샤오푸즈 방으로 걸어가면 후니우가 있는 힘껏 목청을 높여 헛소리를 지껄였다. 그 바람에 남자들 입장이 난처해졌고, 샤오푸즈도 장사를 망칠 수밖에 없었다. 샤오푸즈의 손님이 줄어들수록 후니우는 신이 났다.

샤오푸즈는 이대로 가다간 셋집 사람들 모두 후니우와 하나가 되어 자신을 쫓아내리라고 생각했다. 걱정스러웠지만 화를 낼 수는 없었다. 막다른 상황에 처한 사람들은 울분이나 눈물보다 현실이 먼저라는 사실을 잘 알고 있었다. 샤오푸즈는 막내 동생을 데리고 후니우 앞에 무릎을 꿇었다. 말을 하지 않아도 그녀의 표정에서 모든 걸 읽을 수 있었다. 이렇게 꿇어앉아도 안 된다면 죽음도 두렵지 않다, 하지만 당신도 각오를 하는 게 좋아! 가장 위대한 희생은 굴욕을 참는 것이다. 그러나 그 인내는 반항을 전제로 한다.

후니우는 속수무책이었다. 아무리 생각해도 영 기분이 찝찝했다. 커다란 배를 가지고 치고박고 싸울 수도 없는 일이었다. 싸움을 할 수 없으니 빠져나갈 여지를 만들 수밖에.

그냥 놀린 걸 가지고 뭘 그리 진지하게 받아들여? 소견머리 하고는! 이렇게 마음을 푼 후 둘은 다시 친구가 되었고, 후니우는 예전처럼 샤오푸즈의 뒤를 봐주기로 했다.

추석에 인력거를 끌기 시작한 뒤로, 샹즈는 모든 일에 신중을 기했다. 두 차례 병을 앓고 나서 자기 역시 강철로 만들어진 인간이 아니라는 걸 실감했다. 돈을 더 벌겠다는 마음이 사라진 건 아니지만 여러 차례 타격을 받은 후, 그는 한 사람의 힘이 얼마나 보잘것없는지 분명하게 알 수 있었다. 대장부도 때로 이를 악물지 않으면 안 돼. 그러나 이물 악물어도 피를 흘릴 수가 있어!

이질은 다 나았지만 배는 수시로 통증을 호소했다. 때로는 막 인력거를 끌기 시작해 속도를 내려고 하는데, 배가 쥐어짜듯 아프기 시작했다. 그러면 걸음을 늦추거나 그 자리에 멈춰서서 고개를 숙인 채 배를 움켜쥐고 고통을 참았다. 그래도 혼자 손님을 태울 땐 상황이 나은 편이다. 함께 움직일 때 갑자기 멈춰서면 다른 인력거꾼들의 어리둥절한 시선에 입장이 정말 난처해진다. 이제 겨우 스무 살이 넘었을 뿐인데 벌써부터 이 꼴이라니, 30~40대가 되면 어찌한다? 이렇게 생각하니 갑자기 식은땀이 흘러내렸다.

자기 몸을 위해서라도 그는 다시 전세로 인력거를 끌고 싶었다. 같은 일이지만 숨 돌릴 여유가 있었다. 일할 때는 빨리 달려야 하지만 쉬는 시간도 길었다. 어쨌거나 개인 손님을 태울 때보다 한가한 것이다. 그러나 후니우가 절대 자기를 놔주지 않을 거란 사실을 알고 있었다. 결혼과 함께 그는 자유를 잃었고, 후니우는 더 지독해졌다. 그는 자신의 불운을 있는 그대로 받아들이기로 했다.

반 년이 지나, 계절은 가을에서 겨울로 접어들었다. 그는 대충 상황에 맞춰가면서도 한편으로 무진 애를 썼다. 행동을 막 할 수도, 게으름을 피울 수도 없었기 때문에 답답한 심정으로 고개를 숙인 채 열심히 달렸다. 그는 전처럼 감히 막무가내로 아무것도 거슬릴 것 없다는 듯 살 수 없었다. 돈벌이에 관한한 그는 아직도 다른 인력거꾼보다 더 많은 수입을 올렸다. 배가 뒤틀리며 통증을 호소하지 않는 한, 그는 손님을 놓치는 법이 없었다. 손님을 태워야 할 땐 반드시 그렇게 했고 절대 그 세계의 악습에 물들지 않았다. 일부러 가격을 부풀린다든지, 중도에 손님을 바꿔치기 한다든지, 한사코 손님을 가려 태운다든지 하는 짓을 따라하는 법이 없었다. 이렇게 하면 몸은 좀 고달파도 매일 정확하게 돈이 들어왔다. 요행을 바라지 않기 때문에 위험도 없었다.

하지만 돈이 적게 들어오다 보니 남는 돈도 없었다. 들어오는 족족 모두 나가버리는 통에 돈은 한 푼도 남지 않았다. 저축은 아예 생각할 수도 없었다. 그는 절약하는 방법을 알고 있었지만 후니우는 오직 돈을 쓸 줄밖에 몰랐다. 다음해 2월 초가 후니우의 산달이다. 겨울로 들어서면서 배가 남산만해졌다. 게다가 자신의 중요성을 강조라도 하려는 듯 일부러 배를 한껏 내밀고 다녔다. 자기 배를 들여다보며 자리에서 내려오려고도 하지 않았다. 식사 준비는 모두 샤오푸즈에게 맡겨버리고, 자연히 남은 음식 찌꺼기는 샤오푸즈 동생들에게 먹이게 했다. 이것만 해도 많은 돈이 들었다. 식사 외에도 후니우는 군것질을 좋아했다. 배가 점점 불러올수록 더 맛있는 음식을 탐했다. 입을 그냥 놀리는 법이 없이 수시로 자잘한 것들을 사서 먹을 뿐만 아니라 매일 샹즈에게 먹을 것을 사오도록 했다. 후니우는 샹즈가 벌어들이는 족족 써대느라 정신이 없었다. 샹즈 돈벌이에 따라 요구도 달라졌다. 샹즈는 아무 말도 할 수 없었다. 그가 병들어 누웠을 때 후니우의 돈을 썼으니 받은 만큼 돌려주어야 한다. 샹즈 역시 당연히 후니우를 위해 돈을 써야 한다. 그가 조금이라도 인색하게 굴면 후니우는 금방 병이 도졌다.

"임신은 아홉 달 넘게 병이 드는 거나 마찬가지야. 당신이 알기나 해?"

그녀의 말도 일리가 있다.

새해가 되자 후니우의 요구는 점점 더 늘어만 갔다. 자기가 옴짝달싹 못하게 되자 샤오푸즈에게 골백번도 넘게 잔심부름을 시켰다. 외출을 못하는 자기 신세를 애달아하면서도, 몸을 아끼느라 애시당초 외출은 꿈도 꾸지 않았다. 또한 방구석만 지키고 있으려니 답답해서 미칠 것 같았던 그녀는 더 많은 물건을 사들였다. 그러고도 그녀는 말끝마다 자기가 아니라 샹즈를 아끼는 마음 때문이라고 지껄였다.

"일년 내내 힘들게 뛰어다녔는데 좀 잘 먹어야 하잖아? 병이 난 후로 몸이 예전 같지가 않아. 연말에 잘 먹지 않으면 안 돼. 납작한 빈대마냥 굶어죽고 싶어?"

샹즈는 반박을 할 수가 없었다. 음식만 만들었다 하면 후니우는 앉은 자리에서 큰 사발로 두세 그릇을 먹어치웠다. 그렇게 먹고 움직이질 않으니 씩씩대며 어쩔 줄을 몰랐다. 그러면서도 배를 감싸안고 태동이 느껴진다고 말했다.

새해에 들어서자 후니우는 야간에 샹즈가 나가는 것을 극구 만류했다. 언제 아이가 나올지 몰라 두려웠기 때문이다. 그제야 후니우는 자기 진짜 나이가 생각났다. 확실히 이야기를 하진 않았지만 더이상

"내가 당신보다 한 살 위야."라는 말을 하지 않았다. 후니우가 이렇게 난리를 피우니 샹즈도 정신이 없었다. 아이가 태어난다는 것은 생명의 연속을 의미한다. 샹즈도 내심 마음이 들뜨긴 했다. 아이는 전혀 필요하지 않았지만……. '아버지'란 이름은 어찌 생각하면 간단하면서도 또한 현묘하기 그지없었다. 바로 그것을 자기가 갖게 되다니, 아무리 무쇠 심장을 가진 사람이라 해도 눈을 감고 '아버지'란 말을 떠올려보면 감동받지 않을 수 없으리라. 아둔하기 그지없는 자기에게 대체 장점이나 내세울 만한 뭔가가 있으리란 생각은 해보지도 않았지만 이 기묘한 세 글자만 생각하면 갑자기 자신이 매우 존귀한 존재처럼 여겨졌다. 다른 것은 없어도 괜찮지만, 아이가 생기고 나면 자신의 생명도 그냥 헛된 것만은 아니라는 생각이 들었다. 또한 그는 후니우에게도 자신이 가능한 모든 것을 주고, 그녀를 보살필 생각이었다. 이제 그녀는 더이상 그녀 '개인'이 아니다. 후니우가 밉긴 하지만 이 일에 있어서만은 그녀의 공이 전적이다.

그러나 아무리 공로가 크다 해도 그 요란법석만은 참을 수가 없었다. 잠시가 멀다하고 변덕을 부리며 난리를 피웠다. 샹즈는 나가 돈을 벌어야 하고, 또한 휴식을 취해야 한다. 돈은 함부로 쓴다 해도 최소한 샹즈를 편안하게 자도록 해주어야 할 것 아닌가. 그래야 내일 다시 힘을 쓸 수가 있다. 밤에 일도 못 나가게 하고, 잠도 편하게 자질 못하게 하니 아무 대책도 없이 하루 종일 정신만 오락가락했다. 때론 기뻤다가 걱정이 되고, 때론 기쁘면서도 창피하고, 초조하면서도 위안이 되고, 걱정스러우면서도 가슴이 벅찼다. 이 모든 감정들이 그의 가슴을 가득 메운 채 빙빙 돌아다니고 있었다. 샹즈처럼 단순한 사람도 정신이 오락가락해 방향감각을 상실할 때가 있었다. 한번은 손님이 말한 목적지를 잊는 바람에 장소를 지나치기도 했다.

정월 보름을 전후해 후니우는 샹즈에게 산파를 불러오도록 했다. 더이상 버티기가 힘들었다. 산파가 와서 아직 때가 아니라고 말하면서, 해산이 임박했을 때의 증상을 설명해주었다. 며칠 지나자 후니우는 다시 난리를 치면서 산파를 부르도록 했다. 그러나 산파는 또 때가 아니라고 말했다. 후니우는 울고불고 난리를 치면서 차라리 죽는 편이 낫겠다, 다시는 이런 고통은 받지 않겠다고 고함을 질렀다. 달리 방도가 없었던 샹즈는 자신의 마음을 표현하기 위해 그녀의 요구대로 잠시 인력거를 끌지 않기로 했다.

월말이 되었다. 샹즈도 해산이 다가왔다는 것을 한눈에 알 수 있을 정도였다. 후니우의 꼴이 말이 아니었다. 다시 찾아온 산파는 샹즈에게 난산이 될지도 모르겠다고 말했다. 나이도 나이인데다 첫 출산이고, 평소 운동을 게을리 했으면서도 기름진 음식을 많이 먹어 태아가 비대해졌다는 것이다. 이 몇 가지 상황을 종합해볼 때 순산을 기대하기는 힘들었다. 게다가 의사에게 진찰을 받아본 적도, 태아 위치를 교정한 적도 없다니! 산파는 이런 수술을 해본 적은 없지만 아기가 거꾸로 자리했을 가능성도 아주 높다고 말했다.

그들이 사는 셋집 울타리에선 아이의 출생과 어머니의 사망 소식이 함께 입에 오르는 일이 매우 익숙했다. 하지만 후니우는 다른 사람들보다 더 위험했다. 다른 여자들이야 해산하는 날까지 일을 하는

데다 먹는 것도 부실해서 태아가 그리 크지 않기 때문에 출산이 오히려 쉬운 편이었다. 이런 여성들은 해산 후의 영양실조가 문제였다. 그러나 후니우는 이들과 정반대로, 편한 생활이 오히려 화근이 되었다.

샹즈, 샤오푸즈, 산파 세 사람이 꼬박 사흘 밤낮을 지켰다. 후니우는 알고 있는 신령, 부처는 죄다 부르고 기도도 해보았지만 아무 소용이 없었다. 결국 그녀는 잔뜩 쉰 목소리로 "엄마야, 엄마!"란 소리만 색색거릴 뿐이었다. 산파도, 다른 모든 사람들도 달리 방법이 없었다. 나중에는 후니우가 샹즈에게 덕승문 밖 천얼陳二 할매—두꺼비 신이 씌었다는—를 불러달라고 부탁했다. 천얼 할매는 대가로 5원을 요구했다. 후니우는 마지막 7~8원 남은 돈을 꺼내놓으며 말했다.

"착한 샹즈, 어서! 어서 가봐! 돈은 상관 말고!"

천얼 할매는 '동자'—마흔쯤 되어 보이는 얼굴이 누런 사내—하나와 함께 저녁이 다 되어서야 도착했다. 할매는 대략 쉰 정도의 나이로 푸른 색 비단 저고리를 입고 머리에는 석류꽃과 도금한 머리 장식을 꽂고 있었다. 눈을 부릅뜨고, 문을 열고 들어서자마자 손을 씻고 향을 피웠다. 할매가 먼저 머리를 조아리더니 향탁 뒤에 앉아 멍하니 향불을 바라보았다. 이어 갑자기 몸을 옆으로 한 번 흔들더니 심하게 온몸을 떨기 시작했다. 고개를 떨구고 눈을 감은 채, 한참 동안 움직이지 않았다. 방 안은 바늘 하나 떨어지는 소리까지 들릴 정도였다. 후니우 역시 이를 악물고 아무 소리도 내지 못했다. 서서히 천얼 할매가 고개를 들더니 머리를 끄덕이며 사람들을 바라보았다. 동자가 샹즈를 잡아당기며 재빨리 고개를 조아리도록 했다. 샹즈는 신을 믿든 안 믿든 절이 나쁜 건 아니란 생각을 했다. 그는 얼떨떨한 상태로 고개를 몇 번이나 숙였는지 모른다. 샹즈는 자리에서 일어나 부릅뜬 '신'의 눈, 발갛게 타버린 향불을 바라보고 향냄새를 맡으며 마음속으로 이 의식이 뭔가 행운을 가져다줄지도 모른다는 막연한 희망에 사로잡혔다. 손바닥에 식은땀이 흘렀다.

두꺼비 신은 늙은이 목소리로 더듬더듬 말했다.

"아니, 괜찮아! 출산 부적을 그려야 돼!"

동자가 황급히 누런 종이를 건네주었다. 신이 향불을 몇 번 손으로 잡더니 침을 묻혀 종이에 그림을 그리기 시작했다.

부적을 다 그리고 나서 할매는 다시 더듬거리며 후니우가 전생에 이 아이에게 빚을 져서 괴로움을 당하고 있다고 말했다. 샹즈는 얼떨떨하기만 했다. 할매가 무슨 말을 하는지 정확하게는 알 수 없었지만 어쨌거나 무서운 생각이 들었다.

천얼 할매는 늘어지게 하품을 하더니 잠시 눈을 감고 있다가 마치 긴 잠에서 깨어난 사람처럼 다시 눈을 떴다. 동자가 재빨리 신의 말씀을 전했다. 할매는 기쁜 듯 "오늘 신이 기분이 좋으셔, 말씀을 많이 해주셨군!"이라고 했다. 그러더니 샹즈에게 알약 하나를 건네며 후니우에게 알약과 함께 부적을 먹이는 방법을 일러주었다.

천얼 할매는 부적이 영험한지 열심히 지켜보았고, 이런 할매에게 샹즈는 식사를 대접해야 했다. 샹즈는 이 일을 샤오푸즈에게 부탁했다. 샤오푸즈는 참깨 사오삥과 돼지족발 간장조림을 사왔다. 천얼 할매는 술이 없다고 불평을 했다.

후니우는 부적을 먹고, 천얼 할매와 동자는 식사를 했다. 그래도 후니우는 계속해서 뒹굴며 난리를 피웠다. 한 시간 넘게 난리를 치더니 천천히 그녀의 눈이 뒤집히기 시작했다.

천얼 할매는 또 다른 방법이 있는 듯 침착한 모습으로 샹즈에게 꿇어앉아 긴 향을 피우도록 했다. 이제 샹즈는 천얼 할매에게 그다지 기대하지 않았다. 그러나 5원이나 썼으니 방법이란 방법은 모두 동원하도록 해야 한다. 한 대 먹일 수도 없는 마당에 할매 생각대로 시도를 해보는 수밖에 없었다. 만일의 경우 효험이 있을 수도 있지 않은가!

반듯하게 긴 향불 앞에 꿇어앉았다. 어떤 신에게 기도를 올려야 할지는 모르겠지만 그는 경건해야 한다고 생각했다. 향불이 타오르는 것을 바라보며 그는 불길 속에서 어떤 형체를 봤다고 가정하고 마음으로 기도를 올렸다. 향이 갈수록 작아졌고, 불길 속에 시커먼 선이 나타났다. 그는 고개를 숙이고 손으로 땅을 짚었다. 정신이 아득해지며 졸음이 몰려왔다. 벌써 2~3일째 잠을 푹 잔 적이 없었다. 갑자기 목이 푹 꺾이는 바람에 깜짝 놀라 고개를 들어보니 향이 거의 다 타 들어가고 있었다. 그는 일어서야 할 때인지 아닌지 생각해보지도 않은 채 바닥을 짚고 천천히 자리에서 일어났다. 다리가 저렸다.

천얼 할매와 동자는 어느새 몰래 빠져나간 후였다.

샹즈는 원망할 겨를도 없이 황급히 후니우를 보러 갔다. 일이 막바지에 이르렀다는 것을 알 수 있었다. 후니우는 마지막 숨을 헐떡일 뿐 더이상 아무 소리도 내지 못했다. 산파는 자기가 할 수 있는 건 다

했으니 어떻게 해서든 병원에 가보라고 말했다.

샹즈는 갑자기 마음이 찢어지는 것 같았다. 그는 입을 있는 대로 벌리고 통곡을 하기 시작했다. 샤오푸즈 역시 눈물이 나왔지만 그래도 챙겨야 할 일이 더 우선이었던 그녀는 정신을 가다듬었다.

"오빠, 울지 말고! 제가 병원에 가서 물어볼게요!"

그녀는 샹즈가 들었든 못 들었든 아랑곳 하지 않았다. 샤오푸즈는 눈물을 훔치면서 그대로 달려나갔다.

샤오푸즈는 한 시간이 지나 돌아왔다. 뛰어오느라 숨이 차서 제대로 말을 잇지도 못했다. 그녀는 탁자에 기댄 채 한참 동안 마른기침을 한 후에야 입을 열었다.

"한 번 왕진에 10원이래요. 그것도 진찰만 하고, 아이는 안 받고요. 아이를 받으면 20원이고요, 난산일 경우 병원으로 가야 하는데 그럼 수십 원이 든대요. 오빠, 어떻게 할 거예요?"

샹즈는 달리 도리가 없었다. 어차피 죽을 사람이라면 죽는 걸 기다릴 수밖에.

어리석고 잔인한 모습은 여기선 그냥 일상적인 광경의 하나일 뿐이다. 잔인하고 어리석게 된 데는 나름의 이유가 있었다.

후니우는 밤 12시, 뱃속에 아이를 담은 채 숨이 끊어지고 말았다.

20

샹즈가 인력거를 팔았다!

돈이 물처럼 새나갔다. 아무리 해도 샹즈의 손으로는 막을 수 없었다. 죽은 사람 장례도 지내야 했고, 사망증명서를 떼는 것조차 돈이 들었다. 샹즈는 갑자기 바보가 된 것처럼 분주하게 움직이는 사람들을 바라보며 그저 돈만 계속 풀 뿐이었다. 눈은 무서울 정도로 벌겋게 달아오르고, 눈가엔 누런 눈곱이 덕지덕지 끼었다. 귀는 먹먹하고, 그저 얼떨떨한 모습으로 사람들을 따라 빙빙 돌고 있을 뿐, 자기가 대체 무슨 일을 하는지 알 수가 없었다.

후니우의 관이 성 밖으로 옮겨지고 나서야 그는 조금씩 정신이 들기 시작했다. 하지만 다른 일을 생각할 여유가 없었다. 샹즈와 샤오푸즈의 두 남동생 이외에 운구 행렬에 참가한 사람은 없었다. 사람들은 저마다 얇은 종이돈을 한 묶음씩 들고 연도의 길막이 귀신들에게 뿌려주었다.

샹즈는 멍하니 인부가 관을 묻는 모습을 바라보았다. 울지 않았다. 머릿속에 불길이 타올라 눈물이 다 말라버린 것만 같았다. 울고 싶어도 눈물이 나오지 않았다. 멍청히 바라보는 모습이 마치 자신이 뭘 하는지 모르고 있는 것 같았다. 상여군 '대장'이 다가와 일러주었을 때에야 샹즈는 집에 돌아가야 한다는 생각을 했다.

방 안은 이미 샤오푸즈가 깨끗이 정리를 해놓은 상태였다. 돌아오자마자 그는 온돌 바닥에 고꾸라졌다. 피곤해서 더이상 꼼짝할 수가 없었다. 뻑뻑한 눈은 제대로 감기지도 않았다. 그는 멍하니 빗물로 얼룩진 천장을 바라보고 있었다. 잠도 오질 않자 그는 자리에서 일어나 앉았다. 방 안을 한 번 휙 둘러보았다. 그는 더이상 바라볼 엄두가 나지 않았다. 어떻게 마음을 추스려야 할지 알 수가 없었다. 밖에 나가 '황사자' 담배 한 갑을 사가지고 돌아왔다. 온돌 가장자리에 앉아 담배 한 대를 물었지만 별로 피우고 싶진 않았다. 우두커니 담배 끝의 푸른 색 연기를 바라보고 있으려니 갑자기 눈물이 주르르 흘러나왔다. 후니우뿐만 아니라 모든 것이 연달아 생각났다. 성에 들어온 후 몇 년 동안의 결과가 이것이라니, 결국 이거라니! 울음도 나오지 않았다. 인력거, 인력거, 인력거가 바로 밥줄이다. 인력거를 사고, 다시 잃어버리고, 다시 사고, 다시 팔아버리고 자꾸만 나타났다 사라지는 게 꼭 헛것을 보는 것 같다. 영영 손에는 넣지 못한 채 그저 고통과 굴욕만 남아 있다. 없다, 모든 것이 사라져버렸다. 마누라마저 사라져버렸다. 후니우가 지독하긴 했지만 그녀마저 사라졌으니 어떻게 가정을 이룬단 말인가? 방 안의 물건은 모두 그녀 것인데, 후니우는 성 밖에 묻히고 말았다! 생각하면 할수록 화가 났다. 분노가 눈물을 가로막았다. 그는 힘껏 담배를 빨았다. 담배를 피우기 싫을수록, 그럴수록 피워야 한다. 담배를 피운 후 두 손으로 머리를 받치고 있자니, 입 안이고 마음이고 모두 얼얼한 게, 미친 듯 고함을 지르며 마음속의 피를 모두 품어내야 시원할 것 같았다.

언제부터인가 샤오푸즈가 들어와 바깥쪽 방 주방에 서서 멍하니 그를 바라보고 있었다. 순간 고개를 들고 샤오푸즈를 바라보는 그의 눈에서 눈물이 흘러내렸다. 당시 그는 개 한 마리만 나타나도 눈물을 흘렸을 것이다. 그저 살아 숨쉬는 존재이기만 하면 가슴을 가득 채운 억울함을 그 앞에서 털어놓고 싶었다. 그는 샤오푸즈에게 말을 하고 싶었고, 그녀에게 동정을 얻고 싶었다. 그러나 할 말이 너무 많아 오히려 입이 잘 열리지 않았다.

"샹즈 오빠!" 그녀가 앞으로 다가와 말했다.

"물건 다 정리해뒀어요."

그가 고개를 끄덕였다. 고맙다는 말도 나오지 않았다. 슬픔 속에 차리는 예의는 모두 허위일 뿐이다.

"어떻게 할 거예요?"

"응?"

그는 잠시 이해가 안 되는 듯했지만 다시 샤오푸즈의 이야기를 알아듣고 고개를 가로저었다. 달리 생각을 할 만한 여유도 없었다.

샤오푸즈가 다시 몇 발 앞으로 다가왔다. 얼굴을 붉게 물들이며 하얀 이를 드러냈지만 말을 꺼낼 수가 없었다. 생활 때문에 수치스러움을 잊고 살아야 했지만 진지한 일 앞에서는 언제나 마음이 진실한 여자였다. 여자의 마음 중 거의 절반은 부끄러움으로 표현이 된다.

"제 생각엔……."

그녀는 더이상 말을 하지 못했다. 마음속엔 많은 말들을 담고 있었지만 마치 모든 말들이 달아나버린 듯 얼굴이 붉어지면서 아무것도 생각이 나지 않았다.

이 세상에 진실한 말이란 본래 그렇게 많지가 않았다. 사실 여자의 불그레한 얼굴은 수많은 말들을 담고 있다. 샹즈조차 그런 그녀의 뜻을 잘 알고 있었다. 그에게 샤오푸즈는 가장 아름다운 여자였다. 근본이 아름다운 여자, 그래서 온몸에 종기가 생기고 피부가 모두 썩어 문드러진다고 해도 그의 마음속에서 그녀는 여전히 아름다운 여인일 것이었다. 그녀는 아름답고, 젊고, 부지런하고, 근검절약할 줄 아는 여성이었다. 만약 샹즈가 다시 결혼을 한다면 이보다 더 이상적인 여자는 없으리라. 그러나 그는 바로 재혼하고 싶은 마음이 없었다. 어떤 생각도 할 여유가 없었다. 그러나 샤오푸즈가 원한다면, 더욱이 생활의 압박 때문에 당장 이 이야기를 꺼낸다면 그는 거절할 방법이 없었다. 그처럼 진실한 사람인데, 게다가 이렇듯 그에게 많은 도움을 주었으니 그녀의 뜻을 받아들일 수밖에 없었다. 정말이지 그대로 다가가 그녀를 안아주고 한바탕 실컷 통곡을 하고 싶었다. 그렇게 해서 모든 억울함을 눈물로 씻어내고 나면 다시 그녀와 한 마음으로 노력하며 생활할 수 있을 것이었다. 그녀에게서 샹즈는 한 남자가 여자에게서 얻을 수 있는, 또한 얻어야 하는 위안을 느낄 수 있었다. 그는 언변에 능한 사람이 아니었지만 그녀를 바라보며 맘껏 이야기를 하고 싶었다. 그녀가 듣는 한 자신의 말은 헛된 말이 아니었다. 그녀가 고개를 끄덕이거나 웃어주면 그게 바로 가장 뿌듯하고 아름다운 답변이었기에 그는 정말 진정한 '가정'을 이루었다고 느낄 수 있을 것이었다.

바로 그때 샤오푸즈의 둘째 동생이 들어왔다.

"누나! 아빠 오셨어!"

샤오푸즈는 눈살을 찌푸리며 문을 열었다. 벌써 얼챵즈가 뜰에 서 있었다.

"샹즈 방에서 뭐 하는 거야?"

얼챵즈가 눈을 부릅뜬 채 이리저리 비틀거리며 다가왔다.

"그렇게 몸을 팔고도 부족해 이젠 공짜로 샹즈와 놀아나? 이 뻔뻔한 년 같으니!"

샹즈는 자신의 이름이 나오자 후다닥 쫓아와 샤오푸즈 뒤에 섰다.

"샹즈, 너 말이야."

얼챵즈가 비틀거렸다. 가슴을 쭉 펴고 싶었지만 서 있는 것조차 제대로 할 수가 없었다.

"샹즈 네가, 누구와 붙어먹든 내 상관할 바 아니다만, 어디 붙어먹을 데가 없어 우리 애한테 그 지랄이야. 이게 무슨 짓거리야!"

샹즈는 술주정뱅이와 싸울 생각은 없었다. 그러나 가슴 속에 쌓인 울분 때문에 화를 억누를 수가 없었다. 그가 한 발 앞으로 다가섰다. 벌건 눈동자가 마치 공기와 접촉하여 불꽃을 일으키는 것 같았다. 샹즈는 한 손으로 마치 아이를 잡듯 얼챵즈의 어깨를 거머쥔 다음 멀리 내동댕이쳐버렸다.

양심의 가책은 때때로 술기운을 빌어 난폭한 모습으로 가장한다. 사실 그렇게 취한 것도 아니었던 얼챵즈는 바닥에 고꾸라지고 나자 술이 거의 깨고 말았다. 그는 반격을 하고 싶었지만 샹즈의 적수가 되지 못한다는 사실을 잘 알고 있었다. 하지만 이대로 물러나자니 기분이 말이 아니었다. 그는 바닥에 주저앉아 일어서려 하지 않았다. 그렇다고 이렇게 마냥 앉아 있을 수도 없었다. 마음이 뒤숭숭한 그는 그냥 입에서 나오는 대로 이렇게 지껄였다.

"내가 내 딸년 단속하는데 네가 무슨 상관이야? 날 쳐? 이 외할머니랑도 붙을 놈의 새끼가!"

대꾸를 하고 싶지 않았던 샹즈는 그저 조용히 그의 반격을 기다릴 뿐이었다. 샤오푸즈는 눈물을 머금은 채 어찌할 바를 몰랐다. 아버지를 말리는 것도 소용이 없고, 샹즈가 아버지를 때리는 모습에 그저 불안하기만 했다. 샤오푸즈는 온몸을 뒤져 동전 10여 개를 찾아 동생에게 건넸다. 평소 아버지 곁에 가는 것도 무서워하던 남동생은 아버지가 바닥에 나뒹굴자 조금 대담하게 행동했다.

"자, 어서 가보세요."

얼챵즈는 눈을 부라리며 돈을 받아 일어섰다. 그러곤 이렇게 중얼거렸다.

"화냥년의 자식들, 오늘은 그냥 놔주지! 다시 한 번 어른 속을 뒤집었단 봐라, 연놈들 모두 칼로 확 찔러버리고 말 테니까."

대문에 거의 다다랐을 때 그가 다시 소리를 질렀다.

"샹즈! 어디 다음에 밖에서 보자!"

얼챵즈가 떠난 후, 샹즈와 샤오푸즈는 함께 방으로 들어갔다.

"난 어쩔 수가 없어요."

혼잣말 같은 이 한 마디는 그녀의 모든 괴로움을 담은 동시에 또한 무한한 희망을 담고 있었다. 샹즈만 그녀를 원한다면 샤오푸즈도 살아갈 희망이 생기는 셈이다.

한바탕 난리를 겪고 나자 샹즈는 그녀의 몸에 드리운 수많은 어둠이 느껴졌다. 샤오푸즈를 좋아하는 마음에는 변함이 없었지만 그녀의 두 남동생과 술주정뱅이 아버지를 보살필 능력은 없었다. 그는 후니우가 죽었다고 해서 이제 자유롭다는 생각은 할 수 없었다. 후니우는 그녀만의 장점을 가지고 있었다. 적어도 경제적인 부분에 관한한 후니우는 그에게 많은 도움을 주었다. 샤오푸즈가 자기에게만 의존하리라는 생각은 하지 않았지만, 샤오푸즈의 식구 모두 제 밥벌이를 하지 않으리란 사실만은 확실했다. 가난뱅이에게 사랑이란 돈에 의해 결정되는 것이다. '한눈에 반하는 사랑' 은 오직 부자들에게나 있는 일이다.

그는 물건을 정리하기 시작했다.

"이사 가려구요?"

샤오푸즈는 입술까지 하얗게 질려 있었다.

"이사 갈 거야!"

샹즈는 마음을 모질게 먹었다. 정의가 없는 세상에서 가난뱅이가 개인의 자유, 그것도 정말 보잘것없는 약간의 자유를 유지하기 위해 의지할 수 있는 것은 모진 마음뿐이었다. 그를 바라보던 샤오푸즈는 고개를 떨군 채 자리를 떴다. 그녀는 샹즈를 증오하는 것도, 괴로워하는 것도 아니었다. 오직 절망할 뿐이었다.

후니우의 장식품, 쓸 만한 옷들은 모두 관으로 들어갔다. 남은 것은 허름한 옷 몇 벌과 목기 몇 개, 대야, 사발, 냄비, 국자 등등뿐이었다. 샹즈는 남은 옷 가운데 그래도 쓸 만한 것들을 한 곁으로 남겨두고, 나머지 옷과 그릇은 모두 내다팔았다. 그는 고물장수 하나를 불러다 단번에 10여 원 값을 매겨 그대로 팔아넘겼다. 이사를 가고 싶은 마음, 물건들을 빨리 처분하고 싶은 마음에 사람들을 더 만나보거나 가격을 흥정할 여유가 없었다. 고물장수가 물건을 걷어가자 방에는 이불 한 채와 따로 빼놓은 옷 몇 점밖에 남지 않았다. 이 몇 가지 물건들이 자리도 안 깔린 온돌 위에 놓여 있었다. 방 안이 텅 비자 그는 마음이 좀 통쾌해졌다. 마치 수많은 올가미를 벗어던진 것 같았다. 이제부터 멀리, 높이 날아갈 수 있을 것 같았다. 하지만 얼마 안 있어, 그는 다시 그 물건들이 생각났다. 탁자는 벌써 내갔지만 아직도 탁자 다리 자국—먼지가 쌓인 벽 귀퉁이에 조그만 모서리 자국—이 남아 있었다. 이 자국을 보고 있자니 물건들이 그리고 사람이 생각났다. 그런데 마치 꿈처럼 모든 것이 사라져버렸다. 그들이 좋았든 나빴든, 이 모든 것들이 보이지 않자 마음 둘 곳이 없는 것만 같았다. 그는 온돌 가장자리에 앉아 '황사자' 한 대를 꺼내물었다.

담배를 따라 꼬질꼬질한 10전짜리 지폐 한 장이 딸려나왔다. 그는 자기도 모르게 돈을 모두 꺼내보았다. 요 며칠, 그는 돈을 세어볼 여유도 없었다. 한 무더기가 나왔다. 은화, 10전짜리, 1전짜리 지폐, 1전짜리 동전까지 없는 게 없었다. 한 무더기였지만 세어보니 20원이 채 되지 않는다. 물건을 팔고 받은 10원을 합치니 전 재산은 겨우 30원을 조금 넘을 뿐이다.

돈을 온돌 위에 올려두고 빤히 바라보았다. 울어야 할지 웃어야 할지, 알 수가 없었다. 방에는 사람도, 물건도 모두 사라지고 샹즈 자신과 더럽고 헤진 돈 만 한 무더기 남아 있었다. 이게 무슨 일일까? 길게 한숨을 내쉰 후 어쩔 수 없다는 듯 돈을 품에 쑤셔넣고 이불보따리와 옷 몇 벌을 돌돌 감아 샤오푸즈를 찾아갔다.

"이 옷 뒀다가 입어! 이불은 잠시 맡아주면 내가 차고부터 찾은 뒤 다시 가지러 올게."

그는 차마 샤오푸즈 얼굴은 바라보지도 못하고 고개를 숙인 채 단숨에 이 모든 말을 쏟아놓았다. 샤오푸즈는 잠자코 있었다.

샹즈가 차고를 찾은 후 이불을 가지러 왔을 때, 샤오푸즈는 울어서 눈이 퉁퉁 부어 있었다. 말주변이 없는 그는 생각 끝에 겨우 몇 마디를 내뱉었다.

"기다려! 형편이 나아지면 찾아올게, 꼭 올게!"

그녀는 고개를 끄덕일 뿐 아무 말도 하지 않았다.

샹즈는 겨우 하루를 쉬고 예전처럼 인력거를 끌러 나왔다. 그는 전처럼 호객을 하느라 열을 올리진 않았지만 그렇다고 일부러 게으름을 피우지도 않았다. 그저 담담하게 꾸준히 하루하루 생활을 이어갔다. 이렇게 한 달 남짓, 그는 마음이 평온해짐을 느낄 수 있었다. 얼굴에도 살이 올랐다. 그러나 원래처럼 혈기가 넘치는 건 아니었다. 누런 얼굴에서 건장한 모습은 찾아볼 수 없었다. 그렇다고 쇠약해 보이는 것도 아니었다. 눈빛은 맑았지만 아무런 표정이 없었다. 언제나 그냥 반짝이는 모습이 생기가 넘치는 듯하면서도 아무것도 보지 못하는 것 같기도 했다. 마치 폭풍이 지나간 후 조용히 태양 아래 서서 움직이지 않는 나무를 보는 듯했다. 그렇지 않아도 말을 잘 하지 않던 그는 이제 더더욱 입을 여는 일이 드물었다. 날도 많이 따뜻해졌고, 버드나무 가지에도 여린 새싹들이 가득 돋아났다. 그는 때로 햇살을 향해 인력거를 세워두고, 고개를 숙인 채 입을 오물거리며 혼잣말을 했다. 그런가 하면 햇살이 있는 쪽으로 얼굴을 돌리고 잠시 졸음에 빠지기도 했다. 꼭 입을 열어야 할 때를 제외하면 그는 사람들과 이야기를 거의 나누지 않았다.

하지만 담배만큼은 가까이 했다. 인력거에 걸터앉았다 하면 벌써 그 커다란 손은 인력거 발 디딤판 밑을 더듬었다. 담뱃불을 켠 후 그는 느릿느릿 담배를 빨고 연기를 내뿜었다. 두 눈이 담배 연기를 따라 멍하니 위로 향하다가는, 마치 뭔가를 깨달은 듯 고개를 끄덕거렸다.

그는 아직 다른 인력거꾼보다는 빨리 달렸다. 하지만 더이상 필사적으로 내달리는 일은 없었다. 모퉁이를 돌 때나 언덕을 오르내릴 때 그는 특별히 조심했다. 지나칠 만큼 주의를 기울였다. 아무리 누가 그를 얼르고 부추기며 경주를 하자고 해도 그는 고개를 숙인 채 아무 말도 하지 않고 예의 그 안정적인 속도로 인력거를 끌었다. 그는 마치 인력거 끄는 일이 그저 그런 것임을 깨달은 듯, 더이상 이 일로부터 어떤 영광이나 찬사를 기대하지 않았다.

차고에서 그는 친구를 만들었다. 말을 잘 하는 건 아니었지만 그래도 무리를 짓고 싶었다. 친구 없이는 더이상 쓸쓸함을 견딜 수 없을 것 같았다. 담뱃갑만 꺼냈다 하면 빙 돌아가며 사람들에게 담배를 권했다. 때로 담뱃갑에 담배가 한 대밖에 남지 않은 것을 보고 손을 뻗기 미안해하는 친구들을 보면 대수롭지 않게 "다시 사지 뭐!"라고 말했다. 사람들이 도박을 해도 그는 전처럼 한쪽에 숨지 않고 다가가 구경을 했다. 때로 돈을 걸기도 했다. 승부에는 관심이 없었다. 그저 사람들에게 자신도 타인과 어울릴 줄 안다는 것을 보여주고 싶었다.

그는 며칠 바쁘게 일을 하고 나면 당연히 즐기며 놀아야 한다는 사실도 깨달은 것 같았다. 사람들이 술을 마실 때도 함께 자리를 지켰다. 많이 마시진 않았지만 자기가 돈을 내 안주를 사기도 했다. 전에는 눈에 들어오지 않던 일들도 이젠 조금씩 재미를 느꼈다. 자신의 길이 통하지 않으면 다른 사람이 옳다는 것을 받아들일 수밖에 없었다. 친구들의 경조사가 있을 때에도 원래 서로를 챙기는 일에 익숙하지 않던 그가 지금은 40전을 내놓거나 '합동 부조'에 참여하기도 했다. 돈을 낼 뿐만 아니라 직접 조문을 가거나 축하를 하러 가기도 했다. 이런 일들이 결코 돈을 버리는 일이 아니라 반드시 베풀어야 하는 인정이라는 사실을 깨달았던 것이다. 이곳 사람들은 진심으로 울고 웃을 뿐, 거짓으로 법석을 떠는 일은 없었다.

그러나 30여 원 되는 그 돈은 감히 건드리지 않았다. 그는 하얀 헝겊을 구해 어설픈 솜씨로 바느질을 한 다음 돈을 안에 집어넣고, 늘 몸에 지녔다. 쓰고 싶지 않았다. 다시 인력거를 사고 싶은 생각도 없었다. 그냥 예비용으로 항상 끼고 있을 뿐이었다. 앞으로 어떤 재난이 일어날지 누가 알겠는가! 병, 뜻밖의 재난 모두 언제든 자신을 찾아올 수 있다. 준비를 해두어야 한다. 사람이란 강철로 만들어진 것이 아님을 그는 이제 분명히 깨달았다.

입추가 다가오면서 그는 다시 전세 인력거를 끌기 시작했다. 전에 있었던 집들보다 일이 훨씬 수월했다. 그렇지 않았다면 이 일을 맡지도 않았을 것이다. 그는 이제 일을 고를 줄 알았다. 전세 인력거도 조건이 맞아야 일을 했다. 그렇지 않을 경우, 일반 손님을 받는 것도 안 될 건 없었다. 그는 예전처럼 전세 인력거를 모는 데 열을 올리지 않았다. 그는 자신의 몸을 보호해야 한다는 사실을 뼈저리게 깨달았다. 예전의 그처럼 죽도록 일을 하는 인력거꾼은 목숨이나 잃을 뿐 좋을 게 하나도 없었다. 경험을 통해 사람은 유연하게 처신하는 법을 배운다. 생명은 하나뿐이기 때문이다!

이번에 그가 일을 나가는 집은 옹화궁雍和宮 부근이었다. 주인은 샤夏씨로 나이는 쉰이 조금 넘었고, 학식 있고 예의에 밝은 사람이었다. 집에는 부인과 열두 명의 자녀가 있었다. 최근에 첩을 하나 구했는데 집에서 모르도록 특별히 구석지고 조용한 곳에 작은 집을 마련했다. 옹화궁 부근의 이 작은 집에는 샤 선생과 새로 얻은 첩만 살고, 이밖에는 여자 하인, 인력거꾼—바로 샹즈—뿐이었다.

샹즈는 이 일을 좋아했다. 뜰에는 방이 모두 여섯 개 있었는데, 샤 선생은 그중 세 칸을 쓰고, 주방이 한 칸을 차지하고 있었다. 나머지 두 칸은 고용인들이 사용했다. 뜰은 작은 편이었고 남쪽 벽으로 반 정도 자란 대추나무가 있었는데, 나무 꼭대기에 반쯤 익은 대추 10여 개가 달렸다. 샹즈는 두세 번 비질에 거의 마당 전체를 청소할 수 있었다. 힘도 들지 않았고, 물을 줄 화초도 없었다. 그는 대추나무도 손질을 해주고 싶었다. 그러나 대추나무는 제멋대로 구불구불 자라났다. 손질이 쉽지 않다는 것을 잘 알고 있기 때문에 손을 대기도 어려웠다.

다른 일 역시 별로 많지 않았다. 샤 선생은 아침에 관공서에 출근하면 오후 5시가 되어야 돌아왔다. 한 번 실어다주고, 실어오면 그뿐이었다. 집에 돌아오면 샤 선생은 다시 외출하는 법이 없었다. 마치 피난살이를 하는 것 같았다. 샤 부인은 자주 외출을 했지만 샹즈가 주인을 모셔올 수 있도록 4시 정도에는 반드시 집에 돌아왔다. 샹즈의 하루 일과는 대충 이렇게 끝이 났다. 게다가 샤 부인이 가는 곳이라고 해도 동안 시장과 중산공원 정도였다. 인력거를 끌고 나면 휴식 시간이 많았다. 이런 일쯤이야 샹즈에겐 노는 것처럼 가뿐했다.

샤 선생은 돈에 무척 인색했다. 작은 동전 하나라도 함부로 쓰는 법이 없었다. 외출할 때나 들어올 때 그는 옆을 바라보지 않았다. 마치 길가에 사람도, 물건도 아무것도 없다는 듯. 하지만 부인은 손이 큰 편으로, 사흘이 멀다 하고 쇼핑을 하러 다녔다. 먹는 것을 샀을 경우, 맛이 나쁘면 하인에게 주었다. 일상용품은 다시 새 것을 살 때가 되면 샤 선생에게 돈을 타내기 편하도록 헌 것을 하인에게 주었다. 샤 선생은 온 힘을 다해 정력과 돈을 첩에게 바치는 것이 평생의 사명처럼 보였다. 이를 제외하면 그에게는 다른 어떤 생활이나 향락도 존재하지 않았다. 그의 돈은 첩의 손을 통해서만 나갔다. 그 자신은 돈을 쓸 줄도 몰랐을 뿐더러, 다른 사람에게 돈을 주는 일은 더더욱 없었다. 사람들 말에 의하면 그의 본부인과 자녀 열두 명은 보정保定에 살고 있는데, 4~5개월 동안 그로부터 단 한 푼도 받지 못할 때도 있다고 한다.

샹즈는 샤 선생을 혐오했다. 하루 종일 허리를 굽히고, 목을 움츠린 채 도둑처럼 집을 드나들었다. 눈은 발끝을 향하고, 단 한 번도 소리를 내지 않은 채, 돈도 쓰지 않고, 웃지도 않고, 차에 앉은 모습마저 바짝 마른 원숭이 같았다. 어쩌다 한두 마디를 나누기도 했지만 좀처럼 정이 붙지 않았다. 마치 모두가 파렴치한 가운데 오직 자신만이 학식 있고 예를 아는 군자인 양 행동했다. 샹즈는 이런 사람을 좋아하지 않았다. 그러나 그는 '일'은 그저 '일'로만 생각했다. 달마다 돈만 들어오면 다른 건 신경 쓸 필요가 없었다. 게다가 부인이 화통해서 먹고 쓰는 것을 항상 얻을 수 있는데 무슨 상관이랴. 됐어! 그저 인정머리 없는 원숭이 한 마리를 태우고 다닌다고 생각하자.

부인에 대해 샹즈는 그저 용돈을 좀 챙겨주는 여자로 생각할 뿐, 그리 좋아하지 않았다. 부인은 샤오푸즈보다 훨씬 예쁜데다, 향수와 분으로 떡칠을 하고 비단 옷으로 몸을 휘감고 있으니 더더욱 상대가 되지 않았다. 그러나 어쩐 일인지 부인만 보면 후니우가 생각났다. 부인의 몸은 어딘가 후니우를 닮은 데가 있었다. 옷이나 모양이 아니라 태도나 분위기 같은 것, 뭐라고 말해야 할지 잘 모르겠지만 그런 부분이 있었다.

부인과 후니우를 보며 그가 생각해낼 수 있는 표현은 두 사람 모두 '똑같은 물건'이라는 것이었다. 부인은 나이가 매우 젊다. 기껏해야 스물두셋 정도지만 매우 노련한 분위기가 풍긴다. 전혀 갓 시집 온 여자 같지가 않았다. 소녀다운 수줍음과 부드러움은 찾아볼 수가 없었다. 머리는 퍼머를 하고 몸을 꼬는 대로 윤곽이 드러나는 옷을 입었다. 샹즈마저 샤 부인이 제법 세련되게 치장은 했지만 일반 부인들에게서 느껴지는 분위기는 전혀 찾아볼 수 없다고 생각했다. 하지만 그렇다고 기생 출신 같진 않았다. 대체 어떤 유형의 여자인지 감을 잡을 수가 없었다. 샹즈는 다만 그녀가 조금, 그러니까 후니우처럼 무서울 뿐이었다. 후니우는 이 여자처럼 젊은 것도, 아름다운 것도 아니었다. 그래서 샹즈는 부인이 더 무서웠다. 부인의 몸에는 마치 샹즈가 겪었던 모든 여성들의 지독하고 악랄한 모습이 담겨 있는 듯했다. 그는 부인을 감히 똑바로 쳐다볼 수도 없었다.

샤 선생 집에서 생활을 하다보니 점점 더 그녀가 두려워졌다. 샤 선생을 태우고 외출할 때 보면 그는 별로 돈을 쓰지 않는다. 그러나 샤 선생 역시 때때로 물건을 살 때가 있었다. 큰 약방에 가서 약을 사는 일이었다. 무슨 약을 사는지는 알 수 없었다. 하지만 약을 사가지고 올 때마다 두 부부가 특히 더 신바람이 나는 것 같았다. 항상 기운이 없는 샤 선생도 특별히 기력이 넘쳐 보였다. 그렇게 2~3일 정신이 바짝 들었다가 다시 기운이 빠지고, 허리는 더 깊게 구부러졌다. 마치 시장에서 갓 사온 활어를 물에 넣으면 잠시 즐거운 듯 헤엄치다가 얼마 후 기운이 풀리는 것과 마찬가지였다. 샤 선생이 마치 망령처럼 인력거에 타고 있을 때면 샹즈는 또 약방에 갈 때가 되었다는 걸 알 수 있었다.

그는 샤 선생을 좋아하진 않았지만 매번 약국에 갈 때마다 다 늙고 말라빠진 원숭이 같은 인간 때문에 마음이 아팠다. 샤 선생이 약봉지를 들고 집으로 돌아갈 때면 그는 후니우를 떠올렸다. 뭐라 말 할 수 없이 마음이 아팠다. 그는 죽은 사람을 미워하고 싶지 않았다. 그러나 자신을 돌아보고, 샤 선생을 바라보며 후니우를 원망하지 않을 수 없었다. 어쨌거나 샹즈의 몸은 전처럼 건장하질 않다. 이렇게 된 건 대부분 후니우 때문이었다.

그는 정말 일을 그만두고 싶었다. 그러나 이렇게 웃기지도 않은 문제로 그만두는 것도 말이 안 되는 일 같았다. '황사자' 를 피우며 그는 혼자 중얼거렸다.

"내가 무슨 상관이람!"

21

국화가 시장에 나오기 시작하자 샤 부인은 화분 네 개를 샀다. 그 중 하나를 식모 아줌마 양마가 깨뜨려서 싸움이 붙었다. 시골 출신인 양마는 화초 같은 걸 그다지 중요하게 여기지 않았다. 하지만 다른 사람 물건을 깼으니 그것이 중요하든 않든 자기 실수였다. 그래서 그녀는 감히 대꾸를 하지 않았다. 그런데 샤 부인이란 사람, 잔소리가 끝이 없더니 결국 촌년이니, 천한 년이니 하는 욕이 튀어나왔다. 양마는 더이상 참지 못하고 되받아쳤다. 시골 사람인 양마는 이것저것 가리지 않고 닥치는 대로 상스러운 욕설을 쏟아내었다. 샤 부인도 펄

쩍 뛰며 욕을 퍼붓더니 양마를 해고시켰다.

샹즈는 두 사람 일에 끼어들지 않았다. 원래 말주변도 없는데다 두 여자를 화해시키는 건 더더욱 역부족이었다. 양마가 샤 부인에게 '창녀 같은 년' '볼 장 다 본 더러운 년' 이라며 욕설을 지껄이자, 샹즈는 양마도 이제 끝장이라고 생각했다. 양마가 잘린다는 건 곧 자기도 따라 잘린다는 의미였다. 샤 부인이 자신의 내력을 알고 있는 하인을 그냥 둘 리 없었다. 양마가 떠난 후 그는 해고당할 날을 기다렸다. 새 식모가 오면 그때 쫓겨나겠지, 생각하면서……. 하지만 이 일 때문에 근심을 하진 않았다. 하도 많은 일을 겪다보니 이젠 그저 일을 시작하고 끝낼 뿐, 마음 상하는 일은 없었다.

그런데 양마가 떠난 후, 샤 부인은 샹즈에게 이상하리만큼 살갑게 굴었다. 식모가 없으니 자신이 직접 밥을 하게 된 샤 부인은 샹즈에게 돈을 주며 장을 보도록 했다.

장을 보고 돌아오면 샤 부인은 그에게 껍질 벗길 것, 씻을 것들을 알려주었다. 그가 껍질을 벗기고, 재료를 씻을 동안 부인은 고기를 썰고 밥을 했다. 일하는 틈틈이 그와 이야기도 나누었다. 샤 부인은 분홍색 면 셔츠에 푸른 바지를 입고, 꽃수가 놓인 하얀 공단 슬리퍼를 신었다. 샹즈는 고개를 숙인 채 어설픈 솜씨로 일만 할 뿐, 부인을 쳐다볼 용기가 나지 않았다. 하지만 부인을 보고 싶었다. 강하게 코를 찌르는 향수 냄새가 마치 그에게 자신을 봐달라고 말하는 것 같았다. 향기로운 꽃이 나비와 벌을 부르듯…….

샹즈는 여자가 얼마나 무서운 존재인지도 알고 있었고, 여자의 좋은 점도 알고 있었다. 후니우는 그 누구라도 여자를 두려워하도록 만들었지만 또한 그가 여자에 대한 미련을 갖게 만들었다. 게다가 샤 부인을 어찌 그녀에 비하겠는가. 샹즈는 자기도 모르게 부인을 바라보았다. 아무리 후니우처럼 무섭다지만, 그래도 부인은 몇 배나 더 사랑스러웠다.

2년 전만 해도 이렇게 바라볼 용기가 없었을 것이다. 그러나 이젠 이런 일에 별로 신경을 쓰지 않는다. 이미 여자에게 유혹을 당해본 적도 있고, 그런 상황에서 자신을 단속한다는 게 힘든 일이라는 것도 알기 때문이었다.

그리고 무엇보다 샹즈 역시 점점 '인력거꾼'의 사고방식을 닮아가고 있었다. 일반적으로 인력거꾼들이 옳다고 생각하는 것을 그 역시 옳다고 생각하기 시작했다. 자신의 노력과 인내가 실패로 돌아가고 난후, 그는 모두의 행동에는 나름대로 이유가 있다고 생각했다. 자기가 원하든 말든 그 역시 '인력거꾼'이 될 수밖에 없었다. 사람들과 다르다는 건 통하지 않는다. 고된 노동을 하는 사람들은 남의 덕보는 걸 정당한 일이라고 생각했다. 왜 샹즈만 이런 행운을 피해가야 한단 말인가?

여자를 바라보았다. 그래, 그냥 여자일 뿐이야. 만약 부인이 원한다면 거절할 방법이 없다. 부인이 그렇게 저속하리라 생각하지 않지만 만약 그렇다면? 부인이 별 뜻을 보이지 않으면 샹즈 역시 아무런 행동도 하지 않을 것이다. 하지만 부인이 먼저 뜻을 내비친다면, 글쎄……. 이미 암시를 준 건 아닐까? 안 그렇다면 왜 양마를 내보낸 뒤

바로 사람을 쓰지 않고 샹즈만 남겨 부엌일을 돕게 만든단 말인가? 부엌에 들어오면서 향수는 왜 그렇게 많이 뿌리고 오냔 말이다.

샹즈는 달리 생각할 수가 없었다. 뭔가를 희망할 수도 없었다. 하지만 어렴풋이 뭔가를 결정하고, 희망을 가져야 한다는 생각이 들었다. 그는 허망한 꿈을 꾸고 있는 것 같았다. 꿈인 걸 알지만 계속 그렇게 꿈꾸길 원했다. 자신을 버러지 같은 놈이라고 인정해야 할 것만 같은 어떤 뜨거운 힘이 느껴졌다. 하지만 이 버러지 같은 일에 엄청난 쾌락, 아니 엄청난 고뇌라고 할 수도 있는 뭔가가 숨겨져 있었다. 아무렴 어떠랴!

한 가닥 희망 속에 용기가 일었다. 용기는 열기가 되어 그의 마음속 불길로 타올랐다. 상스럽다니, 부인도 나도 상스럽지 않아. 욕망의 불길은 누구에게나 평등한 거야!

그러나 공포와 두려움이 그의 이성을 일깨워주었다. 이성이 마음의 불을 지워버렸다. 당장 도망쳐버리고 싶은 심정이었다. 기다리는 건 오직 괴로움뿐이야. 이 길로 가면 웃음거리밖에 되지 않아!

갑작스런 희망, 갑작스레 밀려드는 두려움에 그의 마음은 학질을 앓는 것 같았다. 후니우를 만났을 때보다 더 견디기 힘들었다. 그땐 별로 아는 게 없었다. 마치 처음 세상에 나온 벌이 거미줄에 걸린 것처럼. 그러나 지금은 얼마나 조심해야 하는지, 얼마나 담이 커야 하는지 잘 알고 있었다. 그는 어리둥절했지만 나락으로 떨어진다는 게 얼마나 무서운 것인지, 그것만큼은 너무도 잘 알았다!

첩실이자 창녀인 이 아름다운 여인을 그는 결코 가벼이 여기지 않았다. 그녀는 이 세상 모든 것이었지만 또한 아무것도 아니었다. 만약 그에게도 변명할 권리가 있다면 그저 비쩍 마른 원숭이 샤 선생이 가증스럽고, 그러니 당연히 천벌을 받아야 한다고 말할 것이다. 이런 남편을 뒀기에 그녀는 아무런 잘못이 없고, 그런 주인이기에 그 샹즈는 무슨 짓을 해도 관계가 없었다. 그는 대담해지기 시작했다.

그러나 샤 부인은 그의 눈길 따위에는 신경쓰지 않았다. 밥을 다 하자, 그녀는 부엌에서 혼자 밥을 먹었다. 그리고 샹즈를 향해 큰 소리로 말했다.

"밥 먹어. 다 먹고 나면 설거지하고. 오후에 선생 모시러 갈 때 나간 김에 저녁 찬거리도 사와. 다시 안 나가도 되게 말이야. 내일은 일요일이라 선생님이 집에 계실 테니 나가서 식모 좀 구해봐. 추천할 만한 사람 없어? 아줌마 구하기가 정말 힘들어! 우선 식사부터 해, 식기 전에!"

부인이 시원시원하게 말했다. 전혀 어색함이 없었다. 분홍색 셔츠가 갑자기 수수하게 느껴졌다. 샹즈에게 약간의 실망감과 수치스러움이 몰려들었다. 자신은 더이상 강인한 사람이 아니라는게 뼈저리게 느껴졌다. 강인하기는커녕 오히려 나쁜 놈에 불과했다. 밥 두 공기를 털어넣고 나니 맥이 풀렸다. 설거지를 하고, 자기 방에 앉아 단번에 '황사자'를 몇 대나 피웠는지 모른다.

오후에 샤 선생을 데리러 갔을 때 이유도 없이 그 말라빠진 인간이 얼마나 미웠는지 모른다. 신나게 달리다가 갑자기 멈춰서 늙은이를 반쯤 죽도록 내동댕이치고 싶었다.

이제야 그는 예전 집에서 인력거를 끌 때, 영감의 세 번째 첩과 큰아들이 내연 관계라는 사실이 발각되자 아들이 영감을 독살하려 했던 일을 이해할 수 있었다. 그땐 그저 큰아들이 젊어서 철이 없다고 생각했을 뿐이지만, 지금은 영감의 잘못이 뭔지 알 수 있을 것 같았다. 하지만 그는 살인을 할 생각은 없었다. 그냥 샤 선생이 얄밉고 싫을 뿐, 그를 혼내줄 방법은 없었다. 샹즈는 늙은 원숭이 자리가 덜컹거리도록 일부러 인력거 손잡이를 흔들었다. 영감은 아무 말도 하지 않았다. 샹즈만 오히려 기분이 찜찜했다. 그는 한 번도 이런 행동을 한 적이 없었다. 어쩌다 할 수 없이 인력거가 흔들려도 자신을 용서할 수 없을 정도였다. 후회가 들자 모든 것이 시큰둥해졌다. 왜 사서 나 자신을 힘들게 만들까? 어쨌거나 인력거꾼이니 사람들을 잘 모셔야 되는 것 아닌가. 딴 생각을 한다 해서 무슨 소용이 있는가? 마음이 가라앉자 샹즈는 쓸데 없는 일들을 잊어버렸다. 가끔 생각이 났지만 우습기만 할 뿐이었다.

다음날 샤 부인이 식모를 구하러 나갔다. 잠시 후 부인은 갓 일을 시작한 식모를 하나 구해 돌아왔다. 샹즈는 더이상 딴 생각을 하지 않았지만 아무리 생각해도 영 기분이 좋지 않았다.

월요일 점심 후, 샤 부인은 깔끔하지 못하다는 이유로 식모를 내쫓았다. 그러고는 샹즈에게 밤 한 근을 사오라고 심부름을 보냈다.

군밤을 사온 샹즈가 문 밖에서 부인을 불렀다.

"가지고 들어와."

부인에 방 안에서 말했다. 샹즈가 들어갔을 때 부인은 거울을 보며 분을 바르고 있었다. 그 분홍색 셔츠에 연두색 하의 차림이었다. 거울로 샹즈가 들어오는 것을 보더니 부인이 돌아앉아 그에게 미소를 지었다. 샹즈는 부인의 웃는 얼굴에서 갑자기 후니우를 보았다. 젊고 아름다운 후니우를. 그는 그 자리에서 옴짝달싹할 수 없었다. 용기와 희망, 두렵고 소심한 마음이 모두 사라지고, 뜨거운 입김만 그의 온몸을 감쌌다. 샹즈에게 이제 자신의 의지란 전혀 남아 있지 않았다. 되는 대로 몸을 맡길 뿐이었다.

다음날 저녁, 그는 이불보따리를 끌고 회사로 돌아왔다. 언제나 가장 두렵고, 가장 수치스럽게 생각했던 일을 그는 킥킥거리며 사람들에게 털어놓았다. 오줌이 잘 안 나와!

모두 앞다투어 그에게 무슨 약을 사야 하고, 어떤 의사를 찾아가는 게 좋은지 일러주었다. 아무도 흉보지 않았고, 모두 그를 동정하며 해결 방법을 생각해주었다. 게다가 얼굴을 붉히며 신바람이 나서 자신의 경험을 털어놓기까지 했다. 몇몇 젊은 사람들은 돈을 써가며 이런 병을 얻었고, 공짜로 하다가 병에 걸린 중년 인력거꾼도 있었다. 전세 인력거를 몰던 사람들 역시 경우는 좀 다르지만 엇비슷한 경험들을 가지고 있었다. 또한 직접 경험하지 않은 전세 인력거꾼들도 주인에 관한 다른 이야기들을 매우 재미난 듯 늘어놓았다.

샹즈가 이런 병에 걸리자 사람들은 마음의 문을 열고 그와 친근하게 이야기를 나누었다. 샹즈도 수치스럽다는 생각은 모두 잊어버렸다. 하지만 그렇다고 이런 일을 영광으로 생각하지는 않았다. 그냥 담담하게 마치 감기에 걸리거나 더위를 먹은 것 정도로 병을 이겨내고 있었다. 아플 땐 조금 후회를 하다가도 조금 편안해지면 달콤했던 순간이 생각났다. 어쨌거나 마음을 졸이는 일은 없었다. 이런 경험으로 그는 생명을 우습게 생각하기 시작했다. 안달해봤자 무슨 소용이 있는가.

약과 비방이라는 걸 쓰는 데 10원이 더 나갔다. 하지만 완벽하게 병이 낫진 않았다. 대충 좋아진 것 같으면 약을 끊어버렸다. 날씨가 흐리거나 환절기에 다시 관절 통증이 도지면 약을 먹고, 버틸 만하면 내버려두었다. 밑바닥까지 고통을 맛봤는데 이까짓 몸뚱이가 대수겠는가? 화통하게 생각하자. 파리는 똥더미 위에서도 즐겁게 사는데 이렇게 큰 인간이 돼가지고 걱정은!

병이 치료된 후부터 그는 완전히 다른 사람으로 변한 것 같았다. 키는 그대로지만 반듯한 모습은 찾아볼 수가 없었다. 어깨는 일부러 앞으로 늘어뜨리고, 입은 헤 벌린 채 항상 담배를 물고 있었다. 때로 반만 피운 담배를 귀에 꽂아두었다. 거기가 편해서가 아니라 폼을 잡기 위해서였다. 아직도 이야기를 즐기는 편은 아니었다. 그래도 입을 열 때면 되도록 농지거리를 하려고 애를 썼다. 화끈하게 끝나진 않아도 제법 건달 티가 났다. 마음이 풀어지자 자세나 분위기도 완전히 흐트러졌다.

하지만 다른 인력거꾼에 비하면 그렇게 나쁜 편은 아니었다. 혼자 앉아 있을 때면 자신의 예전 모습을 떠올렸다. 이대로 흐느적거리며 살아갈 순 없다고, 강해져야 한다고 생각했다. 강해져봤자 쓸모는 없지만 자신을 망치는 것도 현명한 행동은 아닌 것 같았다. 그때 인력거를 사고 싶다는 생각이 떠올랐다. 30원 정도 남았던 돈에서 병을 고치느라 10원 넘게 지출을 했다. 돈 쓴 게 너무 억울하다! 그래도 종잣돈이 20원 정도 있으니까 완전히 바닥에서 시작하는 사람보다는 희망이 있다. 이런 마음이 들자 그는 아직 반쯤 남은 '황사자'를 버리고 싶었다. 오늘부터 담배와 술을 모두 끊고, 이를 악물고 돈을 모을 것이다. 돈을 모으고 인력거를 살 생각을 하자 샤오푸즈가 생각났다. 그녀에게 미안했다. 대잡원에서 나온 후로 한 번도 샤오푸즈를 보러가지 않았다. 생활도 안정되지 않았는데 이런 더러운 병까지 얻다니!

그러나 샹즈는 결심을 하고도 친구들을 만나면 다시 담배를 피웠고, 기회가 있으면 술도 마셨다. 샤오푸즈는 깨끗이 잊어버렸다. 친구들과 함께 있을 땐 자기가 먼저 나서서 뭘 요구하는 법이 없지만 다른 사람이 하는 일엔 항상 자리를 함께 했다. 하루의 고단함과 가슴 속 가득한 억울한 심정은 그들과 어울려야 잠시나마 잊을 수 있었다. 눈앞의 편안함이 고상한 바람을 내몰아버렸다. 한바탕 신나게 어울리고 나면 늘어지게 잠을 잤다. 누군들 이런 생활을 좋아하지 않겠는가. 삶이 그처럼 따분하고, 고통스럽고, 절망적인데!

삶의 욕창은 담배나 술, 여자라는 독약으로 잠시 마비시킬 수 있을 뿐이다. 독은 독으로, 독기란 언젠가는 마음으로 스며들게 마련이다. 누가 그걸 모르겠는가. 하지만 이를 대신할 더 좋은 방법을 아는 사람은 아무도 없었다.

노력에서 멀어질수록 자꾸만 자신이 처량해졌다. 전에는 아무것도 두려운 게 없었는데, 지금은 자꾸 편안한 것만 생각했다. 바람이 불거나 비만 와도 일을 나가지 않았다. 몸이 조금만 쑤셔도 2~3일을 쉬었다. 자기 연민은 곧 이기적인 마음을 불러왔다. 다른 사람에겐 단돈 한 푼도 빌려주질 않고 오직 바람 불고 비오는 날 자신의 생활비로 충당했다. 담배나 술은 양보할 수 있어도 돈만은 절대 빌려줄 수 없었다. 어떤 사람보다 자신이 귀하고 불쌍한 것이다. 한가할수록 게을러지고, 할 일이 없으면 답답해서 미칠 것만 같았다. 그래서 자꾸 놀 것, 먹을 것이 필요했다. '이렇게 시간과 돈을 낭비하지 말아야지' 라는 생각이 들 때마다 늘 대기 중인 말, 그간의 경험이 남긴 말이 떠올랐다.

"나라고 노력 안 해본 줄 알아? 그래봤자 털끝만치도 남은 게 없잖아."

이 말에 반박할 수 있는 사람, 속 시원히 해답을 줄 사람은 단 한 명도 없었다. 누가 하염없이 수렁으로 떨어지는 샹즈를 막을 수 있단 말인가?

게으름은 사람을 고약하게 만든다. 샹즈는 이제 사람들을 노려볼 줄도 알게 됐다. 인력거 손님, 순경 그 어느 누구도 성실하게 대하지 않았다. 부지런히 힘들여 일을 할 때도 공정한 대우를 받은 적이 없었다. 이제 그는 자신의 땀이 얼마나 소중한지 잘 알게 됐다. 덜 수 있는 한 수고를 덜어야 한다. 샹즈 덕을 보는 건 이제 꿈같은 일이 되었다. 그는 아무렇게나 인력거를 팽개쳐두고 꼼짝달싹하지 않았다. 인력거를 둘 수 있는 장소인지 아닌지 그런 것도 상관이 없었다. 순경이 다가오면 그는 몸은 꼼짝하지 않은 채 입으로만 주절거렸다. 버틸 수 있을 때까지 조금이라도 더 세워놓는 것이다. 어쩔 수 없이 인력거를 치워야 할 경우엔 쉴새없이 욕을 퍼부었다. 순경이 잔소리를 하면 한바탕 육박전을 벌여도 상관이 없었다. 자기 힘이 얼마나 센지 샹즈는 알고 있었다. 우선 순경을 한 방 먹이고 나서 유치장에 갇혀도 손해는 아니라고 생각했다. 싸움질을 할 때면 그는 새삼 자신의 힘과 능력을 느낄 수 있었다. 다른 사람들을 힘으로 제압할 때면 빛이 반짝거리고, 태양도 더 빛나는 듯했다. 싸움에 대비해서 힘을 비축해야 한다. 전에는 생각지도 못하던 일이 현실이 되었고, 그것은 자신에게 기쁨을 가져다주었다. 생각해보면 얼마나 재미있는 일인가.

맨손의 순경만이 아니었다. 거리를 가로지르는 자동차도 그는 두렵지 않았다. 차가 다가오며 바닥의 흙먼지를 일으켜도 샹즈는 비키지 않았다. 자동차가 아무리 경적을 눌러대고, 승객이 아무리 조급해도 상관 없었다. 하는 수 없이 자동차가 속도를 늦췄다. 자동차가 속도를 줄이고 나면 샹즈 역시 그제야 자리를 비켜주었다. 그래야 먼지를 조금 먹을 수 있었다. 자동차가 뒤쪽에서 오면 그는 이 방법을 썼다. 자동차는 사람이 다칠까봐 함부로 운행하지 못한다는 사실을 샹즈는 잘 알고 있었다. 그렇다면 일찍 자리를 비켜주고 먼지를 뒤집어쓸 필요는 없지 않은가. 순경은 자동차를 배려하고 길을 열어줄 뿐이다. 행여 속도가 느려질까, 먼지가 적게 일어날까 염려하는 듯이. 그러나 샹즈는 경찰이 아니니 자동차가 제멋대로 가는 길을 그냥 열어주지 않는다. 순경의 눈에 샹즈는 가장 다루기 힘든 골칫덩어리였다.

그들은 감히 이 '골칫덩어리' 를 건드리지 않았다.

고달픈 사람들의 게으름은, 노력했지만 수렁으로 떨어진 삶의 자연적인 결과다. 고달픈 사람들이 가시를 세우는 데도 나름의 정당한 이유가 있었다.

인력거 손님에게도 그는 절대 고분고분하지 않았다. 손님이 말한 목적지, 딱 거기까지만 데려다줄 뿐, 단 한 발짝도 더 가는 법이 없었다. 골목 '입구' 까지라고 말해놓고선 골목 '안' 으로 들어가자고 하면 절대 들어주지 않았다. 손님이 눈을 부릅뜨면 샹즈는 더 크게 눈을 부라렸다. 그는 양복 입은 선생들이 옷이 더러워질까봐 얼마나 걱정을 하는지 잘 알고 있었다. 그들 대부분이 얼마나 오만방자하고 인색한지도. 좋아, 다 생각이 있어. 손님이 말을 뒤집으면 바로 다가가 한 벌에 50~60원이나 하는 양복 소매를 잡았다. 이렇게 하면 적어도 소매에 시커먼 손자국을 남길 수 있었다. 이렇듯 손자국을 선사하면 원래 약속대로 돈을 받아 챙기기 쉬웠다. 그들은 그 커다란 손의 위력을 잘 알고 있으니……. 조금 전 잡힌 여리고 가는 손목이 시큰시큰 저려온다.

그는 인력거를 느릿느릿 몰진 않았다. 하지만 괜히 빠르게 달리지도 않았다. 손님이 재촉하면 그는 땅을 구르며 이렇게 물었다.

"빨리 가라고요? 그럼 얼마 더 줄거요?"

배려란 절대 있을 수 없었다. 자신의 피와 땀의 대가가 아닌가. 그는 더이상 손님들의 선심을 기대하지 않았다. 받은 만큼만 주면 된다. 먼저 가격을 분명히 한 다음, 힘을 쓰기 시작했다.

인력거에 대한 미련도 모두 사라져버렸다. 인력거를 사고 싶다는 마음도 냉랭해지고, 다른 사람 인력거에도 전혀 관심이 없었다. 인력거는 그냥 인력거다. 인력거를 끌며 입에 풀칠이나 하고, 사납금을 내면 그뿐이다. 인력거를 끌지 않으면 사납금을 낼 필요가 없고, 그럼 수중에 하루 끼니 때울 돈만 있으면 충분하다. 인력거를 끌러 나갈 필요가 없는 것이다. 사람과 인력거의 관계는 여기까지다. 물론 일부러 다른 사람 인력거를 부술 필요도 없지만 각별히 신경을 써서 아껴줄 필요도 없다. 때로 다른 인력거꾼이 실수로 부딪쳐 상처가 생겨도 길길이 날뛰며 싸우는 일은 없었다. 그냥 태연하게 인력거를 끌고 차고로 돌아와 50전을 물어줘야 할 경우 20전만 내면 끝이었다. 차주가 그냥 넘어가지 않아도 별 문제가 없었다. 정 안 되면 치고받고 싸울 것이다. 차주가 무력을 동원하면 샹즈 역시 똑같이 상대를 해주면 된다!

경험은 삶의 비료 같은 것이다. 어떤 경험을 하느냐에 따라 사람들은 각기 다른 모습으로 변한다. 사막에서 목단이 자랄 수 없다. 샹즈는 완전히 다른 사람이 되었다. 다른 인력거꾼보다 낫지도, 더 나쁘지도 않은, 그냥 인력거꾼다운 인력거꾼이 되었다. 이렇게 되고 나니 전보다 훨씬 더 마음이 홀가분했다. 다른 사람 눈에도 거슬리는 일이 없었다. 까마귀는 그냥 까만색이다. 그는 혼자 하얀 깃털을 갖고 싶진 않았다.

다시 겨울이 왔다. 사막에서 불어오는 누런 바람은 하룻밤 사이에 많은 사람을 얼어죽게 만들었다. 바람 소리에 샹즈는 머리까지 이불을 둘러썼다. 도무지 일어날 용기가 나지 않았다. 괴이한 바람 소리가 그치고 나서야 그는 겨우겨우 자리에서 일어났지만 나가야 할지, 하루 쉬어야 할지 마음을 정할 수가 없었다. 차디찬 인력거 손잡이를 잡을 용기가 나지 않았다. 숨이 막힐 듯한 그 지긋지긋한 바람이 두려웠다.

날이 저물면 미친 듯이 몰아치던 바람도 숨을 죽이는 법이다. 4시 정도가 되자 바람이 잦아들었다. 황혼 무렵, 하늘이 발갛게 물들기 시작했다. 그는 정신을 가다듬고 인력거를 끌고 나왔다. 두 손을 소매에 넣고, 가슴으로 인력거 손잡이 끝을 받친 채 축 늘어진 모습으로 흔들흔들 천천히 발길을 옮겼다. 입에는 반쯤 남은 담배를 물고 있었다. 잠시 후, 날이 어두워졌다. 그는 빨리 손님을 두서넛 태운 뒤 일찍 일을 끝내고 싶었다. 귀찮아서 등도 켜지 않다가 길가 순경이 네다섯 번을 재촉하고 난 다음에야 불을 켰다.

고루鼓樓 앞 가로등 아래서 그는 손님을 하나 가로채 동성東城으로 달렸다. 솜 외투도 벗지 않은 채 건들건들 달리는 시늉만 했다. 이런 모습이 꼴사납다는 걸 알고 있었지만 그게 무슨 상관이랴. 애써 달린다고 누가 동전 몇 닢이라도 더 준단 말인가? 인력거를 끄는 게 아니라 그냥 휩쓸려가는 것 같았다. 땀이 흘러도 외투를 벗지 않았다. 대충 끌고 가면 그만이다. 조그만 골목길로 접어들자 긴 외투가 눈에 거슬렸는지 개 한 마리가 따라붙어 그를 물어뜯었다. 샹즈는 그 자리에 멈춰 총채를 거꾸로 쥐고 죽어라 쫓아가서 개를 패기 시작했다. 그리고 개가 사라지고 나서도 계속 그 자리에 서서 개가 다시 나타나는지 살펴보았다. 개가 나타나지 않자 그제야 샹즈는 마음이 후련해졌다.

"빌어먹을 새끼, 내가 무서워할 줄 알아?"

"대체 이게 어디 식 인력거 끌이야? 내 말 안 들려?"

인력거에 탄 손님이 언짢은 듯 이렇게 물었다.

샹즈의 가슴이 덜컹 내려앉았다. 어딘가 귀에 익은 목소리였기 때문이었다. 골목은 컴컴하고, 인력거에 등이 있긴 했지만 모두 아랫쪽에 있기 때문에 인력거에 누가 탔는지 알 수가 없었다. 손님은 방한모를 썼고, 입과 코까지 목도리로 칭칭 감고 있어 두 눈밖에 보이지 않았다. 샹즈가 생각에 잠겼을 때 손님이 다시 입을 열었다.

"샹즈 아닌가?"

류쓰예였다! 샹즈는 머리가 아찔하고 전신이 후끈거렸다. 뭘 어떻게 해야 할지 알 수가 없었다.

"내 딸은?"

"죽었어요!"

샹즈는 멍하니 제자리에 서 있었다. 방금 말을 했던 사람이 자신인지조차 알 수 없었다.

"뭐라고? 죽었어?"

"죽었다니까!"

"염병할 네 놈 손에 안 죽을 사람이 있겠어!"

샹즈는 그제야 자신으로 되돌아왔다.

"내려요, 내려! 당신은 너무 늙어서 내 한 주먹거리도 안 돼! 어서 내려요!”

류쓰예가 손을 덜덜 떨며 인력거에서 내렸다.

“어디다 묻었어?”

“뭔 상관이오?”

샹즈는 인력거를 끌고 그 자리를 떠나버렸다.

한참 뒤에야 그는 고개를 돌려 영감을 바라보았다. 그는 커다란 그림자처럼 아직도 그 자리에 서 있었다.

22

샹즈는 어디로 가는지도 잊은 채 무턱대고 걸었다. 고개를 쳐들고 두 손으로 인력거 손잡이를 꽉 거머쥔 채, 매서운 눈으로 성큼성큼 앞을 향해 걸어갔다. 방향이나 목적지도 없이 걷고 또 걸었다.

마음도 통쾌하고 몸도 가벼웠다. 후니우와의 결혼 이후 불운했던 모든 일들을 한꺼번에 류쓰예에게 다 풀어버린 것 같았다. 추위도, 일도 모두 잊어버리고 오직 앞을 향해 걸었다. 마치 자신의 본 모습, 그러니까 아무것도 거리낄 것 없이 순결하고 강인하며 어디서나 노력하던 샹즈 자신의 모습을 찾을 수 있는 어딘가로 걸어가는 듯했다. 골목 한가운데 서 있던 그 검은 그림자, 그 노인네를 생각했다. 아무 말도 필요 없었다. 류쓰예를 넘어섰다는 것은 모든 것을 넘어섰다는 것이나 마찬가지였다. 노인을 한 방 먹이거나 걷어찬 건 아니다. 하지만 노인은 유일한 가족을 잃었고, 샹즈는 자유로움을 만끽할 수 있게 됐다. 이게 인과응보가 아니고 무엇이겠는가! 영감은 지금 당장 죽지 않는다 해도 얼마 안 있어 화를 못 이기고 쓰러질 것이다. 류 영감은 없는 게 없고, 샹즈는 아무것도 가진 게 없었다. 그러나 지금 샹즈는 신나게 인력거를 몰고 있고, 영감은 딸의 무덤조차 찾을 수가 없다.

좋았어. 산더미처럼 쌓아둔 영감의 돈과 지랄 같은 성깔도 하루 종일 죽어라 뛰어서 겨우 두 끼를 채우는 이 거렁뱅이 같은 인간을 이길 수가 없어.

생각할수록 신바람이 났다. 소리 높여 개선가를 불러 세상 사람들 모두에게 알리고 싶었다. 샹즈가 다시 살아났어! 샹즈가 이겼어! 밤바람은 그의 얼굴을 엘 듯 차가웠지만 그는 춥기는커녕 통쾌하기만 했다. 가로등은 서린 빛을 내고, 샹즈의 마음에는 기분 좋은 열이 올랐다. 도처의 빛이 자신의 미래를 밝게 비추고 있었다. 반나절 동안 담배를 피우지 않았지만 더이상 피우고 싶지도 않았다. 앞으로 술도 끊고 담배도 끊으리라. 다시 기운을 내 예전처럼 강인해지기 위해 열심히 노력하리라. 오늘 류 영감을 이겼으니 영원히 영감을 넘어서리라. 영감의 저주가 샹즈의 성공을 부추기고, 그의 미래를 더욱 큰 희망으로 채워주리라. 한꺼번에 불운의 기운을 쏟아놓았으니 샹즈는 영원히 신선한 공기를 들이킬 것이다.

그는 자신의 수족을 바라보았다. 아직 젊지 않은가? 샹즈는 영원히 젊음을 유지할 것이다. 후니우가 죽고, 류쓰예가 죽어도 샹즈는 살아 있을 것이다. 즐겁게, 강인하게 살아갈 것이다. 악인은 죽음으로 대가를 치를 것이다. 그의 인력거를 빼앗은 병사, 하인에게 밥을 주지 않은 양 부인, 그를 속이고 짓누른 후니우, 그를 얕본 류 영감, 그의 돈을 갈취한 쑨 형사, 그를 희롱한 천얼 할머니, 그를 유혹한 샤 부인……. 모두 죽을 것이다. 오직 성실하고 강직한 샹즈만 영원히 살아 남을 것이다!

"하지만, 샹즈! 앞으로 잘 해야 돼!"

그는 자기 자신에게 당부했다.

"잘 하지 못할 이유도 없잖아? 뜻이 있고, 힘도 있고, 젊은데!"

자신을 대신해 그는 이렇게 대답했다.

"이렇게 마음이 통쾌한데 누가 내 결혼과 일을 막을 수 있겠어? 이제껏 나에게 있었던 일은 누구도 당해낼 재간이 없어. 모두 추락할 뿐이야. 하지만 이젠 모두 지난 일이야. 내일 당신들은 새로운 샹즈를 보게 될 거야. 전보다 나은, 훨씬 더 나은 샹즈를 말이야!"

입으로 이렇게 중얼거리자 발에 더 힘이 붙었다. 마치 자신의 말이 거짓이 아니라는 것을 입증이라도 하려는 것처럼. 확실히 난 센 놈이야. 몸져 눕기도 했고, 창피한 병도 앓았지만 그게 무슨 대수랴! 새롭게 마음을 먹으면 몸도 강인해져. 아무런 문제도 없어!

온몸에 땀이 나자 목이 말랐다. 물을 먹고 싶었다. 그제야 샹즈는 벌써 후문後門에 도착했다는 것을 알았다. 찻집으로 들어갈 사이도 없이 그는 성문 서쪽 '정류장'에 인력거를 세우고, 커다란 주전자를 든 채 누런 사발에 차를 파는 아이를 불렀다. 마치 솥을 헹군 듯한 차라 역겨웠지만 그는 앞으로 이런 물만 마실 거라고 다짐했다. 맛있는 차, 좋은 식사에 돈을 쓰는 짓은 하지 않을 거야. 그래, 아예 먹는 것도 도저히 삼키지 못할 것 같은 그런 음식만 먹는 거야. 고되고 부지런한 생활의 시작이야. 샹즈는 군만두를 10개 샀다. 배추뿐인 속에다가 만두피가 질기고 뭔가 어적어적 씹히는 것 같았다. 먹기가 역겨워도 전부 먹어치운 다음, 손등으로 입을 훔쳤다. 어디로 가지?

믿고 몸을 맡길 사람, 그의 마음속에 그런 사람은 딱 둘뿐이었다. 열심히 노력해서 강인해지려면 그 두 사람, 샤오푸즈와 차오 선생을 찾아가야 한다. 차오 선생은 '성인'이니 그를 용서하고, 그를 위해 좋은 생각을 알려줄 것이다. 차오 선생이 말하는 방법대로 일을 하고, 그 다음에 샤오푸즈의 도움을 받자. 자신은 바깥일을 열심히 하고, 샤오푸즈가 안에서 집안을 꾸리면 반드시 성공할 것이다. 성공은 의심할 여지조차 없다!

차오 선생이 돌아왔는지 누가 알고 있을까? 서두를 필요는 없지. 내일 북장가로 가서 알아봐야지. 거기서 모르면 줘 선생 집으로 가봐야지. 차오 선생만 찾으면 모든 일이 순조로울 거야. 좋아, 오늘 저녁에만 인력거를 끌고, 내일 차오 선생을 찾아가야겠다. 그를 찾은 후 샤오푸즈를 찾아가서 좋은 소식을 알려줘야지. 그동안 샹즈가 잘 살진 못했지만 앞으로는 열심히 살기로 마음먹었다고, 미래를 향해 함께 열심히 일하자고 말이야!

이렇게 계획을 세우자 그의 눈이 매처럼 매섭게 반짝거렸다. 손님이 보이자마자 그는 쏜살같이 달려가 흥정이 이루어지기도 전에 솜저고리를 벗었다. 달리기 시작하자 확실히 전 같지 않다는 것을 느낄 수 있었다. 뜨거운 열기가 온몸을 타고 돌았다. 그는 사력을 다했다. 샹즈는 확실히 샹즈였다. 사력을 다해 달리니 다른 사람에게 돌아갈 차례가 없었다. 보는 족족 미친 듯이 달렸다. 시원하게 땀이 흘러내렸다. 한 바퀴 뛰고 나자 몸이 훨씬 가벼워진 것 같았다. 다리에도 다시 탄력이 살아났다. 더 뛰고 싶었다. 한바탕 실컷 뛰지 못하면 멈춘 후에도 제자리에서 발길질을 하며 뛰어오르는 명마처럼.

그는 한밤중이 되어서야 일을 끝마쳤다. 임대소로 돌아와 사납금을 내고도 수중에 90전이 넘게 떨어졌다.

아침이 밝을 때까지 푹 잠을 잤다. 몸을 뒤집고 눈을 떠보니 해가 중천에 떠 있었다. 노곤한 일과 후의 안식이야말로 가장 달콤한 순간이다. 일어나 기지개를 켜자 뼈 마디마디에서 가볍게 소리가 났다. 위장이 텅 비어 있었다. 뭔가 먹고 싶었다. 요기를 한 후, 그가 웃으며 차주에게 말했다.

"일이 있어서 하루 쉬려고요."

그는 하루 쉬면서 일을 다 처리한 후 내일부터 새 생활을 시작해야겠다고 생각했다.

곧장 북장가로 달려갔다. 차오 선생이 이미 돌아오셨을지도 모르니 한 번 알아봐야지. 가는 내내 그는 마음속으로 기도했다. 제발 돌아와 계셨으면, 허탕치고 싶지 않은데……. 처음부터 일이 꼬이면 줄줄이 꼬이기 시작하거든! 새로 마음을 먹었으니, 하늘도 자신을 도와주겠지!

차오 선생 댁에 도착하자 그는 떨리는 손으로 벨을 누르고 사람이 나오길 기다렸다. 심장이 뛰기 시작했다. 익숙한 대문 앞에서 그는 지나온 것들을 생각할 여유가 없었다. 그저 문이 열리고 익숙한 얼굴이 나오기만을 기다릴 뿐이었다. 기다리는 내내, 혹 안에 아무도 없는 것이 아닌가 하는 생각이 들었다. 이렇게 조용할 수가! 너무 조용해서 섬뜩할 정도였다. 그 순간 갑자기 안에서 소리가 나자 그는 깜짝 놀랐다. 문이 열렸다. 문 소리와 함께 너무도 소중한 목소리, 친근하고 고마운 목소리가 흘러나왔다.

"여!"

까오마였다.

"샹즈? 정말 오랜만이네! 왜 이렇게 말랐어?"

까오마는 조금 살이 찐 것 같았다.

"선생님, 댁에 계세요?"

샹즈는 다른 일에 신경 쓸 여유가 없었다.

"집에 계시긴 하지만, 자네 이러기야? 선생님 안부만 물어보고, 생판 모르는 사람 대하듯! 안부인사 정도는 해야 할 것 아냐? 정말, 어찌 그리 쌀쌀맞아? 들어와! 잘 지내긴 하는 거야?"

까오마가 안으로 들어서며 물었다.

"흥! 아뇨!"

샹즈가 웃었다.

"그게, 그러니까. 참, 선생님," 까오마가 서재 밖에서 말했다.

“샹즈가 왔어요!”

차오 선생은 마침 방에서 햇살이 드는 쪽으로 수선화를 옮기는 중이었다.

“들어오게!”

“들어가봐! 우리 이야긴 나중에 하고. 부인께도 말씀드려야겠어. 항상 자네 이야길 하셨어. 사람이 인연이란 게 있는 건데……. 자네도 참!”

까오마가 중얼거리며 들어갔다. 샹즈가 서재로 들어섰다.

“선생님, 저 왔습니다.”

안부를 여쭙고 싶었지만 입이 떨어지지 않았다.

“어, 샹즈!”

짧은 옷 차림의 차오 선생이 맑은 미소를 지으며 서재에 서 있었다.

“앉게!” 그는 잠시 생각하더니 이렇게 말했다.

“우린 벌써 돌아왔지. 청씨 말이 자네가 음, 그래 인화차창에 있다더군. 까오마가 한 번 찾아갔었는데 그냥 왔었어. 앉게, 그래 자넨 어떤가? 일은 어때?”

샹즈는 눈물이 쏟아질 것 같았다. 마음속 깊은 곳에 쌓인 피로 응어리진 말들을 다른 사람에겐 도저히 털어놓을 수 없었다. 그러나 한참 동안 마음을 진정한 후 그는 꽉 맺힌 말들을 쏟아놓을 생각이었다. 기억 속에 있던 모든 일들이 전부 생각났다. 그는 천천히 이 기억들을 순서대로 늘어놓고 정리했다. 자기 삶의 역사를 말하고 싶었다. 대체 무슨 의미가 있는지는 모르겠지만 분명히 억울하고 원망스런 일임에는 틀림 없었다.

차오 선생은 샹즈가 생각에 잠겨 있음을 알고, 조용히 앉아 그가 입을 열길 기다렸다. 샹즈는 고개를 숙인 채 한참을 멍하니 있더니 갑자기 고개를 들고 차오 선생을 바라보았다. 마치 누군가 들어줄 사람이 없다면 이야기를 하지 않을 것처럼.

"어서 말해보게!"

차오 선생이 고개를 끄덕였다.

샹즈는 시골에서 도시로 오게 된 경위부터 이야기를 시작했다. 원래 쓸데 없는 이야기를 할 생각은 아니었지만, 이 이야기를 하지 않으면 뭔가 미진한 듯 마음이 불편할 것 같았다. 그의 기억들은 피와 땀, 고통으로 얼룩진 것들이기에 그냥 심심풀이로 이야기를 늘어놓을 수는 없었다. 일단 이야기를 시작한 이상 처음부터 빼놓지 않고 싶었다. 순간순간의 피땀 한 방울까지 모두 그의 생명에서 흘러나온 것이기에, 모든 이야기가 그만큼의 가치를 안고 있었다.

도시에 들어와 얼마나 힘들게 일을 했는지, 그리고 나중에 어쩌다 인력거를 끌게 되었는지, 어떻게 돈을 모아 인력거를 사고, 또한 잃어버렸는지……. 지금까지의 이야기를 모두 털어놓았다. 어떻게 이리 길고 유창하게 이야기를 하는지 자기 자신도 놀랄 정도였다. 하나씩, 하나씩 모든 이야기가 마음에서 튀어나왔다. 사건마다 모두 적절한 단어를 찾아내, 줄줄이 늘어놓았다. 말 한 마디, 한 마디가 모두 생동적이고, 안타깝고, 슬픔으로 가득했다. 이 모든 이야기가 흘러나오는 것을 막을 수가 없었다. 주저하거나 혼란스러워 하지도 않았다.

단숨에 마음속 모든 것을 꺼내놓을 수 있을 것 같았다. 시간이 흐를수록 점점 통쾌해졌다. 자신을 모두 잊은 듯했다. 그 이야기 곳곳에 이미 자신이 들어있기에, 이야기마다 그가 자리하고 있기 때문이었다. 강인하고, 굴욕적이고, 고생스럽고, 타락한 그가 자리하고 있었다. 말이 끝나자 그의 머리에 땀이 배었고, 텅 빈 가슴이 후련하게 느껴졌다. 샹즈는 후련하기만 했다. 사람이 식은 땀을 쭉 흘리고 난 후 느끼는 공허하면서도 상쾌한 그런 기분이었다.

"이제 좋은 방법을 이야기해달라는 건가?"

차오 선생이 묻자 샹즈가 고개를 끄덕였다. 말을 마치자 그는 더이상 입을 열고 싶지 않은 것 같았다.

"또 인력거를 끌려고?"

샹즈가 다시 고개를 끄덕였다. 그는 다른 일은 할 줄 몰랐던 것이다.

"계속 인력거를 끌겠다면," 차오 선생이 천천히 말했다.

"그럼 두 가지 길밖에 없지. 하나는 돈을 모아 인력거를 사는 거고, 다른 하나는 잠시 빌리는 거고……. 그렇지 않나? 수중에 저축해둔 게 없다면 돈을 빌려야 되고, 그러면 이자를 내야 하니 결국 마찬가지 아닌가? 차라리 먼저 전세 인력거를 끄는 게 나을 것 같군. 일도 점잖고, 숙식도 해결이 되니까 말이야. 우리 집에 있는 게 어떤가. 내 인력거는 줘 선생에게 팔았지만 자네가 온다면 한 대 빌려도 되네. 어떤가?"

"그렇게만 해주신다면!" 샹즈가 일어섰다.

"그런데 선생님, 아직도 그때 일 기억하십니까?"

"그때 일?"

"그때 선생님과 부인께서 쮜 선생 집으로 피신하신 일 말입니다!"

"어어!" 차오 선생이 웃었다.

"물론이지! 그때 내가 너무 당황했었어. 아내하고 상하이에 몇 달 머물렀는데, 사실 그럴 필요가 전혀 없었지. 쮜 선생이 일찍 이야기를 해줬고, 그 롼밍이란 학생도 지금은 관리가 돼서 나에게 아주 잘해. 아마 자넨 그건 모를 테고, 이쯤 해두지. 난 전혀 맘에 두고 있지 않으니까. 우리 이야기나 함세. 방금 말한 그 샤오푸즈라는 여자는 어떻게 할 건가?"

"아무 생각도 없어요!"

"어디 생각 좀 해보자고. 만약에 자네가 결혼을 하면 밖에 방을 세내는 것도 경제적이지 못해. 방세에 등, 석탄 모두가 돈이지. 여자가 자넬 쫓아가 일을 한다 해도 어디 그게 그렇게 잘 구해지나. 자넨 인력거를 끌고, 여자는 식모 일을 하는 것 말이야. 찾기가 쉽지 않지! 간단한 일이 아니야." 차오 선생이 고개를 내저었다.

"너무 걱정 말게. 그런데 그 여자는 믿을 만한가?"

샹즈의 얼굴이 발개지더니 한참 동안 우물거리며 아무 말도 하지 못했다.

"어쩔 수없이 그런 일을 하고 있을 뿐이에요. 제 목숨을 걸어도 좋아요. 정말 좋은 여자예요. 그 여잔……."

마음이 혼란스러웠다. 갖가지 감정이 뭉쳐 응어리가 되더니, 갑자기 다시 사방으로 흩어져버렸다. 그는 입을 다물었다.

"그렇다면 말이야."

차오 선생이 머뭇거리다가 다시 말을 이었다.

"우리 집에서 그럭저럭 지낼 수밖에 없군. 자네 혼자 쓰나 둘이 쓰나 거주는 문제가 없고, 샤오푸즈가 집안일을 할 수 있을지 모르겠군. 할 수 있다면야 까오마를 도와주면 되는데. 아내도 얼마 후 아이를 낳을 거니까 까오마 혼자선 좀 벅찰 걸세. 그냥 먹여주는 대신 임금은 없고……. 자네 생각은 어떤가?"

"좋구 말구요!"

샹즈가 천진난만하게 웃었다.

"하지만 나 혼자 결정할 문제는 아니고, 아내와 상의를 해야 하네."

"그럼요! 부인께서 안심이 안 되신다면 제가 여자를 데리고 와서 보여드릴게요."

"그것도 좋겠네."

차오 선생도 따라 웃었다. 샹즈가 이렇게 총기 있으리라고는 생각지 못했다.

"이렇게 하지. 내 먼저 아내에게 일러둘 테니 언제 여자를 한 번 데려오게. 아내가 좋다고 하면 우리 계획대로 처리를 하지."

"그럼 선생님, 저 이만 가봐도 될까요?"

샹즈는 당장이라도 달려가서 감히 생각지도 못했던 희소식을 그녀에게 알려주고 싶었다.

차오 선생 댁을 나온 시간이 대략 11시쯤, 겨울철 한나절 중에서 가장 좋은 시간대다. 그날은 특히 날씨가 맑고 화창했다. 구름 한 점

없는 하늘에, 산뜻하고 서늘한 대기 사이로 햇살이 퍼졌다. 기분 좋은 온기가 느껴지는 그런 날씨였다. 닭 울음소리, 개 짖는 소리, 행상들의 고함 소리가 멀리까지 퍼져나갔다. 거리를 사이에 두고 마치 천상에서 떨어지는 학의 울음소리처럼 맑고 청량한 소리가 들려왔다. 차양을 걷어올린 인력거들, 인력거의 구리 장식이 황금빛으로 반짝거렸다. 거리에는 낙타들이 느릿느릿 편안하게 걸음을 옮기고, 자동차들이 그 사이를 쏜살같이 가로지르고 있었다. 행인과 말들이 거리를 가득 메우고 하늘에는 하얀 비둘기 떼가 날아올랐다. 옛 성은 가득한 움직임 속에서도 평온을 유지하고 있었다. 모습이 소란하면 소란한대로, 조용하면 조용한대로 모두 즐겁고 통쾌한 기분을 선사했다. 세상 가득한 소리와 수만 가지 삶이 청량하고 푸른 하늘 아래 펼쳐졌고, 곳곳에 나무들이 조용히 자리를 잡고 서 있었다.

샹즈는 심장이 튀어나와서 곧장 하늘로 날아올라 비둘기와 함께 하늘을 맴돌 것만 같았다. 모든 것이 다 생겼다. 일, 돈, 샤오푸즈……. 이 모든 것이 단 몇 마디 말에 모두 해결되었다. 정말 생각지도 못하던 일이었다. 얼마나 상큼하고 산뜻한 하늘인가! 북방 사람들 마음처럼 솔직하고 시원스러운 날씨였다. 일이 잘 풀리니 날씨도 좋아진 듯, 이처럼 맑고 사랑스러운 겨울날을 본 적이 없던 것 같았다. 즐거운 마음을 잘 느끼기 위해 그는 얼린 홍시 한 개를 사서 한 입 베어 물었다. 입 안이 온통 시려왔다. 치아 뿌리까지 냉기가 전해졌다. 입 안에서 천천히 가슴으로, 다시 온몸이 부르르 떨렸다. 단 몇 입에 홍시를 모두 먹고 나자 혀는 약간 얼얼했지만 마음은 편안했다. 그는 성큼성큼 커다란 걸음걸이로 샤오푸즈를 찾아갔다. 머릿속에 벌써 잡원과 작은 방, 그가 사랑하는 이의 얼굴이 그려졌다. 금방이라도 그곳으로 그를 실어다줄 날개 한 쌍이 아쉬울 뿐이었다. 샤오푸즈를 만나기만 하면 지금까지의 모든 것이 사라지고, 그 순간부터 새로운 세계가 열릴 것이다. 차오 선생 집을 찾아갈 때보다 더 마음이 조급했다. 차오 선생과는 친구이자 주인과 하인의 관계, 서로가 서로에게 친절을 베풀 뿐이다. 하지만 샤오푸즈는 친구를 넘어서 일생을 맡길 사람이었다. 지옥에서 생활하던 두 사람이 눈물을 걷고 웃음을 머금은 채 서로 손을 잡고 앞으로 나아갈 수 있다. 차오 선생은 말로 그를 감동시킬 수 있지만 샤오푸즈는 말 없이도 그를 감동시킬 것이다. 그는 차오 선생에게 진실을 말했으며, 앞으로 샤오푸즈에게 더욱 절절한 마음의 말, 그 누구에게도 할 수 없었던 이야기를 털어놓을 것이다.

샤오푸즈는 이제 그의 목숨과도 같은 존재가 되었다. 그녀가 없으면 아무것도 의미가 없다. 샹즈는 자기만을 위해 먹고 자고, 노력하는 것이 아니다. 그 작은 방으로부터 그녀를 구원하고, 함께 깨끗하고 따뜻한 방에서 마치 작은 한 쌍의 새처럼 즐겁게, 자신 있게, 다정하게 살아야 한다. 얼챵즈와 두 남동생에 대해서 신경쓰지 않아도 된다. 얼챵즈는 원래 혼자서도 벌어먹고 살 수 있는 사람이고, 두 동생도 함께 인력거를 끌거나 다른 일을 할 수 있다. 그러나 샹즈는 그녀 없이 살 수가 없다. 그의 육체와 정신, 일 모두가 그녀를 필요로 한다. 그녀 역시 그 같은 남자를 필요로 하고 있다.

생각할수록 다급하고, 생각할수록 신이 났다. 세상에 넘치는 게 여자지만 샤오푸즈 같이 좋은 여자, 자신에게 맞는 여자는 없다. 그는 장가도 가봤고, 부정한 관계도 가져본 적이 있었다. 미인, 추녀, 나이 든 여자, 젊은 여자 모두를 만나봤다. 하지만 마음에 둔 여자는 하나도 없었다. 그들은 다만 여자일 뿐, 반려자는 아니었다. 물론, 샤오푸즈는 그가 마음속으로 그리던 순결한 여자는 아니지만 바로 그렇기 때문에 가련하고, 그렇기 때문에 자신을 도와줄 수 있었다. 바보 같은 시골 처녀들은 청순할 수는 있지만 샤오푸즈 같은 능력이나 마음은 절대 찾아볼 수 없다. 게다가 그 자신은 어떤가? 마음속에 수많은 오점이 자리하고 있지 않은가! 그렇기에 그와 샤오푸즈는 천생배필이다. 누가 누구보다 더 낮거나 높지 않은, 마치 금은 갔지만 물은 담을 수 있는 한 쌍의 항아리처럼 한곳에 놓여 있다.

어떻게 생각해도 이보다 더 어울리는 한 쌍은 없는 것 같았다. 이런 생각이 들자 그는 좀더 실질적인 일들을 생각하기 시작했다. 먼저 차오 선생에게 한 달치 월급을 가불해서 저고리랑 신발을 사준 다음, 차오 부인에게 인사를 시켜야지. 깨끗한 새 두루마기를 입히고 머리랑 발 모두 깨끗하면 원래 모습이나 나이, 분위기가 있으니 선을 보이기 충분할 거야, 차오 부인도 좋아하실 거야. 틀림없어!

그곳에 도착하자 샹즈는 온몸이 땀으로 흠뻑 젖어버렸다. 낡은 대문을 보니 마치 오랜만에 찾은 고향집을 바라보고 있는 기분이었다. 낡은 문, 낡은 담장, 입구에 누렇게 말라붙은 풀들……. 모두가 정겨운 풍경이었다. 샹즈는 대문을 들어선 다음 곧바로 샤오푸즈 방으로 달려갔다. 그는 문을 두드리거나 이름을 불러볼 겨를도 없이 문을 열고 들어섰다. 방으로 들어선 순간 그는 본능적으로 뒤로 물러섰다. 온돌마루에 중년의 부인이 앉아 있었다. 불기도 없는 방 안에서 그녀는 낡아빠진 이불을 두른 채였다. 문 밖에 멍하니 서 있는 샹즈를 향해 방 안에 있던 여자가 말했다.

"무슨 일이에요? 부고라도 전하러 왔어요? 말 한 마디 없이 남의 방에 쳐들어오는 사람이 어디 있어요? 누굴 찾아왔어요?"

샹즈는 아무 말도 하고 싶지 않았다. 온몸의 땀이 갑자기 주르르 흘러내렸다. 그는 손으로 낡은 문을 짚고 섰지만 모든 희망을 내려놓고 싶진 않았다.

"샤오푸즈를 찾아왔는데요."

"그런 사람 몰라요. 다음부터 누굴 찾아올 땐 먼저 기침이라도 하고 문을 열어요! 원, 누굴 찾는다는 건지!"

대문 입구에 선 채 그는 한동안 정신을 차릴 수 없었다. 마음이 텅 비어버렸고, 대체 자기가 뭘 하고 있는지 알 수가 없었다. 조금씩 정신을 차려보았지만 단 하나, 샤오푸즈 기억밖에 나지 않았다. 그의 가슴 속으로 샤오푸즈가 걸어 들어왔다가 그대로 다시 나가버렸다. 마치 주마등의 종이 인형처럼 그렇게 자꾸만 왔다갔다 할 뿐, 아무런 일도 일어나지 않았다. 샹즈는 그녀와의 관계도 다 잊어버린 것만 같았다. 서서히 샤오푸즈의 그림자가 줄어들었고, 그는 조금씩 정신이 들기 시작했다. 그제야 샹즈는 마음이 아파왔다.

길흉화복을 알 길이 없을 때 사람은 언제나 먼저 좋은 쪽을 생각하게 마련이다. 이사를 갔겠지, 아마 다른 큰일은 없을 거야. 다 내 잘못이야, 왜 자주 보러 오지 않았을까? 창피할 땐 애써 자신의 잘못을 메우려 든다. 우선 여기저기 알아보자. 그는 다시 대잡원으로 들어가 옛 이웃 하나를 잡고 물어봤지만 정확한 소식을 들을 수 없었다. 실망을 하긴 일렀다. 그는 끼니도 때울 겨를이 없었다. 얼챵즈나 두 동생을 찾아가봐도 될 거야. 셋 다 언제나 거리를 어슬렁거리니 찾기 어렵진 않겠지.

만나는 사람마다 닥치는 대로 소식을 물어보았다. 주차장, 찻집, 주택 등 그가 갈 수 있는 곳을 온종일 돌아다녔지만 아무런 이야기도 들을 수가 없었다. 온몸이 기진맥진한 채 밤이 되어서야 임대소로 돌아왔다. 그는 생각을 떨쳐버릴 수 없었다. 온 종일 실망이 이어지자 그는 감히 뭔가에 희망을 걸기가 무서웠다. 고달픈 인생은 죽기도 쉽고, 이런 인생의 죽음은 잊혀지기도 쉬운 법이다. 샤오푸즈가 죽어버린 건 아닐까? 아니, 죽진 않았다 하더라도 얼챵즈가 아주 먼 곳에 팔아버렸을 가능성도 있다. 그건 죽음보다 더 끔찍한 현실이다.

술과 담배가 다시 그의 벗이 되었다. 담배 없이 어떻게 생각을 한단 말인가? 술에 취하지 않고 어찌 이 생각에서 벗어날 수 있단 말인가?

23

샹즈는 넋 나간 사람마냥 축 처진 모습으로 거리를 쏘다니다 샤오

말의 할아버지를 만났다. 이제 인력거는 끌지 않는다는 노인의 옷차림은 예전보다 더 남루했다. 어깨에 걸친 버드나무 막대기에 앞에는 커다란 항아리를 매달고, 뒤에는 사오삥, 요우탸오와 커다란 벽돌 하나를 담은 낡은 광주리를 걸고 있었다.

이야기를 나누다 샹즈는 샤오말이 벌써 반 년 전에 죽었다는 사실을 알게 되었다. 노인도 낡은 인력거를 팔아치우고, 정차장 입구에서 매일 차와 파이, 과일 같은 것을 팔고 있다고 했다. 노인은 여전히 친절하고 따뜻했다. 하지만 등이 많이 굽었고, 바람이 불어오면 눈물이 흘러내렸다. 항상 눈가가 붉게 물드는 바람에 마치 조금 전에 운 사람 같았다.

샹즈는 그가 주는 차 한 잔을 마신 뒤 그에게 대충 억울한 심정을 털어놓았다.

"혼자 잘 살 수 있다고 생각해?" 샹즈의 말을 들은 노인이 이렇게 되물었다.

"생각은 다들 그렇게 하지. 하지만 잘 사는 사람이 어디 있나? 소싯적엔 나 역시 몸도 튼튼하고 맘씨도 좋았어. 그런데 지금은 이 모양 이 꼴이 됐다고! 튼튼한 거? 강철 인간이라고 해도 이 그늘에선 못 벗어나. 맘씨 좋은 건 또 무슨 소용이 있고! 인과응보라고들 하지만 그런 일은 없어! 젊었을 때 나도 한 맘씨 했다네. 다른 사람들 일을 내 일처럼 생각하고 도와줬다고. 하지만 다 필요 없어! 사람 목숨도 구해줬어. 강에 뛰어들던 사람, 목 매단 사람, 가지가지로 다 구해봤지. 보답? 그런 건 받아본 적도 없어! 나도 언제 얼어죽을지 몰라. 하지만 한 가진 분명히 알아. 막일을 하는 사람이 혼자서 잘 산다는 건 하늘 꼭대기에 오르는 것보다 더 힘들다는 거지. 메뚜기 본 적 있지? 혼자 참 멀리 뛰지. 하지만 어린애들에게 잡혀서 실에 꽁꽁 묶여봐. 날지도 못해! 일단 무리를 지어 떼를 이루면 엄청난 농작물을 단번에 먹어치울 수 있어. 아무도 손을 쓸 수가 없지! 그래 안 그래? 맘씨? 그딴 것 좋아봤자 손자 한 놈 지키질 못했어. 놈이 병이 났는데 약 사줄 돈이 없었어. 그냥 내 품에서 죽어가는 걸 지켜봤을 뿐이야. 말할 필요 없어! 아무것도! 차가 왔어요! 따끈한 차 한 잔 하실 분!"

샹즈는 이제야 알 수 있었다. 류 영감, 양 부인, 쑨 정보원 모두 자신의 저주로 벌을 받은 것이 아니다. 자신 역시 강인하게 산다고 좋은 보답을 받진 않을 것이다.

그 역시 혈혈단신이니 그야말로 노인이 말한, 아이에게 붙잡혀 실에 묶인 메뚜기일 뿐이다. 날개가 있어봤자 무슨 소용이겠는가?

차오 선생 집으로 가지 않을 거야. 그 집에 가면 부지런하고 강해져야 하는데 그런다고 무슨 소용이 있어? 그냥 이렇게 거들먹거리며 대충 지내면 되지. 돈이 없으면 인력거를 끌고, 하루 먹고살 만하면 그냥 하루 쉬고, 내일 일은 내일에 맡기는 거야. 이게 바로 살아가는 유일한 방법이지. 돈 벌고 인력거 사는 것, 모두 남 좋은 일 시키는 짓이야. 그럴 필요 있어? 그냥 그날그날 되는대로 흥겹게 사는 게 어때서?

게다가 샤오푸즈를 찾게 되면 노력을 해야 돼. 내가 아니라 그녀를 위해서. 못 찾는다면 손자를 잃은 이 노인네처럼 되는 거야. 누굴 위해 살란 말이야? 그는 샤오푸즈에 대한 일을 노인에게 말했다. 노인을 진정한 친구로 생각했기 때문이다.

"뜨끈한 차요!" 노인은 먼저 소리 높여 외친 다음, 샹즈에 대한 답을 해주었다.

"아마 이 두 가지 상황밖엔 없을 거야. 얼챵즈가 첩으로 팔아넘겼거나, 사창가에 갇혀 지내는 거지. 흥, 대부분 사창가 쪽이지! 샤오푸즈는 자네가 말한 것처럼 이미 결혼을 했던 사람이니 첩으로 들이겠다는 작자도 나서지 않을 거야. 사람들은 첩을 살 때도 처녀를 원하니까. 그럼 십중팔구 사창가 행이야. 내가 예순이 다 되어가잖나. 볼 것, 못 볼 것 많이 봤지. 건장한 인력거꾼이 하루 이틀 거리에 안 보인다 하면 전세 인력거를 끌거나 아니면 사창가에 늘어져 있어. 우리 같은 인력거꾼 딸이나 며느리가 갑자기 안 보인다 하면 그것들도 대개 사창가에 가 있어. 우린 땀을 팔고, 우리 여자들은 고기를 팔지. 잘 알지! 거기 가서 한 번 찾아봐. 정말 거기 있을 걸 바라진 않지만 말이야. 차요, 따끈한 차가 왔어요!"

샹즈는 단숨에 서직문 밖까지 달려왔다.

성문을 나오자 황량한 벌판이 펼쳐졌다. 비쩍 마른 나무들이 길가에 서 있었다. 가지에는 새 한 마리 보이지 않았다. 회색 나무, 회색 땅, 회색빛 집들이 조용히 희뿌옇고 누런 대지 위에 서 있었다. 회색빛 대지에서 황량하고 서늘한 서산을 바라보았다. 철로 북쪽으로 숲이 보이고, 그 숲 밖에 몇 채 낮은 집들이 보였다. 샹즈 생각에 그곳이 사창가일 것 같았다. 숲에선 아무런 동정도 느껴지지 않았다. 다시 북쪽으로 시선을 옮기니 만생원萬牲園 밖으로 늪지가 보이고, 들쭉

날쭉 황폐한 갈대들이 눈에 들어왔다. 작은 집 앞에도 아무런 동정이 없었다. 일대가 모두 조용한 걸 보니 정말 이곳이 그 유명한 사창가인가 하는 의심이 들었다. 그는 대담하게 집 쪽으로 걸어갔다. 문마다 발이 걸려 있었다. 새로 건 것인지 모두 누런 빛깔에 광택이 느껴졌다. 사람들 말이 이곳 여자들은 여름이면 윗통을 벗고 집밖에서 행인들에게 호객 행위를 한다고 했다. 여자들을 찾아오는 사람들은 경험이 풍부한 것처럼 보이려고 멀리서부터 사창가 노래들을 흥얼거린다고 하던데, 오늘은 왜 이렇게 조용하지? 겨울엔 장사를 안 하나?

이렇게 생각하고 있을 때 가장자리 쪽 발이 들썩이며 여자 얼굴이 삐죽 밖으로 나왔다. 샹즈는 깜짝 놀랐다. 얼핏 보기에 후니우를 꼭 닮은 여자였다. 그는 속으로 '샤오푸즈를 찾으러 왔다가 후니우를 만나면 그야말로 귀신을 만난 거나 다름없지.' 라고 생각했다.

"들어와! 멍하기는!"

말하는 음성은 후니우와 달랐다. 천교에서 자주 듣던 약초 파는 노인네 목소리처럼 척박한 느낌을 주는 그런 쉰 소리였다.

방에는 여자와 작은 온돌뿐, 아무것도 보이지 않았다. 온돌에 자리는 깔려 있지 않았지만 불이 지펴 있었고, 역한 냄새가 가득했다. 온돌에 낡은 이불 한 채가 놓여 있는데 이불 가장자리가 벽돌처럼 반질거렸다. 마흔이 조금 안 되어 보이는 여자는 산발한 모습에 세수도 안 한 것 같았다. 아래는 내복 차림에 위에는 푸른 천의 솜저고리를 단추도 채우지 않은 채 걸치고 있었다. 샹즈는 고개를 잔뜩 숙인 후에야 안으로 들어갈 수 있었다. 안으로 들어서자마자 그녀가 샹즈를 껴안았다. 단추도 잠그지 않은 솜저고리 사이로 엄청나게 큰 젖가슴이 드러났다.

샹즈는 온돌 가장자리에 앉았다. 서 있자니 똑바로 목을 펼 수가 없었기 때문이다. 그는 내심 이 여자를 만나서 다행이라고 생각했다. 사창가에 '밀가루 자루' 라고 불리는 여자가 있다던데 이 여자가 틀림없을 것이다. '밀가루 자루' 란 큰 가슴 때문에 얻어진 별명이었다. 샹즈는 황급히 샤오푸즈에 관해 물어보았다. 하지만 그녀는 모른다고 답했다. 샹즈가 샤오푸즈의 생김새를 설명하자 그제야 생각이 난 듯 이렇게 말했다.

"그래, 그런 여자가 있었지. 나이는 많지 않고, 하얀 이가 드러나는……. 그래 맞아, 우리가 '보들이(원문의 이름은 샤오넌려우小嫩肉이다.)' 라고 불렀어."

"지금 어디 있어요?"

샹즈의 눈빛에 살기가 돋았다.

"보들이? 벌써 죽었지!"

'밀가루 주머니' 가 밖을 가리키며 말했다.

"숲에서 목을 매달아 죽었어."

"뭐라구요?"

"보들이가 여기 온 뒤로 사람이 몰렸어. 아마 견디기가 힘들었나봐. 몸이 정말 약했거든. 어느날, 저녁 무렵이었어. 지금도 똑똑하게 기억이 나는데 말이야. 여자 두셋과 입구에 앉아 있을 때였어. 바로 그때 한 놈이 그대로 걔 방으로 뛰어 들어가더라고. 걘 우리랑 문 앞에 앉아 있는 걸 싫어했어. 막 왔을 땐 그것 때문에 맞기도 많이 맞았지. 나중에 유명해지니까 그냥 혼자 있게 내버려뒀지만. 한 번 그 애와 잔 사람은 절대 다른 사람에게 안 가니까. 한 식경 쯤 지났을까, 손님이 나오더니 그대로 숲 쪽으로 가버리더라고. 우리 모두 깜빡 속았지. 방에 가본 사람도 없고 말이야. 포주가 돈을 걷으러 들어갔을 때에야 방에 남자가 벌거벗은 채 드러누워 쿨쿨 자고 있는 걸 발견했어. 아주 곯아떨어졌더군. 보들이가 손님 옷을 벗겨서 자기가 입고 도망친 거야. 정말 머릴 잘 썼지 뭐야. 날이 어둡지 않았으면 죽었다 깨나도 도망갈 수 없었을 텐데. 날이 어두운 탓에 남장한 모습에 모두 속아 넘어간 거야. 포주가 그 즉시 사람을 풀어 사방으로 걜 찾아다녔어. 허, 숲에 들어가니 거기 매달려 있더라고. 나무에서 내렸을 땐 이미 숨이 끊어진 뒤였어. 혀도 별로 빠지지 않고, 얼굴도 그리 보기 흉하진 않았지. 죽은 모습까지 곱더라니까! 요 몇 달 동안 밤이 되어도 숲은 별 탈이 없었어. 그 애 귀신이 나오지도 않고! 정말 착한 사람이지……."

샹즈는 여자 말이 끝나기도 전에 비틀거리며 밖으로 나왔다. 묘지 근처에 이르렀다. 사방에 네모 반듯하게 소나무가 심어져 있고, 나무들 중앙에 무덤 10여 개가 있었다. 그렇지 않아도 약한 햇살에 소나무 숲은 어두컴컴했다. 그가 땅에 앉았다. 마른 풀잎과 솔방울이 눈에 들어왔다.

아무 소리도 들리지 않았다. 나무 위에서 산까치 몇 마리만 길게 슬픈 소리를 내고 있었다. 샤오푸즈의 묘일 리가 없었다. 잘 알고 있었지만 눈물이 뚝뚝 흘러내렸다. 아무것도 남은 게 없다. 샤오푸즈마저 땅 속에 묻히고 말았어! 그도, 샤오푸즈도 성실하고 끈질기게 살았지만 그에게 남은 건 아무짝에도 쓸모없는 눈물뿐이었다. 샤오푸즈는 목매단 귀신이 되어버렸어! 거적에 말려 연고 없는 이들의 무덤 사이에 묻히는 신세가 되었으니, 이런 게 바로 평생을 노력한 결과란 말인가!

임대소로 돌아온 샹즈는 괴로움에 이틀 동안 내리 잠에 빠져들었다. 절대 차오 선생 댁엔 가지 않을 거야. 편지도 보낼 필요 없어. 차오 선생도 샹즈의 운명을 바꿔줄 순 없다. 이틀을 잔 뒤 그는 인력거를 끌고 나왔다. 마음이 텅 비었다. 더이상 아무것도 생각하지 않고, 아무런 희망도 갖지 않으리라. 그저 배를 채우기 위해 일을 하고, 배가 부르면 잠을 자리라. 생각은 해서 뭐하고, 희망은 또 무슨 소용이 있겠는가? 비쩍 말라 앙상하게 뼈가 드러난 개가 고구마 바구니 옆에서 껍질과 부리를 얻어먹으려 기다리고 있었다. 그는 개나 자기나 같은 신세라는 생각이 들었다. 하루 종일 하는 일이라고 고구마 껍질과 수염을 집어먹는 일뿐이다. 대충 목숨이나 부지하면 그뿐, 아무것도 생각할 필요가 없었다.

사람들은 자신을 짐승에서 끌어올렸다. 그러나 여전히 자신과 같은 부류를 짐승으로 내몰고 있다. 샹즈는 문화의 도시 북평에 살고 있지만 다시 짐승이 되고 말았다.

추호도 그의 잘못이 아니다. 생각을 멈췄기에 설사 살인을 한다고 해도 아무런 책임이 없다. 더이상 희망을 품지 않는다. 그냥 그렇게 몽롱하게 아래로, 끝없이 깊은 심연으로 떨어져간다. 먹고, 마시고, 계집질하고, 도박하고, 나태하고……. 교활한 모든 모습은 그가 마음을 잃었기 때문이다. 사람들이 그의 마음을 떼내갔기 때문이다. 그는 썩기를 기다려 연고 없는 무덤으로 향할 장대한 골격만 남아 있을 뿐이다.

겨울이 지나갔다. 봄 햇살은 자연이 모든 사람에게 선사하는 옷과 같았다. 그는 솜옷을 둘둘 말아 모두 팔아버렸다. 좋은 것을 먹고, 마시고 싶을 뿐이었다. 겨울옷을 보관할 필요도 없었다. 다시 겨울을 날 준비 따윈 하지 않는다. 예전에는 생각이 시작되면 평생의 일을 생각했다. 그러나 지금은 눈앞의 일만을 생각하기로 했다. 경험을 통해 그는 내일은 그저 오늘의 연속이며, 내일이란 다시 오늘의 굴욕이 이어지는 날일 뿐임을 알게 되었다. 솜옷을 팔고 나니 정말 통쾌했다. 돈이 있는데 뭔들 못하겠는가? 뭐하러 이 돈을 사람 숨통을 막을 정도로 매서운 바람 부는 겨울까지 남겨둔단 말인가?

그는 옷뿐만 아니라 다른 것도 팔고 싶은 생각이 들었다. 당장 쓰지 않을 물건이라면 그 즉시 팔아버리자. 자기 물건이 돈이 되고, 그 돈을 자기가 쓴다. 자기가 돈을 다 써버리면 다른 사람 수중에 들어갈 일이 없다. 그게 가장 안전하다. 물건을 팔아버리고, 필요할 때 다시 사면 된다. 돈이 없으면 안 쓰면 그만이다. 세수를 안 해도, 이를 안 닦아도 사실 별 탈도 없다. 돈도 절약하고, 오히려 편하기만 하다. 체면은 차려서 뭐해? 낡은 옷을 입고 살아도 고기 넣은 밀전병을 한 입 먹으면 그게 진짜 삶이다! 뱃속 든든히 맛있는 음식을 채우면 죽어서도 기름기가 흐를 것이니, 굶어죽은 쥐새끼 꼴은 면할 수 있지 않은가!

그처럼 깔끔하던 샹즈가 수척하고 더러운 하급 인력거꾼이 되고 말았다. 얼굴이며 몸, 옷, 어느 것 하나 닦질 않았다. 때로 한 달 넘게 이발 한 번 하지 않았다. 인력거에도 신경 쓰지 않기는 마찬가지였다. 새 것이든, 헌 것이든, 사납금만 적으면 되었다. 일을 하러 나가서 조금이라도 이득이 될 것 같으면 도중에 다른 손님을 태우고 손님이 화를 내면 눈을 부릅뜨고 한바탕 싸움판을 벌였다. 한 이틀 유치장에 갇혀도 대수롭지 않았다. 혼자 인력거를 끌 땐 천천히 걸었다. 땀 흘리는 것도 아까웠다. 다른 인력거꾼과 함께 갈 경우, 기분이 좋으면 한껏 힘을 내보기도 하지만 이 역시 상대보다 먼저 가기 위해서였다. 그럴 때도 야비한 짓을 서슴지 않았다. 다른 인력거를 가로막거나 일부러 커브를 튼다거나 뒤에 오는 인력거를 훼방 놓거나 갑자기 앞에 가는 인력거에 부딪치는 짓 등 못하는 일이 없었다. 예전에야 자칫 잘못하면 사람을 다치거나 죽게 할 수 있기에 손님의 생명을 끄는 것과 마찬가지라고 생각했었다. 그러나 지금은 일부러 나쁜 짓을 했다. 그러다 누가 죽어도 상관이 없다. 어차피 인간은 다 죽을 수밖에 없으니까!

그는 다시 입을 닫아버렸다. 아무런 소리도 내지 않은 채 먹고, 마시고, 나쁜 짓만 했다. 말이란 사람끼리 의견을 나누고, 감정을 전달할 때 쓰는 것이다. 생각도 없고, 희망도 없어진 판국에 말이 무슨 필요 있는가? 가격을 흥정할 때를 제외하면 그는 하루 종일 입을 굳게

다물었다. 그의 입은 오직 먹고, 마시고, 담배를 태우기 위해 만들어 진 것 같았다. 술에 취했을 때조차 그는 소리를 내지 않았다. 구석진 곳에 앉아 울 뿐. 거의 매번 술에 취하면 샤오푸즈가 목을 매단 숲으로 가서 눈물을 흘렸다. 다 울고 나면 사창가로 갔다. 술이 깨고, 돈도 다 써버리고, 병까지 얻었지만 그는 후회하지 않았다. 후회하는 일이 있다면 오직 애시당초 왜 그렇게 갖은 노력으로 부지런히, 성실하게 살았을까 하는 것뿐이었다. 지금은 후회할 만한 일도 다 사라져 버렸다.

이제 그는 공짜 이득만 찾아 움직였다. 다른 사람 담배 한 개피를 더 얻어 피우고, 물건 살 땐 가짜 동전을 내고, 콩국 먹을 땐 짠지 몇 점을 더 집어먹고, 인력거를 끌 땐 되도록 힘은 적게 들이고 돈은 몇 푼이라도 더 받아내려 애썼다. 이 모든 것이 그를 즐겁게 만들었다. 자신이 득을 보면 다른 사람은 손해를 본다. 그래, 그게 바로 복수하는 방법이야!

이런 습관들이 점차 도를 더해 그는 친구들에게 돈을 빌리고도 갚지 않았다. 누군가 빚 독촉을 하면 행패를 부렸다. 처음엔 그를 의심하는 사람이 없었다. 그가 체면도, 신용도 중요하게 생각하는 사람이라고 알고 있었기 때문이다. 그저 말만 하면 돈을 빌려주었다. 그는 그나마 남아 있는 사람들의 신용을 빌미로 도처에서 돈을 빌렸다. 마치 길에서 주운 돈처럼 일단 손 안에 들어온 돈은 그대로 다 써버렸다. 사람들이 돈을 갚으라고 하면 그는 정말 가련한 모습으로 조금만 더 시간을 달라고 애원했다. 그래도 안 되면 돈을 조금 더 빌려 이전

빚을 갚고, 남은 돈으로 술을 사마셨다. 그러다 차츰 땡전 한 닢 빌려주는 곳이 없자 그는 사기를 치기 시작했다.

전에 인연이 있던 집은 모조리 찾아갔다. 주인이든, 그 집 하인이든 그저 얼굴만 마주쳤다 하면 거짓말로 돈을 얻어냈다. 돈이 없으면 헌 옷이라도 얻어내 금방 팔아치운 다음, 담배나 술을 샀다. 그는 고개를 숙이고 사기 칠 생각에 사로잡혔다. 생각이 하나 떠오르면 하루 인력거를 끄는 것보다 더 많은 돈을 얻을 수 있었다. 힘도 아끼고 돈도 들어오니, 이거야말로 수지가 맞는 장사였다. 그는 하다 못해 차오 선생 댁 까오마도 찾아갔다. 멀리서 까오마가 시장 보러 나오는 걸 기다렸다가 한 걸음에 달려가, 정말 반가운 듯 큰 소리로 까오마를 불렀다.

"에그! 깜짝 놀랐네! 난 누구라고! 샹즈잖아! 아니 꼴이 왜 그래?"

까오마의 눈이 휘둥그레졌다. 마치 괴물을 바라보는 것 같았다.

"말도 마요!"

샹즈가 고개를 떨구었다.

"선생님께 다 말해두고선, 사람이 그냥 그렇게 떠나버려? 청씨에게도 물어봤는데 자넬 본 적이 없다고 하더군. 대체 어디 갔었어? 선생님, 부인 모두 얼마나 걱정했는데!"

"병이 심하게 걸렸었어요. 죽을 뻔 했다구요! 선생님께 말해서 한 번만 도와달라고 해주세요. 다 나으면 다시 와서 일하게 해주세요."

샹즈는 미리 준비해둔 말을 간략하게, 하지만 매우 애절한 모습으로 쏟아놨다.

"선생님은 안 계시지만 들어와. 부인이라도 뵙고 가지 그래?"

"아니에요. 이 모양을 해가지고……. 까오마가 말해주세요!"

까오마는 2원을 건네며 말했다.

"부인이 주시는 거야. 어서 약이라도 사먹으라고 하시더군!"

"네, 고맙습니다."

돈을 받자마자 샹즈는 속으로 이 돈을 어디 가서 쓸까 궁리했다. 그리고 까오마가 등을 돌리자마자 그대로 천교로 달려가 실컷 하루를 놀았다.

거의 모든 다 집을 다 돌고 나자 그는 두 번째로 돌기 시작했다. 그러나 별로 효과가 없었다. 이 방법도 오래 가진 못할 것 같았다. 그는 또 다른 방법, 인력거 끌이보다 더 쉽게 돈 버는 방법을 생각해야 했다. 예전엔 유일한 바람이 인력거를 끄는 것이었지만 지금은 인력거 끄는 일이 지긋지긋했다. 물론 당장 인력거와 완전히 손을 뗄 순 없는 일이다. 그러나 대충 하루 세 끼를 때울 수만 있다면 그는 인력거 손잡이를 잡지 않았다.

샹즈는 몸은 게을러도 귀는 예민해져 소식만 들렸다 하면 제일 선두에 섰다. 민중단이니 청원단이니 하는, 어쨌거나 누군가 돈 대는 일이라면 모두 참여했다. 20전도, 30전도 상관이 없었다. 깃발을 들고 사람들을 쫓아갔다. 어찌되었든 인력거 끄는 일보다는 낫다. 돈은 많이 벌지 못하지만 힘을 팔 필요가 없지 않은가.

작은 깃발을 들고 고개를 숙인 채, 입에 담배를 물었다. 어정쩡한 표정으로 사람들을 따라가며 아무 말도 하지 않았다. 반드시 함성을 질러야 할 땐 입만 크게 벌릴 뿐, 소리는 내지 않았다. 목청도 아까웠다. 어떤 일에도 힘을 쓰고 싶지 않았다. 힘을 써봤자 지금까지 추호도 좋은 일이 없었기 때문이다. 이렇게 깃발을 들고 소리 죽이며 걷다가도 위험한 낌새가 느껴지면 제일 먼저 도망을 쳤다. 자기 목숨은 자기 손에 넘어갈 수 있을 뿐, 다시는 다른 사람을 위해 희생하지 않을 것이다. 자신을 위해 노력하는 자는 또한 자신을 어떻게 파괴하는지도 잘 알고 있다. 이것이 개인주의의 극단적인 모습이었다.

24

또다시 절에 가서 참배를 올리는 계절이 찾아왔고, 날씨가 급격히 더워졌다.

어디서 부채 장사들이 이렇게 한꺼번에 쏟아져 나왔는지 모를 일이다. 저마다 어깨에 들쳐멘 상자의 방울 소리가 사람들의 시선을 끌어모았다. 길가에서는 벌써 매실을 무더기로 팔고 있었다. 앵두는 눈이 부실 정도로 빨간 빛을 자랑하고, 설탕절임 대추에 황금색 벌 떼들이 몰려들었다. 커다란 그릇에 담긴 녹두묵은 우윳빛을 내고, 멜대 바구니에 가지런히 놓인 메밀묵 옆으로 각종 빛깔의 양념들이 놓였다. 사람들까지 엷은 색감의 화사한 홑겹 옷으로 갈아입은 터라, 온갖 색깔로 출렁이는 거리 광경이 마치 여러 개의 무지개가 세상에 펼쳐진 것 같았다. 청소부들이 속도를 더해 끊임없이 도로에 물을 뿌렸지만 여전히 풀풀 날리는 흙먼지는 사람들의 짜증을 돋웠다. 하지만 이런 먼지 속에서도 길게 늘어진 버들가지와 가벼운 몸짓으로 날아다니는 제비들을 보며 사람들의 마음은 한결 상큼해졌다. 마음을 설레게 만드는 이런 좋은 날씨에 사람들은 늘어지게 하품을 하며 피곤함을 느끼다가도 또한 흥겨운 마음을 감출 수 없었다.

앙가秧歌(모내기 노래), 사자춤, 잡기패거리, 다섯 사람이 한 조로 추는 막대 춤 등 각기 다른 여러 패거리와 어울려 산에 올랐다. 징과 북을 두드리며 궤짝을 들쳐메고, 주황색 깃발을 들고 무리지어 줄을 서는 풍경이 도시 전체 분위기를 한껏 달궜다. 사람들은 뭔가 어색하면서도 푸근한 심정으로, 먼지를 일으키며 떠들썩하게 거리를 활보했다. 묘회에 참가하러 가는 사람과 구경꾼들 모두 경건하면서도 들뜬 분위기를 느낄 수 있었다. 난세의 들뜬 분위기는 미신에서 비롯되는 것이며, 어리석은 사람들은 자기 기만 속에서 위안을 받을 뿐이다. 이런 색채, 소리, 하늘 가득한 구름, 거리 가득한 흙먼지들이 사람을 북돋우고, 할 일을 제공해주었다. 산에 오르는 사람, 산사를 돌아보는 사람, 꽃을 구경하는 사람……. 산에 오르지 못한 사람들은 길가에서 구경을 하며, 염불 한두 마디를 중얼거렸다.

이렇게 더운 날씨가 마치 고도를 봄날의 꿈결에서 깨어나게 한 듯, 도처에 놀거리를 만들었다. 사람들은 뭔가 할 일을 떠올리고, 사람들의 흥겨운 마음을 따라 더워진 날씨 덕분에 화초와 과실나무들도 자꾸만 쑥쑥 자라났다.

남해와 북해의 푸른 버들, 새 버들 아래 소년들이 모여들어 하모니카를 불었다. 그들은 남녀 짝을 지어 버들 그늘 아래 배를 대거나 여린 연잎 사이로 배를 띄우며 휘파람으로 사랑의 노래를 흥얼거리고 눈빛을 교환했다. 공원을 메운 목단과 작약에 몰려든 풍류 인사들은 값비싼 부채를 흔들며 느릿느릿 산책을 즐겼다. 걷다 지치면 붉은 담장과 푸른 소나무 아래서 차 한 잔에 괜한 시름에 잠기기도 하고, 힐끗힐끗 오가는 대갓집 규수들과 권번 기녀들을 구경하기도 했다. 이제껏 조용하고 썰렁하던 곳이 따뜻한 바람과 맑은 햇살에 나비가 모이듯 사람들을 불러 모으고 있다.

숭효사崇效寺 목단, 도연정陶然亭의 푸른 갈대, 천연박물원天然博物院의 뽕나무 숲과 벼……. 이 모든 풍광이 사람들을 불렀다. 심지어 엄숙한 천단天壇, 공자 사당과 옹화궁雍和宮에서도 한결 들뜬 분위기를 느낄 수 있었다. 원행을 나온 사람들과 학생들은 서산으로, 온천으로, 이화원으로 향했다. 여행을 하는 사람, 싸돌아다니는 사람, 채집을 하는 사람, 산 위 바위에 낙서를 하는 사람 등……. 가난한 사람에게도 갈 곳은 있었다. 호국사護國寺, 융복사隆福寺, 백탑사白塔寺, 토지묘土地廟, 꽃 시장 할 것 없이 모두 사람들로 북적댔다. 길가에 늘어선 각종 화초가 아리따운 모습을 자랑하고, 동전 한두 개면 이런 '아름다움'을 집으로 옮겨놓을 수도 있었다. 콩국 파는 길거리 좌판 위 때깔 좋은 짠지와 그 위에 놓인 붉은 고추는 마치 꽃송이 같았다. 달걀 값도 쌀 때라, 보들보들하고 노릇노릇한 달걀 튀김에 보는 이마다 꿀꺽 군침을 삼켰다.

천교는 더 떠들썩했다. 새로운 천막 찻집들이 줄줄이 자리한 가운데, 하얀 탁보와 요염한 가수들이 멀리 천단 담장 위 노송들과 마주하고 있었다. 징과 북 소리는 저녁 7~8시까지 이어졌다. 맑고 건조한 날씨 덕분에 여느 때보다 청량하게 들리는 징과 북 소리가 사람들의 마음을 어지럽게 했다. 기녀들은 몸단장이 훨씬 수월해졌다. 꽃무늬 홑겹 옷 한 벌로 한껏 아름다움을 드러낼 수 있으니 몸의 곡선이 그대로 드러났다.

조용한 곳을 좋아하는 사람들도 갈 만한 곳이 있었다. 적수탄積水灘 앞, 만수사 밖, 동쪽 교외의 가마터, 서쪽 교외의 백석교白石橋에서는 고기를 낚을 수 있었다. 작은 물고기들 움직임에 여린 갈대들이 움찔거렸다. 거리 찻집에서 파는 돼지머리 고기, 두부 요리, 백주와 절임콩 모두 배를 거나하게 불리기 십상이었다. 그렇게 배를 불리고 나면 낚싯대와 물고기를 들고 버들 언덕을 따라 석양을 밟으며 한가로이 오래된 성문 안으로 들어섰다.

어디나 흥겹고, 떠들썩하고, 활기에 넘쳤다. 초여름의 폭염은 마치 부적처럼 이 오래된 도시 곳곳에 신비한 힘을 불어넣었다. 죽음도, 재난도, 괴로움도 아랑곳없이 때가 되면 자신의 힘을 과시하며 수많은 사람들의 마음에 최면을거는 것이다. 사람들은 마치 꿈을 꾸듯 그에 대한 찬미의 시를 낭송했다. 그것은 혼탁하면서도 아름답고, 노쇠하면서도 활기차며, 혼잡하면서도 안일하고, 또한 사랑스러웠다. 그것이 바로 초여름날의 위대한 북경이었다.

그 즈음이 되어서야 사람들은 속을 풀어줄 소식들을 기다리기 시작했다. 두서너 번 읽어도 전혀 식상하지 않은 그런 뉴스. 다 읽은 다음 직접 찾아가 눈으로 확인할 수 있는 그런 뉴스들을. 하루 해가 정말 긴, 화창한 날이 아닌가!

뉴스가 날아들었다! 새벽 전차가 막 차고를 출발했을 때 신문팔이 꼬마 하나가 사람들을 쫓아가며 목청껏 소리를 질렀다.

"롼밍阮明 총살, 9시 조리돌림이오!"

동전이 하나 둘, 꾀죄죄하고 새카만 손에 쥐어졌다. 전차에서, 가게에서, 행인들이 저마다 롼밍의 소식을 알리는 신문을 쥐고 있었다. 롼밍의 사진, 롼밍 개인의 역사, 그의 방문기가 크고작은 글씨들로 신문 전체를 가득 채웠다. 전차에도, 행인의 눈에도, 이야기를 나누는 사람들의 말 속에도 오직 롼밍뿐이었다. 이 오래된 성에 다른 사람은 없고 오직 롼밍만 존재하는 것 같았다. 오늘 롼밍을 조리돌림한대. 오늘 총살이 있을 거래! 그럴싸한 뉴스, 뉴스다운 뉴슷거리가 생겼다. 말뿐만 아니다. 조금 있으면 직접 얼굴을 볼 수도 있다. 여자들은 단장을 하느라 한창이고, 노인들은 행여 걸음이 느려 뒤처지지나 않을까 일찍 집을 나섰다. 학교 다니는 아이들까지 오전 수업을 땡땡이치고 구경에 나설 참이었다. 8시 반경, 거리는 벌써 사람들로 가득 메워졌다. 흥분과 기대 속에 시끄럽게 몰려든 사람들이 생생한 뉴스의 현장을 기다리고 있었다. 인력거꾼들도 딴전을 피웠고, 가게 점원들 역시 일은 안중에 없었다. 행상들도 목청을 놓은 채 죄수 호송차와 롼밍만 기다리고 있었다.

역사상 황소黃巢, 장헌충張獻忠, 태평천국을 겪었던 민족은 죽임을 당하는 것도, 죽음의 현장을 보는 것도 익숙하다. 총살은 오히려 너무 싱거워 보였다. 그들은 능지처참하거나 목을 자르고, 껍질을 벗기고, 산 채로 매장하는 등의 이야기를 더 좋아하는 것 같았다. 사람들은 이런 이야기들을 마치 아이스크림을 먹는 것처럼 약간의 전율을 느끼며 재미나게 경청했다. 그런데 이번엔 총살에 앞서 조리돌림을 한다는 소식이었다. 실컷 눈요기를 할 수 있게 반쯤 죽은 인간을 차에 묶어두는 이런 방법을 생각해낸 사람들에게 감사의 마음이 우러나올 정도다. 자신들이 처형 집행인이 된 건 아니지만 집행인이나 다름이 없었다. 이들에게는 시비와 선악의 판단 기준도 명확치가 않았다. 예교라는 틀에 들러붙어 문화인이라고 불리길 원하지만 아이들이 잔인하게 강아지의 목을 자르며 통쾌해 하듯, 동류의 사람들이 천 갈래 만 갈래로 찢기는 모습을 즐겼다. 권력을 장악하는 순간 그들은 어느 누구나 성 전체를 도살하고, 여자의 유방과 발목을 잘라 산더미처럼 쌓아놓은 다음, 이것이 그들의 쾌거라고 자랑할 것이었다. 그러나 아직은 이런 권력을 얻지 못했으니 우선 양이나 돼지를 도살하거나, 죄수 처형 장면이라도 구경하면 그런대로 속을 좀 풀 수 있으리라. 이런 기회가 없으면 하다못해 아이들이라도 불러세워 되는 대로 욕을 퍼부으며 마음에 쌓인 독기를 푸는 것도 좋으리라.

구름 한 점 없이 푸른 하늘. 동쪽 하늘 높이 붉은 해가 떠오르고, 살랑살랑 불어오는 동풍에 길가 버들이 한들거렸다. 동쪽 인도에 사람들이 가득 몰려 거대한 그림자 군을 형성하고 있었다. 남녀노소, 가지각색 인간들이 다 모여들었다. 유행에 맞게 근사한 옷차림을 한 사람, 적삼 하나만 걸친 사람 모두가 웃고 떠들며 수시로 이쪽저쪽으로 고개를 빼고 거리를 살폈다. 한 사람이 고개를 빼면 모두 따라서 고개를 빼고, 순간순간 모두의 심장 박동도 빨라졌다. 사람들이 점점 앞으로 밀려 차도로 몰려들면서 인간 띠가 생겨났다. 들쑥날쑥 사람들의 머리만 어지러이 움직일 뿐이었다. 순경들이 조를 이루어 밀리는 사람들을 막고, 고함을 지르며 거리 질서를 잡았다. 때로 진흙덩이를 잡는 것처럼 아이를 잡아내 한두 군데 주먹을 먹이는 바람에 사람들이 웃음을 터뜨리기도 했다.

다리가 시큰거리기 시작했는데도 계속 기다렸다. 이대로 그냥 돌아갈 수 없는 일이다. 먼저 온 사람에다 시간이 갈수록 더 많은 사람이 몰려들어 자꾸만 앞으로 밀려갔다. 서로 싸움이 붙고, 몸을 꼼짝할 수 없으니 그저 입으로만 욕설이 오갔다.

사람들은 덩달아 화를 부추겼다. 지겨워서 몸살이 난 아이들은 어른들에게 따귀를 맞고, 물 만난 소매치기들 극성에 물건을 잃어버린 사람들 역시 욕을 퍼부었다. 길바닥은 아수라장이 되고 사람은 갈수록 많아졌지만 아무도 자리를 떠나지 않았다. 만신창이에 죽기 일보 직전인 죄수를 꼭 구경하고 말리라 생각하는 것 같았다.

갑자기 사람들이 조용해졌다. 멀리 무장 경찰들이 모습을 드러냈다.

"왔다!"

누군가 고함을 질렀고 곧바로 사람들이 술렁이기 시작했다. 사람들의 무리가 마치 기계인간처럼 한 보, 한 보 앞으로 전진했다. 왔어! 사람들의 눈이 반짝거리며 저마다 무슨 말인가를 중얼거렸다. 웅성

거리는 사람들과 역한 땀 냄새가 거리를 가득 메웠다. 예교의 나라 백성들이 이렇듯 살인하는 모습을 즐기고 있었다.

롼밍은 키가 작았다. 두 손을 뒤로 포박당한 채 차에 앉아 있는 모습이 마치 병에 걸린 원숭이 새끼 같았다. 고개를 떨구고 등에는 두 척이나 되는 하얀 팻말을 꽂고 있었다. 사람들의 말 소리가 마치 조수석처럼 물결이 되어 이어졌다. 모두 입을 삐죽거리며 말을 거들었다. 조금은 실망한 모습이었다.

아니, 이렇게 작은 원숭이 새끼였어? 왜 이렇게 꾀죄죄해? 고개를 숙이고 얼굴은 허옇게 질린 채 아무 소리도 못 내잖아! 누군가 그를 골려주고 싶은 듯 입을 열었다.

"형씨들, 우리 저 사람 응원 좀 해볼까?"

사방팔방에서 "좋아!"라는 소리가 터져나왔다. 마치 무대 위 배우에게 갈채를 보내는 것처럼 멸시와 야유, 비난의 소리가 쏟아졌다. 그래도 롼밍은 아무런 소리도 내지 않았다. 고개조차 들지 않았다. 어떤 사람은 안달이 난 것 같았다. 이렇게 고분고분한 죄수가 정말 맘에 들지 않는 듯 비집고 나가 길거리에 퉤퉤 침을 뱉었다. 롼밍은 여전히 아무런 반응도 없었다. 사람들은 점점 기운이 빠졌지만 그래도 그냥 흩어지는 게 아쉬웠다. 만일 그가 갑자기 '20년이 지난 뒤에도 사내 대장부'라는 노래를 부르거나, 주점에서 백주 두 병과 고기 조림 한 접시를 시켜달라고 하면?

모두가 마지막까지 그의 행동을 궁금해하며 꼼짝하려 하지 않을 것이다. 차들 사이를 비집고 따라가다 보면, 지금은 저렇게 가만히 있어도 그가 단패루單牌樓 쯤 가서 한숨 돌린 후 소리 높여 〈사랑탐모四郎探母(청대 지방극 중 하나.—옮긴이)〉를 부를지 어떻게 알겠는가? 천교까지 롼밍을 따라간 사람도 있었다. 사람들을 완전히 만족시킬 수는 없었지만 어쨌거나 직접 총알 먹는 모습을 보여주었으니 그들이 아주 헛걸음을 한 건 아닌 셈이었다.

이처럼 떠들썩한 시간에 샹즈는 혼자 고개를 숙인 채 덕승문 성벽을 천천히 걷고 있었다. 적수탄에 이른 그는 사방을 둘러보았다. 아무도 보이지 않자 천천히, 조용하게 호숫가로 다가갔다. 그는 고목 하나를 찾아 나무 기둥에 등을 기대고 잠시 섰다. 사방에 인기척도 느껴지지 않자 그는 가만히 바닥에 앉았다. 바스락거리는 갈대 잎 소리, 갑작스런 새 울음소리에 그는 황급히 자리에서 일어났다. 머리에서 식은땀이 났다. 다시 사방을 둘러보고, 아무런 기척도 느껴지지 않는 걸 확인한 후 또다시 서서히 주저앉았다. 이렇게 하길 몇 번, 갈대 잎 소리나 새 소리에 익숙해진 그는 더이상 당황하지 않았다.

멍하니 호수 밖 개울을 바라보았다. 작은 물고기들이 구슬 같은 눈을 반짝이며 모여들었다가 사라졌다. 고기들은 때로 머리에 연한 물풀을 얹고, 때로는 입에서 물방울을 뿜어냈다. 개울 가장자리에서는 이미 다리가 자라난 올챙이가 몸을 쭉 늘이며 까맣고 커다란 머리를 흔들었다. 갑자기 물길이 세지자 물고기와 올챙이는 꼬리가 삐딱하게 기울어지며 물길에 쓸려가버렸다. 하지만 다시 한 떼가 밀려와 자리에 멈추려고 몸부림을 쳤다. 소금쟁이 한 마리가 재빨리 지나가버렸다. 물길이 속도를 낮추자 작은 물고기들이 다시 떼를 짓고, 작은 입을 벌려 떠다니는 나뭇잎이나 풀들을 물어뜯었다. 조금 큰 물고기들은 깊은 곳에 숨어 있다가 이따금 등이 드러나면 재빨리 다시 물속으로 몸을 숨기니, 수면에 파문이 일어났다. 물총새가 화살처럼 수면을 스치고, 고기들은 모습을 감추고, 물 위엔 물풀만 떠다닌다.

샹즈는 멍하니 이 광경을 바라보았다. 정말 보고 있는 것인지는 알 수 없었다. 그가 무심결에 작은 돌멩이 하나를 집어던지자 물방울이 튀어오르고 그 충격으로 물풀들이 흩어져버렸다. 샹즈는 다시 깜짝 놀라 자리에서 일어났다.

한참을 앉아 있었다. 그는 살며시 그 커다랗고 시커먼 손으로 허리춤을 더듬더니 손을 그 자리에 그대로 둔 채 고개를 끄덕였다. 그리고 잠시 후, 돈 한 다발을 꺼내 세어본 후 다시 조심스레 원래 자리에 돌려놓았다.

샹즈의 마음은 오로지 그 돈을 따라 움직이고 있었다. 어떻게 그 돈을 쓸 건지, 어떻게 하면 사람들이 모르게 할지, 어떻게 하면 이 돈을 즐기면서도 안전하게 다룰지. 자신을 위한 생각 따위와는 멀어진지 오래였다. 그는 이미 돈의 노예가 되어 모든 일에 돈의 지배를 받고 있었다.

이 돈의 출처가 돈의 용도를 결정지었다. 이런 돈을 대놓고 떳떳이 쓸 수는 없는 일이다. 이 돈, 이 돈을 가진 사람 모두 세상을 떳떳하게 살아갈 수 없을 것이다. 사람들이 모두 거리로 환밍을 보러 갔을 때, 샹즈는 조용한 성 자락에 숨어 있었다. 어떻게 해서든지 더 조용하고 더 어두운 곳으로 찾아 들었다. 그는 시내를 활보할 수 없었다.

롼밍을 팔았기 때문이다.

혼자 조용한 물길을 바라보며, 그는 사람들이 없는 성 자락에 감히 고개도 들지 못한 채 기대어 있었다. 마치 혼령의 그림자가 그를 뒤쫓고 있는 것 같았다. 천교 바닥에 피투성이로 고꾸라진 롼밍이 샹즈의 마음속에, 그의 허리춤을 채운 돈 안에 살아 있었다. 그는 결코 후회하지 않았다. 다만 두려울 뿐이었다. 시도 때도 없이 그를 따라붙는 망령이 두려울 뿐이었다.

롼밍은 공무원이 된 후 그가 지금껏 타도해야 된다고 생각했던 일들에 흠뻑 빠져들었다. 돈은 사람을 추악한 사회로 이끌고, 고상한 이상을 내팽개치며, 기꺼이 지옥 행을 택하게 만든다. 그는 비싸고 화려한 옷을 입고, 계집질에 도박, 심지어 아편까지 손대기 시작했다. 양심이란 걸 발견했을 때 그는 이 모든 것이 자신의 잘못이 아니라 극악한 사회가 그를 해친 것이라고 생각했다. 자신의 잘못을 인정했지만 그 모든 것을 사회 탓으로 돌렸다. 유혹이 너무 컸기 때문에 저항할 수 없었다는 변명이었다. 가면 갈수록 쓸 돈이 궁색해진 그는 치열한 사상을 떠올렸다. 그러나 이런 사상을 위해 분연히 떨쳐 일어난 것이 아니라 사상을 빌미로 돈을 구할 생각이었다. 사상을 돈과 맞바꾸는 것, 학생 시절 선생과의 친분을 통해 학점을 얻었던 방법이나 마찬가지였다. 나태한 사상은 인간성과 병립할 수 없다. 돈으로 맞바꿀 수 있는 모든 것은 조만간 반드시 팔아버리게 마련이었다. 그는 장려금을 받았다. 혁명 선전에 급급한 기관은 신중하게 전사를 선택할 수 없었고, 의기투합하길 원하는 사람은 모두 동지라고 간주했다. 돈을 받은 사람들은 수단을 불문하고 어느 정도 성과를 거뒀다. 기관에 보고를 해야 되기 때문이었다. 롼밍 역시 공짜로 돈만 받을 수 없었다. 그는 인력거꾼 조직 일에 참가했다. 샹즈는 이미 깃발을 들고 구호를 외치는 노련한 시위 전문가였다. 이렇게 해서 롼밍은 샹즈를 알게 되었다.

롼밍은 돈을 위해 사상을 팔았고, 샹즈는 돈을 위해 사상을 받아들였다. 롼밍은 만일의 경우 자신이 샹즈를 희생시킬 수도 있다는 걸 잘 알았다. 샹즈는 이런 생각을 해본 적이 없지만 필요해지자 롼밍을 팔았다. 돈을 위해 일했으니 더 많은 돈에 약할 수밖에 없었다. 충성은 돈으로 살 수 있는 것이 아니다. 롼밍은 자신의 사상을 믿었다. 사상에 대한 치열함으로 자신의 모든 죄악을 용서할 수 있었다. 샹즈는 롼밍의 말이 일리가 있다고 생각했지만 그가 누리는 생활이 부럽기도 했다.

'나도 돈이 더 많으면, 롼씨처럼 며칠 신나게 지낼 수 있을 텐데!'

돈은 롼밍의 인격을 깎아내렸고, 돈은 샹즈의 눈을 멀게 했다. 그는 롼밍을 60원에 팔아먹었다. 롼밍이 원하던 것은 군중의 역량이었고, 샹즈가 원한 건 롼밍과 같은 향락이었다. 롼밍의 피는 운동 자금 위에 뿌려졌고, 샹즈는 돈을 허리춤에 쑤셔넣었다.

태양이 서편으로 가라앉고, 호수의 부들과 갈대, 버드나무에 금홍색 노을이 앉을 때에야 샹즈는 자리에서 일어나 성 자락을 따라 서쪽으로 걸어갔다. 사기를 치는 건 이미 이력이 나 있었다. 그러나 사람 목숨을 판 건 이번이 처음이었다. 게다가 롼밍의 말은 모두 그럴 듯했는데! 공허한 성 자락, 높이 솟은 성벽, 이 모든 것이 그를 더욱 두렵게 했다. 어쩌다 쓰레기 더미에 모여 있는 까마귀들을 보면 그는 빙 돌아갔다. 놀란 까마귀들이 행여 불길한 울음을 낼까 걱정스러웠기 때문이다. 성 서쪽에 이르자 그는 마치 음식을 훔쳐먹은 개처럼 재빨리 서직문을 빠져나갔다. 저녁이면 함께 할 사람이 있고, 두려움을 없애주고, 그의 의식을 멀게 할 수 있는 곳. 이런 장소로 사창가보다 더 적합한 곳은 없었다.

가을이 되었다. 샹즈는 더이상 인력거를 끌 수 없을 정도로 병이 깊어졌다. 인력거 임대조차 불가능할 만큼 신용도 바닥났다. 그는 작은 여인숙의 단골 손님이 되었다. 동전 두 닢만 있으면 여인숙에 몸을 눕힐 수 있었다. 낮에는 희멀건 죽이나 한 사발 들이킬 정도의 노동을 하러 갔다. 거리에서 구걸을 할 수는 없었다. 멀대 같이 큰 그에게 선심을 베풀 사람은 없을 테니까. 그는 몸을 꾸며 묘회에 구걸하러 가지도 않았다. 이런 것도 전수를 받아야 가능한 일이었다. 그는 몸에 난 종기를 이용해 사람들의 동정을 불러일으킬 수 있는 방법을 알지 못했다. 도둑질을 하자니, 그런 능력도 없었다. 도둑들도 다 모임이 있고, 파가 있게 마련이다. 누구에게 기대거나 도움을 받을 방법이 없으니, 그저 자신이 벌어서 먹는 수밖에 없었다. 그는 자신을 위해 노력하고, 자신을 위해 죽음의 길로 향했다. 그는 마지막 숨을 기다리고 있었다. 그는 아직은 숨결이 남아 있는 죽은 영혼이었다. 영혼 속에 들어찬 개인주의는 그의 육신과 함께 흙 속에서 썩어갈 것이다.

북평이 남경으로 수도를 넘겨주고 고도故都가 된 후 북평의 풍경, 공예, 먹거리, 언어, 순경 등도 서서히 사방으로 퍼져나갔다. 그리고 천자와 같은 위엄을 가진 인물, 재력이 있는 곳을 찾아 그들의 위력을 과시하는 데 일조하였다. 서양 냄새가 물씬 풍기는 청도에도 북평의 양고기 샤브샤브가 등장했고, 번화한 천진에서도 한밤이면 '딱딱하게 구운 빵' 이라고 외치는 애조띤 소리를 들을 수 있게 되었다. 상해, 한구漢口, 남경에도 북평어를 쓰는 순경과 공무원들이 등장해 참깨 사오삥을 먹었다. 쟈스민차가 남쪽에서 북쪽으로 전해진 다음, 북평의 손길을 거쳐 다시 남쪽으로 전해졌다. 심지어 관을 메는 북경의 인부들까지 때로 기차를 타고 천진이나 남경에 가서 고관대작들의 관을 메는 일을 했다.

북평 역시 점점 예전의 풍채를 잃어가고 있었다. 음식 가게에서는 9월 9일 중양절이 지나도 꽃빵을 팔고, 원소절에 팔던 것들을 가을에도 시장에서 발견할 수 있게 됐다. 200~300년 된 유서 깊은 가게들도 갑자기 기념일 같은 것들을 생각해내어 할인행사 전단을 뿌렸다. 경제적인 압박이 풍격 같은 것을 따질 겨를도 없이 살 길을 궁리하는 처지로 사람들을 내몰았다. 체면이 밥을 먹여주진 않기 때문이다.

그러나 관혼상제만은 여전히 과거의 의식과 품위를 이어갔다. 어찌되었든 결혼이나 장례 같은 일은 격식을 갖추어야 했다. 관혼상제 의장, 악기, 꽃가마나 관에 대한 부분에선 다른 도시들이 북경을 따라갈 수 없었다. 상여용 학이나 사자 모형, 종이로 엮어 만든 사람이

나 가마, 말, 신부맞이용 의장과 24개의 악기는 예나 다름없이 거리에서 관료다운 위풍을 보여주었다. 사람들은 그로부터 태평성세 시절의 화려함과 기개를 떠올렸다.

샹즈의 생활은 대부분 이처럼 잔존해 있는 의식과 규범에 의존했다. 결혼하는 집이 있을 경우 그는 깃발을 들어주었고, 장례식이 있을 땐 화환이나 만장을 들어주었다. 그는 기뻐하지도, 울지도 않았다. 그저 십몇 닢의 동전을 위해 사람들을 따라 거리를 활보할 뿐이었다. 장의사나 가마 가게에 있는 초록색 혹은 남색 옷을 입고, 맞지도 않는 검은 색 모자를 쓰면 잠시나마 몸에 걸친 남루한 옷을 가릴 수 있어 그나마 체면이 섰다. 부잣집에 행사가 있을 때는 일꾼들이 머리도 깎아주고, 신발도 제공하기 때문에 샹즈는 머리와 발을 깨끗하게 매만질 수 있었다. 더러운 병 때문에 성큼성큼 걸음을 내디딜 수 없었지만, 깃발이나 만장을 들면 길 가장자리로 어기적거리며 천천히 걸음을 옮겨도 되었다.

하지만 이런 일조차도 그는 적임자가 아니었다. 그의 황금시대는 지나가버렸다. 인력거꾼으로 성공하지 못하면서, 모든 일이 '그저 그런 일' 이 되어버렸다. 샹즈처럼 키가 큰 사람이 비호기飛虎旗나 짧고 작은 만장 한 쌍을 잡기 위해 기를 썼다. 제법 무게가 나가는 혼례용 우산이나 숙정패肅靜牌 등은 엄두도 내질 못했다. 그는 손해를 보지 않으려고 노인, 아이 심지어 여자들을 상대로 일자리 다툼을 벌였다.

그처럼 작은 것을 골라 들고 구부정하게 허리를 구부린 채, 길에서 주운 꽁초를 물고 맥없이 어기적거리며 길을 걸었다. 모두가 서 있을 때도 그는 발걸음을 멈추지 않았고, 모두가 출발해도 그대로 서 있었다. 신호를 보내는 징 소리도 듣지 못하는 것 같았다. 그는 앞 뒤 거리를 맞추거나, 가지런히 좌우 정열을 하지도 않았다. 그저 자기 길을 갈 뿐이었다. 고개를 숙인 그의 모습은 마치 꿈을 꾸고 있는 것 같기도 하고, 깊게 사색하는 것 같기도 했다. 붉은 색 옷을 입은 징잡이나 비단 깃발을 든 의장 선두가 아는 말은 모두 동원하여 그에게 욕을 퍼부었다.

"이 자식! 야 너 말이야, 낙타! 좆 같은 새끼, 너 줄 맞춰 못 가?"

그는 아무것도 듣지 못하는 것 같았다. 징잡이가 다가가 채로 때리면 그는 눈을 부라린 뒤, 다시 멍하니 사방을 둘러보았다. 징잡이가 뭐라 하든 그는 바닥에 주울 만한 꽁초가 있는지를 살피는 데 정신이 팔려 있었다.

체면을 소중히 여기고 강인하게 꿈을 좇던 사람, 자신을 사랑했고 독립적이었던 사람, 건장하고 위대했던 샹즈는 얼마나 많은 장례식의 일꾼이 되었는지 모른다. 그러나 타락한 인간, 이기적이며 불행한 인간, 사회적 병폐의 산물이며 개인주의의 말로에 선 그 영혼이 언제 어떻게 땅에 묻힐지는 아무도 알 수 없는 일이었다.

| 역자후기 |

이 책은 중국 현대문학가 라오서老舍(1899.2.3-1966.8.24)의 작품 《낙타샹즈駱駝祥子》를 번역한 것이다. 우선 작가인 라오서에 대해 살펴보는 것이 예의일 듯하다.

라오서, 본명은 수칭춘舒慶春. 자는 서위舍予며 만족滿族 정홍기인正訌旗人 출신으로 청나라 광서光緖 24년(1899년) 2월 3일 북경 서성西城 호국사護國寺 부근에 있는 사오양쥐엔小羊圈 후통(胡同: 골목)의 빈민 가정에서 막내로 태어났다. 부친은 청조의 황족과 같은 기인旗人 출신임에도 불구하고 군인 이외에 다른 어떤 직업도 가질 수 없는 팔기제도의 엄격한 규정으로 말미암아 겨우 은자銀子 3냥에 황성을 호위하는 말단 군인으로 빈한한 삶을 살아야만 했다. 1900년 8국 연합군이 북경을 침략하자 전투 끝에 총상을 입고 끝내 유명을 달리하였다.

부친의 사망으로 인해 그의 집안은 더욱 빈한한 지경에 이르렀다.

라오서는 경사 제3중학을 중퇴하는 등 어려움이 있었지만 배움의 끈을 놓지 않아 수업료와 기숙사비를 면제해주는 북경사범학원北京師範學院 1기생으로 입학하였다. 그는 5년 간 수학한 후 1918년 졸업과 동시에 공립 소학교 교장으로 사회에 첫발을 내디뎠다. 이듬해인 1919년 5 · 4운동이 발발했다. 5 · 4운동에 직접 참여한 것은 아니지만, 동시대의 다른 지식인들과 마찬가지로 반反제국, 반봉건의 기치를 높이 든 5.4운동은 그의 삶에 큰 영향을 끼쳤다.

"5 · 4 신문화운동이 없었다면 그저 성실하고 근면하게 소학교 선생 노릇이나 하면서 노모를 공손히 모시고 고지식하게 남들이 하는 대로 결혼하여 아이를 낳고 그냥 그렇게 평생 살았을 것이다. 절대로 문득 문학을 해야겠다는 생각은 들지 않았을 것이다."

〈5 · 4는 나에게 무엇을 주었는가〉라는 글에서 그는 이렇게 말했다.

쉽게 말해서 5 · 4운동에서 주장하는 '반봉건' 이란 중국인 스스로 2,000여 년을 이어온 봉건체제를 무너뜨리고 그 문화적 토대가 되었던 예교禮敎의 질곡에서 벗어나 민주시대의 새로운 자유인이 되겠다는 주장이고, '반제국주의' 란 중국인이 더이상 양인洋人들의 노예가 되지 않겠다는 자주自主의 외침이었다. 그것은 곧 중국인 자신의 정체성에 대한 반란이자 반대로 확립의 몸부림이었다. 하지만 반란의 발단이 외부에서 기인했고, 외부의 것이란 언제나 공짜가 없는 법이다.

채 20살도 안 된 젊은 나이에 소학교 교장이 되었던 그는 2년 후인 1921년에 북교근학원北郊勤學員(북교 담당의 장학사)으로 승진했지만, 얼마 후 사퇴하고 만다. 청렴결백이 통하기 힘든 조직에서 아무런 미련 없이 떠날 수 있었던 것은 세상의 불의와 타협하지 않으려는 그의 의지와 소망을 반영한 것이라 할 수 있다. 이후 몇 군데 학교를 전전하던 그는 1923년 첫 번째 습작인 《방울이小鈴兒》를 발표하면서 자신의 '마음속 작은 울림'을 표현하였다. 그러나 아직 문학이 그에게 전면적으로 다가선 것은 아니었다. 문학에 대해, 글쓰기에 대해 보다 직접적인 영향을 준 계기는 1924년(25세) 영국 런던대학 동방학원의 중국어 담당 교수로 초빙을 받은 일이었다. 1929년(30세)까지 근 5년간의 영국생활을 통해 그는 영국 작가를 중심으로 근대소설의 사실적 경향에 매료되는 한편 중국의 장회체章回体 소설 형식에서 벗어난 새로운 형식에 익숙해졌다. 아울러 일상생활에 대한 예리한 관찰과 고독을 이기는 문학의 힘을 경험한 것 같다. 위트보다 정적情的인 유머에 익숙한 그는 자신의 경험과 관찰을 통해 세 권의 장편소설을 써낸다. 《라오장의 철학老張的哲學》《조자왈趙子曰》《마씨 부자二馬》 등은 모두 자신이 직접 경험했던 사실에 입각한 소설로 유머가 있으면서도 왠지 씁쓸한 느낌이 드는 작품으로 평가받고 있다. 그것이 당시 중국, 특히 북경의 사람들이나 런던에 사는 중국인(《마씨 부자》의 경우)들의 어두운 면, 민족적 편견과 악습 등에 대한 비판의 성격을 지니고 있기 때문일 것이다. 세 권의 책은 모두 당시 문학 단체인 문학연구회의 간행물 〈소설월보〉에 연재되었는데, 특히 1926년 〈소설월보〉 17권 제 7호에 《라오장의 철학》을 자신의 본명인 수칭춘이란 이름으로 연재하다가 다음 호부터 '라오서老舍'라는 필명을 사용하기 시작한다. 이후 독자들은 '라오서'라는 젊은 작가를 주목하게 된다.

1929년 런던을 떠난 라오서는 싱가포르의 화교 중학교에서 어문 교사로 반 년 정도 일하다가 이듬해 31세의 나이로 귀국, 산동 제남 제로대학齊魯大學 교수로 활동하는 한편 싱가포르의 경험을 바탕으로 한 《소파의 생일小坡的生日》을 발표하는 등 작가로서 활발하게 활동하기 시작했다. 당시 필명은 '舒' 자를 둘로 나눈 '서위舍予' 였다.

라오서는 평생 책으로 1,000여 권, 거의 800만 자에 달하는 작품을 남긴 다산 작가이다. 장르 또한 소설에 국한되지 않고 희극, 동화, 시문집, 번역 작품에 이르기까지 다양하기 이를 데 없다. 그 가운데 대표작이라고 할 수 있는 것이 본 역서인 《낙타샹즈》를 비롯하여 항전抗戰 승리 직후 일년 간 미국생활을 마치고 돌아와 발표한, 100만 자에 달하는 장편소설 《사세동당四世同堂》, 중국 현대 연극사에서 가장 우수한 작품으로 인정받고 있는 희극 《다관茶館》 등을 들 수 있다. 그가 이처럼 뛰어난 작품을 숱하게 창작할 수 있었던 것은 물론 자신의 글쓰기에 대한 소망과 의지 때문일 것이다. "원고 청탁을 받으면 거절하지 않는다."를 자신의 방침이라고 말할 정도로 그는 그야말로 닥치는 대로 쓰기를 원했다. 그만큼 쓰고 싶은 것이 많기도 했을 뿐더러 써야만 하는 것이 많았기 때문이다. 그렇기 때문에 그는 1936년 재직하고 있던 산동대학 교수직을 사퇴하고 전업작가로 돌아선다. 1931년 만족 정홍기인 출신의 후지에칭과 결혼하여 아이까지 있는 그가 그나마 안정된 교수직을 버리고 전업작가가 된 것은 결코 쉬운 결정이 아니었을 터이다.

전업작가로 돌아선 후 작심하고 쓴 첫 번째 작품이 이 책 《낙타샹즈》이다. 우연한 기회에 듣게 된 북경의 인력거꾼 이야기를 바탕으로 그해에 탈고하여 같은 해 9월부터 〈우주풍宇宙風〉에 연재하기 시작한 《낙타샹즈》는 북경 구어를 활용하여 하층민의 삶을 생동감 있게 묘사한 그의 대표작이다.

항일 전쟁에 발발하자 그 역시 시대의 소용돌이 속으로 깊이 빠져든다. 1938년 3월 무한武漢에서 중화전국문예계항적협회가 성립되면서 이사 겸 총무주임을 맡은 그는 이후 전국을 돌아다니며 항일구국의 기치를 높이 쳐드는 한편 중국의 전통적인 민간 문예, 예를 들어 경극京劇, 고사鼓詞, 상성相聲, 수래보數來宝(떠돌이 걸인들이 구걸을 하면서 부르는 노래에서 기원한 곡예로 북방에서 크게 유행하였다. 보통 한 두 사람이 노래를 부르고 대나무 등으로 박자를 맞춘다), 하남추자河南墜子(청대 가경嘉慶시대 개봉開封 출신 교치산喬治山이 창시한 곡예의 일종으로 이후 전국적으로 유행하여 10대 곡예 가운데 하나가 되었다. 해금처럼 활로 켜는 2현弦의 악기인 추호墜胡와 산동에서 발전한 대고大鼓인 이화대고梨花大鼓에서 사용하는 북으로 반주를 넣어 노래와 연기를 한다) 등 민간문예 형식을 활용한 작품을 창작하기 시작했다. 이는 이후 그가 희극을 창작하는 데 직접적인 영향을 준다.

항일 전쟁이 끝난 후인 1946년 3월, 그는 미국 국무원의 초청으로 미국으로 향한다. 1949년 10월 1일 중화인민공화국이 성립되자 귀국길에 오른 그는 그해 겨울 천진에 도착하여 신중국의 작가이자 문단의 주류로서 새로운 생활을 시작하면서 북경과 도시 빈민의 생활에 대한 애정과 관심, 그리고 신중국 인민들의 새로운 희망과 변화를 그린 작품을 창작하였다. 특히 희극 창작에 몰두하여 《용수구龍鬚溝》 등을 집필하였으며, 이를 통해 '인민예술가' 라는 칭호를 얻었다. 1950년대 이후로 그는 정무원문교위원회 위원을 비롯하여 중국문학예술계연합회 부주석, 중국인민정치협상회의 전국위원회 상무위원 등 다양한 직책에 올랐으며, 중소中蘇우호협회 주석 등의 자격으로 소련을 비롯하여 인도, 일본, 조선, 체코슬로바키아 등을 방문하였다.

그러나 다른 한편으로 신중국은 그에게 또 다른 요구를 하기 시작했다. 처음에는 《낙타샹즈》에서 비열한 지식인이자 혁명가로 그려진 롼밍阮明이 처형당하는 부분(24장)을 삭제하라는 지시가 내려지더니, 절망 속에 죽어간 낙타샹즈에게 새로운 희망을 부여하라며 샤오푸즈小福子의 죽음 이후 모든 부분을 삭제할 것을 요구했다. 결국 1951년 신광晨光출판사는 《낙타샹즈》 제 24장을 대부분을 삭제한 개정판을 내놓았고, 같은 해 8월 개명서국開明書局에서 '신문학선집' 의 일환으로 출간한 《라오서선집老舍選集》은 전체 145군데를 다시 쓰고, 제 10장과 24장 전체를 비롯하여 초판본의 3분의 1에 해당하는 부분을 삭제했다. 또한 1955년 인민문학출판사에서 나온 수정본 역시 주인공 샹즈의 일부 모습을 볼 수 없게 만들었다.

라오서는 '나는 어떻게 《낙타샹즈》를 썼는가?' 에서 《낙타샹즈》의 마지막 부분에 대해 아쉬움이 있다고 이야기하면서도 이미 발표한 작품에 대해서는 절대로 다시 손대기를 원치 않는다고 말한 적이 있다. 그런 그가 전업작가로 나서 처음 쓴 작품이자 스스로 가장 만족스러운 작품이라고 했던 《낙타샹즈》의 많은 부분이 삭제되는 것을 보면서 어떤 생각을 했을지? 알 수 없다. 어쩌면 그가 원했고 사랑했으며, 뜨거운 열정을 바쳤던 조국의 희망찬 미래를 위해 기꺼이 받아들였을 수도 있다. 아니면 아쉬움과 허전함을 느꼈을지도 모른다. 어떤 생각을 했든지 간에 그는 이후에도 문학가로서, 문단의 지도자로서 최선의 노력을 다했다. 40대부터 수혈을 받을 정도로 빈혈에 시달리면서도 그는 한 번도 붓을 놓은 적이 없었으며, '작가노동모범' 의 칭호를 받을 정도로 쓰고, 쓰고, 또 썼다. 건장하고 근면하며 자신의 일에 성실했던 《낙타샹즈》의 주인공 샹즈祥子처럼.

그러나 문화대혁명은 끝내 그의 미래를 과거, 현재와 함께 완전히 삭제시키고 말았다. 1966년(67세) 8월 23일, 북경시 문련文聯 동료들과 함께 납치되어 국자감國子監에서 수백 명의 홍위병들에게 욕설과 구타에 시달린 그는 피투성이가 된 채로 새벽 2시쯤에 귀가하였고, 그날 아침 외출한 후 실종되었다. 그리고 다음날 북경사범대학 옆에 있는 태평호太平湖에서 그의 시신이 발견되었다. 기인旗人으로서 자신의 정체성을 찾는 자서전이라고 할 수 있는 《정홍기하正紅旗下》를 끝내 완성하지 못한 채 그렇게 죽어 화장된 그는 유골조차 남지 않았다. 그리고 12년 만인 1978년 거행된 유골 안장식(유골 대신 안경과 두 개의 붓만 들어 있었다고 한다)에서 명예회복이 이루어지고, 1982년에 초판본 《낙타샹즈》가 새롭게 출간되었다. 본 역서의 저본은 바로 이 판본이다.

《낙타샹즈》는 '샹즈' 라는 북경의 인력거꾼 이야기이다. 건장한 신체를 가지고 성실하고 근면한 젊은이. 그러나 가난한 농촌 출신으로 가진 것도 없고 배운 것도 없으며, 세상 물정에 어두울 뿐더러 기댈 친지나 친구조차 없는 천애의 고아나 다를 바 없는 막일꾼. 오로지 자신의 인력거를 끌기 위해 먹고 마실 것조차 아끼면서 악착같이 돈을 모았던 성실한 젊은이. 그러나 전쟁통에 인력거를 빼앗기고 대신 끌고 온 낙타 때문에 별명만 얻게 된 지지리도 재주 없는 사내. 그리고 이어지는 시대와 개인의 불안한 어긋남과 희망이란 환영의 실체.

언뜻 루쉰魯迅의 《아큐정전阿Q正傳》 속 주인공 '아큐'를 떠올릴 법하다. 그들 모두 시대가 만들어놓은 틀 속에서 끝내 벗어나지 못했기 때문이다. 그러나 샹즈는 아큐와 다르다. 비록 그 또한 삶의 무게이거나 자신과 관계없이 돌아가는 세상의 수레바퀴에 짓눌리거나 밟혀 자포자기의 나락으로 떨어지고 말았지만, 그 전까지 한 번도 자신에게 충실하기 위해 게으름을 피운 적이 없었기 때문이다. 라오서는 책에서 "개인을 위해 노력하는 이는 어떻게 하면 개인을 파멸시킬 수 있는지를 안다"고 하면서 이기利己와 파멸이 바로 개인주의의 양극단이라고 지적했다. 또한 이러한 개인주의가 바로 그의 영혼이라고 하면서 샹즈를 이기적이고 개인적인, 그리하여 개인주의 말로로 치닫게 되는 주인공으로 몰고 갔다. 글쎄 그런가? 생각건대, 개인주의는 중국적인 것이 아니다. 오히려 집체주의, 가족주의야말로 중국적이다. 게다가 당시 사회는 오히려 개인의 각성을 요구하고 있었다. 개인주의와 개인의 각성은 다른 것인가? 아마도 라오서는 다른 의미로 생각했던 것 같다. 그에게 개인주의란 서구적 의미의 그것이 아니라 끝내 자신에게 주어진 울타리(그것이 운명이든 인과응보의 결과물이든지 간에)에서 벗어날 수 없는 '개인'의 관념을 의미하는 듯하다.

아무리 애써도 악몽에서 헤어날 수 없는 상황, 그것은 개인의 재앙이자 또한 사회의 비극이다. 그럴 경우 누구나 샹즈처럼 행동한다. 오로지 자신만을 위해 살거나 그것조차 마음대로 되지 않으면 철저하게 자신을 버리며 산다. 그런 면에서 샹즈는 1930년대 중국 북경의 인력거꾼이자 2008년 한국 어느 한 구석에 살고 있는 우리 가운데 누구일 수도 있을 것이다.

《낙타샹즈》는 이미 오래 전 우리나라에 번역된 바 있다. 현대 중국 소설의 대표작인 《낙타샹즈》와 라오서에 관한 학위논문도 적지 않게 나왔다. 그럼에도 새로운 세대들에게 읽힐 한국어판은 현재 시중에 없는 상황이다. 중국 문학에 관한 우리 인식의 척박함을 단적으로 보여주는 예라 할 것이다. 그러던 차에 황소자리에서 기획한 '중국 현대소설선' 시리즈 두 번째 책으로 이 소설이 선정됐다. 부디 이 책으로 라오서와 그의 샹즈를 젊은 독자들이 기억할 수 있기 바란다.

2008년 초입

제주 월두 마을에서 역자

심규호 한국외국어대학교 중국어과를 졸업하고 같은 대학원에서 문학박사 학위를 취득했다. 현재 제주산업정보대학 교수로 재직하고 있다. 지은 책으로 《육조 삼가 창작론 연구》《연표와 사진으로 보는 중국사》《한자로 세상읽기》 등이 있으며, 옮긴 책으로 《중국사상사-도론》《중국의 마르크스주의 문학론-구추백의 영향》《삼성퇴의 청동문명》《하상주단대공정》《부활하는 군단》《중국문예심리학사》《위치우위의 중국문화기행》《유럽문화기행》《마교사전》 등이 있다.

유소영 이화여자대학교 중문과와 한국외국어대학교 통역대학원 한중과를 졸업했다. 제주대학교 통역대학원에서 강의하며 전문번역가로 활동하고 있다. 옮긴 책으로 《부활하는 군단》《구룡배의 전설》《법문사의 불지사리》《열하의 피서산장》《몸-욕망과 지혜의 문화사전》《위치우위의 중국문화기행》《유럽문화기행》《마교사전》 등이 있으며, 지은 책으로 《중국어 일기》《고시중국어》 등이 있다.

낙타샹즈

첫판 1쇄 펴낸날 2008년 2월 10일
첫판 6쇄 펴낸날 2025년 6월 10일

지은이 | 라오서
옮긴이 | 심규호 · 유소영
펴낸이 | 지평님
본문 조판 | 성인기획 (010)2569-9616
종이 공급 | 화인페이퍼 (02)3275-0526
인쇄 | 효성프린원 (031)904-3600
제본 | 서정바인텍 (031)942-6006

펴낸곳 | 황소자리 출판사
출판등록 | 2003년 7월 4일 제2003-123호
대표전화 | (02)720-7542 팩시밀리 | (02)723-5467
E-mail | candide1968@hanmail.net

ISBN 978-89-91508-41-5 03820